LES CINQ RÈGLES DU MENSONGE

DE LA MÊME AUTEURE

Promenez-vous dans les bois, Fleuve Éditions, 2016 ; Pocket, 2017
La Disparue de la cabine n°10, Fleuve Éditions, 2018 ; Pocket, 2019
La Mort de Mrs. Westaway, Fleuve Éditions, 2019

RUTH WARE

LES CINQ RÈGLES DU MENSONGE

Traduit de l'anglais (Royaume-Uni)
par Héloïse Esquié

fleuvenoir

Titre original :
The Lying Game

MIXTE
Papier issu de sources responsables
FSC® C003309

L'éditeur de cet ouvrage s'engage dans une démarche de certification FSC® qui contribue à la préservation des forêts pour les générations futures.

Pour en savoir plus :
www.editis.com/engagement-rse/

Première publication par Harvill Secker en 2017

ISBN : 978-2-265-14399-9

Dépôt légal : mars 2021

Pour ma chère Hel,
avec des kilos (70 ?) d'amour à la pelle

L'estuaire est large et tranquille ce matin, le ciel bleu pâle strié de nuages roses comme le ventre d'un maquereau. La mer peu profonde ondule à peine dans la brise légère, et les aboiements soudains viennent briser le calme tel un coup de feu, faisant crier des nuées de mouettes qui tournoient en hauteur.

Les pluviers et les sternes jaillissent dans les airs lorsque le chien dévale joyeusement la berge, gambadant sur le bord creusé de ruisselets, où la terre des dunes hérissées d'herbes hautes laisse place à la boue percée de roseaux et où l'eau hésite entre claire et salée.

Au loin, le Moulin des Brisants noir et battu contre la fraîcheur douce du ciel matinal, monte la garde, seul édifice fait de main d'homme dans un paysage peu à peu réclamé par la mer.

— Bob !

La voix essoufflée de la femme s'élève par-dessus la volée d'aboiements tandis qu'elle se hâte pour le rattraper.

— Bob, vilain garçon. Lâche. Lâche, je dis. Qu'est-ce que tu as ?

À son approche, le chien tire de plus belle sur sa trouvaille qui dépasse de la boue, tentant de la dégager.

— Bob, sale brute, tu es dégoûtant. Lâche ! Oh zut, ce n'est pas encore un mouton mort, si ?

Un dernier effort héroïque et le chien recule d'un pas mal assuré sur la rive, une forme dans la gueule. Triomphant, il escalade la berge pour déposer son trophée aux pieds de sa maîtresse.

Et sous les yeux sidérés de celle-ci, le chien haletant à ses pieds, le silence recouvre la baie comme une marée montante.

Règle numéro Un

Dis un mensonge

Ce n'est que l'alerte ordinaire d'un texto, un bip bip étouffé dans la nuit. Owen ne bronche pas, et je ne me serais pas réveillée non plus, sauf que je ne dormais pas ; étendue dans le noir, je contemplais le plafond, avec le bébé à mon sein, qui reniflait sans vraiment téter ni tout à fait lâcher prise.

Je reste allongée un moment, à me demander qui ça peut bien être. Qui m'écrirait à cette heure-ci ? Aucun de mes amis n'est déjà debout, en principe… À moins que Milly n'ait ses premières contractions… Zut, ça ne peut pas être elle, si ? J'ai promis de prendre Noah si ses parents ne peuvent pas arriver à temps du Devon pour s'occuper de lui, mais je n'ai jamais vraiment pensé que…

J'ai du mal à atteindre le téléphone de mon lit, et finalement je détache Freya de mon sein en glissant un doigt dans le coin de sa bouche et la fais rouler doucement sur le dos, rassasiée de lait. Ses yeux basculent dans leurs orbites comme si elle était défoncée. Je l'observe quelques instants, ma paume posée légèrement sur son petit corps ferme, sentant la vibration de son cœur dans sa cage thoracique à mesure qu'elle se détend, puis je me penche pour attraper mon portable, et mon pouls s'accélère un peu, tel un écho de celui de ma fille.

En entrant mon code PIN, un peu éblouie par la luminosité de l'écran, je me raisonne – Milly n'est pas censée accoucher avant quatre semaines, c'est sans doute juste de la pub, ce message. *Vous avez déjà envisagé de demander un remboursement pour votre assurance protection paiement ?*

Mais ce n'est pas Milly. Et le message ne fait que trois mots.

Besoin de vous.

Il est 3 h 30 du matin et je suis très, très réveillée. Je fais les cent pas sur le sol froid de la cuisine, et me ronge les ongles pour tenter d'étouffer mon envie de clope. Je n'y ai pas touché depuis près de dix ans, mais le besoin de fumer me prend au dépourvu dans des moments de stress ou de peur.

Besoin de vous.

Inutile de me demander ce que ça signifie – je le sais, tout comme je connais l'auteur du message, même s'il vient d'un numéro inconnu.

Kate. Kate Atagon.

Son seul nom me la ramène immédiatement tout entière : le parfum de son savon, les taches de rousseur sur l'arête de son nez, cannelle sur olive. Kate. Fatima. Thea. Et moi.

Le téléphone tout chaud dans ma poche, je ferme les yeux et les revois toutes. J'attends les messages qui vont suivre.

Fatima sera couchée près d'Ali, endormie, blottie contre le dos de son mari. Sa réponse arrivera vers 6 heures, au moment où elle va se lever pour préparer le petit déjeuner de Nadia et Samir et les habiller pour l'école.

Thea – plus difficile à dire. Si elle travaille de nuit, elle sera au casino, où les portables sont interdits au personnel, et enfermés dans des casiers jusqu'à la fin de leur service. Elle quittera le sien à quoi, 8 heures du matin, peut-être ? Elle boira un coup avec les autres filles, et ensuite seulement elle répondra, surexcitée par une nuit passée à gérer les joueurs, à collecter les jetons, à guetter les tricheurs et les joueurs professionnels.

Quant à Kate... Elle doit être éveillée – elle a envoyé le texto, après tout. Elle sera assise à la table de travail de son père – qui lui appartient désormais, j'imagine – face à la fenêtre qui donne sur l'estuaire, où les eaux virent au gris pâle dans la lueur précédant l'aube et réfléchissent les nuages et la masse sombre du Moulin des Brisants. Elle fumera, comme toujours. Ses yeux seront absorbés par la marée, son mouvement perpétuel, son perpétuel tourbillon, par la vue qui ne change jamais et pourtant n'est jamais la même d'un instant à l'autre – tout comme Kate elle-même.

Ses cheveux longs seront coiffés en arrière, laissant voir son ossature fine, et les rides que trente-deux ans de vent et de mer ont gravées au coin de ses yeux. Ses doigts seront tachés, de la peinture à l'huile incrustée dans les cuticules et bien profond sous les ongles, et ses yeux seront plus foncés que jamais, de ce bleu ardoise intense et insondable. Elle attendra notre réponse. Mais elle sait ce que nous dirons – ce que nous avons toujours dit, chaque fois que nous avons reçu ce message, ces trois mots.

J'arrive.

J'arrive.

J'arrive.

— J'arrive ! je crie du bas des escaliers lorsque Owen gronde quelque chose par-dessus le babil ensommeillé de Freya.

Quand j'entre dans la chambre, il la tient dans ses bras et fait les cent pas, le visage encore chiffonné par l'oreiller.

— Désolé, dit-il, étouffant un bâillement. J'ai essayé de la calmer, mais il n'y a pas moyen. Tu sais comment elle est quand elle a faim.

Je me recouche et m'adosse à la tête de lit. Owen me tend Freya, indignée et écarlate, qui me jette un coup d'œil offensé et se jette sur mon sein avec un petit grognement de satisfaction.

Tout est calme, à part ses succions avides. Owen bâille de nouveau, s'ébouriffe les cheveux, regarde l'heure, puis commence à enfiler ses sous-vêtements. Je demande surprise :

— Tu te lèves ?

— Bah, oui. Ça ne rime à rien de me recoucher puisque de toute façon je dois me lever à 7 heures. Foutus lundis.

Je regarde l'heure. Déjà 6 heures. Je dois avoir tourné en rond dans la cuisine plus longtemps que je n'aurais cru.

— Qu'est-ce que tu faisais debout, toi, au fait ? C'est le camion-poubelle qui t'a réveillée ?

Je secoue la tête.

— Non, j'arrivais pas à dormir, c'est tout.

Un mensonge. J'avais presque oublié cette sensation grasse et écœurante sur ma langue. Je sens la présence et la chaleur de mon portable dans la poche de ma robe de chambre. Il n'a pas encore vibré.

— Ah, OK.

Il réprime un nouveau bâillement et boutonne sa chemise.

— Tu prendras un café, si j'en lance un ?

— Oui, je veux bien.

Puis juste au moment où il quitte la pièce :

— Owen...

Mais il est déjà parti.

Dix minutes plus tard, il revient avec le café, et cette fois j'ai eu le temps de répéter plus ou moins mon discours et le ton un peu détaché sur lequel je vais le prononcer. Je m'humecte les lèvres, la bouche asséchée par la nervosité.

— Owen, j'ai reçu un texto de Kate hier.

— Kate du boulot ?

Il pose le café un peu brusquement ; quelques gouttes de liquide débordent et j'essuie la petite flaque avec la manche de ma robe de chambre pour protéger mon livre.

— Non. Kate Atagon. J'étais au lycée avec elle, tu sais ?

— Ah, cette Kate-là. On l'a vue à un mariage, elle avait amené son chien, c'est ça ?

— Shadow. C'est ça.

Shadow – un berger suisse blanc avec le museau noir et le dos constellé de taches de suie. Je revois sa façon de se poster sur le seuil, de gronder après les inconnus, et de se rouler sur le dos pour accueillir ceux qu'il aime.

— Et alors ? s'enquiert Owen, et je m'aperçois que j'ai perdu le fil et me suis tue.

— Ah oui. Alors elle m'a invitée à venir lui rendre visite, et je me suis dit que j'irais bien.

— Bonne idée. Ce serait quand ?

— Eh bien... maintenant. Elle m'a invitée pour maintenant.

— Et Freya ?

— Je l'emmènerai.

Je suis au bord d'ajouter *bien sûr*, mais je me retiens. Freya n'a jamais accepté un biberon, malgré tous nos efforts. Le seul soir où je suis sortie, elle a hurlé sans discontinuer de 19 h 30 à 23 h 58, heure à laquelle je suis rentrée en trombe dans l'appartement pour l'arracher aux bras épuisés d'Owen.

Il y a un nouveau silence. Freya renverse la tête en arrière, me regarde d'un air un peu contrarié, puis laisse échapper un petit rot et retourne aux affaires sérieuses, la tétée. Je vois les pensées défiler à toute vitesse sur le visage d'Owen… Nous allons lui manquer… il aura le lit pour lui tout seul… les grasses matinées…

— Je pourrais avancer sur la décoration de la chambre d'enfant, dit-il enfin.

J'acquiesce, même si c'est la poursuite d'une discussion de longue haleine entre nous deux – Owen aimerait bien nous avoir pour lui tout seul, notre chambre et moi, et il estime que Freya ira dormir dans sa chambre dès ses six mois. Moi… pas. C'est en partie pour ça que je n'ai pas trouvé le temps de débarrasser la chambre d'amis de tout notre bazar et de la repeindre.

— Bonne idée.

— Bon, eh bien profite de l'occasion, alors, dit-il.

Il me tourne le dos et se met à fouiller parmi ses cravates.

— Tu veux la voiture ? demande-t-il par-dessus son épaule.

— Non, ça ira. Je vais prendre le train. Kate viendra me chercher à la gare.

— T'es sûre ? T'as vraiment envie de trimballer toutes les affaires de Freya dans le train ? Elle est droite ?

— Quoi ?

Pendant deux secondes, je ne comprends pas de quoi il parle, puis je saisis : la cravate.

— Ah ! Oui, elle est droite. Ça me fait plaisir de prendre le train. Ça sera plus facile, je pourrai nourrir Freya si elle se réveille. Je fourrerai toutes ses affaires dans le bas de la poussette.

Il ne réagit pas, et je réalise qu'il est déjà en train de passer en revue ce qui l'attend pour la journée à venir, cochant ce qu'il a à faire sur une liste mentale, exactement comme je le faisais il y a quelques mois – sauf que désormais, cette vie-là me paraît à des années-lumière.

— Bon, écoute, je vais sans doute partir aujourd'hui, si ça te va.

— Aujourd'hui ?

Il récupère sa monnaie sur la commode et la met dans sa poche, puis vient m'embrasser le sommet de la tête pour me dire au revoir.

— Qu'est-ce qu'il y a de si pressé ?

— Rien, rien.

Je mens, et je me sens rougir. Je déteste mentir. Avant, c'était ludique – jusqu'à ce que je n'aie plus le choix. Je n'y pense plus souvent, peut-être parce que je le fais depuis tellement longtemps, mais c'est toujours là, en fond, comme une dent un peu douloureuse, parcourue de temps à autre par un vif élancement.

Par-dessus tout, cependant, je déteste mentir à Owen. Par miracle, j'ai toujours réussi à le tenir à l'extérieur du labyrinthe, et le voilà maintenant qui y est attiré. Quand je pense au message de Kate, j'ai la sensation qu'il s'en écoule du poison, qui se répand de mon téléphone dans la chambre – menaçant de tout gâcher.

— C'est juste que Kate est entre deux projets, alors c'est le moment idéal pour elle et... de toute façon je vais retourner travailler d'ici quelques mois, donc je trouve que ça tombe plutôt bien.

— OK, dit-il, surpris, mais pas soupçonneux. Bon, alors je ferais bien de t'embrasser mieux que ça.

Il m'embrasse, *mieux que ça*, intensément, et son baiser me rappelle pourquoi je l'aime, pourquoi je déteste le duper. Puis il s'écarte et embrasse Freya. Elle fait basculer ses yeux sur le côté pour l'examiner d'un air dubitatif, arrête de téter un instant, avant de reprendre ses succions avec la détermination inébranlable qui me plaît tant.

— Je t'aime aussi, petit vampire, dit affectueusement Owen. Le voyage prend combien de temps ?

— Je ne sais pas, dans les quatre heures ? Ça dépend des changements.

— Bon, eh bien, amuse-toi, et envoie-moi un petit mot quand tu arrives. Tu penses rester combien de temps ?

— Quelques jours ? Je serai de retour avant le week-end.

Encore un mensonge. Je ne sais pas. Je n'en ai pas la moindre idée. Aussi longtemps que Kate aura besoin de moi.

— Je verrai quand je serai là-bas.

— OK. Je t'aime.

— Moi aussi je t'aime.

Et au moins, sur ce point, je peux dire la vérité.

Je me rappelle le jour de ma première rencontre avec Kate, quasiment à la minute près. On était en septembre. Je prenais le train pour Salten, de bon matin, afin d'arriver au lycée à temps pour le déjeuner. Sur le quai, la voix rendue grêle par l'anxiété, j'ai lancé :

— Excusez-moi !

La fille devant moi s'est retournée. Elle était très grande et extrêmement belle, avec un visage en longueur, un peu hautain, comme un tableau de Modigliani. Ses cheveux noirs qui lui arrivaient à la taille étaient teints couleur or au bout, et son jean était déchiré au niveau des cuisses.

— Oui ?

— Excusez-moi, c'est bien le train pour Salten ?

Elle m'a examinée des pieds à la tête, et j'ai senti qu'elle me jaugeait, remarquant mon uniforme de Salten House, la jupe bleu marine toute neuve, encore raide, et le blazer impeccable que j'avais retiré de son portemanteau pour la première fois le matin même.

— Je sais pas, a-t-elle dit enfin, se tournant vers une autre fille derrière elle. Kate, c'est le train pour Salten ?

— Fais pas ta connasse, Thee, a fait la fille.

Sa voix rauque avait quelque chose de trop vieux pour son âge ; elle ne pouvait pas avoir plus de seize ou dix-sept ans, à première vue. Son visage était encadré par des cheveux châtain clair coupés très court, et lorsqu'elle m'a souri, son nez couvert de taches de rousseur s'est froncé joliment.

— Oui, c'est le train pour Salten. Mais fais bien attention à monter dans la bonne moitié, parce qu'il se coupe en deux à Hampton's Lee.

Puis elles sont reparties et elles étaient presque à l'autre bout du quai lorsque je me suis rendu compte que je ne leur avais pas demandé laquelle était la bonne moitié.

J'ai levé les yeux sur le panneau des départs.

Les arrêts en direction de Salten seront desservis par les sept premiers wagons, disait l'écran, mais que signifiait « premiers » ? Les plus près du portillon d'accès, ou bien ceux de l'avant du train ?

Il n'y avait pas de contrôleur à qui poser la question, mais à en croire l'horloge au-dessus de ma tête, il ne me restait que quelques minutes, et finalement, j'ai filé jusqu'au bout du quai, où étaient montées les deux filles, et j'ai hissé tant bien que mal ma lourde valise dans un wagon.

C'était une voiture à compartiments de six places, et ils étaient tous vides. À peine avais-je claqué la porte que le sifflet du chef de gare a retenti, et avec le sentiment affreux que je pouvais très bien m'être complètement trompée de côté je me suis assise sur les sièges en laine rêche qui m'irritaient la peau.

Dans un grand fracas métallique, le train s'est extrait de la caverne noire de la gare et le soleil a inondé mon compartiment avec une soudaineté qui m'a éblouie. J'ai renversé la tête contre le dossier de mon siège et fermé les yeux, et tandis que nous prenions de la vitesse, je n'ai pas pu m'empêcher d'imaginer ce qui allait se passer si je ne me présentais pas à Salten, où m'attendait la maîtresse d'internat. Et si je me retrouvais larguée à Brighton ou à Canterbury, ou je ne sais où ? Ou pire – si je me retrouvais coupée en deux au moment où les deux moitiés du train se sépareraient, forcée de vivre deux vies, chacune divergeant de l'autre systématiquement, m'éloignant de plus en plus de celle que j'aurais dû devenir.

— Salut, a dit une voix et j'ai ouvert les yeux brusquement. Je vois que t'as pas raté le train.

C'était la grande fille du quai, celle que l'autre avait appelée Thee. Elle se tenait dans l'entrée de mon compartiment, appuyée contre le cadre en bois de la porte, et faisait tourner une cigarette pas allumée entre ses doigts.

— Effectivement.

J'étais un peu vexée qu'elle et sa copine soient parties sans prendre la peine de m'expliquer de quel côté monter.

— Enfin j'espère. C'est le bon côté pour Salten ?

— Oui, a fait la fille laconiquement.

Elle m'a de nouveau examinée de haut en bas, a tapoté sa cigarette contre le cadre de la porte, puis elle a repris, sur le ton qu'on emploierait pour accorder une grande faveur :

— Écoute, crois pas que je cherche à t'emmerder, mais je voulais juste te dire : on ne met pas son uniforme pour prendre le train.

— Quoi ?

— On se change à Hampton's Lee. C'est... je sais pas. C'est comme ça. Je préfère te le dire. Il n'y a que les première année et les nouvelles qui les gardent pendant tout le trajet. Ça fait un peu tache.

— Alors... tu es à Salten House aussi ?

— Ouaip. Pour mes péchés.

— Thea s'est fait expulser, a dit une voix derrière elle, et j'ai vu que la fille aux cheveux courts se tenait dans le couloir, un gobelet de thé dans chaque main. De trois autres lycées. Salten, c'est le cabaret de la dernière chance, pour elle. On ne l'accepterait nulle part ailleurs.

— Au moins, moi, je ne suis pas un cas social, a dit Thea, mais à sa façon de parler, j'ai bien vu qu'elles étaient amies et que leurs taquineries faisaient partie de leur complicité. Le père de Kate est le prof de dessin. Alors pas de frais d'inscription pour sa fille, ça fait partie du contrat.

— Thea, par contre, c'est sûr que ça ne viendrait à l'esprit de personne de lui faire l'aumône, a dit Kate. Elle est née avec une cuiller d'argent dans la bouche, a-t-elle articulé sans bruit, en me faisant un clin d'œil.

J'ai réprimé un sourire.

Elles ont échangé un regard et j'ai senti une question muette passer entre les deux amies. Thea a repris la parole :

— Tu t'appelles comment ?

— Isa.

— Isa, entendu. Et si tu venais t'asseoir avec nous ? On a un compartiment un peu plus loin dans le couloir.

J'ai respiré un grand coup et, avec le sentiment d'être sur le point de sauter d'un plongeoir très haut, j'ai acquiescé d'un petit hochement de tête. En récupérant ma valise pour suivre Thea, je n'avais pas idée que ce simple geste venait de changer ma vie pour toujours.

Ça me fait bizarre d'être de retour à la gare de Victoria. Le train de Salten est neuf, avec des wagons sans compartiments et des portes automatiques ; rien à voir avec le vieux tape-cul qu'on prenait pour aller au lycée, mais le quai n'a guère changé, et je me rends compte que j'ai passé dix-sept ans à éviter cet endroit – à éviter tout ce qui est associé à cette époque.

Tenant mon café en équilibre d'une main, je hisse la poussette de Freya dans le train, dépose mon gobelet sur une tablette à une place vide, puis, comme chaque fois, arrive cet interminable moment où je peine à détacher la nacelle – me débattant avec des attaches qui refusent de se défaire et des clips qui refusent de lâcher. Dieu merci, il n'y a pas grand monde dans le train et le wagon est presque vide, ce qui m'épargne la gêne intense de voir une queue se former derrière moi, ou d'être forcée de pousser tout le monde. Enfin – juste au moment où le sifflet du chef de gare retentit, et où le train se met en branle avec un chuintement – le dernier clip cède. Je cale bien le couffin, où Freya dort encore, sur une place en face de celle où j'ai laissé mon café.

Je prends le gobelet avec moi quand je vais fouiller dans mes autres bagages. J'ai des images vives en tête – une secousse du train, le café brûlant se renversant sur Freya. Je sais que c'est irrationnel – elle n'est pas du même côté de l'allée. Mais je suis devenue comme ça, depuis que je l'ai. Toutes mes peurs diverses et variées – les trains qui se coupent en deux, les portes automatiques, les chauffeurs de taxi, et le fait de parler à des gens que je ne connais pas –, toutes ces angoisses, et d'autres, se sont cristallisées sur Freya.

Enfin, nous nous retrouvons toutes les deux bien installées, moi avec mon livre et mon café, Freya avec son doudou contre sa joue, endormie. Son visage, dans le soleil clair de juin, est angélique – sa peau incroyablement fine et transparente – et je suis inondée par une vague brûlante d'amour pour elle, aussi douloureuse et choquante que si ce café s'était renversé sur mon cœur. Je reste immobile et, pendant un instant, je ne suis rien d'autre que sa mère, et il n'y a personne au monde que nous deux dans cette flaque de soleil et d'amour.

Puis je m'aperçois que mon téléphone vibre.

Fatima Chaudhry, annonce l'écran. Et mon cœur fait un petit bond dans ma poitrine.

J'arrive, dit-elle. *Je prendrai la route ce soir quand les enfants seront couchés. Serai avec vous vers 21 h-22 h.*

Donc c'est lancé. Pas encore de nouvelles de Thea, mais je sais que ça va venir. Le charme a été rompu – l'illusion qu'il n'y avait que Freya et moi, en route pour un séjour au bord de la mer en tête à tête. Je me souviens de la vraie raison de ce voyage. Je me souviens de ce que nous avons fait.

Je leur réponds à toutes les trois :

Je suis dans le 12 h 05 de Victoria. Tu passes me prendre à Salten, Kate ?

Pas de réponse, mais je sais qu'elle ne me laissera pas tomber.

Je ferme les yeux. Je pose la main sur la poitrine de Freya pour sentir sa présence. Puis j'essaie de dormir.

Je me réveille en sursaut, un hurlement au cœur, à un bruit de fracas et de remue-ménage, et mon premier instinct est de chercher ma fille. Pendant un instant, je ne sais pas ce qui m'a réveillée, mais je comprends : le convoi est en train de se scinder en deux. Nous sommes à Hampton's Lee. Freya se tortille dans son couffin, l'air mécontente. On dirait qu'elle pourrait bien se rendormir, si j'ai de la chance – mais il y a une autre manœuvre, plus bruyante que la première, et ses yeux s'ouvrent brusquement de surprise et de vexation, son visage se plisse en un soudain gémissement d'exaspération et de faim.

— Chut…

Je murmure doucement en la prenant dans mes bras, toute chaude.

Elle se débat un peu quand je l'extrais de son cocon de couvertures et de jouets.

— Chut… c'est rien, mon bébé, tout va bien, mon ange. T'en fais pas.

Elle a l'œil noir de colère, et jette son petit visage irrité contre ma poitrine dès que je déboutonne mon chemisier et sens la montée de lait, désormais coutumière, mais toujours extraterrestre.

Tandis qu'elle tète, il y a un nouveau boum, un claquement, puis un coup de sifflet, et nous repartons lentement, les quais de la gare laissant place à des voies d'évitement, puis à des maisons et enfin à des champs et des poteaux télégraphiques.

La familiarité est étourdissante. Londres, depuis toutes les années que j'y vis, a constamment changé. La ville est comme Freya, jamais la même d'un jour à l'autre. Une boutique s'ouvre, un pub ferme. Des gratte-ciel sortent du sol – le Gherkin, le Shard –, un supermarché s'étale sur une friche et les immeubles d'habitation poussent comme des champignons, s'élevant de la terre humide et du béton fendillé en un clin d'œil.

Mais cette ligne de chemin de fer, cet itinéraire – ça n'a pas changé du tout.

Il y a l'orme calciné.

Il y a le blockhaus en ruine de la Seconde Guerre mondiale.

Il y a le pont branlant, les roues du train qui émettent un bruit creux par-dessus le vide.

Je ferme les yeux, et me revoilà dans le compartiment avec Kate et Thea, riant en les regardant mettre leur jupe d'uniforme par-dessus leur jean, leur chemisier à manches longues et leur cravate par-dessus leur débardeur. Thea portait des bas. Je la revois en train de les dérouler le long de ses jambes incroyablement longues et fines puis passer la main par-dessous la jupe réglementaire afin de les fixer à ses porte-jarretelles. Je me rappelle la bouffée de chaleur qui m'a fait monter le rouge aux joues lorsque j'ai entraperçu ses cuisses, je me rappelle que j'ai détourné les yeux vers les champs de blé automnaux tandis qu'elle riait de ma pruderie.

— Tu ferais bien de te magner, lui a dit Kate nonchalamment.

Elle avait fini de s'habiller et rangé son jean et ses bottes dans la valise logée dans le porte-bagages.

— On arrive bientôt à Westridge, il y a toujours des tas de gens qui reviennent de la plage et qui montent là-bas, faudrait pas que tu leur fasses avoir une crise cardiaque.

Thea s'est contentée de tirer la langue, mais elle a fini de fixer ses porte-jarretelles et lissé sa jupe juste au moment où nous entrions en gare.

Effectivement, comme l'avait prédit Kate, il y avait une poignée de touristes sur le quai, et Thea a poussé un petit grognement tandis que le train s'arrêtait avec une secousse. Notre compartiment se trouvait au niveau d'une famille de trois estivants ; la mère, le père, et un petit garçon de six ans à peu près avec son seau et sa pelle dans une main, et une glace au chocolat dégoulinante dans l'autre sont montés.

— Reste de la place pour trois ? a demandé jovialement le père en ouvrant la porte.

Le petit compartiment nous a soudain paru bondé.

— Je suis vraiment désolée, a dit Thea, et elle avait réellement une voix contrite. On aimerait beaucoup vous avoir avec nous, mais mon amie, ici – elle m'a montrée d'un geste –, elle est en permission, et les termes de sa liberté conditionnelle exigent qu'elle n'ait pas de contact avec des mineurs. Le tribunal a été très clair là-dessus.

L'homme a cligné des yeux et sa femme a laissé échapper un petit rire nerveux. Le garçon n'écoutait pas, il était occupé à récupérer des petites coulures de chocolat sur son tee-shirt.

— Je dis ça pour votre enfant, a dit gravement Thea. Et puis, bien sûr, Ariadne ne voudrait *vraiment* pas retourner en maison de correction.

— Il y a un compartiment vide juste à côté, a dit Kate, et j'ai vu qu'elle luttait pour ne pas exploser de rire.

Elle s'est levée et a ouvert la porte du couloir.

— Je suis vraiment navrée. Nous ne voulons pas vous embêter, mais je crois que ça vaut mieux pour la sécurité de tout le monde.

L'homme nous a jeté un regard soupçonneux, puis il a entraîné sa femme et son petit garçon dans le couloir. Thea a été prise d'un fou rire, attendant à peine que la porte du compartiment soit refermée, mais Kate secouait la tête.

— T'auras pas un point pour ça, a-t-elle dit.

Son visage était déformé par son rire contenu.

— Ils t'ont pas crue.

— Oh, t'exagères !

Thea a sorti une cigarette de la poche de son blazer et l'a allumée, prenant une grande bouffée avec défi en regardant le panneau Interdiction de fumer sur la vitre.

— Ils sont partis, non ?

— Oui, mais seulement parce qu'ils ont trouvé que t'étais une putain de cinglée. Ça compte pas !

J'ai demandé d'un ton hésitant :

— C'est... c'est un jeu ?

Il y a eu une longue pause.

Thea et Kate se sont regardées, et j'ai vu une fois de plus cette communication muette passer entre elles, telle une décharge électrique allant de l'une à l'autre, tandis qu'elles décidaient de la réponse à me donner. Puis Kate a souri, un sourire presque imperceptible, et s'est penchée en avant par-dessus l'espace entre les banquettes, s'approchant si près que j'ai vu les traînées plus foncées dans ses iris gris-bleu.

— Ce n'est pas *un* jeu, a-t-elle dit. C'est *LE* jeu. Le Jeu du Mensonge.

Le Jeu du Mensonge.

Il me revient à présent, aussi vif et net que l'odeur de la mer et le cri des mouettes survolant l'estuaire, et je n'arrive pas à croire que je l'avais presque oublié – oublié le score que Kate affichait au-dessus de son lit, couvert de signes cryptiques correspondant à son système de notation complexe. Tant pour une nouvelle victime. Tant pour avoir obtenu une crédulité absolue. Il y avait des points supplémentaires pour les développements détaillés, ou pour avoir réussi à regagner la confiance de quelqu'un qui avait failli vous démasquer. Je n'y ai pas repensé depuis des années et des années, mais en un sens, je n'ai jamais cessé d'y jouer.

Je pousse un soupir, et baisse les yeux sur le visage paisible de Freya, qui tète, complètement absorbée par le moment. Et je ne sais pas si je peux le faire. Je ne sais pas si je peux y retourner.

Que s'est-il passé, pour que Kate éprouve le besoin de nous appeler si soudainement, en pleine nuit ?

Je ne peux penser qu'à une seule explication… et l'idée m'est insupportable.

C'est juste au moment où le train entre en gare de Salten que mon téléphone émet un dernier bip, et je le sors, pensant que ce sera Kate confirmant qu'elle vient me chercher. Mais non. C'est Thea.

J'arrive.

Le quai de la gare de Salten est presque vide. Tandis que le bruit du train s'estompe, la paix de la campagne se réinstalle et j'entends les sons de l'été – le chant des grillons et des oiseaux, le ronronnement lointain d'une moissonneuse-batteuse dans les champs. Auparavant, quand j'arrivais, le minibus de Salten House était toujours là, bleu marine et bleu métallique. Aujourd'hui, le parking n'est que poussière chaude et il n'y a personne, pas même Kate.

J'avance avec la poussette de Freya le long du quai vers la sortie, mon lourd sac sur une épaule, et je me demande que faire. Téléphoner à Kate ? J'aurais dû confirmer l'heure avec elle. Je suis partie du principe qu'elle aurait reçu le message, mais son portable était peut-être déchargé ? Il n'y a pas de ligne fixe au Moulin, de toute façon, pas d'autre numéro à essayer.

Je mets le frein sur la poussette, puis sors mon portable pour consulter les messages et vérifier l'heure. Je suis en train de taper mon code lorsque j'entends le rugissement d'un moteur, amplifié par la route en contrebas. Une voiture se gare sur le parking. Je m'attendais à voir l'énorme Land Rover de triste mémoire avec lequel Kate est venue au mariage de Fatima il y a sept ans, avec ses longues banquettes et Shadow passant la tête par la vitre, langue pendante. Mais non. C'est un taxi. Pendant une seconde, je ne suis pas certaine que ce soit elle, puis je la vois, s'escrimant sur la portière arrière, et mon cœur fait un petit bond. Je ne suis plus une avocate de la fonction publique et une mère, je suis juste une adolescente, courant vers mon amie sur le quai.

— Kate !

Elle n'a pas changé du tout. Mêmes poignets fins, osseux, mêmes cheveux noisette et peau miel, même nez retroussé constellé de taches de rousseur. Elle a les cheveux plus longs, retenus par un élastique, et des rides strient la peau fine autour de ses yeux et de sa bouche, mais à part ça, c'est Kate, ma Kate, et en la serrant dans mes bras, je respire son odeur, ce mélange inimitable de cigarettes, de térébenthine et de savon qui est exactement comme dans mon souvenir. Je m'écarte, la tenant toujours, et m'aperçois que je souris de toutes mes dents, bêtement, en dépit de tout.

— Kate.

Je me répète, comme une idiote, et elle m'attire de nouveau dans ses bras, enfouissant le visage dans mes cheveux, et me serre si fort que je sens ses os.

Puis j'entends un vagissement et je me rappelle qui je suis, celle que je suis devenue – et tout ce qui s'est passé depuis la dernière fois que j'ai vu Kate.

— Kate… (Le son de son nom sur ma langue est si parfait.) Kate, viens que je te présente ma fille.

Je remonte le pare-soleil et soulève le petit tas gigotant, boudeur, et le lui tends.

Kate la prend, avec une expression pleine d'appréhension, puis son visage fin et mobile se fend d'un sourire.

— Tu es belle, dit-elle à Freya, et sa voix est douce et voilée, telle que dans mon souvenir. Comme ta mère. Elle est adorable, Isa.

— N'est-ce pas ?

Je regarde Freya, qui scrute, perplexe, le visage de Kate, yeux bleus contre yeux bleus. Elle lève sa main potelée vers les cheveux de Kate, mais s'arrête, hypnotisée par un quelconque jeu de lumière.

— Elle a les yeux d'Owen, dis-je.

Quand j'étais petite, j'aurais donné n'importe quoi pour avoir les yeux bleus.

— Viens, dit enfin Kate, et elle parle à Freya, pas à moi.

Elle lui prend la main, caressant du bout des doigts son petit corps soyeux, ses petits doigts pleins de fossettes.

— Allons-y.

— Qu'est-ce qui est arrivé à ta voiture ?

Je lui pose la question tandis que nous nous dirigeons vers le taxi, Freya dans les bras de Kate, moi et la poussette, où j'ai posé mon sac.

— Oh, elle est encore en panne. Je la ferai réparer, mais là, je suis fauchée, comme d'habitude.

— Oh, Kate.

Oh, Kate, quand est-ce que tu vas te trouver un vrai boulot ? pourrais-je lui demander. Quand est-ce que tu vas vendre le Moulin pour aller quelque part où les gens apprécient ton travail, plutôt que de compter sur les touristes, de plus en plus rares, qui ont envie de passer leurs vacances à Salten ? Mais je connais la réponse. Jamais. Kate ne quittera jamais le Moulin des Brisants. Elle ne quittera jamais Salten.

— On retourne au Moulin, mesdames ? lance le taxi par la vitre, et Kate fait oui de la tête.

— Merci, Rick.

— Je vais charger la poussette dans le coffre, dit-il en descendant de voiture. Elle se plie, non ?

— Oui, oui.

Tandis que je galère de nouveau avec les clips, je me rends compte de mon erreur.

— Zut, j'ai oublié le siège bébé. J'ai apporté le couffin à la place, je pensais qu'elle pourrait dormir dedans.

— Bah, on risque pas de tomber sur les flics, dans les parages, dit Rick, à la rescousse, en refermant le coffre. À part le fils de Mary, et c'est pas lui qui va arrêter mes passagers.

Ce n'est pas la police qui m'inquiète, mais le nom attire mon attention et me distrait.

— Le fils de Mary ?

Je regarde Kate.

— Pas Mark Wren ?

— Lui-même, dit Kate avec un petit sourire ironique, qui plisse un coin de sa bouche. C'est sergent Wren, maintenant.

— Je n'en reviens pas qu'il soit assez vieux pour ça !

— Il n'a que deux ans de moins que nous, observe Kate, et je m'aperçois qu'elle a raison.

Trente ans, c'est plus qu'assez vieux pour être policier. Mais je n'arrive pas à voir Mark Wren en homme de trente ans – je revois un adolescent de quatorze ans, couvert d'acné, avec du duvet sur la lèvre supérieure, se voûtant pour compenser sa carcasse de 1,87 mètre. Je me demande s'il se souvient de nous. S'il se souvient du jeu.

— Désolée, dit Kate tandis que nous attachons notre ceinture. Tiens-la sur tes genoux ; je sais que ce n'est pas idéal.

— Je serai prudent, promet Rick, et nous sortons du parking criblé de nids-de-poule pour nous engager sur la petite route enfoncée.

Il n'y a que quelques kilomètres, de toute façon.

— C'est plus court par le marais, observe Kate.

Elle presse ma main dans la sienne et je sais qu'elle repense à toutes les fois où nous avons fait cette route, elle et moi, traversant le marais salant à pied pour aller et revenir du lycée.

— Mais on ne peut pas y passer avec la poussette.

— Il fait chaud, pour un mois de juin, hein ? dit Rick histoire de faire la conversation tandis que nous prenons un virage.

Là, les arbres laissent place à un rayon de soleil marbré qui vient me brûler le visage. Je cligne des yeux, et me demande si j'ai apporté mes lunettes de soleil.

— Une chaleur à crever. Il faisait beaucoup moins chaud à Londres.

— Alors qu'est-ce qui vous ramène dans la région ?

Les yeux de Rick rencontrent les miens dans le rétro.

— Vous étiez au lycée avec Kate, c'est ça ?

— C'est ça.

Puis je m'arrête. Qu'est-ce qui me ramène ici ? Un texto ? Trois mots ? Je croise le regard de Kate et je sais qu'elle ne peut rien dire pour l'instant, pas devant Rick.

— Isa est descendue pour le repas des anciennes. À Salten House, dit Kate, à ma grande surprise.

Je cligne des yeux, et elle me presse la main de nouveau pour me demander de me taire, mais la voiture fait un cahot en franchissant le passage à niveau, et je dois la lâcher pour tenir Freya des deux mains.

— Très chic, les dîners à Salten House, il paraît, dit Rick. Ma plus jeune fait parfois le service là-bas pour gagner un peu d'argent de poche, et ils regardent pas à la dépense, apparemment. Petits-fours, champagne, la totale.

— Je n'y suis jamais allée, dit Kate. Mais ça fait quinze ans qu'on a passé le bac, alors je me suis dit que c'était l'occasion ou jamais.

Quinze ans ? Pendant un instant, je crois qu'elle s'est trompée dans ses calculs, mais non, je m'en aperçois. Ça fait dix-sept ans qu'on est parties, mais si on était restées pour les deux dernières années, elle aurait raison. Pour le reste de notre promotion, c'est bien le quinzième anniversaire.

Nous prenons un nouveau virage et j'étreins Freya plus étroitement, le cœur sur les lèvres, regrettant amèrement mon oubli. Je suis trop bête de ne pas y avoir pensé.

— Vous venez souvent ? me demande Rick dans le rétro.

— Non. Je... ça fait un moment que je ne suis pas venue. Vous savez comment c'est.

Je m'agite nerveusement sur mon siège, consciente de serrer Freya trop fort, mais incapable de relâcher mon étreinte.

— Difficile de trouver le temps.

— C'est une belle région, me lance Rick. Moi, je ne me vois pas vivre ailleurs, mais j'imagine que ce n'est pas pareil si vous n'êtes pas née ici. D'où sont vos parents ?

— Ils sont... étaient...

Je bafouille, mais la présence apaisante de Kate m'encourage.

— Maintenant, mon père habite en Écosse, mais j'ai grandi à Londres.

Nous roulons sur une grille à bétail, puis les arbres se raréfient et nous voilà dans le marais.

Soudain le voilà. L'estuaire. Large, gris, semé de roseaux, avec ses eaux ridées par le vent qui reflètent les bandes paresseuses de nuages éclaircis par le soleil. Le spectacle est si lumineux, si net, si vaste que j'en ai une boule dans la gorge.

Kate me sourit.

— T'avais oublié ? demande-t-elle doucement.

— Jamais.

Mais ce n'est pas vrai ; j'avais oublié. Oublié l'effet que ça faisait. Il n'y a rien, rien de tel que l'estuaire. J'ai vu de nombreuses rivières, traversé d'autres estuaires. Mais aucun d'aussi beau que celui-ci, où la terre, le ciel et la mer se mêlent et se confondent, si bien qu'on ne saurait dire où se finissent les nuages et où commencent les eaux.

La route se rétrécit en une voie unique, puis un chemin de terre gravillonné avec de l'herbe entre les traces de pneu.

Et je le vois – le Moulin des Brisants : une silhouette noire qui se découpe sur l'eau, où s'étirent les reflets de nuages, encore plus miteuse et bancale que dans mon souvenir. C'est moins un bâtiment qu'un ensemble de bouts de bois flotté assemblés par les vents, qui paraît sur le point d'être abattu par eux d'une minute à l'autre. Les souvenirs m'assaillent, impitoyables.

Thea, nageant nue dans l'estuaire au crépuscule, la peau dorée par le coucher de soleil, les longues ombres noires des arbres rabougris venant strier l'eau couleur feu et donnant à l'estuaire la majesté du pelage d'un tigre.

Kate, penchée à la fenêtre du Moulin par une matinée d'hiver, lorsque le gel était épais à l'intérieur de la vitre et recouvrait les roseaux et les joncs, ouvrant grand les bras et rugissant vers le ciel, son haleine faisant un nuage blanc.

Fatima, allongée sur l'embarcadère en bois dans son minuscule maillot de bain, la peau tellement bronzée qu'elle en était acajou, avec sa paire de lunettes noires géantes qui reflétait le scintillement des vagues.

Et Luc – Luc –, mais là je me sens mal et je ne peux pas aller plus loin.

Nous sommes arrivés devant un portail.

— Vaut mieux s'arrêter là, dit Kate à Rick. On a eu une grande marée la nuit dernière et le chemin est encore boueux.

— Z'êtes sûre ? Ça me dérange pas de tenter le coup.

— Oui, on va finir à pied.

Elle avance la main vers la poignée de la porte et lui tend un billet de dix, mais il le repousse.

— Votre argent a pas cours ici, mon chou.

— Mais, Rick…

— Mais Rick rien du tout. Votre père était un type bien, quoi qu'en disent les gens du coin, et vous avez bien fait de rester et d'ignorer les ragots. Vous me paierez une autre fois.

Kate avale sa salive, et je vois qu'elle essaie de dire quelque chose, mais n'y parvient pas, alors je parle à sa place.

— Merci, Rick. Mais moi, je veux payer. S'il vous plaît.

Et je sors dix livres de ma poche.

Rick hésite, je pose le billet dans le cendrier et descends, Freya dans les bras, tandis que Kate sort mon sac et la poussette du coffre. Enfin, une fois Freya bien attachée, il fait un signe de tête.

— Bon d'accord. Mais écoutez, si vous avez besoin d'un chauffeur, mesdames, vous m'appelez, c'est compris ? Jour et nuit. Je n'aime pas vous savoir ici sans moyen de transport. Cette bâtisse, elle va s'écrouler, un de ces jours, et si vous avez besoin d'aller où que ce soit, vous m'appelez, billet ou pas billet. Entendu ?

— Entendu, dis-je, et je hoche la tête.

Il y a quelque chose de rassurant à cette idée.

Une fois Rick reparti, nous nous regardons, toutes deux inexplicablement muettes, sentant le soleil chaud cogner sur le sommet de notre crâne. J'ai envie d'interroger Kate au sujet du message, mais quelque chose me retient.

Avant que je me sois décidée à parler, Kate se retourne et ouvre le portail, qu'elle referme derrière nous, et je me dirige vers la courte passerelle en bois qui relie le Moulin des Brisants au rivage.

Le Moulin est juché sur une langue de sable à peine plus grande que le bâtiment lui-même, laquelle, je suppose, était jadis reliée à la berge. À un moment donné, pendant la construction, un canal étroit a été creusé afin de séparer le Moulin de la terre ferme et de guider la marée montante et descendante vers la roue à eau qui était autrefois installée dans le canal. Celle-ci a disparu depuis longtemps, seul un moignon de bois noirci qui dépasse à angle droit du mur témoigne de son ancien emplacement, et on a posé le ponton en bois qui permet de traverser les trois mètres d'eau entre la maison et la rive. Il y a dix-sept ans, je nous revois le franchir en courant, toutes les quatre en même temps parfois, mais aujourd'hui je n'arrive pas à croire que nous faisions confiance à sa frêle structure pour supporter notre poids à toutes.

Il est plus étroit que dans mon souvenir, les planches blanchies par le sel et pourries par endroits, et aucune rambarde n'a été posée depuis mon dernier passage. Mais Kate s'engage sans crainte, mon sac à la main. Je respire un grand coup, m'efforçant d'ignorer les images qui surgissent dans ma tête (une planche qui cède, la poussette qui bascule dans l'eau salée), et je la suis, anxieuse, regardant les roues rebondir sur les interstices traîtres. Je ne respire que lorsque nous atteignons la sécurité relative de l'autre côté.

La porte n'est pas fermée à clef. Comme d'habitude, comme toujours. Kate tourne la poignée et s'efface pour me laisser passer ; je pousse Freya en haut de la marche en bois sur le seuil.

La dernière fois que j'ai vu Kate remonte à sept ans, mais cela fait presque le double que je ne suis pas venue à Salten. Pendant quelques instants, j'ai l'impression d'avoir remonté le temps, d'avoir de nouveau quinze ans : la beauté délabrée du lieu me saisit comme la première fois. Les longues fenêtres asymétriques avec leurs rebords fendillés, qui donnent sur l'estuaire, la toiture voûtée qui monte en pente raide jusqu'aux poutres noires, l'escalier en colimaçon bancal, qui mène aux chambres à l'étage, puis au grenier vertigineux. Et le poêle noirci par la fumée avec son tuyau en S, le canapé bas aux ressorts défoncés, et surtout les tableaux, des tableaux partout. Certains que je ne reconnais pas, sans doute des œuvres de Kate, mais aussi une centaine qui sont comme de vieux amis, ou des prénoms vaguement familiers.

Là, au-dessus de l'évier taché de rouille, dans un cadre doré, un portrait de Kate bébé, son visage potelé, sa concentration farouche tandis qu'elle tente d'attraper quelque chose juste en dehors du cadre.

À côté de la porte qui mène aux toilettes extérieures, une aquarelle de Thea, ses traits se dissolvant au bord du papier granuleux.

Et au-dessus du bureau, j'aperçois un croquis au crayon de Fatima et moi, bras dessus bras dessous dans un hamac de fortune, riant, riant, comme si toute peur nous était complètement étrangère.

Je suis attaquée simultanément par un millier de souvenirs qui m'attirent inexorablement dans le passé – mais sur ce, j'entends un aboiement sonore, Shadow bondit vers moi dans un tourbillon de blanc et de gris. Je le repousse en caressant sa tête, qu'il pousse contre mon pied, mais lui ne fait pas partie du passé et le charme est brisé.

— Ça n'a pas changé ! je m'exclame, consciente de la stupidité de ma phrase.

Kate hausse les épaules et se met à détacher Freya de sa poussette.

— Un peu, si. J'ai dû remplacer le frigo.

Elle me montre l'appareil d'un signe de tête. Il a l'air encore plus vieux et douteux que son prédécesseur, si c'est possible.

— Et j'ai dû vendre une grande partie des plus beaux tableaux de Papa, bien sûr. J'ai rempli les espaces vides avec les miens, mais ce n'est pas pareil. J'ai été obligée de vendre certains de mes préférés – le squelette de pluvier, et celui du lévrier sur le sable... mais les autres, je n'ai pas pu me résoudre à m'en défaire.

Elle caresse des yeux un à un les tableaux restants.

Je prends Freya de ses bras et la colle contre mon épaule, sans dire ce que je pense, à savoir qu'on se croirait dans un musée, comme dans ces maisons d'hommes célèbres où les pièces semblent figées dans l'instant où ils les ont quittées. La chambre de Marcel Proust, fidèlement reconstruite au musée Carnavalet. Le bureau de Kipling préservé dans le formol au Bateman's.

Sauf qu'ici il n'y a pas de cordes pour tenir le visiteur à l'écart, seulement Kate, qui continue de vivre dans ce mémorial dédié à son père.

Pour dissimuler mes pensées je me dirige vers la fenêtre, et je tapote le dos ferme et chaud de Freya, plus pour m'apaiser moi qu'elle. Je contemple l'estuaire. La marée est basse, mais la jetée en bois qui avance sur la baie n'est qu'à quelques dizaines de centimètres au-dessus du clapotis des vagues, et je me retourne face à Kate, surprise.

— La jetée s'est enfoncée ?

— Il n'y a pas que la jetée, répond-elle tristement. C'est bien le problème. Toute la maison s'enfonce. J'ai fait venir un expert et, d'après lui, il n'y a pas de fondations solides, et si je demandais une hypothèque, je ne l'obtiendrais jamais.

— Mais... Attends deux secondes... Comment ça, elle s'enfonce ? Tu ne peux pas la retancer... l'étançonner, je veux dire ?

— Pas vraiment. Le problème, c'est qu'il n'y a que du sable en dessous. Il n'y a rien pour faire tenir l'étançon. On peut ajourner l'inévitable, mais en définitive, elle va être emportée par les eaux.

— Ce n'est pas dangereux ?

— Pas vraiment. Enfin si, ça provoque du mouvement dans les étages, et du coup le sol est un peu irrégulier, mais elle ne va pas s'écrouler ce soir, si c'est ce que tu crains. Le problème, c'est plus l'électricité, des trucs comme ça.

— *Quoi ?*

Je fixe l'interrupteur sur le mur, comme si je m'attendais à voir jaillir des étincelles d'une seconde à l'autre. Kate éclate de rire.

— T'inquiète pas. J'ai fait installer un méga-disjoncteur quand j'ai vu que ça commençait à craindre. Si un appareil se met à déconner, il coupe immédiatement le jus. Par contre, les lumières ont tendance à s'éteindre à marée haute, du coup.

— Ça doit être impossible à assurer.

— À assurer ?

Elle me regarde comme si j'avais dit un truc charmant et farfelu.

— Qu'est-ce que tu veux que je fiche d'une assurance ?

Je secoue la tête, perplexe.

— Mais qu'est-ce que tu *fiches* là ? Kate, c'est dingue. Tu ne peux pas vivre comme ça.

— Isa, dit-elle patiemment. Je ne peux pas partir. Comment veux-tu que je fasse ? La maison est absolument invendable.

— Alors ne la vends pas. Mais tire-toi. Donne les clefs à la banque. Déclare-toi en faillite personnelle, si nécessaire.

— Je ne peux pas partir, répète-t-elle, têtue.

Elle se dirige vers la gazinière pour ouvrir la bouteille de gaz et allumer le petit feu. La bouilloire se met à siffler en sourdine tandis qu'elle sort deux tasses et une boîte de thé cabossée.

— Tu sais pourquoi.

Et je ne peux rien répondre à ça, parce que c'est vrai : je sais exactement pourquoi. Et c'est la raison même de ma venue.

— Kate – j'ai le ventre noué par une vague nausée –, Kate… ce message…

— Pas maintenant.

Elle me tourne le dos.

— Je suis désolée, Isa. C'est que… ce ne serait pas juste. Il faut qu'on attende l'arrivée des autres.

— Pas de problème, dis-je avec calme.

Mais là, d'un coup, je ne le suis pas. C'est le moins qu'on puisse dire.

C'est Fatima qui arrive la deuxième.

Nous sommes presque à la nuit tombante ; une brise chaude, paresseuse filtre à travers les fenêtres ouvertes et je tourne les pages d'un roman, tentant de réfréner mon imagination qui s'emballe. Quelque part, j'ai envie de secouer Kate, de la forcer à dire la vérité. Mais par ailleurs – et c'est tout aussi fort – j'ai peur d'affronter ce qui vient.

Pour le moment, tout est calme, moi avec mon livre, Freya qui somnole dans son couffin, Kate à la gazinière, les odeurs salées et appétissantes qui s'élèvent de la poêle à frire en équilibre sur le feu. Je voudrais m'accrocher à cette trêve le plus longtemps possible. Peut-être que, si nous n'en parlons pas, nous pouvons faire que tout soit tel que je l'ai raconté à Owen : des retrouvailles entre vieilles amies.

Un sifflement dans la poêle me fait sursauter, et en même temps Shadow pousse une série de jappements de plus en plus nerveux. En tournant la tête, j'entends un bruit de pneus qui quittent la route principale pour s'engager sur la piste menant à l'estuaire.

Je me lève de mon siège près de la fenêtre et j'ouvre la porte du côté terre, et là, tous phares allumés, un gros 4x4 descend la piste cabossée, musique à fond, faisant s'envoler à tire-d'aile les oiseaux des marais, affolés. Le gravier crisse, le frein à main grince puis le moteur s'éteint, et le silence revient brusquement.

— Fatima ?

La portière s'ouvre et je cours vers elle sur la passerelle. Sur la rive, elle me jette les bras autour du cou et m'étreint si fort que j'en oublie presque de respirer.

— Isa !

Elle a les yeux d'un noir de jais.

— Ça fait combien de temps ?

— Je ne sais pas !

Je l'embrasse sur sa joue rafraîchie par la clim de la voiture, à demi dissimulée par un foulard en soie, puis me recule pour mieux la regarder.

— Je crois que c'était après que tu as accouché de Nadia, je suis venue te voir, donc ça doit faire… purée, six ans ?

Elle hoche la tête et se met à tripoter les épingles qui retiennent son foulard sur sa tête. Pendant un instant, je crois qu'elle va l'enlever, m'imaginant que c'est un accessoire à la Audrey Hepburn. Mais non, elle le fixe mieux, et brusquement, je réalise que ce n'est pas un simple foulard ; c'est un hijab.

Fatima surprend mon regard perplexe et sourit en remettant la dernière épingle en place.

— Je sais, ça change, hein ? J'y pensais depuis une éternité, et quand Sam est né, je ne sais pas, j'ai trouvé que c'était le moment.

— Est-ce que c'est… est-ce qu'Ali…

Et j'ai immédiatement envie de me donner une claque lorsque Fatima me regarde de travers.

— Isa, ma chérie, tu m'as déjà vue écouter un mec quand il s'agissait de faire un truc dont je n'avais pas envie ?

Puis elle soupire. À cause de moi, sans doute, mais peut-être surtout à cause de toutes les fois qu'on lui a posé cette question.

— Je ne sais pas, dit-elle. Peut-être que d'avoir les enfants m'a fait changer de perspective. Ou peut-être que toute ma vie, je me suis apprêtée à revenir à ça. Je ne sais pas. Tout ce que je sais, c'est que je suis plus heureuse que jamais avec.

— Eh bien, je…

Je m'interromps, tentant de déterminer ce que je ressens. Je regarde son haut boutonné jusqu'au cou, son foulard étroitement ajusté sur ses cheveux, et je ne peux pas m'empêcher de penser à ses cheveux magnifiques, qui tombaient autrefois en cascade sur ses épaules, cachant le haut de son maillot de bain de telle sorte qu'on aurait dit qu'elle était nue dessous. *Lady Godiva*, l'avait un jour appelée Ambrose, même si je n'ai compris la référence que plus tard. Et maintenant… maintenant ils ont disparu. Cachés. Cela dit, je comprends ce qui peut la pousser à vouloir laisser derrière elle cette partie de son passé.

— Ça m'impressionne, je crois. Et Ali ? Est-ce que… est-ce qu'il est à fond dedans aussi, maintenant ? Il fait le ramadan et tout ça ?

— Ouaip. On s'est lancés tous les deux.

— Tes parents doivent être contents.

— Je ne sais pas. C'est un peu difficile à dire – enfin, oui.

Elle met son sac en bandoulière et nous traversons la passerelle, marchant précautionneusement dans les derniers rayons de soleil.

— Je crois qu'ils le sont. Même si Maman a toujours bien dit que ça ne la gênait pas que je ne porte pas le foulard, je pense que secrètement, elle est ravie que j'aie changé d'avis. Les parents d'Ali… bizarrement, pas tellement. Sa mère est à mourir de rire, elle n'arrête pas de me dire : *Mais Fatima, les gens n'aiment pas les femmes qui portent le hijab dans ce pays, tu vas avoir des problèmes au travail, les mères de l'école vont penser que tu es radicalisée.* J'ai essayé de lui expliquer que mon cabinet médical était tellement content que c'en est même gênant d'avoir un médecin généraliste femme qui sait parler urdu et qui est prête à travailler à plein temps, et que la moitié des copains des enfants viennent de familles musulmanes, mais elle refuse de me croire.

— Et comment va Ali ?

— Super ! Il vient d'être nommé consultant. Enfin il travaille trop ; mais comme tout le monde, non ?

— Pas moi. (Je laisse échapper un petit rire coupable.) Je suis en congé maternité, je glande.

— Ouais, c'est ça. (Elle me fait un sourire en coin.) Je me souviens de ce que c'est, de glander comme ça. Privation de sommeil, tétons crevassés. Si j'ai le choix, je préfère le service de podologie, merci.

Puis elle regarde autour d'elle.

— Où est Freya ? J'ai envie de la voir.

— Elle dort, le trajet l'a complètement crevée, je crois. Mais elle ne va pas tarder à se réveiller.

Nous sommes arrivées à la porte du Moulin, et Fatima fait une pause, main sur la poignée.

— Isa…, dit-elle lentement, et je sais, sans qu'elle ait besoin de terminer, ce qu'elle s'apprête à demander.

Je secoue la tête.

— Je ne sais pas. J'ai demandé à Kate, mais elle veut attendre qu'on soit toutes là. Elle dit que ce ne serait pas juste.

Ses épaules s'affaissent, et soudain tout semble creux, les politesses futiles, qui se dessèchent telle de la poussière sur mes lèvres. Je sais que Fatima est aussi nerveuse que moi, et que nous pensons toutes deux à ce message de Kate, que nous nous efforçons de ne pas trop réfléchir à ce qu'il pourrait vouloir dire. Ce qu'il *doit* vouloir dire.

— Prête ?

Elle pousse un long soupir entre ses lèvres pincées, puis hoche la tête.

— Aussi prête que possible. Putain, ça va être bizarre.

Puis elle ouvre la porte, et je vois le passé l'envelopper comme moi tout à l'heure.

À la descente du train à Salten le premier jour, il n'y avait personne sur le quai à part Thea, Kate et une petite brune de onze ou douze ans, tout à l'autre bout. Elle a jeté un coup d'œil hésitant à droite et à gauche, puis s'est mise à marcher vers nous. Quand elle s'est approchée, j'ai vu qu'elle portait un uniforme de Salten, et une fois qu'elle est arrivée presque à notre niveau, j'ai compris qu'elle était beaucoup plus âgée que je ne l'avais cru – au moins quinze ans – mais toute menue.

— Salut, a-t-elle dit. Vous allez à Salten ?

— Non, on est juste une bande de pédophiles, on porte l'uniforme pour appâter les enfants, a dit Thea automatiquement, puis elle a secoué la tête. Désolée, c'était débile. Oui, on va à Salten. Tu es nouvelle ?

— Oui.

Elle s'est rangée à côté de nous et nous nous sommes dirigées vers le parking.

— Je m'appelle Fatima.

Elle avait un accent londonien qui m'a fait me sentir immédiatement chez moi.

— Où sont toutes les autres ? Je croyais qu'il y aurait plein de filles de Salten dans ce train.

Kate a secoué la tête.

— La plupart des parents emmènent leurs filles en voiture, surtout après les vacances d'été. Et les externes et les pensionnaires qui ne restent que la semaine commencent seulement lundi.

— Il y a beaucoup d'externes ?

— À peu près un tiers des élèves. Moi-même, je suis pensionnaire, mais je rentre tous les week-ends. Si je suis là, c'est parce que j'ai passé quelques jours à Londres chez Thea, et on a préféré rentrer ensemble.

— Tu viens d'où ? a demandé Fatima.

— De là-bas.

Kate a désigné une étendue d'eau scintillante, au-delà des marais salants, dans le lointain. J'ai cligné des yeux. Je ne voyais pas de maison, mais il pouvait y avoir des bâtiments cachés derrière une dune ou les arbres rabougris qui bordaient les rails.

— Et toi ?

Fatima s'était tournée vers moi. Elle avait le visage rond, sympathique, et de magnifiques cheveux noirs retenus par une barrette.

— Tu es là depuis longtemps ? Tu es en quelle année ?

— J'ai quinze ans. Je rentre en première. Je… Je suis nouvelle, comme toi. Je vais être en pension aussi.

Je ne voulais pas me lancer dans le détail de l'histoire – la maladie de ma mère, ses longs séjours à l'hôpital qui nous laissaient tout seuls, mon frère de treize ans et moi, pendant que mon père travaillait tard à la banque… La soudaineté sidérante de la décision de nous envoyer tous les deux en pension, complètement inattendue. Je n'avais jamais posé le moindre problème, si ? Je ne m'étais pas rebellée ni droguée, je n'avais pas rué dans les brancards. J'avais réagi à la maladie de ma mère en me montrant encore plus appliquée. En travaillant davantage, en participant plus au ménage à la maison. En faisant la cuisine et les courses, et en pensant à payer la femme de ménage quand mon père oubliait.

Et du jour au lendemain, la discussion… *mieux pour vous deux… plus rigolo que d'être tout seuls… la continuité… le travail scolaire ne doit pas souffrir… l'année est cruciale…*

Je n'avais su que dire. En réalité, j'étais toujours étourdie. Will avait simplement hoché la tête, sans un tremblement de sa lèvre supérieure, mais je l'avais entendu pleurer la nuit suivante. Mon père le conduisait à Charterhouse ce jour-là, et c'est pour ça que j'avais voyagé seule.

— Mon père est occupé aujourd'hui, me suis-je entendu dire.

La phrase semblait pleine de décontraction, presque répétée.

— Sinon je suppose qu'il m'aurait emmenée en voiture, lui aussi.

— Mes parents sont à l'étranger, a dit Fatima. Ils sont médecins. Ils font, tu sais, ce truc de charité à l'international ? Une année de travail bénévole.

— Putain, a dit Thea, et elle paraissait impressionnée. Je n'imagine pas mon père travailler gratuitement un week-end, alors une année, laisse tomber. Ils ne sont pas payés du tout ?

— Pas vraiment. Enfin, ils ont un dédommagement, je crois que c'est le mot. Des indemnités, si on veut. Mais c'est calculé en fonction des salaires locaux, donc je ne crois pas que ça fasse beaucoup. Ça n'a pas d'importance pour eux – ils font ça dans un esprit un peu religieux, une espèce de sadaqa.

Tandis qu'elle parlait, nous avons débouché devant la petite gare, où un minibus bleu nous attendait, une femme en jupe et veste de tailleur debout à la porte avec un bloc-notes.

— Bonjour les filles, a-t-elle dit à Thea et Kate. Vous avez passé un bel été ?

— Oui, merci, miss Rourke, a dit Kate. Voilà Fatima et Isa. On les a rencontrées dans le train.

— Fatima… ?

Miss Rourke a parcouru sa liste avec un stylo.

— Qureshy, a dit Fatima. Q, U, R…

— C'est bon, je l'ai, a dit sèchement miss Rourke, mettant une croix devant son nom. Et tu dois être Isa Wilde.

J'ai hoché la tête docilement.

Miss Rourke a noté quelque chose sur sa feuille, puis elle a hissé nos valises dans le coffre du minibus et nous sommes montées dans le véhicule une par une.

— Claquez la portière, a dit miss Rourke par-dessus son épaule.

Fatima a pris la poignée et refermé bruyamment.

Puis nous sommes parties du parking plein de nids-de-poule, sur une route défoncée qui se dirigeait vers la mer.

Thea et Kate bavardaient sans arrêt au fond du bus, tandis que Fatima et moi restions assises nerveusement, côte à côte, comme si c'était une chose que nous faisions tous les jours.

— Tu as déjà été en pension ? ai-je demandé à voix basse à Fatima.

Elle a secoué la tête.

— Non. Je n'étais pas sûre d'en avoir envie, pour être honnête, j'aurais autant aimé aller au Pakistan avec mes parents, mais Maman n'a pas voulu en entendre parler. Et toi ?

— Première fois aussi. Tu as visité Salten ?

— Oui, je suis venue à la fin de l'année dernière quand mes parents faisaient de la prospection. Tu en as pensé quoi, toi ?

— Je... je n'y suis jamais allée. On n'a pas eu le temps.

C'était un fait accompli lorsque Papa m'avait mise au courant, trop tard pour les journées portes ouvertes ou les visites. Si Fatima a trouvé ça bizarre, elle n'en a rien montré.

— C'est pas grave, a-t-elle dit. Ça ressemble – bon, ça va sans doute te sembler affreux, mais ça ressemble un peu à une prison de grand standing.

J'ai réprimé un sourire et hoché la tête. Je savais ce qu'elle voulait dire, j'avais vu les photos sur la brochure et ça avait effectivement quelque chose d'une prison – la large façade blanche rectangulaire, face à la mer, les kilomètres de barrières en métal. La couverture du livret montrait un extérieur d'une austérité presque pénible, les proportions d'une précision mathématique accentuées, plutôt qu'allégées, par quatre petites tourelles un peu ridicules, une à chaque coin, comme si l'architecte avait eu des remords de dernière minute en contemplant sa création, et les avait ajoutées pour tenter in extremis d'atténuer la sévérité de l'ensemble. Du lierre, ou même juste un peu de lichen, aurait adouci les coins du bâtiment, mais peu de plantes, sans doute, pouvaient survivre sur un site aussi venteux.

— Tu crois qu'on pourra choisir avec qui on est ? Dans les chambres, je veux dire ? ai-je demandé.

C'était une question qui me préoccupait depuis Londres. Fatima a haussé les épaules.

— Je ne sais pas. J'en doute. Imagine si tout le monde tournait dans tous les sens pour choisir ses colocs ? Je crois qu'on va nous attribuer quelqu'un.

J'ai de nouveau hoché la tête. J'avais lu le règlement avec attention sur ce point, car chez nous, j'étais habituée à avoir mon intimité, et j'étais consternée de voir que les filles n'avaient pas le droit à une chambre seule avant la terminale. Au moins, ce n'étaient pas des dortoirs, comme pour les années inférieures.

Nous sommes retombées dans le silence. Fatima lisait un roman de Stephen King, et je regardais par la fenêtre les marais salants qui défilaient, les larges étendues de mer, les fossés pleins et les rigoles qui serpentaient, puis les dunes de sable le long de la route côtière, sentant le minibus tanguer dans le vent marin.

Nous avons ralenti avant un virage sur la route côtière et j'ai vu miss Rourke indiquer quelque chose au chauffeur et nous nous sommes engagés dans la longue allée de cailloux blancs qui conduisait au lycée.

C'est curieux, maintenant que Salten House est si irrémédiablement gravé dans ma mémoire, de me souvenir qu'il fut un temps où il représentait l'inconnu, mais ce jour-là, je suis restée coite tandis que nous remontions l'allée derrière une Mercedes et une Bentley. J'absorbais le spectacle.

Il y avait la façade blanche, d'une luminosité qui faisait mal aux yeux sur le bleu du ciel, telle que je l'avais vue sur la couverture du livret, et sa sévérité n'était que soulignée par les carrés luisants des fenêtres bien alignées constellant le mur à intervalles réguliers et les formes noires des escaliers de secours qui s'enroulaient sur les côtés, jusqu'en haut des tours, tel du lierre industriel. Il y avait les terrains de hockey, les courts de tennis qui s'étalaient au loin, et les kilomètres d'enclos qui se perdaient dans les marais salants derrière l'établissement.

En approchant, j'ai vu que les portes noires étaient ouvertes en grand, et ce qui m'a frappée le plus, c'est la vision d'un troupeau de filles de toutes tailles et de toutes corpulences qui couraient dans tous les sens, échangeaient des cris, embrassaient leurs parents, se tapaient dans la main, saluaient les professeurs.

Le minibus s'est arrêté et miss Rourke nous a confiées, Fatima et moi, à une autre enseignante, qui s'appelait miss Farquharson-Jim, a-t-elle dit (ou peut-être miss Farquharson, Gym). Thea et Kate se sont fondues dans la foule et nous nous sommes retrouvées prises dans la masse stridente de filles qui consultaient des listes sur le panneau d'affichage et poussaient des exclamations en découvrant leurs classes, leurs équipes, déposaient leurs malles et leurs valises, comparaient leurs provisions de plats maison et leurs nouvelles coupes de cheveux.

— C'est assez inhabituel pour nous d'avoir deux nouvelles en classe de première, a expliqué miss Farquharson, levant la voix sans effort pour couvrir le brouhaha tandis qu'elle nous conduisait dans un couloir lambrissé haut de plafond avec un escalier en colimaçon. En temps normal, nous préférons mélanger les nouvelles avec des anciennes, mais pour plusieurs raisons, nous vous avons mises ensemble cette année. (Elle a consulté sa liste.) Vous êtes en… 2B. Connie…

Elle a pris par le bras une fille plus jeune qui était en train de donner des coups de raquette de badminton sur la tête d'une autre.

— Connie, tu pourrais emmener Fatima et Isa à la Tour 2B ? Fais-les passer devant le cellier pour qu'elles sachent où aller ensuite pour le déjeuner. Les filles, le déjeuner est à 13 heures pile. Il y aura une sonnerie, mais elle ne vous laisse que cinq minutes pour venir, donc je vous suggère de vous mettre en route dès que vous l'entendez, parce qu'il y a un peu de marche entre les tours et le réfectoire. Connie va vous montrer le chemin.

Fatima et moi, nous avons hoché la tête, un peu hébétée par le volume sonore des voix qui retentissaient, et nous avons traîné nos valises derrière Connie, qui disparaissait déjà dans la masse.

— En principe, vous ne pouvez pas utiliser l'entrée principale, a-t-elle dit par-dessus son épaule, zigzaguant entre les groupes de filles, et elle s'est glissée dans un petit couloir au fond du hall. À part le premier jour de chaque trimestre, et si vous êtes une Hon.

— Une Hon ? ai-je répété.

— Au tableau d'honneur. C'est pour les responsables de dortoirs... les capitaines des équipes... les déléguées... ce genre de trucs. Vous le saurez, si vous en arrivez là. Dans le doute, n'utilisez pas cette porte. C'est exaspérant, parce que c'est le chemin le plus court depuis la plage et les terrains de hockey, mais ça ne vaut pas le coup de risquer de se faire remonter les bretelles.

Sans prévenir, elle s'est glissée par une autre porte et a désigné un long couloir dallé.

— C'est le cellier, au bout là-bas. Ils n'ouvrent pas les portes avant 13 heures, mais ne soyez pas en retard, c'est la galère pour trouver une place. Vous êtes vraiment dans la Tour 2 ?

Je ne voyais pas comment répondre à ça, mais Fatima a parlé pour nous deux.

— C'est ce qu'a dit cette femme.

— Vous avez de la chance, a dit Connie avec envie. C'est dans les tours qu'il y a les meilleures chambres, tout le monde le sait.

Elle n'a pas expliqué pourquoi, mais a poussé une porte dans le panneau et commencé à grimper d'un pas énergique une volée de marches étroites dans la pénombre. Je m'essoufflais à tenter de suivre le rythme, et la valise de Fatima se cognait contre chaque marche.

— Dépêchez-vous, lança Connie avec impatience. J'ai promis à Letitia que je la retrouverais avant le déjeuner et je n'aurai pas le temps, à ce compte-là.

J'ai approuvé d'un hochement de tête, un peu sinistre cette fois, et tiré ma valise jusqu'en haut d'une seconde volée de marches, puis sur le palier.

Enfin, Connie s'est arrêtée devant une porte qui annonçait : Tour 2.

— Ça vous dérange si je vous laisse là ? Vous ne pouvez pas vous tromper, vous montez, et il n'y a que deux chambres, A et B. Vous êtes dans la B.

— Pas de problème, répondit Fatima d'une voix un peu faible.

Et Connie a disparu sans plus de discussion, comme un lapin qui rentre dans son trou, nous laissant hors d'haleine et quelque peu désorientées.

— Eh bien, c'était déroutant, a dit Fatima. Je sais pas du tout comment on va retrouver cette foutue sellerie.

— C'est le cellier, je crois, ai-je dit automatiquement.

Puis je me suis mordu la lèvre, mais Fatima n'a pas semblé remarquer, ou en tout cas, elle n'a pas pris ombrage de ma correction.

— On y va ? a-t-elle dit, ouvrant la porte de la tour.

J'ai fait un signe de tête, et elle a reculé avec une révérence.

— Après vous...

J'ai regardé derrière. Encore un escalier, en colimaçon cette fois, dont on ne voyait pas le haut. J'ai poussé un soupir et agrippé plus fermement la poignée de ma valise. J'allais être très en forme, s'il fallait refaire ce parcours chaque matin au petit déjeuner.

La première porte que nous avons dépassée ouvrait sur une salle de bains – des lavabos, deux toilettes, et ce qui ressemblait à une cabine de douche. Nous avons continué à monter. Au deuxième palier, il y avait une autre porte. Celle-ci indiquait simplement « B ». J'ai baissé les yeux vers Fatima, un sourcil dressé.

— Qu'est-ce que t'en penses ?

— Ça se tente, a-t-elle dit gaiement, et j'ai frappé.

Aucun son n'est venu de l'intérieur, aussi, j'ai poussé la porte prudemment et je suis entrée.

La chambre était étonnamment belle, logée dans le mur arrondi de la tour. Deux fenêtres, une au nord, vers les marais, l'autre à l'ouest, vers les kilomètres de terrains de sport et la route côtière. J'ai réalisé que nous devions nous trouver dans le coin arrière gauche du bâtiment. En dessous, de petites dépendances étaient dispersées, dont certaines que j'ai reconnues pour les avoir vues dans la brochure – l'aile des sciences, le bloc d'éducation physique. Sous chaque fenêtre, il y avait un lit en métal étroit, avec de simples draps blancs et une couverture rouge au pied. Une table de nuit en bois se trouvait à côté de chacun et, entre les deux fenêtres, deux meubles plus longs, pas tout à fait assez grands pour être décrits comme des armoires. *I. Wilde*, disait une étiquette sur l'un d'entre eux. *F. Qureshy*, disait l'autre.

— Au moins, on ne va pas se battre pour les lits, a dit Fatima.

Elle a hissé sa valise sur celui qui se trouvait à côté du meuble à son nom.

— Très organisé.

J'étudiais le paquet sur le bureau à côté de la porte, sur lequel, bien en évidence, était posé le « Contrat Lycée-Lycéens – à signer par tous les élèves et à remettre à miss Weatherby », lorsqu'un son incroyablement strident, discordant, s'est mis à retentir affreusement fort dans le couloir.

Fatima a sursauté, visiblement aussi surprise que moi, et m'a regardée.

— Qu'est-ce que c'est que ce bordel ? Me dis pas qu'on va devoir se taper ce boucan à chaque repas ?

— Sans doute que si.

Le choc m'avait fait battre le cœur plus vite.

— Putain. Tu crois qu'on va s'y habituer ?

— Pas sûr. Mais on ferait bien d'y aller, tu crois pas ? Ça m'étonnerait qu'on trouve cette espèce de cellier en cinq minutes.

J'ai acquiescé, et ouvert la porte du couloir pour tenter de revenir là d'où nous venions. Entendant des pas au-dessus, j'ai levé les yeux, espérant que nous allions pouvoir suivre ces inconnues jusqu'au réfectoire.

Les jambes que j'ai vues descendre l'escalier en pierre étaient longues, très longues, et je les aurais reconnues entre mille. En fait, j'avais vu ces jambes dans des bas tout sauf réglementaires quelques heures plus tôt à peine.

— Tiens, tiens, a dit une voix, et j'ai vu Thea, suivie de près par Kate, déboucher de la spirale. Devinez qui est dans la Tour 2B ? On dirait qu'on va s'amuser, cette année, non ?

— Alors tu ne bois plus, c'est vrai ? demande Kate à Fatima tandis qu'elle remplit mon verre.

Son visage à la lueur de la lampe lorsqu'elle lève les yeux vers Fatima est perplexe, ses sourcils dressés dans une expression qui n'est pas tout à fait désapprobatrice, plutôt légèrement interrogative.

— Genre... plus du tout ?

Fatima confirme d'un signe de tête et repousse son assiette.

— Genre plus du tout. Ça fait partie du deal, pas vrai ?

Ses propres mots lui font lever les yeux au ciel.

— Ça te manque ? je demande. L'alcool, je veux dire ?

Fatima prend une gorgée de la limonade qu'elle a descendue de sa voiture et hausse les épaules.

— Franchement ? Pas vraiment. Enfin je veux dire, oui, je me rappelle que c'était marrant parfois, et le goût du gin tonic, tout ça. Mais c'est pas comme si...

Elle s'arrête. Je crois savoir ce qu'elle s'apprêtait à dire. Ce n'est pas comme si l'alcool nous avait réussi si bien que ça. Sans boire, nous n'aurions peut-être pas commis certaines de nos erreurs.

— Je suis contente comme ça, dit-elle enfin. Je suis en forme. Et ça facilite les choses, d'un certain côté. Tu sais... pour conduire... pour être enceinte. Ce n'est pas si dur que ça, d'arrêter.

Je prends une gorgée de vin rouge, le regarde étinceler dans la lumière tamisée du plafonnier, pense à Freya qui dort dans la pièce à côté, et à l'alcool qui passe de mon sang dans mon lait.

— J'essaie d'y aller mollo, dis-je. Pour Freya. Enfin, je peux boire un verre ou deux, mais c'est tout, tant que je lui donne le sein. Mais je ne vais pas mentir, j'ai trouvé ça super-dur de ne pas boire du tout pendant neuf mois. La seule chose qui m'a fait tenir, c'était de penser à la bouteille de pouilly-fumé dans le frigo pour après.

— Neuf mois. (Kate fait tourner son vin pensivement dans son verre.) Ça fait des années que je n'ai pas passé ne serait-ce que neuf *jours* sans un verre. Mais tu ne fumes plus, si, Isa ? Ça, c'est une sacrée réussite.

Je souris.

— Non, j'ai arrêté quand j'ai rencontré Owen et je n'ai pratiquement pas fait d'écart depuis. Mais c'est tout – je ne suis pas capable de renoncer à plus d'un vice à la fois. Tu as de la chance de n'avoir jamais commencé, dis-je à Fatima.

Elle rit.

— C'est une bonne chose, c'est sûr, comme ça c'est plus facile de faire la leçon sur les dangers du tabac à mes patients. Ça la fout mal, un généraliste qui te dit d'arrêter de fumer alors qu'il pue la clope. Ali en grille encore une de temps en temps, par contre. Il s'imagine que je ne le sais pas, mais si, bien sûr.

— Et tu ne lui dis rien ?

Je lui pose la question en pensant à Owen. Fatima hausse les épaules.

— C'est sa conscience. Je deviendrais dingue s'il le faisait devant les enfants mais, à part ça, ce qu'il fait de son corps, c'est entre lui et Allah.

— C'est tellement..., dit Kate, puis elle pousse un petit rire. Désolée, je ne veux pas te mettre mal à l'aise. Mais je n'en reviens pas. Tu es la Fatima que je connais, et pourtant...

Elle désigne le hijab d'un geste. Fatima l'a retiré, mais il est sur ses épaules, comme pour rappeler tout ce qui a changé.

— Attention, hein, je trouve ça super. Il va juste me falloir un moment pour... pour m'habituer. Pareil que de voir Isa avec Freya, sans doute.

Elle me sourit, et je remarque les ridules au coin de sa bouche.

— C'était tellement bizarre quand tu es arrivée à la gare, avec ce petit être. Et te voir la trimballer, lui essuyer la bouche, lui changer ses couches comme si tu avais fait ça toute ta vie… C'est dur de se rappeler que tu es mère, quand je te vois là, assise sur la même chaise qu'avant. Physiquement, tu es exactement la même, c'est comme si rien n'avait changé, et pourtant…

Et pourtant tout a changé.

Il est plus de 23 heures lorsque Fatima regarde sa montre et écarte sa chaise de la table. Nous avons parlé de tout : des patients de Fatima, des ragots du village, du travail d'Owen, toujours en esquivant la question en suspens – pourquoi Kate nous a-t-elle convoquées ici avec une telle urgence ?

— Je vais devoir aller me coucher, dit Fatima. Je peux prendre la salle de bains ?

— Oui, bien sûr, dit Kate sans lever les yeux.

Elle est en train de se rouler une cigarette, ses minces doigts bruns répartissant le tabac avec toute l'habileté de la pratique. Elle la porte à sa bouche, lèche le papier puis pose le cylindre achevé sur la table.

— Et je suis au fond, ou… ?

— Ah, désolée, j'aurais dû te prévenir. (Kate secoue la tête, pour se gronder elle-même.) Non. Thea va prendre la chambre du bas. Je t'ai installée dans mon ancienne chambre. Je dors à l'étage, maintenant.

Fatima hoche la tête et monte à la salle de bains, me laissant seule avec Kate. Je la regarde ramasser sa cigarette et en tapoter un bout contre la table.

— Te gêne pas pour moi, lui dis-je, sachant qu'elle se retient à cause de ma présence, mais elle secoue la tête.

— Non, c'est pas sympa. Je vais aller dehors sur la jetée.

— Je t'accompagne.

Elle ouvre la porte en bois vermoulu et nous sortons toutes deux dans la tiédeur nocturne.

Il fait très noir, et une lune magnifique se lève au-dessus de l'estuaire. Kate marche vers la gauche de la jetée, l'extrémité qui donne sur l'amont de la rivière, en direction du village de Salten, et pendant un instant, je ne comprends pas, puis je vois pourquoi. L'autre bout de la jetée, celui où il n'y a pas de clôture, et où nous avions l'habitude de nous asseoir à marée haute, est complètement submergé. Kate remarque mon regard et hausse les épaules d'un air résigné.

— C'est comme ça, à marée haute, maintenant. (Elle consulte sa montre.) Cela dit, elle ne montera pas plus haut ; elle va bientôt se mettre à redescendre.

— Mais... mais, Kate, je ne savais pas du tout. C'est de ça que tu parlais, quand tu disais que la maison coule ?

Elle hoche la tête, allume sa clope, et prend une longue bouffée.

— C'est grave. Elle coule *vraiment*.

— Je sais.

Elle parle d'une voix neutre en recrachant une longue volute de fumée dans la nuit. L'envie me tord les boyaux. Je peux presque sentir le *goût* de la cigarette.

— Mais qu'est-ce que tu veux faire ? demande-t-elle, sa roulée au coin de la bouche – une question rhétorique.

Soudain, je ne supporte plus l'attente.

— Donne-moi une taffe.

— Quoi ?

Kate se tourne vers moi, le visage baigné d'ombres par le clair de lune.

— Isa, non. Enfin, tu as arrêté !

— Toxico un jour, toxico toujours, tu le sais très bien. On peut juste être un toxico qui n'a pas pris sa dose depuis longtemps.

Je parle sans réfléchir, avant de réaliser, un frisson dans le ventre, ce que je viens de dire, et qui je viens de citer. On dirait qu'un couteau me traverse le cœur. Je pense encore à lui, même après tout ce temps, et ce doit être pire pour Kate !

— Oh merde, dis-je, levant une main. Je suis désolée, je...

— Ce n'est pas grave, dit-elle, mais son sourire a disparu, et les ridules au coin de sa bouche sont soudain plus profondes que tout à l'heure.

Elle prend une longue bouffée, puis glisse la roulée entre mes doigts écartés.

— Je pense à lui tout le temps. En parler ou pas, ça ne change rien à ma souffrance.

Je tiens la cigarette, légère comme une allumette, entre mes doigts, puis avec le même sentiment que si je me glissais dans un bain chaud, je la porte à mes lèvres et j'aspire la fumée bien au fond de mes poumons. Oh putain, ce que c'est bon…

Puis deux choses se produisent. Loin sur l'estuaire, vers le pont, deux faisceaux jumeaux de lumière se promènent sur les vagues. Une voiture s'arrête au bout de l'allée pleine d'ornières de Kate.

Et le babyphone dans ma poche laisse échapper un petit gémissement qui me serre le cœur ; je dresse la tête, attirée par le fil invisible qui me relie à Freya.

— Tiens.

Kate tend la main et je lui rends sa cigarette à la hâte. Je n'en reviens pas d'avoir fait ça. Un verre de vin, c'est une chose, mais est-ce que je m'apprête vraiment à prendre ma fille dans les bras avec une odeur de clope puante sur moi ? Que dirait Owen ?

— Va retrouver Freya, dit-elle. Je vais voir qui…

Mais en courant vers la chambre où j'ai laissé Freya, à l'étage, je sais qui. Je sais exactement qui.

C'est Thea, qui arrive comme promis. Nous sommes toutes là, enfin.

Sur le palier, je manque de bousculer Fatima qui sort de sa chambre, celle de Kate auparavant.

— Désolée, dis-je, essoufflée. Freya…

Elle s'efface pour me laisser passer et je me précipite jusqu'au bout du couloir, où Kate a installé le berceau en bois cintré qui l'accueillait elle-même quand elle était bébé.

C'est une pièce magnifique – la plus belle, peut-être, à part celle que Kate occupe désormais, une chambre-atelier qui fait tout le dernier étage du Moulin et était autrefois celle de son père.

Lorsque je prends Freya dans mes bras, elle est chaude et collante, et je l'extrais de sa gigoteuse quand je me rends compte de la moiteur qui règne ici. En la tenant contre mon épaule pour la calmer, j'entends un bruit derrière moi. Fatima se tient sur le seuil, jetant des coups d'œil curieux, et je m'aperçois d'une chose que je n'avais pas remarquée en la croisant en hâte sur le palier : elle est encore tout habillée.

— Je croyais que t'allais te coucher ?

Elle secoue la tête.

— Je faisais la prière.

Elle parle à voix basse, presque un chuchotement, pour éviter de faire peur à Freya.

— C'est *tellement* bizarre, Isa. De te voir ici, dans *sa* chambre à lui.

— Je sais.

Je m'installe dans le fauteuil en osier pendant que Fatima s'imprègne du décor : les fenêtres basses, inclinées, le parquet verni en bois foncé, les squelettes de feuilles d'arbre suspendus aux poutres, frémissant dans la brise tiède qui vient de la fenêtre ouverte. Kate a retiré presque toutes les affaires de Luc, ses posters de musiciens, les tas de linge sale derrière la porte, la guitare acoustique appuyée contre le rebord de la fenêtre, l'ancien tourne-disque des années 1970 autrefois posé par terre près du lit. Mais la pièce est toujours hantée par sa présence, et je ne peux la voir autrement que comme la chambre de Luc, même si Kate l'a appelée la chambre du fond lorsqu'elle m'a fait monter.

— Vous êtes restés en contact ? demande Fatima.

— Non, et toi ?

— Non.

Elle s'assoit sur le rebord du lit.

— Mais tu as dû penser à lui, quand même ?

Je ne réponds pas tout de suite ; je prends un instant, replace la mousseline près de la joue de Freya.

— Un peu, dis-je enfin. De temps en temps.

Mais c'est un mensonge – et pire, c'est un mensonge à Fatima. C'était la règle la plus importante du Jeu du Mensonge. Mentir à tous les autres, oui. Mais les unes aux autres : jamais.

Je pense à tous les mensonges que j'ai répétés encore et encore au fil des années, jusqu'à si bien les intégrer qu'ils me faisaient presque l'effet d'être vrais : je suis partie parce que j'avais envie de changement. Je ne sais pas ce qui lui est arrivé, il a disparu du jour au lendemain. Je n'ai rien fait de mal.

Fatima se tait, mais ses yeux vifs d'oiseau sont rivés sur moi, et je laisse ma main retomber de la mèche de cheveux que je tortillais. Quand on regarde les gens mentir aussi souvent que nous l'avons fait, on a vite fait de repérer les signes par lesquels les autres se trahissent. Thea se ronge les ongles. Fatima évite de croiser les yeux de sa « victime ». Kate devient lointaine, inatteignable, immobile. Et moi… je me tripote les cheveux, m'enroule des mèches autour des doigts, formant un réseau de nœuds aussi emmêlés que nos mensonges, sans même m'en rendre compte.

J'ai fait tant d'efforts pour me débarrasser de ce tic, à l'époque. Et maintenant, je vois dans le sourire plein de sympathie de Fatima que ma vieille manie m'a trahie à nouveau.

— Ce n'est pas vrai. J'ai pensé à lui… j'y ai beaucoup pensé. Et toi ?

Elle hoche la tête.

— Bien sûr.

Il y a un silence, et je sais que nous pensons toutes deux à lui… à ses mains, longues et fines, à ses doigts puissants qui se déplaçaient agilement sur les cordes de la guitare, d'abord lentement, comme ceux d'un amant, puis tellement vite qu'on ne les voyait plus. À ses yeux de tigre changeants, qui viraient du cuivre au brun doré selon l'éclairage. Son visage est gravé dans ma mémoire, et à présent, je le vois si nettement que c'est presque comme s'il se tenait devant moi : le nez aquilin, saillant qui rendait son profil si particulier, sa bouche large et expressive, ses sourcils épais remontant légèrement vers les tempes, ce qui lui donnait l'air d'être perpétuellement sur le point de les froncer.

Je soupire, et Freya remue dans sa somnolence.

— Tu veux que je sorte ? demande tout bas Fatima. Si je la dérange…

— Non, reste.

Les paupières de Freya se ferment et se rouvrent, et ses membres se détendent et s'alourdissent, et je sais qu'elle est presque rendormie.

Ça y est, elle ne bouge plus, et je la repose délicatement dans le berceau.

Juste à temps, car en dessous j'entends un bruit de pas. La porte s'ouvre et la voix de Thea retentit dans la maison par-dessus les aboiements de Shadow.

— Mes chéries, je suis à la maison !

Freya sursaute et lève les bras au ciel comme une étoile de mer, mais je pose une main sur sa poitrine et ses yeux se referment. Sur les talons de Fatima, je quitte la chambre de Luc, et nous descendons rejoindre Thea qui nous attend en bas.

Quand je repense à Salten House, ce qui me reste le plus, ce sont les contrastes. La clarté aveuglante qui venait de la mer par les journées ensoleillées d'hiver, et le noir d'encre des nuits à la campagne – plus profond que ne l'est jamais l'obscurité londonienne. La concentration silencieuse des salles de dessin, et la cacophonie stridente du cellier, avec trois cents filles affamées attendant leur pitance. Et, par-dessus tout, l'intensité des amitiés qui se formaient après seulement quelques semaines dans cette atmosphère de serre... et les inimitiés qui allaient avec.

C'est le bruit qui m'a frappée avant tout, cette première nuit. Fatima et moi, nous défaisions nos valises, nous affairant dans un silence qui était déjà agréable et détendu, lorsque la cloche du dîner a sonné. Quand le hurlement suraigu de la sonnerie a retenti et que nous nous sommes précipitées dans le couloir, le barrage sonore qui nous a accueillies ne ressemblait à rien de ce que j'avais entendu dans l'école où j'étais externe – et il n'a fait que s'intensifier lorsque nous sommes entrées dans le cellier. Il y avait déjà du monde au déjeuner, mais des filles avaient continué à arriver toute la journée, et à présent, le réfectoire était plein à craquer. Avec le boucan que faisaient ces trois cents voix criardes, il y avait de quoi vous crever les tympans.

Fatima et moi, nous étions plantées là, hésitantes, en quête d'une place, avec des filles qui nous dépassaient de tous côtés en nous poussant résolument, se dirigeant vers leurs propres amies, lorsque j'ai repéré Thea et Kate au bout de l'une des longues tables en bois verni. Elles étaient face à face, et il y avait une place libre à côté de chacune d'elles. J'ai fait un signe de tête à Fatima et nous avons entrepris de nous diriger vers elles – mais une autre fille nous est passée devant et je me suis rendu compte qu'elle visait la même table. Il n'y aurait pas assez de place pour nous toutes.

— Vas-y, toi, ai-je dit à Fatima, tentant de faire comme si ça ne me dérangeait pas. Je vais aller à une autre table, ça m'ira très bien.

— Ne sois pas stupide. (Fatima m'a poussée affectueusement.) Je ne vais pas t'abandonner ! Il y aura bien deux places ensemble quelque part.

Mais elle n'a pas bougé. Il y avait quelque chose d'un peu bizarre dans la manière dont l'autre fille se dirigeait vers Kate et Thea ; un côté décidé, une hostilité que je n'aurais su tout à fait définir.

— Tu cherches une place ? a demandé gentiment Thea lorsque la fille est arrivée à son niveau.

Par la suite, j'ai appris qu'elle s'appelait Helen Fitzpatrick, qu'elle était joyeuse et adorait les ragots, mais là, elle a ri avec amertume et incrédulité.

— Merci, mais je préférerais encore m'asseoir à côté des toilettes. Qu'est-ce qui t'a pris, de me raconter que miss Weatherby était enceinte ? Je lui ai envoyé une carte de félicitations, et elle a complètement pété les plombs. J'ai été consignée pour six semaines.

Thea n'a rien dit, mais j'ai bien vu qu'elle se donnait du mal pour ne pas pouffer, et Kate, qui était assise dos à Helen, a articulé *dix points* et levé les doigts vers Thea, avec un grand sourire.

— Alors ? a demandé Helen.

— Désolée. J'ai dû mal entendre.

— Te fiche pas de ma gueule ! Sale menteuse !

— C'était une blague. Je ne t'ai jamais dit que c'était sûr et certain, je t'ai dit que je l'avais entendu dire. La prochaine fois, vérifie tes informations.

— Je vais t'en donner, moi, des *informations*. J'ai entendu des *informations* au sujet de ton précédent lycée, Thea. J'ai rencontré une fille de là-bas à mon stage de tennis. Elle a dit que tu n'étais pas bien dans ta tête et qu'ils avaient dû t'expulser. Eh bien, ils ont eu raison, si tu veux mon avis. Plus vite ils te vireront d'ici, mieux je me porterai.

Kate s'est levée et a pivoté sur elle-même pour faire face à Helen. Son expression, de malicieuse et amicale comme je l'avais vue dans le train, avait complètement changé. Elle était pleine d'une colère froide, dure, qui m'a fait un peu peur.

— Tu sais ce que c'est ton problème ?

Elle s'est penchée en avant et Helen a reculé d'un pas, presque sans le vouloir.

— Tu passes beaucoup trop de temps à écouter les rumeurs. Si tu arrêtais de croire au moindre petit ragot juteux qui se balade, tu n'aurais pas été punie.

— Je t'emmerde, a craché Helen.

Puis toutes les filles ont sursauté tandis qu'une voix se faisait entendre derrière le petit groupe. C'était miss Farquharson, Gym.

— Tout va bien, ici ?

Helen a jeté un regard à Thea, semblant se contenir à grand-peine.

— Oui, miss Farquharson, a-t-elle dit.

— Thea ? Kate ?

— Oui, miss Farquharson, a dit Kate.

— Bien. Regardez, il y a deux nouvelles derrière vous qui cherchent une place, et personne ne leur a proposé de s'asseoir. Fatima, Isa, installez-vous sur les bancs. Helen, tu as besoin d'une place ?

— Non, miss Farquharson. Jess m'en garde une.

— Alors je te suggère d'aller t'asseoir.

Miss Farquharson était sur le point de s'en aller, mais elle s'est arrêtée net et son visage s'est figé. Elle s'est penchée et a reniflé le dessus de la tête de Thea.

— Thea, qu'est-ce que je sens là ? Ne me dis pas que tu as fumé à l'intérieur de l'établissement ? Miss Weatherby a été très claire le trimestre dernier. Si ça devait se reproduire, on appellerait ton père pour envisager une suspension.

Il y a eu une longue pause. J'ai remarqué que les doigts de Thea s'agrippaient au rebord de la table. Elle a échangé un regard avec Kate, puis ouvert la bouche – mais à ma grande surprise, je me suis retrouvée à parler la première.

— Nous étions coincées dans un wagon fumeurs, miss Farquharson. Dans le train. Il y avait un homme avec un cigare et la pauvre Thea était assise à côté de lui.

— C'était dégoûtant, a ajouté Fatima. Ça sentait vraiment mauvais. J'ai eu la nausée, et pourtant j'étais assise à côté de la fenêtre.

Miss Farquharson s'est tournée vers nous, et j'ai bien vu qu'elle nous jaugeait – moi avec mon visage pâle et mon sourire de petite fille, Fatima avec ses yeux noirs innocents et sans malice. J'ai senti mes doigts attirés par mes cheveux, mais je me suis retenue, et les ai croisés dans mon dos, comme si j'avais des menottes. Lentement, miss Farquharson a hoché la tête.

— Quelle horreur. Bon, n'en parlons plus, Thea. Pour cette fois. Maintenant asseyez-vous, les filles. Les déléguées vont commencer le service d'ici quelques instants.

Nous nous sommes assises, et miss Farquharson s'est éloignée.

— Nom de Dieu, a murmuré Thea.

Elle a tendu la main vers moi et a pressé la mienne. Ses doigts étaient froids contre les miens, et tremblaient encore de nervosité.

— Et... Putain, je ne sais pas quoi dire. Merci !

— Sincèrement, a dit Kate.

Elle a secoué la tête, avec un mélange de soulagement et d'admiration un peu chagrine. La fureur glaciale que j'avais vue dans son expression lorsqu'elle affrontait Helen avait disparu comme si elle n'avait jamais existé.

— Vous avez assuré comme des pros, toutes les deux.

— Bienvenue dans le Jeu du Mensonge, a dit Thea, avant de jeter un regard à Kate. D'accord ?

Et Kate a hoché la tête.

— Bienvenue dans le Jeu du Mensonge. Ah – son visage s'est fendu d'un grand sourire – et dix points.

Il ne nous a pas fallu longtemps, à Fatima et moi, pour découvrir la raison qui faisait que les chambres des tours étaient considérées comme les meilleures ; en réalité, nous l'avons compris dès le premier soir. J'étais remontée dans notre chambre après avoir regardé un film dans la salle commune. Fatima était déjà là. Étendue sur son lit, elle écrivait une lettre, visiblement sur du papier fin de la poste aérienne, ses cheveux acajou retombant tels des rideaux de soie sombre de chaque côté de son visage.

Elle a levé les yeux et bâillé lorsque je suis entrée, et j'ai remarqué qu'elle était déjà en pyjama – un débardeur court et un short en flanelle rose. Le haut s'est soulevé lorsqu'elle s'est étirée, dévoilant une bande de ventre plat.

— Prête à dormir ? a-t-elle demandé.

— Carrément.

Je me suis assise sur mon matelas dans un grincement de ressorts et j'ai ôté mes chaussures.

— Bon Dieu, je suis claquée. Tous ces nouveaux visages…

— Je sais.

Fatima a rejeté ses cheveux en arrière d'un mouvement de tête et plié sa lettre dans sa table de chevet.

— Je ne pouvais plus affronter de nouvelles têtes, après le dîner, alors je suis remontée. C'est affreux, tu trouves ?

— Ne sois pas idiote. C'est sans doute ce que j'aurais dû faire. Je n'ai pas vraiment parlé à qui que ce soit, d'ailleurs ; il y avait surtout des plus jeunes, apparemment.

— C'était quoi, le film ?

— *Clueless.*

J'ai réprimé un bâillement à mon tour, et je me suis retournée pour déboutonner mon chemisier. J'avais imaginé un box, comme dans les histoires qui se passaient en pension, avec des rideaux autour de chaque lit, mais en fait, il n'y en avait que dans les dortoirs. Dans les chambres, les filles étaient censées se débrouiller pour respecter leur intimité quand c'était nécessaire.

Une fois en pyjama, je cherchais ma trousse de toilette dans mon placard lorsqu'un bruit m'a coupée dans mon élan. J'ai regardé pardessus mon épaule. On aurait dit que quelqu'un avait toqué, mais ça ne venait pas du côté de la porte.

— C'était toi ? ai-je demandé à Fatima.

Elle a secoué la tête.

— J'allais te demander la même chose. On aurait dit que ça venait de la fenêtre.

Les rideaux étaient tirés, et nous sommes restées plantées là, aux aguets, nous sentant bizarrement tendues et un peu idiotes. J'étais sur le point de classer l'affaire avec un rire et une remarque sur Raiponce lorsque le bruit a de nouveau retenti, plus fort cette fois, ce qui nous a toutes les deux fait pousser un petit cri suivi d'un gloussement nerveux.

Effectivement, il venait bien de la fenêtre la plus près de mon lit. Je me suis approchée et j'ai tiré le rideau.

Je ne sais pas ce à quoi je m'attendais – pas à ce que j'ai vu, en tout cas : un visage pâle qui regardait par la vitre, encadré par l'obscurité. Pendant un instant, je suis restée bouche bée, puis je me suis rappelé ce que j'avais observé depuis le minibus lorsque nous remontions l'allée : les minces vrilles de l'escalier de secours, qui remontaient les murs latéraux et s'enroulaient autour des tours, et j'ai mieux regardé. C'était Kate.

Avec un grand sourire, elle a fait tourner son poignet en l'air. J'ai compris qu'elle voulait que j'ouvre la fenêtre. Elle était rouillée et raide, et j'ai dû batailler quelques instants avant qu'elle cède bruyamment.

— Alors ? a dit Kate.

Elle a agité la main vers une structure branlante en métal noir au-dessous d'elle, qui se découpait sur la mer, plus pâle dans le fond.

— Qu'est-ce que vous attendez ?

Je me suis retournée vers Fatima, qui a haussé les épaules et hoché la tête, puis, attrapant la couverture au pied de mon lit, je me suis hissée sur le rebord de la fenêtre et suis sortie dans la pénombre fraîche et automnale.

Dehors, l'air nocturne était immobile, calme, et tandis que Fatima et moi grimpions silencieusement derrière Kate en haut des marches tremblantes, j'ai entendu le fracas lointain des vagues sur la plage de galets, et le cri des mouettes qui décrivaient des boucles en lançant leurs appels vers la mer.

Thea nous attendait en haut de l'escalier de secours, après la dernière boucle de la tour. Elle portait un tee-shirt qui effleurait à peine ses cuisses longues et fines.

— Étale cette couverture, m'a-t-elle dit, et je l'ai jetée sur la plate-forme grillagée et me suis assise à côté d'elle.

— Alors maintenant vous savez, a dit Kate avec un sourire de conspiratrice. Notre secret est entre vos mains.

— Et tout ce que nous pouvons vous offrir en échange de votre silence, a dit Thea d'une voix traînante, c'est ça – elle a montré une bouteille de Jack Daniel's – et ça.

Elle a sorti un paquet de Silk Cut.

— Vous fumez ?

Elle a tapoté le paquet souple pour en faire jaillir une cigarette, qu'elle nous a tendue. Fatima a secoué la tête.

— Non. Mais je veux bien un peu de ça.

Elle a désigné le whisky d'un signe de tête, et Kate lui a passé la bouteille. Fatima a bu une longue gorgée, frissonné, puis s'est essuyé la bouche avec un grand sourire.

— Isa ? a dit Thea, proposant toujours la cigarette.

Je ne fumais pas. J'avais essayé une ou deux fois dans mon lycée londonien, et je n'avais pas aimé ça. Et de plus, je savais que mes parents détesteraient que je fume, surtout mon père, qui fumait quand il était jeune et succombait périodiquement à des rechutes de cigares et de mépris de soi.

Mais là… j'étais quelqu'un d'autre… quelqu'un de neuf.

Là, je n'étais pas la lycéenne consciencieuse qui faisait toujours ses devoirs à temps, et qui passait l'aspirateur avant de sortir avec ses amies.

Là, je pouvais être n'importe qui. Je pouvais être complètement une autre.

— Merci, ai-je dit.

J'ai pris la cigarette dans le paquet que me tendait Thea et, lorsque Kate a allumé son briquet, je me suis penchée en avant sur la coupe de ses mains qui protégeaient les flammes, mes cheveux tombant sur son bras couleur miel telle une caresse, et j'ai pris une bouffée, prudemment, clignant des yeux contre la fumée qui me piquait et espérant que je n'allais pas m'étouffer.

— Merci pour tout à l'heure, a dit Thea. Pour la clope, je veux dire… Vous m'avez vraiment sauvé la peau. Je ne sais pas ce qui se passerait si je me faisais encore virer. Je crois franchement que Papa risquerait de me faire enfermer.

— C'est rien, ai-je soufflé, regardant la fumée s'élever, plus haut que les toits du lycée, vers la lune blanche et superbe, pratiquement pleine. Mais dis-moi, c'était quoi, le truc que tu as dit à table ? Cette histoire de points ?

— C'est comme ça qu'on comptabilise, a dit Kate. Dix points si on dupe complètement quelqu'un. Cinq points si on invente une histoire ou qu'on déclenche un fou rire chez une autre joueuse. Quinze points si on arrive à rouler une vraie pimbêche. Mais les points ne sont pas très importants, c'est juste… je ne sais pas. Pour pimenter le Jeu.

— C'est une version d'un jeu qui se jouait dans un de mes anciens lycées, a expliqué Thea. (Elle a pris une bouffée, pensive.) C'est un truc qu'on faisait aux nouvelles. L'idée, c'était de leur faire faire un truc stupide ; tu sais, leur faire croire que c'était la tradition d'apporter leur serviette de toilette à l'étude le soir pour aller plus vite, ou les persuader que les première année n'avaient le droit de marcher que dans le sens des aiguilles d'une montre dans la cour. Enfin bref, quand je suis arrivée ici, je me suis retrouvée à être la nouvelle, une fois de plus, et je me suis dit « je les emmerde ». C'est moi qui vais mentir, cette fois-ci. Et cette fois, je ne le ferai pas pour rien. Je ne m'en prendrai pas aux nouvelles ou à celles qui ne peuvent pas se défendre. Je le ferai à celles et ceux qui commandent : les profs, les filles populaires. Celles qui se croient au-dessus du lot. (Elle a recraché une volute de fumée.) Seulement, la première fois que j'ai menti à Kate, elle n'a pas piqué une crise, elle n'a pas menacé de m'ostraciser, elle s'est contentée de rire. Et c'est là que j'ai su. Ce n'était pas l'une d'entre elles.

— Et vous non plus, a dit Kate d'un ton de conspiratrice. Exact ?

— Exact, a répondu Fatima.

Elle a pris une autre gorgée à la bouteille et souri.

Je me suis contentée d'un hochement de tête. J'ai porté la cigarette à mes lèvres et pris une nouvelle bouffée, que j'ai inspirée profondément cette fois, sentant la fumée descendre dans mes poumons et pénétrer dans mon sang. Ma tête s'est mise à tourner, et la main qui tenait la cigarette tremblait lorsque j'ai posé celle-ci sur le palier grillagé de l'escalier de secours, mais je n'ai rien dit, espérant seulement que les autres n'avaient pas remarqué mon étourdissement soudain.

J'ai senti que Thea m'observait, et j'ai eu la conviction étrange que, malgré mes efforts, elle n'était pas dupe et savait exactement ce qui se passait dans ma tête, et le mal que je me donnais pour faire croire que j'avais l'habitude, mais elle ne s'est pas moquée de moi, elle m'a juste tendu la bouteille.

— Bois un coup, a-t-elle dit, d'une voix coupante comme du verre, puis, comme si elle s'apercevait de son ton impérieux, elle a souri, adoucissant l'arrogance de son ordre. Il te faut quelque chose pour redescendre de cette première journée.

J'ai pensé à ma mère, endormie sous un drap, à l'hôpital, avec du poison qui coulait au goutte-à-goutte dans ses veines, à mon frère tout seul dans sa nouvelle chambre à Charterhouse, à mon père qui devait faire le trajet, de nuit, pour rentrer dans notre maison vide, à Londres… mes nerfs étaient tendus comme des cordes de violon, et j'ai hoché la tête et tendu ma main libre.

Lorsque le whisky a coulé dans ma gorge, il m'a brûlée comme du feu, et j'ai dû réprimer l'envie de m'étrangler et de tousser, mais j'ai avalé, j'ai senti le liquide m'incendier l'œsophage jusqu'à atteindre mon estomac, et les fibres trop serrées de mon être se sont détendues juste un peu. Puis j'ai tendu la bouteille à Kate.

Kate l'a portée à sa bouche. Quand elle a bu, ce n'était pas du bout des lèvres, comme Fatima et moi : elle a pris deux, trois généreuses gorgées, sans s'arrêter, sans même un tressaillement, comme si c'était du lait.

Lorsqu'elle a terminé, elle s'est essuyé la bouche, les yeux brillant dans le noir.

— À nous, a-t-elle dit, levant haut la bouteille, qui a reflété l'éclat du clair de lune. Puissions-nous ne jamais vieillir.

Thea est, de toutes, celle que je n'ai pas vue depuis le plus longtemps, donc l'image qui se forme dans ma tête pendant que je descends l'escalier est celle de la fille d'il y a dix-sept ans, avec son visage magnifique et ses cheveux comme une tempête dans un ciel ensoleillé.

Quand je tourne dans l'escalier branlant, ce n'est pas Thea que je vois d'abord, mais l'aquarelle qu'a peinte Ambrose, dans le coin, d'elle nageant dans l'estuaire. Ambrose a capturé le soleil sur sa peau et la lumière qui traversait l'eau comme à travers un prisme, et sur l'image, elle a la tête renversée en arrière, ses longs cheveux collés à son crâne rendant sa beauté encore plus saisissante.

C'est avec cette image en tête que je prends le dernier virage.

Thea nous attend. Elle est plus belle que jamais, je n'aurais jamais cru ça possible, mais c'est vrai. Son visage est plus mince, ses traits mieux définis, et ses cheveux bruns sont coupés très court, près de son crâne. C'est comme si sa beauté avait été ramenée à son expression la plus simple, dépouillée de la cascade bicolore de cheveux soyeux, du maquillage et des bijoux.

Elle est plus vieille, plus éclatante, plus mince que jamais ; *trop* mince. Et pourtant elle est exactement la même.

Je pense au toast qu'a porté Kate, cette nuit-là, il y a si longtemps, alors que nous nous connaissions à peine. *Puissions-nous ne jamais vieillir.*

— Thee...

Et voilà que je la serre, que je sens ses os, que Fatima la prend dans ses bras en riant ; Thea s'exclame :

— Bon Dieu, vous m'écrasez, toutes les deux ! Et attention à mes bottes, ce salopard m'a virée du taxi à la moitié de l'estuaire, il a pratiquement fallu que je vienne en pataugeant.

Elle sent la cigarette… et l'alcool, un parfum sucré, comme un fruit trop mûr, capiteux, dans son haleine lorsqu'elle rit dans mes cheveux, avant de nous lâcher toutes les deux et de s'avancer jusqu'à la table dans le renfoncement de la fenêtre.

— Je n'en reviens pas que vous ayez des enfants, toutes les deux.

Son sourire est comme il l'a toujours été, de travers, un peu ironique, dissimulant des secrets. Elle tire la chaise qui a toujours été la sienne quand nous fumions et buvions jusqu'au petit matin, et s'assoit, mettant une cigarette Sobranie noire avec un filtre doré dans sa bouche.

— Comment ont-ils pu laisser se reproduire des réprouvées comme vous ?

— Étonnant, hein ?

Fatima tire sa propre chaise et s'installe en face d'elle, dos à la gazinière.

— C'est à peu près ce que j'ai dit à Ali quand ils m'ont donné Nadia pour que je la ramène à la maison, à la maternité. Je fais quoi, maintenant, bordel ?

Kate prend une assiette et la tend à Thea, un sourcil dressé.

— Oui ? Non ? Tu as mangé ? Il reste plein de couscous.

Thea secoue la tête et allume sa cigarette avant de répondre, recrachant un nuage de fumée.

— Ça va. J'ai juste envie d'un verre. Et de savoir ce qu'on fout là, toutes.

— On a du vin… et du vin… (Kate regarde dans le buffet de travers.) Et… du vin. C'est tout.

— Putain, tu t'es ramollie, ma grande. Pas d'alcool fort ? Vas-y alors, je prendrai du vin.

Kate remplit un des verres ébréchés bleu-vert, un récipient énorme, au moins un tiers d'une bouteille, et le tend à Thea, qui le soulève et regarde la bougie au milieu de la table à travers le liquide rubis.

— À nous, dit-elle enfin. Puissions-nous ne jamais vieillir.

Mais je n'ai pas envie de boire à ça maintenant. Je *veux* vieillir. Je veux voir Freya grandir, sentir les rides sur mon visage.

La nécessité de faire un commentaire m'est épargnée lorsque Thea s'interrompt, son verre à mi-chemin de sa bouche, et montre la limonade de Fatima du bout du doigt.

— Attends, attends. C'est quoi cette merde ? De la limonade ? Tu ne peux pas porter un toast avec de la limonade. T'es pas encore en cloque, si ?

Fatima secoue la tête avec un sourire, puis montre le foulard posé autour de ses épaules.

— Les temps ont changé, Thea. Ce n'est pas un simple accessoire de mode.

— Oh chérie, voyons, c'est pas parce que tu portes le hijab que tu es obligée de te transformer en nonne ! On a tout le temps des musulmans, au casino, il y en a une qui m'a certifié que si tu bois du gin tonic, ça ne compte pas pour de l'alcool, c'est considéré comme un médicament, à cause de la quinine.

— A, dans les cercles théologiques, c'est un conseil qui rentre dans la catégorie des « foutaises », dit Fatima. (Elle sourit toujours, mais il y a un soupçon de dureté dans sa voix gaie.) Et B, on ne peut que s'interroger sur la capacité de dissociation de quelqu'un qui porte un hijab dans un *casino*, étant donné les enseignements du Coran sur le jeu.

Il y a un silence. J'échange un regard avec Kate, et m'apprête à prendre la parole, mais je ne sais pas du tout quoi dire, à part demander à Thea de la fermer.

— T'as pas toujours été aussi bégueule, dit enfin Thea, prenant une petite gorgée de vin, et à côté de moi, je sens Kate se raidir d'anxiété, mais Thea sourit, le coin de la bouche à peine tordu par un petit pli ironique. En fait, je peux me tromper, mais je me rappelle une partie de strip poker, en particulier... Ou est-ce que je confonds avec une autre Mrs. Qureshy ?

— Toi, tu n'as pas toujours été aussi con, réplique Fatima, mais il n'y a pas de rancœur dans sa voix et elle sourit aussi.

Elle donne un petit coup de poing dans le bras de Thea en travers de la table, et Thea rit, et son vrai sourire, sincère – large, généreux et plein d'autodérision – jaillit malgré elle.

— Menteuse, dit-elle, sans cesser de sourire, et la tension se dissipe, telle de l'électricité statique se déchargeant dans le sol avec un craquement inoffensif.

Je ne sais pas quelle heure il est quand je me lève de table pour aller aux toilettes. Bien plus de minuit, sans doute. Je jette un coup d'œil à Freya avant de redescendre, elle dort paisiblement, les bras et les jambes écartées, complètement détendue.

En empruntant l'escalier en colimaçon pour retrouver mes vieilles amies, je suis submergée par une vague puissante de déjà-vu. Fatima, Kate, Thea : elles sont assises à leurs anciennes places habituelles et, pendant un quart de seconde, leurs têtes penchées au-dessus de la lumière vacillante de la bougie, elles pourraient de nouveau avoir quinze ans. J'ai une impression des plus bizarres, comme un disque rayé, repassant sur les échos de nos anciennes personnalités, et je sens les fantômes du passé venir nous rejoindre. Ambrose… Luc… Mon cœur se serre, une douleur presque physique, et l'espace d'un instant – un instant bref, déchirant – l'image d'une scène que j'ai cherché si fort à oublier s'impose à moi.

Je ferme les yeux, porte mes mains à mon visage, tentant de la chasser et, lorsque je les rouvre, il n'y a que Thea, Fatima et Kate. Mais le souvenir reste – un corps, étalé sur le tapis, quatre visages blêmes, choqués, baignés de larmes.

Je sens un contact froid contre ma main, et me retourne en sursaut, scrutant l'escalier qui monte en spirale dans le noir.

Je ne sais pas qui j'attendais – il n'y a que nous ici, après tout –, en tout cas, il n'y a personne, seulement les ombres dans la pièce, et nos visages adolescents qui nous regardent depuis les murs.

Puis j'entends le rire grave de Kate, et je comprends. Ce n'est pas un fantôme, mais bel et bien une ombre – le chien de Kate, Shadow, sa truffe froide, son air plaintif et perdu.

— Pour lui, c'est l'heure d'aller au lit, dit-elle. Il espère que quelqu'un va l'emmener faire une dernière promenade.

— Une promenade ? dit Thea.

Elle sort une autre Sobranie et place le filtre doré entre ses lèvres.

— Fais chier. Moi je dis, une *baignade.*

— Je n'ai pas apporté mon maillot.

J'ai répondu automatiquement, avant de saisir ce que signifient son sourcil dressé et son expression méchamment provocatrice, et de me mettre à rire, un peu à contrecœur.

— Nan, jamais de la vie, et de toute façon Freya dort en haut. Je ne peux pas la laisser.

— T'as qu'à pas t'éloigner de la rive ! dit Thea. Kate ! Des serviettes !

Kate se lève, prend une gorgée du verre de vin posé devant nous sur la table, et se dirige vers le placard près de la gazinière. À l'intérieur se trouvent des serviettes élimées, rendues gris pastel par l'usure. Elle en jette une à Thea, une à moi. Fatima lève les mains en l'air.

— Merci, mais...

— Allez, quoi..., fait Thea d'une voix traînante. On est entre femmes, non ?

— C'est ce qu'elles disent toutes, jusqu'au moment où un poivrot se pointe en revenant du pub. Je passe mon tour, merci.

— Comme tu voudras, fait Thea. Allez, Isa, Kate, me lâchez pas, bande de loseuses.

Elle se lève à son tour et se met à déboutonner son chemisier. En dessous, je vois déjà qu'elle ne porte pas de soutien-gorge.

Je ne veux pas me déshabiller. Je sais que Thea se moquerait de mes complexes, mais je ne peux pas m'empêcher de penser à mon corps post-grossesse, à mes seins gonflés de lait, couverts de veines bleues, et aux vergetures sur mon ventre encore mou. Ce serait différent si Fatima venait se baigner aussi, mais non : il n'y aura que moi, Thea et Kate, toutes deux aussi minces et graciles qu'il y a dix-sept ans. Mais je sais que je ne vais pas y couper, pas sans m'exposer aux quolibets de Thea. Et d'ailleurs, d'une certaine manière, j'en *ai* envie, en fait. Pas seulement à cause de mes cheveux poisseux dans mon cou, de ma robe collée à mon dos par la transpiration. C'est plus que ça. Nous sommes là, nous toutes. Et j'ai *envie* de revivre ça.

Je prends une serviette et sors dans la nuit. Je n'ai jamais eu le courage d'entrer dans l'eau la première, quand nous étions jeunes. Je ne sais pas pourquoi ; une superstition bizarre, une peur de ce qui pourrait se cacher dans les profondeurs. Si les autres étaient dedans, je me sentais en sécurité. C'était toujours Kate ou Thea qui menaient l'assaut, souvent en sautant à pieds joints du bout de la jetée, pour faire la bombe, là où le courant était rapide. Maintenant, je suis trop lâche pour ne *pas* y aller la première.

Je retire ma robe en coton souple et élastique d'un seul geste et la laisse tomber sur le côté, dégrafe mon soutien-gorge et retire mon slip. Puis je respire un coup, et m'abaisse dans l'eau – vite, avant que les autres aient le temps de sortir et de voir mes chairs ramollies. De l'intérieur de la maison, tandis que je refais surface, crachotant dans le froid, j'entends :

— Waouh, Isa est déjà dans l'eau !

La nuit est douce, moite même, mais la marée est haute et l'eau est salée, venant droit de la Manche.

Thea s'avance d'un pas nonchalant sur la jetée tandis que je fais du sur-place, haletante, en m'acclimatant à la température. Elle est toute nue, et je remarque pour la première fois que son corps a changé également, un changement aussi spectaculaire que le mien, en un sens. Elle a toujours été mince mais, à présent, elle doit être à deux doigts de l'anorexie ; son ventre est creux, ses seins ressemblent à des coupes vides par-dessus ses côtes apparentes. Une chose n'a pas changé par contre – son absence totale de complexes, lorsqu'elle s'avance jusqu'à l'extrême bord du ponton, sous la lueur de la lampe qui jette une ombre fine, tout en longueur, sur l'eau. Thea n'a jamais eu honte de sa nudité.

— Dégagez, connasses, Thea est dans la place, dit-elle.

Puis elle plonge, un plongeon parfait, presque à fleur d'eau. Parfait, mais aussi d'une stupidité suicidaire. L'estuaire n'est pas si profond que ça, et il est rempli d'obstacles – des brochets dans le lit de la rivière, des vestiges d'anciennes jetées et de bittes d'amarrage, des casiers à homards, des détritus déposés par le courant, des bancs de sable qui se déplacent avec les marées et les années qui passent. Elle aurait facilement pu se casser le cou, et sur la jetée je vois Kate tressaillir, horrifiée, et porter les mains à sa bouche, mais Thea refait surface et secoue la tête comme un chien pour s'ébrouer.

— Qu'est-ce que t'attends ? lance-t-elle à Kate, qui laisse échapper un soupir de soulagement.

— Tu es vraiment débile, dit-elle, avec un soupçon de colère dans la voix. Il y a un banc de sable en plein milieu, tu aurais pu te tuer.

— Mais je ne l'ai pas fait.

Thea halète sous l'effet du froid, les yeux brillants. Son bras, lorsqu'elle le sort de l'eau pour faire signe à Kate, est constellé de chair de poule.

— Allez, mouille-toi, meuf.

Kate hésite... et durant un instant, je me dis que je sais peut-être à quoi elle pense. Cette image dans ma tête... un trou peu profond, qui se remplit d'eau, avec ses parois de sable qui s'effritent... Puis elle se redresse, un défi inconscient dans la moindre parcelle de son corps.

— Bon, d'accord.

Elle retire son débardeur, son jean, se retourne pour dégrafer son soutien-gorge et, enfin, avant d'entrer dans l'eau, elle ramasse la bouteille de vin qu'elle a apportée sur la jetée et prend une longue et avide gorgée. Il y a quelque chose d'insupportablement jeune et vulnérable dans sa manière de pencher la tête, dans le mouvement de sa glotte, et en un clin d'œil, les années s'effacent et elle redevient la Kate assise sur l'escalier de secours à Salten House, renversant la tête pour vider la bouteille de whisky.

Puis elle repose le vin sur son tas de vêtements, s'arc-boute, et je sens les rides sur l'eau lorsqu'elle y entre, à quelques mètres de moi à peine, et s'enfonce sous la surface mouchetée de clair de lune.

J'attends, pensant la voir refaire surface tout près... mais non. Il n'y a pas de bulles, et il est impossible de voir où elle est, le reflet de la lune rendant difficile de distinguer quoi que ce soit au-dessous.

— Kate ?

Je fais du sur-place, et mon angoisse monte en flèche à mesure que les secondes s'écoulent, sans un signe d'elle.

— Thea, elle est où, Kate, putain ?

Là, je sens quelque chose agripper ma cheville, une poigne forte, froide, qui m'attire vers le bas, bien profond dans l'estuaire. Je respire un grand coup avant de couler, mais je n'ai pas le temps de hurler, je suis déjà sous l'eau, tentant de me dégager de l'étreinte qui m'attire vers le bas.

Presque aussitôt, elle lâche, et je refais surface, hors d'haleine, du sel plein les yeux. Le visage de Kate, hilare, est juste à côté du mien, et elle me maintient à la surface dans ses bras.

— Salope ! lui dis-je en m'étranglant, sans savoir si j'ai envie de la prendre dans mes bras ou de la noyer. T'aurais pu me prévenir !

— Ça aurait gâché la surprise, dit-elle, haletante.

Elle a les yeux brillants ; elle rit.

Thea est au loin, au milieu de l'estuaire, où le courant est le plus fort et l'eau la plus profonde. Elle fait la planche sur l'étendue, en plein changement de marée, remuant juste assez pour rester au même endroit.

— Venez là ! crie-t-elle. C'est trop beau !

Sous les yeux de Fatima, qui nous regarde depuis la jetée, Kate et moi, nous allons rejoindre Thea, suspendue dans le reflet des étoiles, et nous nous mettons sur le dos à notre tour. Je sens leurs mains prendre les miennes, et nous flottons, une constellation de corps pâles sous la lune, les bras emmêlés, les doigts serrés qui se perdent, puis se reprennent.

— Allez, viens, Fati, lance Thea. C'est magnifique ici.

Et c'est vrai. Maintenant que le choc du froid s'est estompé, l'eau est étonnamment bonne, et la lune au-dessus de nous est presque pleine. Lorsque je plonge sous la surface, je peux la voir faire un millier d'éclats qui percent les eaux laiteuses, boueuses de l'estuaire.

En remontant à l'air, je m'aperçois que Fatima s'est approchée. Assise sur le bord, elle laisse traîner ses doigts dans l'eau, presque avec tristesse.

— Ce n'est pas pareil, sans toi. Viens, supplie Kate. Tu sais que tu en as envie.

Fatima secoue la tête et se lève, pour rentrer, j'imagine. Mais je me trompe. Sous mes yeux, elle prend sa respiration et saute – tout habillée, avec ses foulards qui volettent comme les ailes d'un oiseau dans l'air nocturne. Elle s'enfonce dans l'eau avec un plouf.

— Merde alors ! croasse Thea. Elle l'a fait !

Et nous nous dirigeons vers elle à grand renfort de moulinets avec les bras, riant et frissonnant dans une espèce d'hystérie. Fatima rit aussi, essorant ses foulards, et s'accrochant à nous pour ne pas couler tandis que l'eau aspire ses vêtements.

Nous sommes de nouveau ensemble.

Et pendant ce court instant, c'est tout ce qui compte.

Il est tard. Nous nous sommes arrachées à l'eau, riant et poussant des jurons, nous éraflant les mollets sur le bois pourri plein d'échardes, et nous nous sommes essuyé les cheveux, avons séché notre peau couverte de chair de poule. Fatima a retiré ses vêtements mouillés et s'est changée, visiblement ébahie par sa propre stupidité, et à présent nous sommes allongées, ensommeillées, sur le canapé élimé de Kate, en pyjama et chemise de nuit, un enchevêtrement de membres las et de couvertures ramollies par l'usure, et nous échangeons des ragots, des souvenirs, nous nous racontons de vieilles histoires – *tu te souviens...*

Les cheveux de Fatima sont détachés et humides, et maintenant qu'ils sont emmêlés autour de son visage, elle a l'air plus jeune, beaucoup plus semblable à la jeune fille qu'elle a été. Il est difficile de croire qu'elle a un mari et deux enfants. Tandis que je la regarde rire à une remarque de Kate, l'horloge de parquet appuyée contre le mur du fond donne deux petits coups, et elle se tourne pour regarder.

— Oh, zut. Il est 2 heures du mat ? J'en reviens pas ! Il faut que je dorme.

— Petite nature, dit Thea.

Elle n'a pas l'air fatiguée le moins du monde, en fait, on dirait qu'elle pourrait tenir encore pendant des heures ; les yeux pétillants, elle vide le fond d'un verre de vin.

— Je n'avais même pas *commencé* à bosser à minuit la nuit dernière !

— Ben justement, c'est facile pour toi, dit Fatima. Mais il y en a parmi nous qui ont passé des années à se soumettre aux horaires stricts de 9 heures à 17 heures, le tout avec un ou deux enfants en bas âge. C'est difficile de s'en défaire du jour au lendemain. Isa bâille aussi !

Toutes se tournent vers moi et je tente, sans succès, de réprimer le bâillement que j'ai déjà esquissé, puis hausse les épaules et souris.

— Désolée, qu'est-ce que je peux dire ? J'ai perdu mon énergie en même temps que mon tour de taille. Mais Fatima a raison... Freya va se réveiller à 7 heures. Il faut que je pionce quelques heures d'ici là.

— Allez, dit Fatima qui s'étire tout en se levant. Au lit.

— Attendez, dit Kate, à voix basse, et je m'aperçois qu'elle est restée beaucoup plus silencieuse que nous pendant la dernière partie de la soirée.

Fatima, Thea et moi, nous avons toutes raconté nos histoires préférées, des anecdotes aux dépens les unes des autres, des souvenirs enfouis... mais Kate est restée muette, gardant ses pensées pour elle-même. À présent, sa voix me surprend. Elle est recroquevillée sur le fauteuil, ses cheveux détachés font de l'ombre sur son visage, et il y a dans son expression quelque chose qui nous arrête. J'ai un pincement au cœur.

— Quoi ? dit Fatima, visiblement mal à l'aise.

Elle se rassoit, mais sur le bord du canapé cette fois, entortillant ses doigts autour des ourlets du foulard qu'elle a placé sur l'écran de la cheminée pour le faire sécher.

— Qu'est-ce qu'il y a ?

— Je... (Kate s'interrompt. Elle baisse les yeux.) Oh, merde, dit-elle, presque pour elle-même. Je ne savais pas que ce serait si difficile.

Et soudain, je sais ce qu'elle s'apprête à dire, et je ne suis pas tellement sûre d'avoir envie de l'entendre.

— Allez, accouche, dit Thea d'une voix dure. Parle, Kate. On a assez tourné autour du pot ; c'est le moment de nous dire pourquoi.

Pourquoi nous sommes là. Ce que signifiait ce message, ces trois petits mots : *Besoin de vous.*

Kate prend une inspiration, et lève les yeux.

Mais à ma grande surprise, elle ne dit rien. Au lieu de ça, elle se lève et se dirige vers le tas de journaux posés dans le seau à charbon à côté de la gazinière, destinés à allumer le feu. Elle en prend un sur le dessus, le *Salten Observer*, et le brandit vers nous, sans un mot. Son visage trahit la peur qu'elle a dissimulée tout au long de cette soirée alcoolisée.

Il est daté d'hier, et le titre est très simple :

UN OS HUMAIN DANS L'ESTUAIRE.

Règle numéro Deux

Ne change pas ta version

— Merde.

C'est Fatima qui brise le silence. Sa voix m'étonne par sa véhémence.

— *Merde.*

Kate laisse retomber le journal. Je le ramasse et parcours la page à toute vitesse. *La police a été appelée pour identifier des restes humains trouvés sur la rive nord de l'estuaire, à Salten…*

Ma main tremble si fort que j'ai du mal à lire, et des bribes de phrases disjointes se mélangent sous mes yeux. *Le porte-parole de la police a confirmé… des restes de squelette humain… un témoin resté anonyme… mauvais état de conservation… examen par la police scientifique… population en état de choc… zone fermée au public.*

— Est-ce qu'ils ont… (Thea bafouille, ce qui n'est pas son genre, et reprend :) Est-ce qu'ils savent…

Elle s'interrompt.

— Est-ce qu'ils savent qui c'est ?

Je finis sa phrase d'une voix dure et cassante, regardant Kate qui a baissé la tête sous le poids de nos questions.

— Le corps ?

Kate secoue la tête, mais elle n'a pas besoin de préciser ce que, je crois, nous pensons toutes : *Pas encore…*

— C'est juste un os. Ça pourrait n'avoir aucun rapport, pas vrai ? dit Thea, puis son visage se tord. Putain, je me moque de qui ? *Merde !*

Elle cogne la table du poing, son poing qui tient le verre, et celui-ci se brise. Des éclats jaillissent dans tous les sens.

— Oh, Thee, souffle Kate d'une voix très basse.

— Arrête ton foutu cinéma, dit Fatima avec colère.

Elle se dirige vers le lavabo pour prendre un torchon et une brosse.

— Tu t'es coupée ? demande-t-elle par-dessus son épaule.

Thea secoue la tête. Elle est blême, mais elle laisse Fatima examiner sa main, et essuyer la lie avec une serviette en papier. Lorsque Fatima lui remonte sa manche, je vois ce que l'obscurité cachait dehors : les cicatrices blanches sur l'intérieur de son bras, guéries depuis longtemps, mais encore visibles, et je ne peux pas m'empêcher de tressaillir et de détourner les yeux en me rappelant le temps où ces plaies étaient fraîches et à vif.

— Imbécile, dit Fatima, mais sa main, lorsqu'elle écarte les éclats de verre de la paume de Thea, est douce, et sa voix tremble un peu.

— J'y arriverai pas, dit Thea, secouant la tête, et je me rends compte pour la première fois à quel point elle est ivre, même si elle le cache bien. Pas encore une fois, pas maintenant. Rien que les rumeurs – les casinos, c'est super-strict, vous savez ça ? Et si la police est de la partie…

Il y a un craquement dans sa voix, le son d'un sanglot qui tente de remonter à la surface.

— Merde, je pourrais perdre ma licence.

— Écoute, on est *toutes* dans le même bateau, dit Fatima. Tu t'imagines que les gens ont envie de consulter une généraliste sur la tête de laquelle plane ce genre de doutes ? Ou une avocate ? (Elle me montre d'un signe de tête.) Isa et moi, on a autant à perdre que toi.

Elle ne mentionne pas Kate. Ce n'est pas nécessaire.

— Alors qu'est-ce qu'on fait ? demande enfin Thea.

Elle promène son regard entre moi, Kate et Fatima.

— Merde. Pourquoi tu nous as fait venir ici, bordel ?

— Parce que vous aviez le droit de savoir, dit Kate. (Sa voix tremble.) Et je ne voyais pas d'autre moyen de vous le dire sans risque.

— Il faut qu'on fasse ce qu'on aurait dû faire il y a des années, dit Fatima avec véhémence. Qu'on se mette d'accord sur une version cohérente *avant* qu'ils nous interrogent.

— Notre version, elle est ce qu'elle a toujours été, dit Kate.

Elle me reprend le journal et le plie pour cacher le titre, marquant la page du bout des ongles.

— Notre version, c'est qu'on ne sait rien. On n'a rien vu. On ne peut rien faire à part s'en tenir à ça ; on ne peut pas revenir sur nos témoignages.

— Non, mais qu'est-ce qu'on fait *maintenant* ? (Thea hausse la voix.) On reste ? On s'en va ? Fatima a la voiture, après tout. Il n'y a rien qui nous retienne ici.

— Vous restez, dit Kate, et sa voix possède cette qualité que je me rappelle si bien – une certitude absolue, impossible à contredire. Vous restez, parce que tout le monde pense que la raison de votre venue, c'est le dîner de demain soir.

— Quoi ?

Thea fronce les sourcils, et je réalise pour la première fois que les autres ne sont pas au courant.

— Quel dîner ?

— Le dîner des anciennes élèves.

— Mais... on n'est pas invitées, intervient Fatima. Ils ne nous laisseraient pas entrer, si ? Pas après ce qui s'est passé ?

Kate hausse les épaules et, pour toute réponse, elle se rend au tableau de liège à côté de l'évier et retire une punaise qui retient quatre invitations sur carton blanc, qu'elle rapporte.

— Manifestement, si, dit-elle en nous les tendant.

L'Association des Filles de Salten House invite

...

Au bal d'été des anciennes élèves.

Dans l'espace vierge sur chaque carte, nos noms sont griffonnés au stylo-plume bleu marine.

Kate Atagon
Fatima Chaudhry (née Qureshy)
Thea West
Isa Wilde

Kate nous les tend en éventail, telles des cartes à jouer, comme si elle nous invitait à en choisir une, à faire un pari.

Mais je ne regarde pas les noms, ou les lettres dorées en relief du texte lui-même. Je regarde le trou, percé dans chacune des cartes par la punaise avec laquelle Kate les a accrochées au tableau. Et je me dis que, nous avons eu beau nous battre pour nous libérer, c'est toujours comme ça que ça se termine ; nous quatre, sur la même brochette, inséparables, reliées par le passé.

Le dessin était une option pour la plupart d'entre nous à Salten House, un « enrichissement », comme disait le lycée, sauf pour celles qui le prenaient à l'examen, ce qui n'était pas mon cas, donc le trimestre était commencé depuis quelques semaines, et les journées à Salten déjà devenues presque une routine, lorsque j'ai découvert les ateliers d'art, et Ambrose Atagon.

Comme la plupart des pensions, Salten regroupait les élèves par bâtiments, lesquels portaient tous le nom d'une déesse grecque. Fatima et moi, nous avions été intégrées dans le même, Artémis, déesse de la chasse, donc notre « enrichissement » a commencé en même temps, et nous nous sommes retrouvées à chercher ensemble les ateliers par un matin givré d'octobre, après le petit déjeuner, arpentant la cour en tous sens à la recherche de quelqu'un de plus au courant que nous.

— Mais putain, c'est où ? a répété Fatima pour la dixième fois, et pour la huitième fois environ, j'ai répondu :

— Je sais pas, mais on va trouver. Arrête de paniquer.

À l'instant où ces mots quittaient ma bouche, une deuxième année chargée d'un énorme bloc de papier aquarelle est passée devant nous à toute vitesse en direction de la salle de maths. J'ai lancé :

— Hé, toi ! Tu vas en cours de dessin ?

Elle s'est retournée, rosie par sa hâte.

— Oui, mais je suis en retard, qu'est-ce qu'il y a ?

— On a dessin aussi, on est perdues, on peut te suivre ?

— OK, mais dépêchez-vous.

Elle s'est précipitée sous un passage voûté bordé de symphorine blanche, et a franchi une porte en bois que nous n'avions jamais vue auparavant, cachée dans le buisson.

Derrière, il y avait l'inévitable volée d'escalier – je n'ai plus jamais été aussi en forme qu'à Salten – et nous sommes montées derrière elle, deux ou trois étages au moins jusqu'à ce que je commence à me demander où nous pouvions bien nous rendre.

Enfin, l'escalier a débouché sur un petit palier avec une porte vitrée munie d'un grillage, que la fille a ouverte à la volée.

À l'intérieur se trouvait une longue galerie aux murs bas, avec un plafond en ogive. L'espace au-dessus de nos têtes était quadrillé de poutres porteuses et de barres de renfort, auxquelles étaient accrochées des esquisses en train de sécher sur lesquelles étaient posées d'étranges choses, sans doute destinées à servir de modèles aux natures mortes – une cage à oiseaux vide, un luth cassé, un marmouset empaillé.

Il n'y avait pas de fenêtres, tant les murs étaient bas, juste des velux dans les voûtes du plafond, et j'ai compris que nous devions nous trouver au grenier, au-dessus des salles de maths. L'espace baigné de lumière hivernale, avec son bric-à-brac et sa galerie d'images, ne ressemblait à aucune des autres classes que j'avais vues jusque-là – toutes peintes en blanc, stériles, d'une propreté méticuleuse. Je suis restée plantée sur le seuil, éblouie.

— Désolée, Ambrose, a lancé la deuxième année, essoufflée, et j'ai cligné des yeux.

Ambrose ? Encore une bizarrerie. Les autres enseignants de Salten étaient systématiquement des femmes, et on les appelait miss suivi de leur nom de famille, quel que soit leur statut marital.

Personne, mais alors personne n'employait les prénoms.

Je me suis retournée pour voir à qui elle s'adressait avec une telle familiarité.

Et c'est là que j'ai vu Ambrose Atagon pour la première fois.

J'ai un jour essayé de décrire Ambrose à un petit copain, avant ma rencontre avec Owen, mais je me suis aperçue que ça m'était presque impossible. J'ai des photos, mais elles ne montrent qu'un homme de taille moyenne, aux cheveux bruns raides et les épaules voûtées à force d'être sans cesse penché sur ses croquis. Il avait le visage mobile de Kate, et les années passées à dessiner au soleil et à plisser les yeux pour se protéger de la luminosité avaient tiré sa peau en un réseau de rides qui, paradoxalement, lui donnait l'air plus jeune que ses quarante-cinq ans. Et il avait les yeux bleu ardoise de Kate, son seul trait remarquable, mais même eux ne sont pas aussi animés sur une photo que dans ma mémoire car Ambrose était si vivant, toujours en train de travailler, de rire, d'aimer… Ses mains n'étaient jamais au repos : sans cesse en train de rouler une cigarette, de faire un dessin, ou de porter à ses lèvres un verre du vin rouge râpeux qu'il conservait dans des bouteilles de deux litres sous l'évier au Moulin – trop vert pour être buvable au goût de n'importe qui d'autre.

Seul un artiste du calibre d'Ambrose lui-même aurait été capable de capturer toute cette vie, les contradictions entre sa concentration immobile et son ébullition permanente, comme l'attraction magnétique d'un homme au physique très quelconque.

Il n'a jamais fait d'autoportrait. Pas à ma connaissance, du moins. Un paradoxe, vraiment, quand on pense qu'il dessinait tout et n'importe quoi autour de lui : les oiseaux sur la rivière, les filles de Salten House, les fleurs fragiles des marais qui frissonnaient dans la brise estivale, les ondulations sur l'eau de l'estuaire dans le vent…

Il dessinait Kate de façon obsessionnelle, jonchant la maison de croquis d'elle en train de manger, de nager, de dormir, de jouer… et par la suite, il a dessiné Thea, Fatima et moi, mais il nous demandait toujours la permission. Je me souviens encore de sa voix hachée, un peu rocailleuse, tellement semblable à celle de Kate : « Est-ce que… euh… ça te dérange si je te dessine ? »

Et ça ne nous dérangeait jamais. Même si, peut-être, ça aurait dû.

Par un long après-midi ensoleillé, il m'a dessinée assise à la table de la cuisine, la bretelle de ma robe tombant sur une épaule, le menton entre les mains, les yeux fixés sur lui. Et je me rappelle encore la sensation du soleil sur ma joue, la chaleur de mon regard sur lui, et la petite décharge électrique qui se produisait chaque fois qu'il levait les yeux de son dessin pour les poser sur moi.

Il m'a donné ce portrait, mais je ne sais pas ce qu'il est devenu. Je l'ai confié à Kate, parce que je n'avais nulle part où le cacher au lycée, et je ne me sentais pas de le montrer à mes parents, ou aux filles de Salten House. Ils n'auraient pas compris. Personne n'aurait compris.

Après sa disparition, il y a eu des rumeurs ; son passé, ses condamnations pour usage de drogue, le fait qu'il ne possédait aucun diplôme d'enseignement. Mais ce premier jour, je ne savais rien de tout ça. Je n'avais pas la moindre idée du rôle qu'Ambrose allait jouer dans nos vies, et nous dans la sienne, et je ne devinais pas que les répercussions de cette rencontre se feraient encore sentir des années après. Je suis restée plantée là, tenant la bretelle de mon sac, hors d'haleine, tandis qu'il se redressait, penché au-dessus du chevalet d'une élève. Il m'a regardée avec ces yeux bleus, mais bleus, et il a souri, un sourire qui a plissé ses joues au-dessus de sa barbe et les coins de ses yeux.

— Bonjour, a-t-il dit gentiment, posant son pinceau d'emprunt et s'essuyant les mains sur son tablier de peintre. Je crois qu'on ne s'est jamais rencontrés. Je m'appelle Ambrose.

J'ai ouvert la bouche, mais aucun son n'en est sorti. Ça tenait à quelque chose dans l'intensité de son regard. Il rendait possible de croire, ne serait-ce que pour un instant, qu'il se souciait de vous, complètement et sincèrement. Que personne d'autre dans l'univers ne comptait autant pour lui que vous.

— Je… je m'appelle Isa, ai-je dit enfin. Isa Wilde.

— Je m'appelle Fatima, a dit Fatima.

Elle a laissé tomber son sac sur le sol dans un petit bruit sourd, et j'ai vu qu'elle était aussi émerveillée que moi par cette caverne d'Ali Baba, tellement différente du reste du lycée, si terne.

— Eh bien, Fatima, Isa, je suis enchanté de faire votre connaissance.

Ambrose a pris ma main dans la sienne, mais il ne l'a pas serrée, comme je m'y attendais. Non, il a pressé ses doigts dans les miens, comme dans une étreinte, comme si nous étions en train de nous faire une promesse. Il avait les mains chaudes et fortes, la peinture était profondément incrustée dans les plis de ses jointures ainsi que dans ses cuticules, semblant impossible à jamais retirer.

— Bon, a-t-il dit, montrant d'une main la salle derrière lui. Entrez. Choisissez un chevalet. Et surtout, mettez-vous bien à l'aise.

Nous nous sommes exécutées.

Les cours d'Ambrose étaient différents, ça, nous l'avons compris tout de suite. D'abord, ce sont les choses les plus évidentes que j'ai remarquées : Ambrose se faisait appeler par son prénom, aucune des filles ne portait sa cravate ou son blazer, par exemple.

« Rien de pire qu'une cravate qui traîne dans votre aquarelle », a-t-il dit le premier jour en nous invitant à ôter les nôtres. Mais c'était plus que ça ; ce n'était pas une simple question pratique. Il s'agissait de relâcher un peu la solennité du lieu. De nous créer un espace, l'espace dont nous avions tant besoin pour respirer, au sein du conformisme stérile de Salten House.

En cours, il était très professionnel – malgré toutes les filles qui « l'allumaient », déboutonnant leurs chemisiers jusqu'à laisser voir leur soutien-gorge lorsqu'elles se penchaient sur leurs toiles. Il gardait ses distances – physiquement, et métaphoriquement. Le premier jour, lorsqu'il m'a vue peiner sur mon croquis, il est venu se poster derrière moi – j'avais un souvenir très vif de mon ancienne prof de dessin, miss Driver, qui se penchait toujours sur l'épaule de ses élèves pour faire des retouches, si bien qu'on sentait la chaleur de son corps dans notre dos, respirait l'odeur de sa sueur.

Ambrose, à l'inverse, a maintenu une distance polie, trente bons centimètres derrière moi, et il est resté silencieux et contemplatif, promenant son regard entre ma page et le miroir que j'avais placé sur la table devant mon chevalet. Nous faisions des autoportraits.

— C'est de la merde, hein ? ai-je dit avec désespoir.

Puis je me suis mordu la langue, m'attendant à me faire gronder pour mon vocabulaire. Mais Ambrose n'a même pas relevé. Il est resté là, les yeux plissés, comme si je n'existais pas, toute son attention focalisée sur le papier. Je lui ai tendu le crayon, m'attendant à ce qu'il fasse des retouches comme miss Driver. Il l'a saisi d'un air absent, sans tracer le moindre trait sur la page. Au lieu de ça, il s'est tourné vers moi.

— Ce n'est pas de la merde, a-t-il dit avec sérieux. Mais tu ne regardes pas, tu dessines ce que tu crois être là. Regarde. Regarde-toi vraiment dans la glace.

Je me suis retournée, et j'ai essayé de toutes mes forces de me regarder, moi, au lieu du visage ridé, buriné d'Ambrose derrière moi.

Tout ce que j'ai vu, c'étaient des défauts – les boutons sur mon menton, ma mâchoire un peu enrobée, les frisotis rebelles dans mes cheveux qui s'échappaient de leur élastique.

— Si ça ne prend pas, c'est parce que tu dessines les traits, pas la personne. Tu es davantage qu'une collection de rides d'expression et de doutes. La personne que je vois quand je te regarde…

Il s'est interrompu, et j'ai attendu, sentant ses yeux sur moi, m'efforçant de ne pas me tortiller sous l'intensité de son regard.

— Je vois quelqu'un de courageux, a-t-il dit enfin. Je vois quelqu'un qui fait beaucoup d'efforts. Je vois une personne qui est nerveuse, mais plus forte qu'elle n'en a conscience. Je vois une personne qui est inquiète, mais qui n'a pas de raison de l'être.

J'ai senti mes joues s'empourprer, et les mots, qui auraient été insupportablement guimauve dans la bouche de quelqu'un d'autre, semblaient, pour une raison que j'ignore, factuels, avec la voix rocailleuse d'Ambrose.

— Dessine ça, a-t-il dit.

Il m'a rendu le crayon, et son visage s'est fendu d'un sourire. Les rides au coin de sa bouche et de ses yeux étaient si définies qu'on aurait dit un dessin.

— Dessine la personne que je vois.

Je n'ai rien trouvé à répondre. Je me suis contentée de hocher la tête.

J'entends sa voix dans ma tête, à présent, saccadée et voilée, si semblable à celle de Kate : *Dessine la personne que je vois*.

J'ai encore ce dessin quelque part, et il montre une fille dont le visage est ouvert au monde, une fille qui n'a rien à cacher à part ses propres insécurités. Mais cette personne, celle qu'Ambrose a vue, celle en laquelle il a cru, n'existe plus.

Peut-être n'a-t-elle jamais existé.

Freya se réveille lorsque j'entre à pas de loup dans la chambre de Luc, et j'ai beau essayer de la bercer, rien à faire. Je finis par la prendre dans mon lit – le lit de Luc – et lui donner le sein, allongée, me calant d'un bras passé par-dessus son petit corps compact pour éviter de laisser tomber mon poids sur elle lorsque je m'endormirai.

Étendue là, la regardant en attendant que le sommeil vienne me cueillir, je pense à Ambrose… et à Luc… et à Kate, toute seule désormais dans cette maison qui tombe peu à peu en ruine, tel un fardeau magnifique autour de son cou. Elle lui échappe, aspirée qu'elle est par les sables mouvants de l'estuaire ; si elle ne parvient pas à y renoncer, Kate sera à son tour entraînée vers le fond.

La maison remue et grince dans le vent, je soupire et retourne mon oreiller du côté frais.

Je devrais penser à Owen et à notre chez-nous, mais non. Je pense aux longues journées d'été langoureuses que nous avons passées ici, à boire, à nager, à rire, tandis qu'Ambrose faisait des croquis et que Luc nous observait avec ses paresseux yeux en amande.

C'est peut-être la chambre mais, tandis que je suis là, paupières fermées, les fantômes de ses anciennes affaires autour de moi, et la fraîcheur de ses draps sur ma peau, Luc me semble plus présent que ça n'a été le cas depuis dix-sept ans. J'ai la plus étrange des sensations : comme s'il était couché à côté de moi – un inconnu tout chaud, mince, à la peau brunie par le soleil et aux cheveux emmêlés.

L'impression est si réelle que je me force à me retourner et à ouvrir les yeux pour dissiper l'illusion. Je suis évidemment seule avec Freya dans le lit, et je secoue la tête.

Qu'est-ce qui me prend ? Je suis aussi mal en point que Kate.

Mais je me rappelle une nuit passée dans ce lit, il y a longtemps, et j'ai une fois de plus cette sensation d'un disque qui saute, repassant perpétuellement les mêmes voix, les mêmes pistes.

Ils sont là : Luc, Ambrose, et pas seulement eux, mais nous, celles que nous étions, les filles minces et rieuses, avant que cet été-là ne se termine dans un fracas cataclysmique, nous laissant toutes marquées à vie, chacune à notre manière, tentant d'avancer, mentant non plus pour rire, mais pour survivre.

Ici, dans cette maison, les fantômes de nos incarnations de l'époque sont réels – aussi réels que les femmes qui dorment dans les pièces voisines. Et je sens leur présence, et je comprends pourquoi Kate ne peut pas partir.

Je suis presque endormie à présent, les paupières lourdes, et je prends mon téléphone une dernière fois pour regarder l'heure avant de me rendre au sommeil. Je suis en train de le reposer lorsque la lumière de l'écran balaie par accident le plancher fissuré et inégal, et quelque chose m'accroche le regard. C'est le coin d'une feuille de papier qui dépasse, avec une inscription. Est-ce une lettre ? Un mot de Luc, perdu ou caché là ?

Mon cœur bat comme si je violais son intimité, ce qui est un peu le cas, je tire doucement et la feuille poussiéreuse, pleine de toiles d'araignée glisse de sa fente.

La page est couverte de lignes, et ressemble à un dessin mais, à la lueur faiblarde de mon téléphone, je ne le distingue pas bien. Je ne veux pas risquer de réveiller Freya en allumant, alors je le porte à la fenêtre ouverte, où la brise marine agite faiblement les rideaux, et je le regarde à la lumière de la lune.

C'est le portrait d'une fille, Kate j'imagine, à l'aquarelle, et on dirait qu'il est d'Ambrose, même si je ne peux pas en être sûre. Et ce pour une bonne raison : le dessin est barré encore et encore de gros traits noirs. Le visage de la fille est recouvert de lignes si épaisses et si rageuses qu'elles ont déchiré le papier par endroits. Des trous ont été faits au crayon à l'emplacement où se seraient trouvés les yeux si on avait pu les distinguer dans le fouillis. Elle a été effacée, grattée, détruite.

Pendant un instant, je reste interdite, la feuille de papier frissonnant dans la brise marine, et je tente de comprendre ce que ça signifie. Est-ce l'œuvre de Luc ? Mais je ne peux croire qu'il aurait fait une chose pareille, il *aimait* Kate. Est-ce Kate elle-même ? Si impossible que cela puisse sembler, je trouve ça plus facile à croire.

J'en suis encore à tenter d'élucider le mystère de cet acte de haine pure lorsqu'une bourrasque fait claquer le rideau ; le papier m'échappe des mains, je tente de le rattraper, mais le vent l'a emporté, et je n'ai plus qu'à le regarder voleter vers l'estuaire et couler dans les eaux laiteuses, boueuses.

Je ne sais pas ce que c'était, ni ce que ça signifiait, en tout cas c'est parti. Et lorsque je retourne me coucher, frissonnant un peu malgré la douceur de la nuit, je ne peux m'empêcher de me dire que, peut-être, ça vaut mieux.

Je devrais être assez fatiguée pour bien dormir, mais non. Je m'endors avec dans la tête le visage raturé mais, quand je rêve, c'est de Salten House, de ses longs couloirs et de ses escaliers sinueux, de la quête interminable de salles que je ne trouve pas, de lieux qui n'existent pas. Dans mes rêves, je suis les autres le long d'une succession de couloirs, et j'entends la voix de Kate devant... *C'est par là... on y est presque !* Avec le cri plaintif de Fatima derrière elle : *Tu mens encore...*

À un moment donné, Shadow se réveille et aboie, j'entends des chuts, des bruits de pas, le son d'une porte ; Kate fait sortir le chien.

Puis le silence. Ou ce qui peut s'en approcher le plus dans cette vieille maison hantée, avec le grincement de sa lutte sans trêve contre les vents et les marées.

Lorsque je me réveille de nouveau, c'est au son de voix dehors, des chuchotements vigoureux, inquiets, et je me redresse, vaseuse et désorientée. C'est le matin, le jour filtre à travers les minces rideaux, et Freya remue, ensommeillée, dans une tache de soleil à côté de moi. Lorsqu'elle pousse un petit cri, je la prends et lui donne le sein, mais les voix nous distraient toutes les deux. Elle n'arrête pas de lever la tête pour regarder autour d'elle, rendue perplexe par la pièce inconnue et la qualité étrange de la lumière – si différente du soleil jaune poussière qui baigne notre appartement londonien les après-midi d'été. Ici, la lumière est claire, vive – elle fait mal aux yeux et s'anime du mouvement de la rivière, danse sur le plafond et les murs dans de petites flaques, de petites taches.

Et pendant ce temps les voix... des voix basses, anxieuses, avec Shadow en dessous qui pousse des gémissements malheureux, comme un contrepoint musical.

À la fin, je cède. J'enveloppe Freya dans sa couverture, moi dans ma robe de chambre, et je descends, crispant mes pieds nus sur les marches en bois usé. La porte qui donne sur le littoral est ouverte, et le soleil inonde la pièce, mais je sais avant même de déboucher de l'escalier que quelque chose ne va pas. Il y a du sang sur le sol de pierre.

Je m'arrête dans la dernière courbe, tenant Freya bien serrée contre moi, comme si elle pouvait sentir les violents battements de mon cœur. Je ne me rends pas compte de la force avec laquelle je la presse jusqu'à ce qu'elle laisse échapper un petit cri de protestation, et là, je m'aperçois que mes doigts sont enfoncés dans la chair tendre de ses cuisses potelées. Je finis de descendre vers les taches de sang.

En m'approchant, je constate que ce ne sont pas vraiment des gouttes, comme je l'avais cru, mais des traces de pattes. Les pattes de Shadow. Elles viennent de la porte d'entrée, et retournent aussitôt vers l'extérieur comme si quelqu'un avait mis le chien dehors sans ménagement.

Les voix viennent du côté terre, et je glisse mes pieds dans mes sandales et sors dans la clarté aveuglante.

Dehors, Kate et Fatima se tiennent dos à moi. Shadow, assis à côté de Kate, gémit encore tristement. Il est en laisse, pour la première fois depuis que je suis arrivée, une laisse très courte que Kate tient fermement de sa main décharnée. Nerveusement, je demande :

— Qu'est-ce qui s'est passé ?

Elles se tournent pour me regarder. Puis Kate se recule d'un pas et je peux voir ce que leurs silhouettes me cachaient jusque-là.

Je prends une profonde inspiration et plaque ma main libre contre ma bouche. Quand je parviens enfin à parler, ma voix tremble un peu.

— Oh mon Dieu... il est... mort ?

Ce n'est pas juste le spectacle – j'ai déjà vu la mort –, c'est le choc, l'inattendu, le contraste entre la carcasse sanglante devant nous et la beauté radieuse du ciel d'été. La laine est mouillée, la marée haute a dû tremper le corps, et à présent le sang goutte entre les lattes noires de la passerelle dans les hauts fonds boueux. La marée est basse, il ne reste que des flaques d'eau, et il y a assez de sang pour les teinter de rouille.

Fatima hoche la tête, l'air sombre. Elle a remis son foulard pour sortir, et elle a l'air du médecin de trente ans et quelques qu'elle est, pas de la lycéenne d'hier soir.

— Complètement mort.

— Est-ce qu'il est… est-ce qu'il était…

Je laisse ma phrase en suspens, ne sachant comment la finir, mais mes yeux se tournent vers Shadow. Il y a du sang sur son museau, et il pousse un nouveau gémissement lorsqu'une mouche se pose dessus. Il l'écarte d'un frisson puis nettoie le liquide visqueux de sa langue longue et rose.

Kate hausse les épaules. Elle a l'air sinistre.

— Je ne sais pas. Je n'en reviens pas. Il n'a jamais fait de mal à une mouche, mais il est… eh bien, il en est capable, techniquement. Il a la force suffisante.

— Mais comment ?

Et alors même que mes mots quittent ma bouche, mon regard dérive de l'autre côté de la passerelle en bois, vers la section clôturée du littoral qui marque l'entrée du terrain. Le portail est ouvert.

— Merde.

— Comme tu dis. Je ne l'aurais jamais laissé sortir si j'avais su.

— Oh, bon Dieu, Kate, je suis désolée. Thea a dû…

— Thea a dû quoi ?

Une voix ensommeillée s'élève derrière nous. Thea cligne des yeux dans la lumière étincelante, les cheveux emmêlés, une Sobranie éteinte entre les doigts.

Oh merde.

— Thea, je ne voulais pas dire…

Je m'arrête, et me tortille, mal à l'aise. Puis Thea voit l'amas de chair déchiquetée et de laine sanglante à nos pieds.

— Oh putain. Qu'est-ce qui s'est passé ? Qu'est-ce que ça a à voir avec moi ?

— Quelqu'un a laissé le portail ouvert, dis-je d'un ton contrit, mais je ne voulais pas…

— Peu importe qui a laissé le portail ouvert, coupe sèchement Kate. C'était à moi de vérifier s'il était bien fermé avant de faire sortir Shadow.

— C'est ton chien qui a fait ça ?

Thea, toute blême, a un recul involontaire, s'écartant de Shadow et de son museau plein de sang.

— Oh mon Dieu.

— On n'en sait rien, dit Kate, très brusque.

Mais Fatima a l'air très inquiète, et je sais qu'elle pense la même chose que moi : si ce n'est pas Shadow, alors qui ?

— Allez, venez, dit enfin Kate.

Quand elle se retourne, un nuage de mouches s'élèvent des entrailles du mouton mort, répandues sur la passerelle en bois, puis se reposent sur leur festin.

— Rentrons. Je vais téléphoner aux éleveurs du coin, voir qui a perdu une brebis. Merde. C'est le dernier truc dont on avait besoin.

Et je sais ce qu'elle veut dire. Ce n'est pas simplement l'animal, et ce massacre qui intervient par-dessus nos gueules de bois et notre manque de sommeil. C'est l'ensemble. L'odeur qui plane. L'eau qui clapote à nos pieds, qui n'est plus amicale, mais souillée de sang. Le sentiment de mort qui se referme sur le Moulin.

Il faut quatre ou cinq appels à Kate pour trouver le propriétaire du mouton. Ensuite, nous attendons, en sirotant du café, tentant d'ignorer le bourdonnement des mouches derrière la porte fermée. Thea est allée se recoucher, et Fatima et moi nous distrayons avec Freya, découpant des petits morceaux de pain qu'elle mâchonne entre ses gencives.

Kate fait les cent pas tel un tigre en cage, allant des fenêtres donnant sur l'estuaire au pied des escaliers, et inversement. Elle fume, seule la fumée de sa roulée trahit le tremblement de ses doigts.

Soudain, elle dresse la tête, exactement comme un chien, et quelques secondes après j'entends ce qu'elle a déjà entendu : des pneus dans l'allée. Elle se précipite dehors, refermant la porte derrière elle. À travers la cloison de bois, j'entends des voix, une profonde et agacée, et l'autre, celle de Kate, grave et contrite.

— Je suis désolée.

Puis :

— … la police ?

— Tu crois qu'on devrait sortir ? demande Fatima, mal à l'aise.

— Je ne sais pas.

Je m'aperçois que je me tords les mains dans l'ourlet de ma chemise de nuit.

— Il n'a pas l'air vraiment en colère… tu crois pas qu'on ferait mieux de laisser Kate gérer ça ?

Freya est dans les bras de Fatima. J'en profite pour me lever et m'approcher de la fenêtre. Kate et l'éleveur sont côte à côte, penchés sur le mouton mort. L'homme a l'air plus triste que fâché, et Kate passe son bras autour de ses épaules pendant un bref instant, dans un geste de réconfort qui n'est pas tendre, mais presque.

Il dit quelque chose que je n'entends pas, Kate hoche la tête, puis ensemble, ils se penchent pour attraper la bête par les pattes, la portent de l'autre côté du pont branlant, et la jettent sans cérémonie à l'arrière du pick-up du visiteur.

— Attendez, je vais chercher mon portefeuille, dit Kate tandis que l'homme fixe le hayon et, lorsqu'elle se retourne vers la maison, je remarque un petit objet plein de sang dans sa main, qu'elle fourre dans la poche de sa veste avant d'atteindre la porte.

Je m'écarte vivement de la fenêtre, secouant la tête comme quelqu'un qui tente de chasser un souvenir désagréable. Quand elle entre dans la cuisine, je lui demande :

— Ça va ?

— Je ne sais pas. Je crois.

Elle se rince les doigts à l'évier, puis va récupérer son portefeuille sur le buffet, mais lorsqu'elle regarde à l'intérieur, son visage se décompose.

— Merde.

— Tu veux du liquide ? demande aussitôt Fatima.

Elle se lève et me tend Freya.

— Mon sac à main est là-haut.

— J'en ai aussi, dis-je, pressée de faire enfin quelque chose d'utile. Il te faut combien ?

— Deux cents, je crois, dit sobrement Kate. C'est plus que la valeur du mouton, mais il aurait le droit de faire intervenir la police, j'aimerais autant pas.

Je hoche la tête, et vois Fatima redescendre l'escalier avec son sac.

— J'ai cent cinquante. Je me suis rappelé qu'il n'y avait jamais eu de distributeur de billets à Salten, alors j'en ai retiré à la station-service en passant par Hampton's Lee.

— Je t'en donne la moitié.

Je me lève, Freya gigotant sur mon épaule, et fouille mon sac, suspendu au poteau de l'escalier. Mon portefeuille est plein de billets.

— J'ai assez, pas de problème, deux secondes…

Je compte cinq billets de vingt tout neufs, que Freya tente joyeusement d'intercepter lorsqu'ils passent sous ses yeux. Fatima ajoute cent. Kate fait un bref sourire triste.

— Merci, les filles. Je vous rembourserai dès qu'on ira à Salten. Il y a un distrib à la Poste, maintenant.

— Pas besoin, dit Fatima.

Mais Kate a déjà refermé la porte du Moulin derrière elle, et j'entends sa voix dehors et le grognement de l'éleveur quand elle lui tend l'argent. Puis les pneus crissent lorsqu'il repart avec la carcasse du mouton.

Quand Kate revient, elle est pâle, mais elle a l'air soulagée.

— Dieu merci, je crois qu'il ne va pas appeler la police.

— Alors tu ne penses pas que c'était Shadow ? demande Fatima, mais Kate ne répond pas.

Elle retourne à l'évier et se lave de nouveau les mains.

— Tu as du sang sur la manche, lui dis-je, et elle regarde sa tenue.

— Oh, putain, oui, tu m'étonnes. Mais qui donc aurait cru que cette bestiole eût encore tant de sang dans le corps ?

Elle esquisse un sourire en coin, et je sais qu'elle pense à miss Winchelsea et au *Macbeth* qu'elle n'a jamais eu l'occasion de jouer en fin de trimestre. Elle retire sa veste et la laisse tomber par terre, puis remplit un seau au robinet.

— Je peux t'aider ? demande Fatima, mais Kate secoue la tête.

— Nan, ça va, je vais asperger la passerelle, puis j'irai peut-être prendre un bain. Je me sens dégueulasse.

Je sais ce qu'elle veut dire. Je me sens dégueulasse aussi ; salie par ce que j'ai vu, et je n'ai même pas aidé l'éleveur à porter le cadavre dans sa voiture. Je frissonne tandis qu'elle ferme la porte derrière elle, j'entends le clapotis de l'eau et le frottement d'un balai sur le ponton. Je me lève et recouche Freya dans sa poussette.

— Tu crois que c'était Shadow ? demande Fatima à voix basse.

Je hausse les épaules et nous nous tournons toutes deux vers le chien, recroquevillé, l'air misérable, sur un tapis devant la gazinière. Il a l'air d'avoir honte, sentant notre regard, il lève la tête, l'air perdu, les yeux tristes, et se lèche de nouveau le museau avec un petit gémissement. Il sait qu'il y a un problème.

— Je ne sais pas.

Mais ce que je sais à présent, c'est que je ne laisserai jamais Shadow et Freya tout seuls. La veste de Kate est en boule sur le sol à côté de l'évier, et je suis saisie du besoin de me rendre utile, même par un geste insignifiant.

— Kate a une machine à laver ?

— Apparemment toujours pas. (Fatima jette un regard circulaire sur la pièce.) Elle lavait déjà ses habits à la buanderie du lycée. Et tu te rappelles, Ambrose nettoyait toujours sa tenue de peintre dans l'évier. Pourquoi ?

— Je pensais laver sa veste, mais je vais juste la mettre à tremper, alors ?

— Pour les taches de sang, l'eau froide, c'est mieux, de toute façon.

Je mets la bonde et fais couler de l'eau froide dans l'évier, puis ramasse la veste de Kate par terre. Avant de la plonger dans l'eau, je tâte toutes les poches. Ce n'est que lorsque mes doigts se referment sur quelque chose de mou que je me rappelle avoir vu Kate ramasser un truc sur la passerelle et le fourrer subrepticement dans sa poche.

Quand je le sors, impossible de dire ce que c'est – une petite chose blanche et rouge dans ma main – et je lâche involontairement un petit cri de dégoût et plonge mes doigts dans l'eau. L'objet se déploie tel un pétale et coule lentement au fond de l'évier. Je le repêche.

Je ne sais pas ce que j'imaginais, mais je ne m'attendais pas à ça.

C'est un mot, le papier trempé de sang et effiloché aux bords, les lettres au stylo-bille effacées, mais encore lisibles.

Pourquoi tu ne le jettes pas dans l'estuaire, celui-ci aussi ?

Le sentiment qui m'envahit en cet instant ne ressemble à rien de ce que j'ai déjà éprouvé. Un concentré de panique pure.

Pendant un instant je ne bouge pas, ne dis rien, ne respire même pas. Je reste plantée là, l'eau sanguinolente qui me coule entre les doigts, le cœur emballé, erratique, dans ma poitrine, les joues empourprées d'une onde de terreur et de honte.

Ils savent. Quelqu'un *sait*.

Je lève les yeux sur Fatima, qui regarde ailleurs, n'ayant aucune idée de ce qui vient de se passer. La tête penchée sur son téléphone, elle écrit un texto à Ali, ou autre chose. J'ouvre la bouche, mais une espèce d'instinct me pousse à la refermer aussi sec.

Comme malgré moi, mes doigts se replient sur la boule de papier et la réduisent en bouillie. Mes ongles s'enfoncent dans ma paume, puis je déchiquette le papier en flocons blanc et écarlate jusqu'à ce qu'il ait disparu, complètement disparu, et qu'il n'en reste pas un mot.

De ma main libre, je retire la bonde et laisse s'écouler l'eau souillée de la veste mouillée. Puis je rouvre le robinet d'eau froide et noie les bribes de papier restantes, jusqu'à la dernière fibre. C'est comme si ce mot n'avait jamais existé.

Il faut que je sorte.

Il est 10 heures, et Kate est dans son bain. Thea dort encore, Fatima travaille sur son portable à la table devant la fenêtre, la tête penchée sur ses mails qu'elle épluche avec concentration.

Freya est assise par terre, sur ses fesses rebondies, et j'essaie de jouer avec elle, sans faire de bruit pour ne pas déranger Fatima. Je lui lis un livre pop-up qu'elle adore, des petits bébés qui jouent à faire coucou, mais je n'arrête pas d'oublier de tourner la page, alors elle frappe dessus de ses petites mains, me lançant des vagissements énergiques comme pour me dire : allez, plus vite !

— Il est où, le bébé ?

Je le lui demande doucement, mais je suis distraite, je n'arrive pas à entrer vraiment dans le jeu. Shadow est toujours couché dans un coin, l'air malheureux, et il continue de se lécher le museau. Je n'ai qu'une envie, c'est de prendre ma fille et de l'emmener loin d'ici.

Dehors, j'entends le bourdonnement des insectes et repense aux entrailles du mouton étalées sur la passerelle. Je suis en train d'ouvrir le rabat d'une page pour faire jaillir le visage surpris d'un bébé lorsque je remarque, juste à côté de la cuisse ronde, parfaite de Freya, un éclat de bois coupant qui dépasse du parquet.

Cet endroit, où j'ai passé tant d'heures heureuses, est soudain menaçant.

Je me redresse et la soulève. Elle pousse un hoquet de surprise et laisse échapper le livre.

— Je vais aller faire un tour.

Fatima lève à peine les yeux de son écran.

— Bonne idée. Tu vas où ?

— Je ne sais pas. Au village de Salten, sans doute.

— T'es sûre ? Ça fait bien 5 ou 6 kilomètres.

Je réprime un sursaut d'agacement. Je *connais* la distance aussi bien qu'elle. Je l'ai parcourue assez souvent.

— Oui, je suis sûre, dis-je d'une voix égale. Ça ira. J'ai de bonnes chaussures, et la poussette de Freya est solide. On pourra toujours prendre un taxi pour rentrer, si on est fatiguées.

— OK, amusez-vous bien, alors.

— Merci, Maman, dis-je, laissant transparaître mon irritation, et Fatima redresse la tête avec un grand sourire.

— Oups. J'en ai encore fait trop ? Désolée, je te promets que je ne vais pas te dire de mettre ton manteau et de penser à aller faire pipi.

Je souris en attachant Freya dans sa poussette. Fatima a toujours su me faire rire, et c'est dur de rester fâchée dans ces conditions.

— Faire pipi, ce n'est peut-être pas un mauvais conseil, dis-je en enfilant mes sandales de marche. Mon plancher pelvien n'est plus ce qu'il était.

— M'en parle pas, répond distraitement Fatima en tapant une réponse à un mail. Rappelle-toi l'exercice de Kegel ! Et serre !

Je ris de nouveau et jette un regard par la fenêtre. Le soleil cogne sur les eaux vitreuses de l'estuaire, et les dunes crépitent de chaleur. Il faut que j'emporte la crème solaire pour Freya. Où l'ai-je fourrée ?

— Je l'ai vue dans ta trousse de toilette, dit Fatima, sans sortir son crayon de sa bouche.

Je redresse la tête.

— La crème solaire, je t'ai entendue marmonner ça pendant que tu regardais dans le sac de couches de Freya. Je l'ai vue en haut, dans la salle de bains.

Bon sang, j'ai vraiment dit ça tout haut ? Je dois devenir folle. Peut-être me suis-je tellement habituée à être seule avec ma fille pendant mon congé de maternité que je me suis mise à parler toute seule, lui livrant mes pensées telles qu'elles me venaient dans l'appartement silencieux ?

C'est une idée inquiétante. Qu'ai-je bien pu dire d'autre ?

— Merci. Tu peux garder un œil sur elle, une seconde ?

Elle fait oui de la tête et je grimpe en courant à la salle de bains. Mes chaussures résonnent sur le bois des marches.

Lorsque j'essaie la poignée, la porte est fermée à clef. J'entends un clapotis, et un peu trop tard, je me rappelle que Kate est à l'intérieur.

— Qui est là ? demande-t-elle.

— Désolée, j'avais oublié que tu prenais ton bain. J'ai laissé la crème solaire de Freya à l'intérieur, tu pourrais me la passer ?

— Deux secondes.

J'entends un bruit d'eau, la clef tourner dans la porte, puis un nouveau clapotis tandis que Kate replonge dans son bain.

— Entre.

J'ouvre la porte avec précaution, mais elle est complètement submergée sous des nuages de mousse, les cheveux remontés en un chignon hirsute laissant voir son cou long et fin.

— Désolée. Je me dépêche.

— Pas de problème. (Kate sort une jambe de la baignoire et se met à la raser.) Je ne sais pas pourquoi j'ai fermé à clef, d'ailleurs. Ce n'est pas comme si vous toutes n'aviez pas déjà vu ce qu'il y a à voir. Tu sors ?

— Oui, je vais me promener. Peut-être jusqu'à Salten, je ne sais pas trop.

— Ah, tiens, si je te donne ma carte, tu peux me retirer deux cents livres, que je puisse vous rembourser, toi et Fatima ?

J'ai trouvé la crème solaire, et je tortille le bouchon entre mes mains.

— Kate, je… Fatima et moi… on n'a pas…

Bon sang, c'est dur – comment exprimer ça ? Kate a toujours été fière. Je ne voudrais pas la vexer. Comment puis-je lui dire ce que je pense vraiment, à savoir qu'avec sa maison en ruine et sa voiture déglinguée, elle n'a visiblement pas les moyens de sortir ces deux cents livres, alors que Fatima et moi, si ?

Tandis que je cherche le mot juste, une image apparaît, nette, dans mon esprit, qui me distrait aussi efficacement que si je me piquais avec une aiguille en fouillant dans mon sac à main.

C'est le mot, couvert de sang. *Pourquoi tu ne le jettes pas dans l'estuaire, celui-ci aussi ?*

Je suis prise d'une nausée soudaine.

— Kate..., dis-je malgré moi. Qu'est-ce qui s'est passé dehors, en fait ? Avec Shadow ?

Son visage se vide de toute expression, devient indéchiffrable. C'est comme si quelqu'un avait baissé un store.

— J'aurais dû fermer le portail, c'est tout, dit-elle sèchement.

Et je sais, je *sais* qu'elle ment. Kate est devenue aussi froide qu'une statue. Et je sais.

Nous nous étions juré de ne jamais nous mentir.

Je la fixe, à demi submergée dans les nuages d'eau savonneuse, je regarde sa bouche inexpressive : ses lèvres fines, sensibles, pincées en cet instant, refermées sur la vérité. Je pense au mot que j'ai détruit. Nous savons toutes deux qu'elle ment, et je suis à deux doigts de le lui dire franchement, mais en définitive, je n'ose pas. Si elle ment, elle doit avoir ses raisons, et j'ai peur de les découvrir.

— OK, dis-je enfin.

Et je m'apprête à m'en aller, consciente de ma lâcheté.

— Ma carte bleue est dans mon portefeuille, lance Kate tandis que je referme la porte derrière moi. Le code, c'est 8431.

Mais en dévalant bruyamment les escaliers pour rejoindre Fatima et Freya qui s'est endormie, je n'essaie même pas de le mémoriser. Je n'ai aucune intention de prendre sa carte, ou son argent.

Dehors, poussant Freya sur la piste sablonneuse qui longe l'estuaire, mon sentiment d'oppression commence à se dissiper.

La journée est calme et les mouettes dansent tranquillement sur l'eau qui monte, tandis que les échassiers parcourent les bancs de sable avec une grande concentration, abaissant prestement leur bec pour piquer les vers et les coléoptères peu méfiants.

Je remonte la capote sur la poussette de Freya et j'essuie sur ma nuque chauffée par le soleil le résidu de crème solaire dont j'ai badigeonné ses petits membres potelés.

J'ai toujours l'odeur du sang dans les narines, et j'ai hâte qu'une bouffée d'air m'en défasse enfin. Était-ce bien Shadow ? Je ne saurais le dire. J'essaie de repenser au mouton éventré et au chien qui gémissait : la déchirure a-t-elle été provoquée par une mâchoire puissante, ou par un couteau ? Franchement, je n'en sais rien.

Une chose est sûre, cependant : ça ne peut pas être Shadow qui a écrit ce mot. Alors qui ? Je frissonne au soleil, saisissant soudain toute la malveillance de ce geste. Tout à coup, j'éprouve le désir violent de soulever ma fille qui dort et de la coller contre mon sein, de la serrer comme si je pouvais la faire rentrer en moi, comme si je pouvais la protéger contre ce réseau de secrets et de mensonges qui se referment sur moi, me ramenant à une erreur commise il y a longtemps, à laquelle je croyais que nous avions échappé. Nous avons passé dix-sept ans à fuir et à nous cacher, chacune à notre manière, mais ça n'a pas marché, je le sais à présent. Peut-être l'ai-je toujours su.

Au bout de la piste, le chemin donne sur une route menant, d'un côté, à la gare, de l'autre vers le pont qui entre dans Salten même. Je m'arrête un moment sur le pont, faisant doucement rouler la poussette de Freya d'avant en arrière, et contemple le paysage familier. La campagne environnante est assez plate, et sans être bien haut, on voit loin, d'ici. Devant moi, le Moulin se découpe, noir sur les eaux scintillantes de l'estuaire. Il semble tout petit. À gauche, de l'autre côté de la rivière, je commence à distinguer les maisons et les ruelles étroites de Salten.

Et à droite, au loin, se tient une forme blanche qui resplendit par-dessus la cime des arbres, presque invisible sur l'horizon blanchi par le soleil. D'ici, il est impossible de distinguer le chemin que nous prenions à travers les marais, lorsque nous faisions l'école buissonnière. Peut-être la végétation l'a-t-elle envahi, toujours est-il qu'à présent notre stupidité d'alors m'ébahit : je repense à la première fois, cette nuit glaciale d'octobre, alors que le crépuscule était déjà tombé, quand nous sommes sorties de nos chambres par l'escalier de secours, lampe torche entre les dents, bottes à la main afin de ne pas réveiller les profs en descendant la structure d'acier.

Arrivées en bas, nous avions enfilé nos bottes en caoutchouc (« *Surtout* pas de chaussures en cuir, nous avait dit Kate, même après l'été qu'on vient d'avoir, il y aura de la boue »), et nous étions parties, traversant les terrains de hockey au petit trot, contenant nos rires jusqu'à ce que nous soyons assez loin du bâtiment principal pour que personne ne nous entende.

La première partie était toujours la plus dangereuse, surtout quand les jours s'allongeaient et que la nuit tombait longtemps après le couvre-feu. À partir de Pâques, n'importe quelle prof regardant par sa fenêtre aurait pu nous voir nous enfuir toutes les quatre, courant sur le gazon coupé ras, Thea avalant la distance avec ses longues jambes, Kate au milieu, Fatima et moi peinant derrière, essoufflées.

Mais cette première fois, il faisait déjà presque noir, et nous avons détalé jusqu'aux buissons chétifs qui marquaient le début du marais à la faveur de la nuit. Là, nous avons pu donner libre cours à nos fous rires et allumer nos lampes torches.

Kate ouvrait la marche, et nous la suivions à travers un labyrinthe de canaux et de fossés remplis d'eau saumâtre qui luisait, noire, à la lueur de nos torches.

Nous avons escaladé clôtures et échaliers, sauté par-dessus des fossés, en écoutant attentivement les instructions que murmurait Kate par-dessus son épaule. « Restez sur le rebord, là, à gauche c'est un vrai marécage... Là, faut prendre l'échalier, si on ouvre ce portail, il est impossible à refermer et les moutons vont s'échapper... Vous pouvez vous agripper à ces herbes, pour sauter le fossé – vous voyez où je me tiens ? C'est la partie la plus ferme de la rive. »

Elle courait les marais à sa guise depuis toute petite, et même si elle était incapable de citer le nom d'une seule fleur, ou d'identifier la moitié des oiseaux que nous dérangions dans nos promenades, elle connaissait la moindre touffe d'herbe, le moindre passage marécageux, le moindre ruisselet, fossé ou monticule, et même dans le noir elle nous a guidées d'un pas sûr à travers le labyrinthe de sentiers pour le bétail, de bourbiers et de sauts-de-loup stagnant, jusqu'à une clôture que nous avons escaladée, et il était là, l'estuaire, avec ses eaux miroitantes au clair de lune, et bien plus haut, au loin, la berge sablonneuse et le Moulin, une lumière à la fenêtre.

— Ton père est à la maison ? a demandé Thea.

— Non, il est sorti, il y a un truc au village, je crois. Ça doit être Luc.

Luc ? C'était la première fois que j'entendais parler d'un Luc. Était-ce un oncle ? Un frère ? J'étais presque sûre que Kate m'avait dit qu'elle était enfant unique.

Avant que j'aie le temps de réagir, si ce n'est pour échanger un regard perplexe avec Fatima, Kate s'est remise en route, avançant cette fois à grands pas sur le chemin, sans se retourner pour voir si nous suivions, maintenant que nous étions sur le sable sec, et j'ai dû courir pour la rattraper.

À la porte du Moulin, elle s'est arrêtée un instant pour attendre Fatima qui fermait la marche, légèrement essoufflée, puis elle a ouvert la porte.

— Bienvenue chez moi, les filles.

Et j'ai mis les pieds dans le Moulin pour la première fois.

Il a à peine changé, c'est ce qu'il y a de remarquable quand je repense à cette première fois où j'ai vu la maison : les tableaux au mur étaient vaguement différents, l'ensemble un tout petit peu moins vétuste, moins bancal, mais l'escalier en bois, les fenêtres de travers qui jettent leur lumière dorée sur les eaux de l'estuaire, tout cela n'a pas bougé. Cette nuit d'octobre était froide, un feu brûlait dans le poêle à bois ; la première chose qui m'a frappée quand Kate a ouvert la porte, c'est un souffle de chaleur et la lueur des flammes, et l'odeur de bois brûlé qui se mêlait à celle de la térébenthine, de la peinture à l'huile et de l'eau de mer.

Un garçon, assis dans un rocking-chair, lisait un livre devant le feu, et il a levé les yeux en sursaut lorsque nous sommes entrées.

C'était un adolescent de notre âge à peu près – ou, pour être exacte, de cinq mois de moins que moi, ainsi que je l'ai appris par la suite. Il n'avait qu'un an de plus que mon petit frère, en fait – mais à part ça, il était à des années-lumière de mon Will, ce petit garçon rose et blanc : lui avait des membres déliés et bronzés, couleur noisette, des cheveux bruns en bataille, comme s'il les avait coupés lui-même, et quand il s'est levé, j'ai vu qu'il était légèrement voûté : il était assez grand pour devoir faire attention en passant les portes basses.

— Kate, qu'est-ce que tu fais là ?

Il parlait d'une voix grave et un peu éraillée, et il y avait un petit quelque chose que je n'ai pas réussi à situer, un accent qui n'était pas tout à fait le même que celui de Kate.

— Papa est sorti.

— Salut, Luc, a dit Kate.

Debout sur la pointe des pieds, elle l'a embrassé sur la joue, un baiser bourru de grande sœur.

— Désolée de ne pas t'avoir prévenu. Il fallait que je sorte de cet endroit, et je ne pouvais pas laisser les autres pourrir dans ce bahut. Tu connais Thea, bien sûr. Je te présente Fatima Qureshy.

— Bonjour, a dit timidement celle-ci.

Elle a tendu la main, et Luc l'a serrée, un peu gêné.

— Et Isa Wilde.

— Salut.

Il s'est tourné et m'a souri. J'ai remarqué qu'il avait les yeux presque dorés, comme un chat.

— Les filles, je vous présente Luc Rochefort, mon…

Elle s'est arrêtée là, et Luc et elle ont échangé un regard, et un petit sourire qui a plissé la joue bronzée du garçon.

— Mon demi-frère, c'est ça qu'on dit ? Enfin bref. Nous voilà tous là. Reste pas planté comme ça, Luc.

Luc a souri de nouveau, puis il a baissé la tête, maladroitement, et reculé pour nous laisser de la place.

— Je peux vous offrir quelque chose à boire ? a-t-il demandé tandis que nous nous glissions à l'intérieur une à une, Fatima et moi rendues muettes par la présence inattendue d'un inconnu, un garçon par-dessus le marché, surtout après avoir été enfermées pendant de si longues semaines avec juste d'autres filles.

— Tu as quoi ? ai-je demandé.

— Du vin, a-t-il répondu en haussant les épaules. Côtes-du-rhône.

Et soudain j'ai su d'où venait son accent, d'ailleurs j'aurais dû le deviner à son nom. Luc était français.

— Du vin, c'est bien. Merci.

J'ai pris le verre qu'il m'a tendu et l'ai vidé d'un trait.

Il était tard, et nous étions soûles et ramollies par l'alcool, riant et dansant au son des disques que Kate passait sur l'électrophone, lorsque la poignée de la porte a tourné. Nous nous sommes retournées comme un seul homme. Ambrose est entré, son chapeau à la main.

Fatima et moi, nous nous sommes figées, mais sans broncher, Kate s'est avancée vers lui en trébuchant sur le tapis, et a ri lorsque son père l'a rattrapée et embrassée sur les deux joues.

— Papa, tu ne le répéteras pas, n'est-ce pas ?

— Sers-moi un verre, a-t-il répliqué, jetant son chapeau sur la table et ébouriffant les cheveux de Luc, qui était vautré sur le canapé. Et je ferai comme si je ne vous avais pas vues.

Mais il nous avait vues, bien sûr. Et c'est son propre croquis qui le fait mentir, ce petit dessin au crayon exécuté à la hâte, qui est accroché sur le palier, devant l'ancienne chambre de Kate. C'est un croquis du canapé, cette première soirée, avec Luc, Thea et moi collés les uns aux autres comme une portée de chiots, bras et jambes si emmêlés qu'on ne savait plus où finissait mon corps, où commençait celui de Thea ou de Luc. Fatima y est perchée sur le bras du canapé, et ses jambes nues servent de dossier à Thea. Et à nos pieds, Kate, les genoux contre le menton, les yeux perdus dans le feu. Elle a un verre de vin à la main, et mes doigts dans ses cheveux.

C'était la première soirée où nous buvions et riions ensemble, allongés, recroquevillés dans les bras les uns des autres, le visage réchauffé par les flammes du poêle, et par le vin – mais ce n'était pas la dernière. Nous allions revenir, encore et encore, traverser les champs crissant de givre ou les prés pleins d'agneaux, attirées, telles des phalènes, par la flamme qui brillait à travers l'obscurité des marais. Puis nous rentrions par les pâles aubes d'été, rejoindre un cours de français que nous suivions les paupières lourdes, ou nous repartions, hilares, à la vitesse d'un escargot, dans les matins d'été, avec de l'eau salée qui séchait dans nos cheveux.

Ce n'étaient pas toujours des escapades en douce. Après les deux premières semaines de chaque trimestre, les week-ends étaient « libres », et nous avions le droit de rentrer chez nous, ou d'aller chez des amis, à condition d'avoir la permission de nos parents. La maison n'était envisageable ni pour Fatima ni pour moi, puisque mon père passait son temps à l'hôpital avec ma mère, et que ses deux parents à elle étaient au Pakistan. Quant à Thea… je n'ai jamais posé de questions, mais il était très clair que quelque chose n'allait pas du tout, et qu'elle ne pouvait ou ne voulait pas rentrer à cause de ça.

Rien dans le règlement ne nous empêchait d'accompagner Kate, et nous ne nous en privions pas. La plupart du temps, nous prenions nos affaires et traversions le marais à pied avec elle le vendredi soir après l'étude, et nous revenions le dimanche soir pour l'appel.

Au début, c'était de temps en temps… puis souvent… puis presque tous les week-ends, si bien que l'atelier d'Ambrose était jonché de croquis de nous quatre, le Moulin m'était aussi familier que la petite chambre que je partageais avec Fatima, et même plus, si bien que je connaissais les pistes du marais sur le bout des doigts, presque aussi bien que Kate.

— Mr Atagon doit être un saint, a dit un vendredi soir miss Weatherby, ma maîtresse d'internat, avec un mince sourire tandis que je déclarais ma sortie une fois de plus avec Kate. Il vous donne des cours toute la semaine, et il vous loge gratuitement le week-end ! Tu es sûre que ça ne dérange pas ton père, Kate ?

— Pas du tout, a-t-elle rétorqué d'un ton ferme. Il est plus que ravi que je ramène des amies.

— Et mon père m'a donné l'autorisation, ai-je précisé.

Avec joie même : mon père était très soulagé que je m'amuse à Salten, plutôt que de lui apporter des soucis supplémentaires en réclamant de rentrer chez nous. À côté, remplir d'avance une liasse d'autorisations de sorties, ce n'était rien.

— Ce n'est pas que je ne veux pas que tu passes du temps avec Kate, a expliqué la maîtresse d'internat par la suite devant un thé dans son bureau, l'air soucieuse. Je suis très contente que tu te sois fait des amies. Mais rappelle-toi bien que pour être une femme équilibrée, il est important d'avoir une grande *variété* d'amies. Pourquoi tu ne passerais pas le week-end avec une des autres filles ? Ou même ici ; ce n'est pas comme si le lycée était vide le week-end.

— Donc… – j'ai pris une gorgée de thé… – le règlement spécifie le nombre de sorties auquel j'ai droit ?

— Eh bien, non, ce n'est pas vraiment dans le règlement…

J'ai hoché la tête, souri et fini le thé, puis j'ai signé ma sortie le vendredi suivant pour partir chez Kate exactement comme avant.

Et le lycée ne pouvait pas intervenir.

Jusqu'au jour où il l'a fait.

Le temps d'arriver au tronçon de route qui entre dans le village de Salten, je suis en sueur. Je fais une pause à l'ombre d'un bosquet de chênes, sentant la transpiration qui dégouline entre mes seins et s'accumule dans mon soutien-gorge.

Freya dort paisiblement, sa bouche en cœur à peine entrouverte, et je me penche pour l'embrasser très doucement, afin de ne pas la réveiller, avant de repartir, les pieds un peu endoloris.

Je ne me retourne pas lorsque j'entends la voiture derrière moi, mais elle ralentit à mon niveau et le conducteur me jette un regard : Jerry Allen, le propriétaire du Salten Arms, dans le vieux pick-up qui transportait autrefois les boissons depuis chez le grossiste. Le véhicule est devenu un vrai tas de rouille. Pourquoi Jerry conduit-il encore une telle épave d'au moins trente ans ? Le pub n'a jamais été une mine d'or, mais on dirait que les temps sont durs.

Tête penchée à la fenêtre, il me regarde avec une franche curiosité, se demandant, j'imagine, quelle touriste peut bien être assez toquée pour marcher sur la route principale, seule, en pleine chaleur.

Il m'a presque dépassée lorsque son expression change, et il donne un petit coup de klaxon. Je sursaute, et il se gare sur le bas-côté, soulevant un nuage de poussière qui me fait tousser.

— Je vous connais, lance-t-il lorsque j'arrive au niveau de son camion, moteur toujours en marche.

Il y a une touche de triomphe narquois dans sa voix, comme s'il m'avait démasquée. Je n'aurais jamais dit le contraire, mais je ne lui en fais pas la remarque.

— Vous êtes de la bande de Kate Atagon, une de ces filles que son pè…

Trop tard, il se rend compte où mène cette conversation, se racle la gorge, et met la main devant sa bouche, tentant de faire passer sa gêne pour une quinte de toux de fumeur.

— Oui.

Je parle d'une voix ferme. Pas question de lui laisser voir que ses mots m'atteignent.

— Je m'appelle Isa. Isa Wilde. Bonjour Jerry.

— T'as fini ta croissance, dit-il, et il a presque les larmes aux yeux en me regardant. Et t'as un bébé, en plus !

— Une petite fille. Freya.

— Bien, bien, bien, dit-il un peu en l'air, et il fait un large sourire qui dévoile les trous dans sa gencive, et sa dent en or qui m'a toujours un peu fait peur même si je ne saurais dire pourquoi.

Il me considère en silence un instant, de mes sandales poussiéreuses aux taches de sueur sur ma robe, puis il montre l'estuaire d'un petit signe de tête.

— Terrible nouvelle, hein ? Ils ont bouclé la moitié du rivage, d'après Mick White, même si on peut pas voir d'ici. Y a des équipes de policiers, des chiens, des tentes blanches, là… M'enfin, à quoi ça peut servir maintenant, je vois pas. Si y a un truc enfoui là-dedans, le vent et la pluie ont bouffé tout ça depuis assez longtemps, si on en croit le vieux de Judy Wallace. C'est elle qui a trouvé l'os et, d'après Mick, leur chien l'a pété pile au niveau du coude, il était cassant comme du petit bois. Entre ça et le sel, m'étonnerait qu'il en reste beaucoup.

Je ne sais que répliquer. Une vague nausée me remonte dans la gorge et je me contente de hocher la tête. Une idée semble le frapper soudain.

— Tu vas au village ? Monte, je te dépose.

Je regarde son visage rougeaud, la banquette dépourvue de ceinture, et bien sûr de siège bébé, de son vieux camion branlant, et je me rappelle qu'il empestait déjà le whisky à l'heure du déjeuner dans le temps.

— Merci. (J'essaie de sourire.) Mais franchement, j'apprécie la promenade.

— Fais pas ta mijaurée.

Il montre l'arrière du véhicule.

— Y a toute la place pour la poussette, et t'as encore près de deux kilomètres avant le village. Tu vas cramer !

Je ne sens pas le whisky, je suis trop loin, mais je souris de nouveau et secoue la tête.

— Franchement, merci, Jerry, mais c'est bon. Je préfère y aller à pied.

— Comme tu voudras. (Il enclenche une vitesse, jovial.) Passe au pub après tes courses, au moins, que je t'offre une bière fraîche.

— Merci.

Le mot se noie dans le rugissement des pneus sur le gravier et le nuage de poussière d'été tandis qu'il s'éloigne, et j'écarte mes cheveux de ma figure avant de me remettre en marche.

Le village de Salten m'a toujours fait un peu flipper, je ne saurais trop l'expliquer. À cause des filets, notamment. C'est un village de pêcheurs, ou ça l'était, en tout cas. En fait, il n'y a plus que des bateaux de plaisance qui sortent, même s'il reste une poignée de chalutiers amarrés dans le port. Toujours est-il qu'en hommage à ce passé, les maisons du village sont ornées de filets. Il paraît que ça porte chance, et c'est peut-être pour cette raison que ça a commencé, mais à présent, la tradition est perpétuée uniquement pour les touristes, à ce qu'il me semble.

Les estivants qui passent une journée sur place en se rendant vers les plages de sable plus haut sur la côte en raffolent, de ces filets. Ils prennent des photos des jolies petites maisons de pierre et de rondins emmaillotées dans les cordages pendant que leurs enfants achètent des glaces et des seaux en plastique aux couleurs criardes. Certains cordages ont l'air tout neufs, comme s'ils n'avaient jamais vu la mer, mais d'autres, sans l'ombre d'un doute, ont été utilisés, et on voit encore les déchirures qui les ont mis hors service, ainsi que des morceaux d'algue et de bouées mêlés dedans.

Moi, je les ai détestés dès le premier jour. Ils ont quelque chose d'à la fois triste et carnassier, comme des toiles d'araignée géantes qui peu à peu envahissent les petites maisons. À cause d'eux, tout le village prend des airs mélancoliques, à l'image de ces patelins suffocants du sud des États-Unis où d'épaisses grappes de mousse espagnole suspendue aux arbres gênent la circulation de l'air.

Sur certaines maisons, il n'y a qu'un modeste écheveau de filets entre les étages, mais d'autres sont envahies d'amples guirlandes à moitié pourries qui enveloppent tous les murs. Suspendues au-dessus des portes, elles bouchent la vue des fenêtres et s'enchevêtrent dans les plantes en pots, les poignées de fenêtre et les persiennes.

Je ne supporte pas cette idée : ouvrir sa fenêtre tard le soir et sentir ces filets écœurants qui pèsent contre les vitres, cachant la lumière, les sentir s'emmêler dans vos doigts lorsque vous appuyez sur les carreaux, devoir forcer pour faire céder le loquet.

Si c'était moi, j'arracherais ces tristes reliques jusqu'à la dernière, comme on chasse les araignées. Un grand ménage de printemps.

C'est peut-être le symbole qui ne me plaît pas. Car que sont les filets, en fin de compte, sinon des pièges mortels ?

Tandis que je descends l'étroite rue principale, j'ai l'impression qu'ils ont pris encore du volume, tandis que le village lui-même est devenu plus petit et plus délabré. Chaque maison est emmaillotée, tandis qu'il y a dix ans, il devait n'y en avoir que la moitié, maximum, et les filets semblent désormais servir de cache-misère – savamment tirés par-dessus les peintures qui s'écaillent et le bois pourri. On compte aussi plusieurs boutiques vides, avec des panneaux « à vendre » délavés qui se balancent dans la brise, et il règne une atmosphère générale de décrépitude qui me choque. Salten n'a jamais été un temple de l'élégance, le contraste entre le lycée et le village a toujours été vif. Mais à présent, on dirait qu'une grande partie des touristes ont disparu en France et en Espagne, et je suis consternée de découvrir que la boutique du coin de la rue qui vendait des glaces et débordait toujours de seaux et de pelles en plastique de couleurs vives a fermé. La vitrine est envahie par la poussière et les toiles d'araignée.

La Poste est encore là, même si le filet au-dessus de l'entrée est neuf : une large guirlande orange, avec une ancienne déchirure réparée encore visible.

Je lève les yeux en poussant la porte avec mon dos, entrant à reculons avec la poussette dans le petit édifice. *Ne me tombe pas dessus*, je prie. Je nous vois déjà étouffées sous l'entrelacs de cordes, Freya et moi.

La clochette tinte bruyamment à mon entrée, mais il n'y a personne à l'accueil, et personne ne vient tandis que je me dirige vers le distributeur, dans le coin où se trouvaient autrefois les présentoirs de babioles en vrac. Je n'ai pas l'intention de prendre l'argent de Kate, mais les 100 livres que je lui ai données m'ont presque mise à sec, et je veux être sûre d'avoir suffisamment dans mon portefeuille pour…

J'hésite. Pour quoi ? C'est une question à laquelle je n'ai pas vraiment envie de répondre. Pour faire des courses ? Pour rembourser à Kate les places au bal des anciennes ? Vrai dans les deux cas, sans doute, mais ce ne sont pas les raisons profondes. Suffisamment de liquide pour m'en aller sur-le-champ, si nécessaire.

Je suis en train de taper mon code lorsqu'une voix retentit derrière moi, une voix profonde, rocailleuse, presque masculine, même si je sais que ce n'est pas un homme avant même de me retourner.

— Tiens, tiens, tiens. Regardez-moi qui voilà.

Je prends les billets crachés par la machine, range ma carte et me retourne. À l'accueil, Mary Wren – la matriarche du village, peut-être ce qui se rapproche le plus d'une guide spirituelle pour Salten. Elle travaillait à la Poste lorsque j'allais au lycée, mais son apparition me déstabilise : j'aurais cru qu'elle aurait pris sa retraite, ou changé de métier. Visiblement, non.

— Mary, dis-je, me forçant à sourire en fourrant mon portefeuille dans mon sac à main. Tu n'as pas changé !

C'est vrai et faux à la fois – son visage est toujours large, buriné, ses yeux toujours petits, sombres et pénétrants. Mais ses cheveux, autrefois une longue cascade noire qui lui arrivait à la taille, sont gris paille de fer. Elle les a tressés en une corde épaisse qui se termine par un bout tout maigre, à peine suffisant pour tenir son élastique.

— Isa Wilde.

Elle s'approche et se plante face à moi, mains sur les hanches, aussi massive et inébranlable qu'autrefois, comme un menhir.

— Ça alors. Qu'est-ce qui t'amène ?

Pendant un instant, j'hésite, les yeux sur une pile de journaux locaux qui portent le titre « OS HUMAIN DÉCOUVERT DANS L'ESTUAIRE ».

Puis je me rappelle le mensonge de Kate au chauffeur de taxi et je bafouille :

— Le bal d'été. À Salten House.

— Ah bon.

Elle me regarde de haut en bas, moi, ma robe d'été en lin, moite et molle de sueur, Freya qui dort à poings fermés dans sa poussette.

— Je dois dire que je suis surprise. Je ne pensais pas que vous reviendriez encore dans le coin. Y en a eu, des dîners et des bals, qui sont passés, et on ne vous a pas vues, toi et ta petite clique.

Elle prononce *clic*, et l'espace d'une seconde je ne comprends pas ce qu'elle dit. *Clique*. C'est un mot chargé, mais je ne peux pas le nier. Nous formions bien une clique, Kate, Thea, Fatima et moi. Nous nous plaisions entre nous, et nous n'avions besoin de personne d'autre, si ce n'est pour en faire les cibles de nos plaisanteries et petits jeux. Nous étions persuadées de pouvoir affronter n'importe quoi, n'importe qui, tant que nous restions soudées. Nous étions arrogantes et irréfléchies, c'est la vérité. Mon comportement de l'époque n'est pas une chose dont je suis fière, et je n'aime pas le sarcasme de Mary, même si je ne peux mettre en cause la justesse de son mot.

— Mais tu vois Kate, non ? dis-je d'un ton désinvolte, tentant de changer de sujet.

Mary hoche la tête.

— Oh, bien sûr. On a le seul distributeur du village, alors elle vient assez régulièrement. Et puis elle est restée, alors qu'à sa place beaucoup seraient partis. Les gens respectent ça, malgré ses petites manies.

— *Ses manies ?*

Je ne peux retenir une pointe d'aigreur. Mary lâche un rire jovial qui fait trembler sa large carcasse, mais il sonne un peu faux.

— Tu connais Kate, dit-elle enfin. Elle fait bande à part, dans son moulin. Ambrose n'a jamais été aussi solitaire, il était toujours fourré au village, il allait au pub, il jouait du violon avec les autres. Il vivait peut-être sur l'estuaire, mais c'était l'un d'entre nous, sans ambiguïté. Kate par contre… Elle fait bande à part.

— J'ai appris que Mark était policier maintenant ?

— Exact. Et c'est très pratique, en plus, d'avoir quelqu'un du cru. Il dépend de Hampton's Lee, mais comme c'est son territoire, il passe plus souvent par ici qu'un étranger.

— Il habite toujours chez toi ?

— Oui, oui. Tu sais ce que c'est, ici, les résidences secondaires, ça fait grimper les prix, et c'est très dur pour les jeunes de faire assez d'économies pour s'acheter une maison, avec les riches Londoniens qui viennent rafler tous les cottages.

Elle m'examine de nouveau, et cette fois je sens ses yeux s'attarder sur mon sac à langer coûteux et mon gros cabas Marni, un cadeau d'Owen qui ne peut pas avoir coûté moins de 500 livres, sans doute beaucoup plus.

— Ça doit être dur, oui, dis-je, gênée. Mais au moins j'imagine qu'ils font rentrer de l'argent ?

Mary renifle avec dédain.

— Jamais de la vie. Ils viennent de Londres en voiture avec leurs coffres chargés de provisions, on ne les voit pas dans les magasins locaux. La boucherie Baldock a fermé, t'as vu ?

J'acquiesce sans mot dire, prise d'un vague sentiment de culpabilité, et Mary secoue la tête.

— Et Croft & Sons, les boulangers. Il n'y a quasiment plus rien, à part la Poste et le pub. Et ça ne va pas durer éternellement si la brasserie l'emporte. Ils ne gagnent pas assez, tu comprends. Le pub sera converti en appartements d'ici un an maximum. Dieu sait ce que va devenir Jerry. Pas de retraite, pas d'économies...

Elle s'approche, et remonte la capote de la poussette de Freya.

— Alors t'as une fille maintenant ?

— Eh oui.

Je regarde son doigt fort et épais glisser sur la joue de mon bébé endormi. Il y a des traces rouge sombre sur ses ongles et dans les cuticules. C'est sans doute l'encre des tampons de la Poste, mais je ne peux m'empêcher de penser à du sang. J'essaie de m'empêcher de frissonner.

— Freya.

— Tu t'appelles plus Wilde ?

— Si. Toujours Wilde. Je ne suis pas mariée.

— Eh bien, elle est mignonne. (Mary se redresse.) Elle rendra fous les garçons d'ici quelques années, elle aussi, je parie.

Je suis près de montrer les dents, et mes doigts se crispent sur la poignée spongieuse de la poussette. Mais je me force à respirer et à ravaler la remarque mordante que je brûle de lâcher. Mary Wren est un personnage puissant dans le village ; déjà il y a dix-sept ans, il valait mieux éviter de lui chercher des crosses, et je ne vois pas comment ça aurait changé, surtout maintenant que son fils représente la police locale.

Je croyais m'en être débarrassée en quittant Salten House : ce réseau complexe d'allégeances, les relations tendues entre les villageois et le lycée, qu'Ambrose négociait sans effort, contrairement à nous autres. Je voudrais éloigner la poussette de Mary et lui dire de s'occuper de ses affaires. Mais je ne peux pas me permettre de m'en faire une ennemie. Pas seulement pour Kate, mais pour nous toutes. Le lycée nous a laissées tomber il y a longtemps – et Salten, si vous êtes rejetée à la fois par la ville et par l'académie, peut devenir un endroit très hostile.

Je frissonne malgré la chaleur et Mary lève les yeux.

— T'as vu un fantôme ?

Je secoue la tête et j'essaie de sourire, et elle rit, dévoilant ses dents jaunes et tachées.

— Bon, ça fait plaisir de te voir, dit-elle d'une voix détendue, tapotant la capote de la poussette. J'ai l'impression que c'était hier que vous étiez là, toutes, à acheter des bonbons et des babioles. Tu te rappelles toutes ces histoires invraisemblables que racontait ta copine ? Comment elle s'appelait… Cleo ?

— Thea, dis-je d'une voix basse.

Oui, je me souviens.

— Elle m'avait raconté que son père était recherché pour avoir assassiné sa mère, et elle a presque réussi à me le faire gober.

Mary rit de nouveau, un rire qui fait trembler tout son corps, et la poussette de Freya, par la même occasion.

— Bien sûr, c'était avant que je sache quelles affreuses petites menteuses vous étiez, toutes.

Menteuses. Un mot jeté si négligemment dans le flot de la conversation… Est-ce mon imagination, ou y a-t-il soudain une note d'hostilité dans sa voix ?

— Bon…

Je tire doucement sur la poussette, et les plis de la capote glissent de ses doigts.

— Je ferais mieux d'y aller… Freya va vouloir son déjeuner…

— Te gêne pas pour moi, dit gaiement Mary.

Je baisse la tête, presque pour m'excuser, dans une posture un peu soumise, et elle recule pour me laisser manœuvrer la poussette afin de sortir du bureau de Poste.

Je suis au milieu d'un laborieux virage en trois points dans l'allée étroite, entre les présentoirs, m'apercevant trop tard que j'aurais dû y aller à reculons, comme je suis entrée, lorsque la clochette de la porte retentit.

Je regarde par-dessus mon épaule. Tout d'abord, je ne reconnais pas la silhouette sur le seuil mais, quand je le percute, mon cœur fait un bond dans ma poitrine, tel un oiseau se cognant désespérément contre les barreaux de sa cage.

Ses vêtements sont tachés et froissés, comme s'il avait dormi avec, et il a une ecchymose sur la pommette et des coupures sur les phalanges. Mais ce qui me frappe, à l'instar d'un coup dans le ventre, c'est à quel point il a changé – et en même temps, qu'il ait changé si peu. Il a toujours été grand, mais son côté mince et dégingandé a disparu, et l'homme qui se tient là remplit le passage exigu avec ses épaules, exsudant, sans même le vouloir, une impression de force sèche, contenue.

Quant à son visage, les pommettes larges, les lèvres minces, et oh, mon Dieu, ses yeux…

Je tente de reprendre ma respiration, hébétée, et il ne me remarque pas tout de suite. Il salue Mary d'un hochement de tête et se range poliment sur le côté pour me laisser sortir. Ce n'est que lorsque je dis son prénom, d'une voix rauque, étranglée, qu'il dresse la tête et me regarde, me regarde *vraiment*. Son expression se modifie aussitôt.

— Isa ?

Il laisse tomber ses clefs par terre. Sa voix est exactement pareille que dans mon souvenir, grave et traînante, avec juste ce léger temps de retard pour trahir sa langue maternelle.

— Isa, c'est… c'est vraiment toi ?

— Oui.

J'essaie d'avaler ma salive, j'essaie de sourire, mais le choc semble avoir figé les muscles de mon visage.

— Je croyais que tu étais… tu n'es pas retourné en France ?

Il garde un visage neutre, impassible, ses yeux dorés sont indéchiffrables et il y a quelque chose d'un peu raide dans sa voix, comme s'il se surveillait.

— Je suis revenu.

— Mais pourquoi… Je ne comprends pas, pourquoi Kate n'a pas dit… ?

— C'est à elle qu'il faudrait poser la question.

Cette fois, je suis certaine que je n'ai pas rêvé : il parle avec une certaine froideur.

Je ne comprends pas. Que s'est-il passé ? J'ai l'impression de me cramponner aux murs à l'aveuglette, dans une pièce remplie d'objets fragiles et précieux qui risquent de tomber au moindre faux pas. Pourquoi Kate ne nous a-t-elle pas dit que Luc était de retour ? Et pourquoi est-il tellement… Mais là, je sèche, incapable de mettre un nom sur l'émotion qui émane de sa présence silencieuse. De quoi s'agit-il ? Ce n'est pas le choc, ou pas seulement, la surprise de mon apparition s'est déjà dissipée. C'est une émotion réfrénée, contenue que je le vois tenter de dissimuler. Une émotion qui se rapproche davantage de… Le mot me vient lorsqu'il fait un pas en avant, me bloquant la sortie du bureau de Poste.

La haine.

Je déglutis.

— Ça va bien, Luc ?

— Bien ?

Il y a un rire dans sa voix, mais pas trace de joie.

— *Bien ?*

— Je voulais juste…

— Comment oses-tu me demander ça, putain ?

— Quoi ?

J'essaie de reculer, mais il n'y a pas d'issue – Mary Wren est juste derrière moi. Luc bloque l'entrée, la poussette est entre nous, et la seule chose à laquelle je pense, c'est que s'il a un accès de violence, c'est Freya qui va être blessée. Que s'est-il passé pour le transformer à ce point-là ?

— Calme-toi, Luc, fait Mary.

— Kate savait.

La voix de Luc tremble.

— Et *tu* savais vers quoi elle me renvoyait.

— Luc, non, je ne… je ne pouvais…

Je me cramponne si fort à la poussette que mes doigts sont tout blancs. Il faut que je sorte de ce lieu coûte que coûte. J'entends un bourdonnement, une mouche bleue qui se cogne obstinément contre la vitre, et me rappelle soudain brutalement le mouton mutilé et la nuée d'insectes qui se repaissait de ses entrailles…

Il dit quelque chose en français que je ne comprends pas, mais ça a l'air vulgaire, et plein de dégoût.

— Luc, répète Mary plus fort, dégage le passage, et reprends-toi. À moins que tu veuilles que j'appelle Mark ?

Il y a un silence tendu, rempli seulement par le bourdonnement de la mouche. Je me crispe de plus en plus. Puis Luc recule lentement, avec ostentation, et désigne la porte d'un geste.

— *Je vous en prie*, dit-il d'une voix sarcastique.

J'avance la poussette précipitamment, si bien que je heurte le cadre de la porte. La secousse réveille Freya, qui pousse un petit cri de surprise. Mais je ne m'arrêterai pas tant que nous n'aurons pas passé la porte, qui se referme avec un tintement. Je me précipite dans la rue, et mets autant de distance que possible entre la Poste et moi, jusqu'à ce que les bâtiments du village ne soient plus que des formes lointaines nimbées d'un voile de chaleur, avant de prendre ma fille dans mes bras, de la serrer contre moi et de lui chuchoter, presque inconsciemment :

— Tout va bien.

Je la porte d'une main tout en continuant de guider la poussette cahotante sur la route poussiéreuse qui retourne vers le Moulin.

— Tout va bien, il ne nous a pas fait mal, le vilain, si ? Qu'est-ce qu'on dit, la bave du crapaud n'atteint pas la blanche colombe ? Hein ? C'étaient que des mots. Là, là, ma chérie. Oh, là, là, Freya. Ne pleure pas, mon ange. Je t'en prie, ne pleure pas.

Mais elle refuse de se calmer. Elle pleure sans arrêt, inconsolable d'avoir été arrachée en sursaut à son sommeil paisible. Et ce n'est que lorsque les gouttes se mettent à tomber sur le sommet de son crâne que je remarque que je pleure aussi, sans même savoir pourquoi. Est-ce le choc ? Ou la colère ? Ou juste le soulagement de nous être échappées de cet endroit ?

— Là, là, je répète, sans réfléchir, au rythme de mes pas, et je ne sais plus si c'est à Freya que je parle, ou à moi-même. Ça va aller. Je te le promets. Tout va s'arranger.

Mais alors même que je prononce ces mots, et respire le parfum de ses cheveux doux, collés de transpiration, cette odeur de bébé chaud, bien soigné, les mots de Mary me reviennent, telle une accusation.

Petite menteuse.

Règle numéro Trois

Ne te fais pas prendre

Petite menteuse.

Petite menteuse.

Les mots rythment ma marche tandis que je sors de Salten au pas de course, et ils se font de plus en plus stridents, au diapason des hurlements de Freya.

Enfin, à peut-être huit cents mètres du village, je n'en peux plus – j'ai le dos en feu à force de la porter, et ses cris me transpercent le crâne tels des petits clous. *Petite menteuse. Petite menteuse.*

Je m'arrête sur le bord de la route poussiéreuse, bloque le frein de la poussette et m'assois sur un tronc d'arbre. Je défais mon soutien-gorge d'allaitement et mets Freya à téter. Elle pousse un petit cri de joie et tend vivement les bras, mais avant de s'accrocher à moi, elle fait une brève pause, me regarde de ses yeux bleu vif, et sourit. Et ce qu'elle veut dire est tellement clair (*Non, mais franchement ! Je savais que tu finirais par piger !*) que je ne peux pas m'empêcher de lui rendre son sourire, malgré mon mal au dos, ma gorge qui me serre à force de ravaler ma rage contre Luc et la peur qu'il m'a faite.

Petite menteuse.

Les mots reviennent à moi par-dessus les années, et pendant que Freya tète, je ferme les yeux et me souviens. Me souviens de comment ça a commencé.

On était en janvier, par un temps lugubre et froid, et je revenais juste de vacances sinistres avec mon père et mon frère – un festival de non-dits devant de la dinde dure et sèche, les cadeaux que ma mère n'avait pas choisis, son nom écrit dessus de la main de mon père.

Thea et moi étions rentrées de Londres ensemble, mais nous avions manqué le train que nous devions prendre initialement, et du coup la correspondance avec le minibus du lycée à la gare. J'attendais dans le hall, sous la canopée, à l'abri du froid, en fumant une cigarette pendant que Thea appelait l'administration du lycée pour demander ce que nous devions faire.

— Ils seront là à 5 heures et demie, a-t-elle annoncé en raccrochant et nous avons toutes deux regardé la grosse horloge suspendue au-dessus du quai. Il est même pas 4 heures. Fait chier.

— On pourrait y aller à pied ? ai-je dit sans trop y croire.

Thea a secoué la tête, frissonnant dans le vent qui venait du quai.

— Pas avec les valises.

Comme nous attendions, indécises, ne sachant que faire, un autre train est entré en gare, le train local venant d'Hampton's Lee, qui transportait tous les collégiens qui fréquentaient Hampton Grammar. J'ai cherché des yeux Luc, par réflexe, mais il n'était pas là. Soit il était resté plus tard pour des activités extrascolaires, soit il avait séché les cours. Les deux étaient plus que plausibles.

Mark Wren était là, en revanche, longeant le quai en traînant des pieds, voûté comme à son habitude, tête baissée, laissant voir l'acné qui lui mangeait la nuque.

— Salut, a dit Thea quand il est passé. Tu t'appelles Mark, c'est ça ? Comment tu vas à Salten ? Quelqu'un vient te chercher en voiture ?

Il a secoué la tête.

— En bus. Il dépose les élèves de Salten au pub et continue jusqu'à Riding.

Nous nous sommes regardées, Thea et moi.

— Il s'arrête au pont ? a demandé Thea.

— Normalement non. Mais si vous demandez au chauffeur, il acceptera peut-être.

Thea a haussé un sourcil et j'ai hoché la tête. Au moins, ça nous épargnerait un peu plus de trois kilomètres, et nous pourrions faire le reste de la route à pied.

Nous nous sommes tassées dans le bus. Je suis restée à côté du compartiment à bagages, mais elle a suivi Mark Wren dans l'allée jusqu'à sa place. Il s'est assis avec son sac sur les genoux tel un bouclier. Sa pomme d'Adam montait et descendait nerveusement dans sa gorge. Elle m'a fait un clin d'œil en passant.

— On va chez Kate le week-end prochain ? m'a demandé Thea dans la salle commune ce soir-là, alors qu'elle se rendait à l'étude.

J'ai fait oui de la tête, et elle m'a de nouveau adressé un clin d'œil, ce qui m'a fait repenser à l'après-midi. Lola Ronaldo a changé de chaîne avec la télécommande et levé les yeux au ciel.

— Encore chez Kate ? Mais qu'est-ce que vous fabriquez tout le temps là-bas, sans déconner ? Moi et Jess Hamilton, on va au cinéma à Hampton's Lee. On va dîner au Fat Fryer, mais Fatima a dit qu'elle pouvait pas venir parce qu'elle allait chez Kate avec vous. Qu'est-ce que vous fichez, à moisir dans cette vieille ville de nases tous les week-ends ? Vous avez un mec en vue ou quoi ?

J'ai rougi, pensant au frère de Kate, me rappelant la dernière fois que nous avions nagé au Moulin. C'était une journée incroyablement chaude pour l'automne, et la lumière du soir, réfléchie par les fenêtres de la maison, semblait embraser l'eau. Nous avions paressé toute la journée, nous imprégnant du dernier soleil de l'année, jusqu'à ce qu'enfin Kate se déshabille sur un défi de Thea, et se mette à nager toute nue dans l'estuaire. Je ne sais pas où était Luc lorsque Kate avait sauté dans l'eau, mais il était apparu au moment où elle revenait à la nage.

— T'as oublié un truc ?

Il brandissait son bikini, un sourire moqueur aux lèvres. Kate avait poussé un cri strident, les mouettes s'étaient envolées précipitamment des eaux mordorées, qui s'étaient mises à danser.

— Salaud ! Rends-moi ça !

Mais Luc avait secoué la tête et, tandis qu'elle nageait vers lui, il avait entrepris de la bombarder d'algues échouées sur la grève. Kate avait riposté en l'éclaboussant puis, arrivée à son niveau, elle l'avait empoigné par la cheville et renversé, si bien qu'ils avaient tous deux plongé tout au fond de la baie, bras et jambes entremêlés, et seules les bulles qui s'élevaient montraient leur itinéraire.

Un instant plus tard, Kate avait ressurgi et s'était dirigée à toute vitesse vers la jetée et, quand elle s'était hissée sur la berge, j'avais remarqué qu'elle tenait le caleçon de bain de Luc, exultant de triomphe, tandis qu'il faisait du sur-place un peu plus loin, poussant des jurons et des rires, menaçant de se venger par toutes sortes de moyens.

J'avais *essayé* de ne pas regarder, essayé de lire mon livre, d'écouter Fatima échanger des ragots avec Thea, de me concentrer sur n'importe quoi d'autre que le corps nu de Luc, qui chatoyait dans l'eau, mais mon regard ne cessait de revenir se fixer sur lui comme malgré moi, ses membres dorés, bruns, agiles dans l'embrasement du soleil d'automne sur l'estuaire, et de nouveau cette image s'imposait à moi en cet instant, me remplissant d'une émotion étrange, entre la honte et le désir.

— C'est Thea, ai-je répondu d'un ton brusque, sentant mon visage cramoisi sous le regard de Lola. Elle est folle amoureuse d'un garçon du village. Elle espère qu'on va le croiser si on y traîne assez souvent.

C'était un mensonge. Sauf que c'était un mensonge égoïste, un mensonge contre l'une d'entre nous. Même en le disant, je savais que j'avais franchi une limite. Mais je ne pouvais pas le reprendre.

Lola a regardé le dos de Thea, qui s'éloignait, puis moi, l'air dubitatif. Nous avions d'ores et déjà la réputation de nous foutre de la gueule des gens et de raconter des craques, et je voyais bien qu'elle hésitait à me croire, en même temps, avec Thea, comment savoir ?

— Ah bon ? a-t-elle dit enfin. Sans déconner ?

— C'est vrai, ai-je dit, soulagée maintenant qu'elle avait mordu à l'hameçon.

Et un réflexe stupide m'a poussée à ajouter un détail fatal.

— Écoute, lui dis pas que je te l'ai dit, mais… c'est Mark Wren. Elle était assise à côté de lui dans le bus pour rentrer de la gare.

J'ai baissé la voix et me suis penchée vers elle par-dessus mon livre.

— Il a mis la main sur sa cuisse… tu peux imaginer la suite.

— *Mark Wren ?* Le gamin plein de boutons qui habite au-dessus de la Poste ?

— Qu'est-ce que tu veux que je te dise ? Thea, l'apparence, elle s'en fiche.

Lola s'est éloignée avec un petit rire moqueur.

Je n'ai pas repensé à cette scène avant la semaine suivante. Je n'ai même pas pensé à en parler à Kate pour qu'elle note mes points dans le cahier. À ce stade, le Jeu était déjà moins une compétition qu'une fin en soi. Le but n'était pas d'être plus maligne que Fatima, Thea et Kate, mais plus maligne que tous les autres – « nous » contre « eux ».

Nous avons passé le samedi soir au Moulin et, le dimanche après-midi, toutes les quatre, nous sommes allées au village à pied pour acheter des friandises et prendre un chocolat chaud au pub, qui faisait aussi café hors saison, si vous étiez prête à essuyer les blagues salaces de Jerry.

Fatima et Kate étaient assises à la table près de la fenêtre et Thea et moi au comptoir. Elle commandait nos boissons et j'attendais pour l'aider à les transporter.

— Pardon, j'ai dit *pas de crème*, dans le dernier, l'ai-je entendue dire sèchement tandis que le barman poussait vers elle la dernière tasse.

Il a poussé un soupir et s'est mis à racler la mousse généreuse, mais Thea l'a interrompu :

— Non, merci, je préfère une tasse propre.

Son ton autocratique m'a fait faire la grimace, ces voyelles hachées qui avaient le don de transformer une remarque parfaitement banale en ordre hautain.

Le barman a poussé un juron dans sa barbe et s'est retourné pour vider la tasse préparée avec soin, et j'ai vu une des femmes qui attendait au comptoir lever les yeux au ciel et murmurer quelque chose à son amie. Je n'ai pas saisi les mots, mais son regard est revenu sur Thea et moi, et il était chargé de mépris. J'ai croisé les bras sur ma poitrine, tentant de me faire toute petite, si possible invisible, regrettant d'être vêtue de ma robe-chemise. Le bouton du haut était tombé, ce qui rendait le décolleté plus plongeant encore, et j'étais douloureusement consciente de la dentelle de mon soutien-gorge qui dépassait par l'échancrure, et du regard des femmes sur nous deux – mon décolleté et le jean déchiré de Thea, qui laissait voir son slip en soie rouge vif.

Quand je me suis levée, attendant que Thea me passe les tasses, Jerry est arrivé derrière moi avec un plateau de verres sales. Il l'a levé à hauteur d'épaule pour se faufiler entre les clients, et la pression de son entrejambe contre moi lorsqu'il est passé m'a fait un choc. Il n'y avait pas à s'y tromper : le bar était plein, mais pas suffisamment pour justifier sa façon de se frotter délibérément contre mes fesses.

— Excuse-moi, a-t-il dit avec un gloussement sifflant. Te dérange pas pour moi !

Je me suis sentie rougir, et j'ai dit à Thea :

— Je vais au petit coin. Tu vas te débrouiller avec les tasses ?

— Oui, oui.

Elle a à peine levé les yeux de sa monnaie, et je me suis précipitée vers les toilettes, sentant ma respiration s'emballer.

Ce n'est que lorsque je suis entrée dans le W-C pour prendre du papier afin de me moucher que j'ai remarqué l'inscription sur la porte. Elle était gribouillée à l'eye-liner et avait déjà bavé.

Mark Wren est un sale pervers. J'ai cligné des yeux. L'accusation semblait tellement incongrue. Mark Wren ? Mark Wren qui était si timide, si poli ?

Il y en avait une autre à côté du lavabo, d'une autre couleur cette fois.

Mark Wren met des doigts aux filles de Salten House dans le bus.

Puis enfin, sur la porte qui donnait sur la salle, une autre, au marqueur : *Mark Wren est un délinquant sexuel !!!!*

Quand je suis sortie des toilettes, j'avais les joues en feu.

— On peut y aller ? ai-je dit brusquement à Kate, Fatima et Thea.

Celle-ci m'a regardée, perplexe.

— Qu'est-ce qui te prend ? T'as même pas touché ton chocolat !

— Il faut que je vous dise un truc. Je ne veux pas en parler ici.

— Bien sûr, a dit Kate.

Elle a récupéré la dernière cuiller de guimauve dans sa tasse, et Fatima s'est mise à fouiller dans son sac. Mais avant qu'on ait le temps de faire quoi que ce soit, la porte du pub s'est ouverte brutalement, et Mary Wren est entrée.

Je ne m'attendais pas à ce qu'elle vienne à notre table – elle connaissait Kate, bien sûr, elle était assez copine avec Ambrose, mais elle n'avait jamais prêté la moindre attention aux amies de sa fille.

Sauf que là, si. Elle a traversé la salle d'un pas décidé et promené son regard entre moi, Thea, et Fatima, retroussant sa lèvre épaisse pour montrer les dents.

— Laquelle d'entre vous est Isa Wilde ? a-t-elle demandé de sa voix grave et rauque.

J'ai dégluti.

— M-moi.

— Très bien.

Elle a mis les mains sur ses hanches, et s'est redressée de toute sa hauteur. Le brouhaha du pub a semblé se tarir, et j'ai senti que les gens nous écoutaient, penchant la tête pour mieux voir le dos large, musclé de Mary.

— Écoute-moi, jeune fille. Je ne sais pas comment on se comporte là où on t'a élevée, mais ici, les gens se préoccupent de ce qu'on dit sur eux. Si tu recommences à raconter des mensonges sur mon fils, je casserai tous les os de ton corps. Tu as compris ? Je les péterai d'un coup sec, un par un.

J'ai ouvert la bouche, mais je n'ai pas pu parler. Une honte profonde, envahissante montait de mes entrailles et me paralysait.

À côté de moi, Kate avait l'air stupéfaite, et je me suis rendu compte qu'elle ne savait pas du tout de quoi il était question.

— Mary, a-t-elle dit, tu ne peux pas…

— Reste en dehors de ça. Même si je suis sûre que vous êtes dans le coup, toutes. Je sais comment vous êtes.

Elle a croisé les bras et promené son regard sur notre petit cercle, et je me suis aperçue qu'elle prenait en fait un plaisir pervers devant notre stupeur et notre angoisse.

— Vous êtes des petites menteuses, toutes les quatre, et si vous étiez sous ma responsabilité, je vous donnerais le fouet.

Kate s'est étranglée à ces mots et a fait mine de se lever comme pour prendre ma défense, mais Mary a placé une main lourde sur son épaule et l'a repoussée contre les coussins, la forçant à se rasseoir.

— Non, pas question. J'imagine que votre école chic est trop moderne pour ce genre de choses, et ton père, il est trop gentil. Mais moi non, alors si tu recommences à t'en prendre à mon fils… – elle m'a regardée de nouveau, plantant ses prunelles noires dans les miennes sans ciller – tu vas regretter le jour de ta naissance.

Puis elle s'est redressée, a tourné les talons, et elle est sortie.

La porte a claqué, un bruit assourdissant dans le silence soudain qu'elle avait laissé derrière elle, après quoi il y a eu un grand éclat de rire et les bruits du bar ont repris – le cliquètement des verres, les voix graves des hommes au comptoir. Mais je sentais sur nous les regards des villageois qui se demandaient ce qu'avait voulu dire Mary, et j'avais envie de disparaître dans le sol.

— Putain ! a dit Kate.

Elle était blême, avec des taches rouges de colère en haut des pommettes.

— Qu'est-ce qui lui a pris ? Papa va être tellement furax quand…

— Non. (J'ai agrippé son manteau.) Non, Kate, non. C'est ma faute. Ne le dis pas à Ambrose.

Je ne pouvais pas le supporter. Je ne pouvais pas supporter qu'il le sache – ce mensonge stupide, indigne que j'avais proféré. L'idée de le répéter devant Ambrose, de voir sa déception…

— Ne lui dis pas, ai-je répété.

Je sentais les larmes me monter aux yeux, mais ce n'était pas du chagrin ; c'était de la honte.

— Je l'ai mérité. J'ai mérité tout ce qu'elle a dit.

C'était une erreur, c'est ce que j'aurais voulu dire à Mary pendant que j'étais assise, muette, devant sa colère : *C'était une erreur, et je suis désolée.*

Mais je ne l'ai pas dit. Et quand je suis retournée à la Poste, elle m'a servie comme d'habitude et on n'en a jamais reparlé. Cependant, dix-sept ans plus tard, tandis que je donne le sein à mon bébé et m'efforce de sourire en regardant son visage joufflu, rieur, les mots de Mary Wren résonnent à mon oreille, et je me dis que j'avais raison. Je les méritais. Nous les méritions toutes.

Petites menteuses.

Kate, Thea et Fatima sont assises autour de la table en bois brut lorsque j'entre en trombe dans le Moulin, morte de chaud, les pieds endoloris, et la gorge sèche comme de la poussière.

Shadow pousse un bref aboiement aigu lorsque la porte cogne contre le mur. La secousse fait trembler les tasses dans le buffet et s'entrechoquer les tableaux.

— Isa ! s'écrie Fatima, surprise, en levant les yeux de son assiette. On dirait que tu as vu un fantôme !

— J'en ai vu un. Pourquoi tu nous l'as pas dit, Kate ?

Dans ma tête, c'était une question. Prononcés à haute voix, ces mots sonnent comme une accusation.

— Dit quoi ?

Kate se lève, perplexe et inquiète.

— Isa, tu viens de faire l'aller-retour à Salten à pied en trois heures ? Tu dois être épuisée. Tu avais pris une bouteille d'eau ?

— Rien à foutre, de l'eau !

Mais lorsqu'elle m'apporte un verre qu'elle a rempli au robinet et le pose gentiment devant moi, je dois déglutir plusieurs fois avant de pouvoir boire tellement j'ai mal à la gorge.

Je prends une petite gorgée, puis une grande rasade, et je vais m'affaler sur le canapé. Fatima m'apporte une assiette de salade.

— Qu'est-ce qui s'est passé ?

Elle s'assoit à côté de moi, l'air inquiète.

— Tu dis que tu as vu un *fantôme* ?

— Oui, j'ai vu un fantôme.

Je regarde droit vers Kate par-dessus la tête de Fatima.

— J'ai vu Luc Rochefort au village.

Le visage de Kate se décompose avant même que j'aie fini ma phrase et elle se pose brusquement sur l'accoudoir comme si elle n'avait pas confiance dans ses jambes.

— Merde.

— Luc ?

Fatima promène son regard de Kate à moi.

— Mais je croyais qu'il était rentré en France après…

Kate remue la tête, dans son malheur, mais il est impossible de dire si elle fait oui ou non, ou les deux.

— Qu'est-ce qui lui est arrivé, Kate ?

Je serre Freya plus fort, repensant au visage fermé de Luc, impassible, à la fureur que j'ai sentie émaner de lui dans la petite Poste.

— Il était…

— En colère, termine-t-elle.

Elle est pâle, mais ses mains, lorsqu'elle prend son tabac dans sa poche, sont fermes.

— Non ?

— C'est un euphémisme. Qu'est-ce qui s'est passé ?

Elle se met à rouler une cigarette, lentement et posément, et je me rappelle ça du lycée : Kate prenait toujours son temps, elle ne se hâtait jamais de répondre. Plus difficile était la question, plus longue la pause qu'elle prenait avant de parler.

Thea pose sa fourchette, prend son verre de vin et son étui à cigarettes, et s'approche à son tour.

— Allez, Kate.

Elle s'assoit sur le plancher à nos pieds, et j'ai un souvenir soudain, douloureux de toutes les soirées que nous avons passées comme ça, les unes contre les autres sur le canapé, à regarder la rivière, le feu, à fumer, à rire, à parler…

Il n'y a pas de rire à présent, rien que le bruissement du papier Rizzla que Kate roule d'avant en arrière sur son genou en se mordant la lèvre. Lorsque la cigarette est prête, elle lèche le papier, puis elle parle.

— Il est rentré en France, oui. Mais pas… de son plein gré.

— Comment ça ? demande Thea.

Elle tapote le plancher de son étui à cigarettes et regarde Freya. Je sais qu'elle a envie de fumer, mais attend que ma fille ne soit plus dans la pièce.

Kate pousse un soupir, pose ses pieds nus sur le canapé, à côté des hanches de Fatima, et repousse les mèches de cheveux qui sont tombées sur son visage.

— Je ne sais pas ce que vous saviez au juste du passé de Luc… vous savez que Papa et la mère de Luc, Mireille, étaient ensemble il y a des années, n'est-ce pas ? Ils vivaient ici avec nous.

Je fais oui de la tête. Ça, nous le savions toutes. Luc et Kate étaient tout petits – presque trop pour se rappeler, d'après Kate, même si elle avait de vagues souvenirs de fêtes au bord de la rivière, de Luc qui était tombé à l'eau avant de savoir nager.

— Quand Papa et Mireille se sont séparés, elle a ramené Luc en France, et on ne l'a pas vu pendant plusieurs années. Puis un jour Papa a reçu un coup de fil de Mireille ; elle n'arrivait pas à gérer Luc, il faisait des bêtises, elle avait les services sociaux sur le dos… Elle a demandé s'il pouvait venir passer les vacances d'été ici, afin de la laisser souffler. Vous connaissez Papa : il a dit oui, bien sûr. Et quand Luc est arrivé, il s'est avéré que Mireille n'avait pas forcément raconté toute l'histoire. C'était vrai que Luc déconnait, mais il avait… des raisons. Mireille avait des problèmes elle aussi… Elle avait recommencé à se piquer, et elle n'était sans doute pas la mère idéale.

— Et le père de Luc ? Il n'avait rien à dire sur le fait que son fils disparaisse en Angleterre chez un inconnu ? demande Fatima.

Kate hausse les épaules.

— Je ne sais pas s'il y avait un père. D'après ce que disait Luc, Mireille était dans un sale état quand elle l'a eu. Je ne suis pas certaine qu'elle ait jamais su…

Elle laisse sa phrase en suspens, reprend sa respiration, et poursuit :

— Quoi qu'il en soit, il est revenu chez nous quand on avait peut-être treize, quatorze ans ? Et les vacances d'été sont devenues un trimestre… qui est devenu une année… puis une autre… puis de fil en aiguille Luc a été inscrit au collège d'Hampton's Lee et il a vécu avec nous à plein temps, et vous savez… il allait bien. Il était heureux, je pense.

Nous le savons, mais personne ne la coupe.

— Mais après que Papa…

Kate avale sa salive et je sais que les chapitres les plus sinistres arrivent, l'époque à laquelle aucune d'entre nous ne peut supporter de penser.

— Après que Papa… a disparu, Luc ne pouvait plus rester là. Il n'avait que quinze ans, j'en ai eu seize cet été-là, mais lui ne les aurait pas avant plusieurs mois, et il était encore mineur. Bref, les services sociaux s'en sont mêlés…

Elle déglutit de nouveau, et je vois les émotions passer sur son visage, des ombres de nuages traversant une vallée.

— Et il a été renvoyé là-bas. Il voulait rester ici avec moi, mais je n'ai pas eu le choix.

Elle tend ses mains en un geste de supplication.

— Vous comprenez, pas vrai ? J'avais seize ans, ils n'allaient jamais me laisser être tuteur légal d'un petit Français égaré dont aucun des deux parents n'était dans le pays. J'ai fait ce que j'ai pu !

— Kate.

Fatima pose une main sur son bras et lui parle avec douceur.

— C'est nous, tu n'as pas à te justifier. Bien sûr, que tu n'avais pas le choix. Ambrose n'était pas le père de Luc, qu'est-ce que tu aurais pu faire ?

— Ils l'ont renvoyé en France, reprend Kate, presque comme si elle n'avait pas entendu.

Elle est perdue dans ses souvenirs, le visage sans expression.

— Et il a écrit je ne sais combien de fois, il m'a suppliée, disant que Papa avait promis de prendre soin de lui, m'accusant de l'avoir trahi, m'accusant…

Ses yeux se remplissent de larmes, et elle les écarte d'un battement de cils, le visage soudain lugubre, à vif. Shadow, sentant sa tristesse sans la comprendre, vient s'allonger à ses pieds avec un petit gémissement, et Kate enfouit la main dans la fourrure blanche du chien.

— Il y a quelques années, il est revenu et il a trouvé un boulot de jardinier à Salten House. Je pensais qu'il aurait pris du recul, après toutes ces années, qu'il aurait compris que je n'avais pas eu le choix. J'avais déjà eu le plus grand mal à ne pas être expédiée dans un foyer moi-même, je ne pouvais rien faire pour lui. Mais non. Il ne m'avait pas du tout pardonné. Il m'a coincée un soir en rentrant le long de l'estuaire, et oh, mon Dieu – elle s'enfouit la tête dans les mains –, Fatima, les histoires qu'il m'a racontées ! Tu dois en entendre tous les jours dans ton cabinet, mais je n'aurais jamais… les coups, les abus, Seigneur, ce qu'il… (Sa voix se brise.) Ce qu'il a enduré… je ne pouvais pas en entendre davantage, mais il ne voulait pas s'arrêter, il n'arrêtait pas d'en rajouter, comme s'il voulait me punir – ce que les petits amis de sa mère lui avaient fait quand il était très jeune, et ensuite, quand il a été renvoyé en France et placé en foyer, le responsable qui le… qui le…

Mais elle ne peut pas terminer. Elle fond en sanglots, et se cache le visage.

Je regarde Fatima et Thea, interloquées, puis me tourne de nouveau vers Kate. Je voudrais dire quelque chose, la consoler, mais tout ce qui me vient à l'esprit, c'est leur proximité passée à tous deux, leurs rires lorsqu'ils s'éclaboussaient dans la rivière, leurs silences complices lorsqu'ils se concentraient sur un jeu de société… Ils étaient tellement proches – beaucoup plus que mon frère et moi ne l'avons jamais été. Quel crève-cœur.

En fin de compte, c'est Fatima qui repose l'assiette très doucement, et se lève. Elle passe un bras autour des épaules de Kate et la berce sans un mot.

Elle murmure des mots indistincts, mais je crois pouvoir les deviner.

— Ce n'est pas ta faute, répète-t-elle encore et encore. Ce n'est pas ta faute.

J'aurais dû le savoir. C'est ce qui m'obsède tandis que j'essaie d'endormir Freya, assise à côté de son berceau, la gorge nouée par les larmes que je n'ai su verser.

J'aurais dû *le savoir.*

Les preuves étaient là, criantes, sous mes yeux. Les cicatrices sur le dos de Luc lorsqu'il nageait, les marques sur ses épaules, que j'avais prises pour des traces de vaccin, sauf que quand je l'avais interrogé il avait fait la grimace et secoué la tête sans rien dire.

Aujourd'hui, je suis plus âgée, moins innocente. Je comprends ce qu'étaient ces petites brûlures circulaires, et mon propre aveuglement me rend malade.

Ça explique tant de choses : le silence de Luc, l'adoration sans bornes qu'il vouait à Ambrose. Sa répugnance à parler de la France, même quand on le harcelait de questions, et la façon qu'avait Kate de changer de sujet en lui pressant la main dans ces cas-là.

Ça explique même une chose qui m'avait toujours sidérée : à l'époque, il laissait les garçons du village se moquer de lui sans pitié et le rabaisser, sans jamais, jamais se rebiffer… Jusqu'à ce qu'il craque. Je me rappelle un soir, au pub : les jeunes le charriaient sans méchanceté, mais inlassablement, parce qu'il traînait avec les « snobinardes » de Salten House. La position de Luc, qui n'était ni tout à fait de leur côté, ni tout à fait du nôtre, avait toujours été pénible. Kate était de Salten House, c'était clair, et Ambrose naviguait avec aisance entre les deux mondes. Mais Luc était forcé de gérer la fracture sociale indéniable entre le collège public de Hampton's Lee qu'il fréquentait comme la majorité des gamins du village, et son lien familial avec le lycée privé sur la colline.

Il y arrivait plutôt bien. Il encaissait les quolibets, les « nos demoiselles ne sont pas assez bien pour toi, mec ? », et les commentaires sournois sur les filles huppées qui aimaient « s'encanailler ». Au pub, ce jour-là, il s'était contenté de secouer la tête en souriant. Mais juste à la fin de la soirée, un des garçons du village s'était penché vers lui pour lui murmurer quelque chose en passant.

Je ne sais pas ce qu'il a dit. J'ai seulement remarqué que Kate avait blêmi. Mais Luc s'est levé si vite que sa chaise s'est renversée, et il a flanqué un violent coup de poing en pleine figure du garçon. Comme si une corde avait cassé en lui. Le garçon est tombé en gémissant. Et Luc est resté planté au-dessus de lui, à le regarder saigner et pleurer, le visage aussi neutre que si rien ne s'était passé.

Quelqu'un a dû appeler Ambrose car, quand nous sommes rentrés, il nous attendait dans son rocking-chair, et son visage en général plein de bonhomie n'affichait pas l'ombre d'un sourire. Il s'est levé.

— Papa, a dit Kate sans donner à Luc le temps de parler. Ce n'est pas sa…

Mais Ambrose ne l'a pas laissée finir.

— Kate, c'est entre Luc et moi. Luc, je peux te parler dans ta chambre, s'il te plaît ?

Ils ont fermé la porte, si bien que nous n'avons pas pu saisir la dispute qui s'est ensuivie, seulement leurs éclats de voix : celle d'Ambrose était pleine de déception et de reproches, celle de Luc suppliante au début, puis furieuse. Toutes les quatre, nous sommes restées blotties les unes contre les autres devant un feu dont nous n'avions guère besoin, car la nuit était douce, mais Kate frissonnait en entendant le ton monter là-haut.

— Tu ne comprends pas ! a crié Luc, la voix chargée d'incrédulité et de colère.

Je n'ai pas entendu la réponse d'Ambrose, seulement son ton régulier et patient, puis le fracas lorsque Luc a jeté quelque chose contre le mur.

Quand Ambrose est redescendu, il était seul, les cheveux hirsutes comme s'il s'était passé la main dedans à maintes reprises. Il avait l'air las, il a pris la bouteille de vin sans étiquette sous l'évier et s'est servi un grand verre qu'il a éclusé avec un soupir.

Kate s'est levée dès qu'il s'est laissé tomber dans son fauteuil, mais il a secoué la tête, devinant ce qu'elle comptait faire.

— J'irais pas, à ta place. Il est énervé.

— Je monte, a annoncé Kate d'un air de défi.

Mais lorsqu'elle est passée devant Ambrose, il l'a saisie par le poignet et elle l'a dévisagé d'un air rebelle.

— Quoi ?

J'attendais qu'Ambrose explose comme l'aurait fait mon père. Je l'entendais d'ici, en train de s'emporter contre Will pour lui avoir répondu. *Je me serais fait rouer de coups, si j'avais été insolent comme ça avec mon père, petit con…* et *Quand je te donne un ordre, tu écoutes, compris ?*

Mais Ambrose… Ambrose n'a pas hurlé. Il n'a même pas parlé. Il a retenu le poignet de Kate, mais si délicatement, ses doigts l'entourant tout juste, que j'ai bien vu que ce n'était pas son étreinte qui la retenait.

Kate fouillait son visage des yeux. Ni l'un ni l'autre n'ont bougé, mais elle s'est radoucie, comme si elle lisait là quelque chose qu'aucune d'entre nous ne pouvait comprendre, puis elle a poussé un soupir et laissé retomber son bras.

— D'accord, a-t-elle dit.

Et j'ai su qu'elle avait saisi ce qu'Ambrose voulait lui communiquer, sans qu'il ait besoin d'ajouter quoi que ce soit.

Un nouveau fracas a brisé le silence à l'étage, et nous avons tous sursauté.

— Il démolit sa chambre, a marmonné Kate.

Sauf que cette fois elle n'a pas esquissé un pas vers l'escalier, mais s'est affalée sur le canapé.

— Oh, Papa, c'est trop pour moi.

— Vous n'allez pas… vous ne pouvez pas l'en empêcher ? a demandé Fatima, interloquée, à Ambrose.

Celui-ci a fait la grimace en entendant le bruit de verre brisé, puis secoué la tête.

— Je le ferais, si je pouvais, mais il y a certains types de souffrance qui ne cessent de faire mal que lorsqu'on les extériorise violemment. Peut-être qu'il en a besoin. Je voudrais seulement…

Il s'est passé la main sur le visage, et soudain il a fait son âge, pas un jour de moins.

— Je voudrais seulement qu'il ne casse pas ses propres affaires. Dieu sait qu'il n'a pas grand-chose. Il se fait plus de tort qu'à moi. Qu'est-ce qui s'est passé, au juste, dans ce pub ?

— Il a encaissé, Papa, a dit Kate, bouleversée. Je te le jure. Tu sais comment ils sont. C'est ce mec, là, Ryan, ou Roland, je ne sais plus. Le grand brun. Il l'a toujours eu dans le collimateur. Mais Luc a encaissé avec classe, il prenait ses attaques à la plaisanterie. Mais là, Ryan a ajouté un truc, et Luc… Luc a pété les plombs.

— Il a dit quoi, Ryan ?

Ambrose s'est penché vers elle, mais pour la première fois j'ai vu le rideau tomber entre le père et la fille. Elle s'est raidie, observant une sorte de réserve prudente derrière son masque de neutralité.

— Je ne sais pas, a-t-elle seulement dit d'une voix soudain blanche qui ne lui ressemblait pas. Je n'ai pas entendu.

Ambrose n'a pas puni Luc, et Fatima s'en est offusquée sur le chemin du retour, car nous savions toutes que, si coulant soit-il, il n'aurait jamais toléré un tel comportement de la part de Kate. Il y aurait eu des récriminations, des reproches, des retenues sur son argent de poche.

Avec Luc, cependant, Ambrose semblait être un puits inextinguible de patience. Et à présent, je comprends pourquoi.

Freya s'est endormie, le souffle léger et régulier. Je me lève et m'étire, perdue dans mes souvenirs, tandis que je regarde Salten, de l'autre côté de l'estuaire, et me remémore le Luc que j'ai connu avant notre départ, et tente de comprendre pourquoi sa colère à la Poste m'a tellement ébranlée.

Je savais que cette rage était en lui, après tout. Je l'avais vue, dirigée contre d'autres, parfois contre lui-même. Puis je réalise. Ce n'est pas sa colère, qui m'a fait peur. C'est de le voir fâché contre *nous*.

Car à l'époque, même au plus noir de sa fureur, il nous traitait, toutes les quatre, comme de la porcelaine, de petites choses trop précieuses pour qu'on les touche, presque. Et Dieu sait que j'en avais envie, pourtant – j'avais *tellement* envie d'être touchée. Je me revois, allongée sur le ponton avec lui, le soleil dans le dos, me tourner pour regarder son visage, ses yeux fermés. Je me rappelle combien je désirais, avec un feu si ardent que je craignais qu'il ne me consume, qu'il ouvre les yeux, qu'il pose une main sur moi.

Mais il ne l'a pas fait. Alors, le cœur battant si fort que j'étais sûre qu'il allait l'entendre, je me suis penchée et j'ai posé mes lèvres sur les siennes.

Je ne sais pas ce que j'espérais, mais pas ce qui s'est passé.

Il a immédiatement ouvert les paupières et m'a repoussée en s'écriant : « *Me touche pas !* » Il s'est relevé et reculé si vite qu'il a failli tomber à l'eau, haletant, les yeux fous, comme si je l'avais agressé dans son sommeil.

Je suis devenue écarlate, je me suis levée à mon tour, et me suis écartée d'un pas, sans le vouloir, écartée de son incompréhension hostile.

— Je suis désolée, ai-je bafouillé. Luc ?

Il n'a rien dit, juste regardé autour de lui comme s'il essayait de comprendre où il se trouvait et ce qui s'était produit. Il m'a regardée presque comme s'il ne m'avait jamais vue. Puis il a semblé reprendre ses esprits et, avec une espèce de honte, il a tourné les talons et il est parti en courant, ignorant mes cris.

— Luc ! Luc ! Je suis désolée !

Je n'ai pas compris à l'époque. Je n'ai pas compris ce que j'avais fait de mal, et comment il pouvait réagir si violemment à ce qui, après tout, n'était guère plus que le baiser fraternel que je lui avais cent fois donné.

Mais maintenant… je crois que je sais quel type d'expérience cachait sa réaction de terreur, et ça me brise le cœur. La méfiance demeure, cependant, car cet instant m'avait livré un avant-goût de ce que j'ai ressenti de nouveau à la Poste.

Je sais ce que c'est d'être l'ennemi de Luc. Je l'ai déjà vu attaquer.

Et je ne peux pas m'empêcher de penser au mouton mort, à la fureur et à la douleur qui ont dû conduire à pareil geste, à ses entrailles déversées tels des secrets qui suppurent dans l'eau bleue et limpide.

À présent, j'ai peur.

— Qu'est-ce que tu comptes faire ?

Fatima me tend une tasse en porcelaine ébréchée. Elle parle à voix basse.

Le déjeuner est terminé. Elle et moi, nous faisons la vaisselle ; enfin, elle la fait, et j'essuie. Freya joue sur le tapis de foyer.

Kate et Thea sont sorties fumer et promener Shadow, je les vois par la fenêtre, qui reviennent à pas lents le long de la berge, tête baissée, absorbées par leur conversation, les effluves de leurs cigarettes se dispersant dans l'air de l'été. C'est bizarre, elles ont pris le chemin inverse de celui que j'aurais choisi – en direction du nord, vers la route principale qui mène à Salten, plutôt que vers l'embouchure de l'estuaire. C'est beaucoup moins joli par là.

— Je ne sais pas.

Je pose la tasse sèche sur la table.

— Et toi ?

— Je… Franchement je ne sais pas non plus. Mon instinct me hurle de rentrer chez moi : après tout, on ne peut rien changer en restant là et, à Londres, on a moins de chances de recevoir une visite de la police.

Ses mots me font frissonner, et je jette malgré moi un coup d'œil à la porte, imaginant Mark Wren en train de traverser le ponton étroit pour venir frapper à la porte en bois noirci… J'essaie de songer à ce que je dirais. Je me rappelle la véhémence de Kate hier soir – *On ne sait rien. On n'a rien vu.* C'est le scénario depuis dix-sept ans. Si nous nous y tenons toutes, ils ne peuvent pas prouver le contraire, si ?

— Tu comprends, je veux à tout prix soutenir Kate, poursuit Fatima.

Elle pose l'éponge et repousse un peu son foulard, laissant une trace de mousse blanche sur sa joue.

— Mais une réunion d'anciennes élèves alors qu'on n'a jamais assisté à aucune auparavant ? Est-ce que c'est vraiment une bonne idée ?

— Je sais. Je n'ai pas envie d'y aller non plus. Mais ça fera encore plus mauvais effet si on se défile à la dernière minute. Règle numéro deux : Ne change pas ta version. Je comprends sa position, en fait. Pour le meilleur ou pour le pire, elle a acheté les billets et elle a raconté à tout le monde que c'était la raison de notre venue, alors je trouve qu'il vaut mieux aller jusqu'au bout. Mais là, ce truc avec le mouton…

Elle secoue la tête et se remet à la vaisselle. Je lui jette un coup d'œil furtif.

— C'était *quoi*, au juste ? T'as vu le cadavre mieux que moi. C'était vraiment Shadow ?

— Je sais pas. Je n'ai vu que deux attaques par des chiens, et c'est peut-être différent quand ils s'en prennent à des gens, mais ça ne ressemblait pas…

J'ai un moment d'hésitation : je ne sais pas si je devrais tout lui avouer. Si la police doit s'en mêler, il vaut peut-être mieux que Fatima ne sache pas, qu'elle n'ait rien à cacher… Mais nous avions juré de ne jamais nous mentir entre nous, n'est-ce pas ? Or il s'agit bien d'un mensonge – par omission.

— Il y avait un mot, dis-je enfin. Kate l'a vu, mais elle l'a caché dans sa poche. Je l'ai trouvé quand j'ai mis sa veste à tremper.

— *Quoi ?*

Fatima, affolée, laisse tomber l'éponge et se tourne vers moi.

— Pourquoi tu ne nous as rien dit ?

— Je ne voulais pas vous alarmer. Et je ne voulais pas…

— Ça disait quoi ?

Je déglutis. Les mots sont presque insupportables à prononcer à haute voix, comme si ça les rendait plus réels, et je dois me forcer :

— Ça disait : *Pourquoi tu ne le jettes pas dans l'estuaire, celui-ci aussi ?*

Un bruit de porcelaine cassée. Fatima a lâché une tasse, toute couleur et toute expression ont quitté son visage, dont il ne reste plus qu'un masque de Nô, une grimace d'horreur, encadrée par son foulard.

— Qu'est-ce que t'as dit ?

Mais je ne peux pas me résoudre à répéter, et je sais très bien qu'elle m'a entendue. Elle a seulement trop peur de s'avouer ce que j'ai déjà dû admettre – quelqu'un sait, et est déterminé à nous punir pour ce qui s'est passé.

— Non. (Elle secoue énergiquement la tête.) *Non.* Ce n'est pas possible.

Je pose mon torchon, vais rejoindre Freya à côté du canapé, et m'y laisse tomber, la tête entre les mains.

— Ça change tout, reprend Fatima. Il faut qu'on s'en aille, Isa. Il faut qu'on s'en aille *tout de suite.*

Un bruit de sandales et de pattes sur le ponton se fait entendre, et je lève la tête juste à temps pour voir Kate et Thea entrer par la porte de derrière et s'essuyer les pieds. Kate est en train de rire, une partie de la tension qui n'a pas quitté son visage depuis vingt-quatre heures s'est dissipée mais, lorsqu'elle nous voit l'une et l'autre, son expression change.

— Qu'est-ce qui se passe ? Tout va bien ?

— Je vais m'en aller.

Fatima ramasse les éclats de porcelaine et les jette sur l'égouttoir, puis s'essuie les mains et vient se planter à côté de moi.

— Je dois rentrer à Londres. Et Isa aussi.

— Non, dit Kate d'une voix impérieuse. Vous ne pouvez pas faire ça.

— Viens avec moi ! supplie Fatima. Tu n'es pas en sécurité ici, et tu le sais. Isa, dis-leur pour le mot !

— Quel mot ? Quelqu'un peut m'expliquer ? s'alarme Thea.

— Kate a reçu un mot disant : *Pourquoi tu ne le jettes pas dans l'estuaire, celui-ci aussi ?* crache Fatima. Quelqu'un est au courant, Kate ! C'est Luc ? Tu lui as dit ? C'est ça ?

Kate ne répond pas. Elle secoue la tête avec une sorte de désespoir muet, mais je ne sais pas à quoi elle dit non ; à l'idée qu'elle aurait pu en parler à Luc ou à celle que c'est lui. Je ne sais même pas si elle s'adresse vraiment à Fatima.

— Quelqu'un *sait* ! insiste Fatima. Tu *dois* partir !

Kate ferme les yeux et presse ses paupières de ses doigts comme si elle ne savait que répondre. Mais elle les rouvre lorsque Fatima intime :

— Kate, tu m'écoutes, là ?

— Je ne peux pas m'en aller, Fati. Tu sais très bien pourquoi.

— Et pourquoi pas ? Qu'est-ce qui t'empêche de boucler ta valise et de ficher le camp ?

— Rien n'a changé : l'individu qui a écrit ce mot, quel qu'il soit, n'est pas allé trouver la police. Donc soit c'est de la simple spéculation, soit il a plus à perdre que nous. Nous sommes toujours à l'abri. Par contre, si je m'enfuis, les gens sauront que j'ai quelque chose à cacher.

— Oui, eh bien, tu restes si tu en as envie. Mais moi non. Je n'ai aucune raison de rester là.

Fatima ramasse son sac et ses lunettes noires sur la table.

— Oh que si !

Kate parle d'un ton coupant, à présent.

— Au moins une nuit. Sois raisonnable, Fatima. Reste pour le dîner des anciennes élèves ; si tu t'en vas, la raison de ta venue se verra comme le nez au milieu de la figure. Sans le dîner, pourquoi aurais-tu débarqué brusquement, après si longtemps ?

Elle ne précise pas davantage. Ce n'est pas nécessaire.

— Fait chier ! lâche Fatima d'une voix forte et peu amène.

Elle laisse tomber son sac à main par terre et va se cogner la tête contre la fenêtre en verre ondulé.

— *Merde*.

Lorsqu'elle se retourne, c'est avec une expression accusatrice.

— Putain, mais *pourquoi* tu nous as fait venir ici, Kate ? Pour être sûre qu'on soit aussi impliquées que toi ?

— Quoi ?

Kate recule comme si elle avait pris une gifle.

— Pas du tout ! Bon Dieu, bien sûr que non. Comment tu peux dire ça ?

— Alors pourquoi ?

— Parce que je ne voyais pas comment vous le dire, sinon ! crie Kate.

Ses joues olivâtres sont rouges, je ne sais si c'est de colère ou de honte. Lorsqu'elle reprend la parole, c'est vers Shadow qu'elle se tourne, à croire qu'elle n'arrive pas à soutenir nos regards.

— C'était quoi, l'autre possibilité ? Vous envoyer un mail ? Je ne sais pas pour vous, mais moi, ce n'est pas un truc que j'ai envie d'avoir dans mon historique. Vous téléphoner et vous balancer ça pendant que vos maris écoutent à côté ? Je vous ai fait venir parce que j'estimais que vous méritiez d'apprendre la nouvelle de vive voix, parce que ça me paraissait la solution la moins risquée et, oui, pour être parfaitement honnête, parce que je suis une putain d'égoïste et que j'avais *besoin* de vous.

À la voir hors d'haleine, je m'attends à ce qu'elle fonde en larmes, mais non. Et en fin de compte, c'est Fatima qui se précipite pour la prendre dans ses bras.

— Je suis désolée. Je n'aurais jamais dû… je suis vraiment désolée.

— Non c'est moi. C'est ma faute.

— Arrêtez ! coupe Thea.

Elle va les entourer toutes deux de ses bras.

— Kate, c'est notre faute à toutes, pas juste la tienne. S'il n'y avait pas eu ce qu'on a fait…

Nous *savons* toutes ce que nous avons fait, comment cet été lent, radieux, s'est délité entre nos doigts, emportant Ambrose avec lui.

— Je vais rester pour cette nuit, dit enfin Fatima, mais je ne veux toujours pas aller au dîner. Après tout ce qui s'est passé, comment peux-tu songer y retourner, Kate ? Après ce que le lycée nous a fait ?

— On a les invitations…, dit Thea sans s'énerver. Est-ce que ça ne suffit pas ? On peut dire qu'on a changé d'avis à la dernière minute, raconter que la voiture de Fati ne démarrait pas, ou un truc comme ça ? Isa ? Qu'est-ce que tu en penses ?

Elles me regardent toutes les trois ; trois visages si différents, mais une expression identique : l'inquiétude, la peur, l'attente.

— On devrait y aller.

Je n'en ai pas envie, je voudrais rester ici dans le réconfort et le calme du Moulin. Salten House est le dernier endroit où je souhaite me rendre. Mais Kate a acheté les billets en notre nom, et nous ne pouvons pas revenir là-dessus. Si nous renonçons, il y aura quatre places vides sur le plan de table et quatre badges nominatifs non réclamés à l'entrée. Les gens savent que nous sommes là et, si nous n'y allons pas, ils vont demander ce qui nous a fait renoncer. Et pire que tout, quelle est la vraie raison de notre venue, si ce n'est pas le dîner. Et nous ne pouvons nous permettre d'ouvrir la porte aux questions.

— Mais, et Freya ? demande Fatima.

Je n'avais même pas pensé à Freya. Nos yeux se tournent vers elle, qui joue, insouciante, assise sur le tapis, mâchonnant un morceau de plastique de couleur vive. Sentant nos regards, elle lève la tête et part d'un rire joyeux, un gazouillis qui me donne envie de la soulever pour la serrer dans mes bras. Sans trop y croire, je demande :

— Je peux l'emmener, tu crois ?

Kate est sans expression.

— Merde, j'ai complètement zappé Freya. Attends deux secondes.

Elle sort son téléphone, et je regarde par-dessus son épaule le site web du lycée. Elle clique sur « anciennes élèves ».

— Dîner… dîner… ah, voilà. FAQ… billets pour les invités… Oh merde.

Je lis tout haut :

— « Les compagnons et grands enfants sont les bienvenus, mais cet événement protocolaire ne convient pas aux bébés ou aux enfants de moins de dix ans. Nous pouvons fournir une liste de baby-sitters, ou de B&B dotés d'une garderie sur demande. »

— Génial.

— Je suis désolée, Isa. Mais il y a une demi-douzaine de filles du village qui se porteraient volontaires.

Je ravale ma remarque : ce n'est pas si simple. Freya a toujours du mal à accepter le biberon et, même dans le cas contraire, je n'ai apporté aucun équipement.

Je pourrais mettre ça sur le compte des biberons, mais ce serait un peu mensonger, car le fond du problème, c'est que je ne *veux* pas la laisser.

— Il faudra que j'essaie de l'endormir avant l'arrivée de la baby-sitter, dis-je à contrecœur. Elle ne s'endormira jamais avec une inconnue. Même avec Owen, elle refuse, alors quelqu'un qu'elle n'a jamais vu… Ça commence à quelle heure ?

— Huit heures.

Merde. Pas gagné. Il arrive que Freya s'endorme à 19 heures, mais parfois, elle est encore en train de babiller à 21 heures.

— Donne-moi un numéro, dis-je à Kate. Je vais appeler. Je préfère leur parler directement, histoire de m'assurer qu'elles s'y connaissent en bébés.

— Désolée, Isa.

— Tout ira bien, fait Fatima d'un ton compréhensif.

Elle me presse gentiment l'épaule.

— La première fois, c'est toujours la plus dure.

Je sens une montée d'agacement. Elle n'a pas l'intention de faire la « mère expérimentée », mais elle ne peut pas s'en empêcher, et le pire, c'est que je sais qu'elle a raison. Elle a deux enfants, et largement plus d'expérience que moi : elle est déjà passée par là, et elle sait ce que c'est. Mais elle ne connaît pas ma fille, et même si elle croit se souvenir de l'anxiété de la première fois où elle a laissé son bébé avec une inconnue, elle ne peut pas se la rappeler *vraiment* avec l'immédiateté viscérale que j'éprouve en ce moment.

J'ai laissé Freya à Owen quelques fois. Mais jamais à quelqu'un que je ne connais ni d'Ève ni d'Adam.

Et s'il arrive quelque chose ? Repoussant la main de Fatima, je demande à nouveau à Kate :

— Donne-moi les numéros.

Je prends Freya dans mes bras et monte, la liste de baby-sitters serrée dans mon poing, m'efforçant de ne pas céder aux larmes.

Il est tard. Le soleil sombre dans le ciel, les ombres s'allongent sur l'estuaire, et Freya s'assoupit lentement sur mon sein, la main toujours cramponnée au collier fragile de fil d'argent torsadé que je ne porte presque plus de peur qu'elle ne casse les chaînons en tirant dessus.

J'entends les autres qui discutent en bas. Elles sont prêtes depuis une éternité, et moi, je n'arrive pas à endormir Freya. J'essaie, mais elle a capté ma nervosité et fait une grimace de dégoût en sentant l'inhabituelle odeur du parfum dont je me suis mis quelques gouttes derrière les oreilles. Elle a cogné ses mains avec rage contre la soie noire, glissante, de la robe-fourreau trop serrée que j'ai empruntée à Kate. Rien ne va : ni la pièce inconnue, ni le lit inconnu, ni la lumière qui filtre en biais à travers les rideaux trop fins.

Chaque fois que je la repose sur le matelas, elle fait des petits bonds, bat des pieds et des mains et tente de me rattraper, puis son gémissement rageur se transforme en sirène, couvrant le murmure de la rivière et des voix de mes amies.

Mais à présent... elle a l'air vraiment endormie, la bouche ouverte, un petit filet de lait dégoulinant au coin de ses lèvres.

Je l'intercepte avec le lange avant qu'il ne vienne souiller la robe d'emprunt, puis je me lève furtivement et me dirige à pas de loup vers le berceau dans le coin.

Plus bas... plus bas... Je me penche, sentant mon dos tressaillir et se plaindre, puis enfin elle est sur le matelas, ma main ferme sur son ventre, tentant de ménager entre le moment où je *suis* là et celui où je ne serai *pas là* une transition si fluide qu'elle passe inaperçue.

Finalement, je me relève, retenant ma respiration.

« *Isa !* » chuchote quelqu'un dans l'escalier, et je serre les dents, hurlant *La ferme !* dans ma tête.

Mais Freya ne se réveille pas, et je marche sur la pointe des pieds vers le couloir et descends l'escalier branlant, un doigt sur les lèvres pour intimer le silence aux autres, qui me saluent en sourdine, avant de se taire à la hâte en voyant mon expression.

Elles sont debout, en grappe au bas de l'escalier. Fatima est vêtue d'un salwar kameez d'une beauté à couper le souffle, en soie rubis, qu'elle a trouvé, bizarrement, dans une boutique chic de Hampton's Lee cet après-midi. Thea a refusé de se plier aux diktats de l'invitation et porte un jean skinny, comme à son habitude, avec un débardeur à bretelles spaghetti couleur or en bas et noir profond au niveau du décolleté. Le dégradé me rappelle tant la couleur de ses cheveux quand elle était ado que j'en reste interdite. Kate porte une robe mouchoir vieux rose qui pourrait coûter quelques pence, ou des centaines de livres, et ses cheveux sont lâchés sur ses épaules, encore mouillés après un passage sous la douche.

J'ai une boule dans la gorge lorsque j'arrive au pied de l'escalier – et je ne sais même pas pourquoi. C'est peut-être la prise de conscience soudaine, saisissante, de l'amour que je leur porte, ou le fait de constater que les adolescentes que j'ai connues se sont transformées en femmes, presque en l'espace d'un clin d'œil. Ou peut-être parce que leurs visages, dans le soleil du soir, se confondent avec ceux des jeunes filles qu'elles ont été – elles sont plus élégantes, plus méfiantes, elles ont les yeux un peu fatigués, mais ont gardé de leur jeunesse le teint pur, l'espoir et l'impatience, et sont plus belles que jamais.

Je pense à Luc et à sa colère à la Poste, à ses menaces voilées, et j'éprouve une fureur soudaine, poignante ; je ne pourrais pas supporter qu'elles soient blessées. Aucune d'entre elles.

— Prête ? demande Kate en souriant, mais avant que j'aie le temps d'acquiescer, j'entends une petite toux dans un coin et je me tourne vers Liz, la fille du village qui est venue s'occuper de Freya, debout près du buffet.

Elle est affreusement jeune – c'est la première chose que j'ai pensée quand elle a frappé d'une main timide à la porte. Au téléphone, elle a dit qu'elle avait seize ans, mais je ne sais pas si je la crois, maintenant que je la vois – elle a les cheveux châtain clair et un visage large et placide, difficile à déchiffrer, mais elle a l'air anxieuse.

Thea consulte son téléphone.

— Il faut qu'on y aille.

— Attends.

Et je recommence le laïus que j'ai déjà répété deux fois – le lait dans le frigo, la tétine qu'elle n'aime pas, mais à laquelle j'espère encore qu'elle va s'habituer, l'emplacement des lingettes, que faire si elle refuse de se calmer.

— Vous avez mon numéro, dis-je pour la vingtième fois, tandis que Fatima trépigne d'impatience et que Thea soupire.

— Oui, juste là.

Liz tapote le carnet posé sur le buffet, à côté de la liasse de billets de dix, son salaire pour la soirée.

— Ne vous en faites pas, m'dame.

Elle a des yeux d'un bleu candide.

— Ma mère dit toujours que personne n'assure mieux que moi avec mon petit frère. Je m'occupe de lui tout le temps.

Ça ne me rassure pas vraiment, mais j'acquiesce.

— Allez, Isa, fait Thea.

Elle se tient devant la porte, main sur la poignée.

— Faut vraiment qu'on y aille.

— OK.

Quand je m'éloigne, c'est comme si une corde se serrait autour de mon cou.

— Je vais essayer de m'éclipser tôt, mais appelez-moi, d'accord ?

Et ça y est, je m'arrache à elle, à ma fille, et chaque pas creuse un trou dans ma poitrine.

Me voilà de l'autre côté du ponton, le soleil du soir dans le dos, et le sentiment de vide se dissipe un peu.

— Bon, je conduis, alors... ? fait Fatima, qui sort ses clefs. Kate consulte sa montre.

— Je ne sais pas. Par la route, c'est à seize kilomètres. Tous les paysans travaillent tard dans les champs, par ce temps, et c'est le seul itinéraire possible. Si on se retrouve coincées derrière un tracteur, ça pourrait nous prendre des heures.

— Alors, quoi ?

Fatima a l'air si horrifiée que c'en est presque comique.

— Tu veux dire qu'il faut qu'on y aille à pied ?

— Ce serait sans doute plus rapide. Ça ne fait que trois kilomètres, à travers champs.

— Mais je suis en talons !

— Eh bien va remettre tes Birkenstock. Cela dit, ça devrait aller. Le terrain est sec à cette saison.

— Allez ! fait Thea, à mon grand étonnement. Ça sera comme au bon vieux temps. Et tu sais comment c'est pour se garer, là-bas. On va se retrouver bloquées, et tu ne pourras pas dégager la voiture avant que toutes les autres rangées soient dispersées.

C'est cette perspective qui fait pencher la balance. Je vois dans le regard de Fatima qu'elle n'a pas plus envie que nous de se retrouver immobilisée au lycée, sans pouvoir s'en aller. Elle lève les yeux au ciel, retire ses escarpins et renfile ses Birkenstock. Je troque mes talons contre les sandales que j'ai portées pour me rendre au village. Je fais une petite grimace en sentant le cuir mordre les ampoules que m'a laissées la longue marche. Kate porte déjà des chaussures plates, confortables, et Thea aussi : elle n'a pas besoin de se grandir.

Je jette un dernier regard à la fenêtre de la chambre où dort Freya, un tiraillement douloureux dans la gorge, avant de me tourner vers le sentier qui va vers le sud, vers la côte, et je prends une longue inspiration.

Nous voilà parties.

Comme avant : c'est ce que je me dis en parcourant ce chemin emprunté si souvent pour rentrer à Salten House à l'époque. Le ciel est pur, magnifique, strié de nuages roses qui reflètent le couchant, et la piste sablonneuse recrache la chaleur du jour sous nos pieds.

Mais nous ne sommes qu'à mi-chemin du sentier qui longe la rive lorsque Kate s'arrête net.

— Coupons par là, dit-elle.

Un instant, je ne vois même pas où elle veut en venir – puis je repère une faille étroite dans la haie épineuse : un échalier éboulé, tout juste visible parmi les orties et les ronces.

— Quoi ? (Thea pousse un petit rire.) Tu plaisantes ?

Kate a l'air mal à l'aise.

— Je pensais juste… c'est plus rapide.

— Non, ça ne l'est pas.

Fatima, derrière ses lunettes noires oversize, semble interloquée.

— Tu le sais très bien – c'est moins direct, et de toute façon, je ne pourrais jamais passer par là, ma tenue serait déchiquetée. Qu'est-ce qui ne va pas avec l'échalier plus bas ? C'est bien celui qu'on prenait toujours pour retourner au lycée ?

Kate respire un grand coup, et je crois d'abord qu'elle va insister mais, finalement, elle se retourne et repart sur le chemin d'un pas décidé.

— Bon, d'accord.

Elle le murmure dans sa barbe, si bas que je ne suis même pas sûre de l'avoir entendu.

— Bizarre, je chuchote à Fatima, qui approuve.

— Oui. Qu'est-ce qui se passe ? Mais je ne faisais pas un caprice, si ? Je veux dire…

Elle désigne sa tenue ample en soie, ses bijoux qui se seraient accrochés n'importe où.

— Franchement, tu es d'accord ? Je n'aurais jamais pu traverser ce buisson d'épines.

— Bien sûr que non.

Nous accélérons le pas pour rejoindre Kate, qui a pris de l'avance.

— Je ne sais pas ce qui lui est passé par la tête, dis-je.

Sauf que je le sais. Dès que nous arrivons à l'embranchement où nous tournions toujours autrefois, je le sais instantanément, et je ne comprends pas comment j'ai pu l'oublier. Et je saisis aussi pourquoi Kate a entraîné Thea en amont de l'estuaire lorsqu'elles sont allées se promener, au lieu de descendre vers la mer.

Car lorsque nous tournons à droite pour aller enjamber un échalier qui donne sur le marais, au loin, presque cachée dans le creux d'une dune de sable, j'aperçois une forme blanche et la rubalise de la police qui s'agite au vent.

C'est une tente. Le genre de tentes qui protègent les sites où la police scientifique effectue des prélèvements.

J'ai honte. Comment avons-nous pu être si insensibles ?

Thea et Fatima s'en rendent compte au même instant, je le vois à leur expression, et nous échangeons un unique regard alarmé derrière le dos de Kate, qui continue jusqu'à l'échalier, évitant de regarder la beauté austère de la rive et de la mer étincelante, qui s'étale à perte de vue, avec au milieu du tableau cette petite tente d'aspect banal qui a tout changé.

— Je suis désolée, dis-je lorsque Kate passe la jambe par-dessus la clôture, faisant voleter sa robe en soie rose à imprimé floral.

— Kate, on n'avait pas réfléchi…

— Ça ne fait rien, répond-elle, mais sa voix est dure et on sent que ça ne lui fait pas rien.

Comment avons-nous pu oublier ? Après tout, c'est la raison de notre présence.

— Kate…, supplie Fatima, mais Kate est à califourchon sur l'échalier, le visage tourné, si bien que nous ne pouvons qu'échanger un regard malheureux, coupable, et nous hâter de la rejoindre.

— Kate, je suis désolée.

J'essaie de lui prendre le bras, mais elle le retire.

— Oublie ça, dit-elle.

C'est un coup de poing dans le ventre, une accusation que je ne peux réfuter. Car j'ai déjà oublié.

— Arrête ! lance Thea.

Il y a un accent impérieux dans sa voix, un son que je n'ai pas entendu depuis des années. Elle l'employait si facilement, autrefois, ce ton coupant, qui vous forçait plus ou moins à l'écouter, même si vous n'obéissiez pas. *Arrête. Bois ça. Donne-moi ça. Viens là.*

À un moment donné, elle a arrêté – cessé de donner des ordres, comme si elle était effrayée par sa propre autorité. Mais c'est revenu, l'espace d'un instant, et Kate se retourne et lui fait face sur le gazon ras, brouté par les moutons, l'air résignée.

— Quoi ?

— Kate, écoute…

Le ton a disparu, la voix de Thea est conciliante à présent, reflétant notre sentiment à toutes : elle ne sait pas trop quoi dire, comment faire accepter l'intolérable quand nous savons très bien que ce n'est pas possible.

— Kate, on ne...

— On est vraiment désolées, dit Fatima. On aurait dû y penser. Mais je t'en prie, te braque pas – on est là pour *toi*, tu le sais, non ?

— Et je devrais être plus reconnaissante ? (Kate fait une grimace, essaie de sourire. En vain.) Je sais, je...

— *Non* ! Ce n'est pas ce que je dis. Putain, Kate, quand est-ce qu'on a parlé de *reconnaissance* entre nous ?

Elle crache ça comme s'il s'agissait d'un gros mot.

— Reconnaissance ? On est au-dessus de ça, non ? On l'était, en tout cas. Tout ce que je veux dire, c'est que tu crois que tu es seule, tu crois qu'il n'y a que toi que ça touche, mais *non*. Et tu devrais prendre ça ; nous toutes...

Elle agite une main en direction de notre petit groupe, nos ombres noires qui s'étirent sur le marais dans le couchant.

— Tu devrais voir en nous la preuve de ça. On *t'aime*, Kate. Regarde-nous : Isa qui débarque avec son bébé, Thea qui prend un congé sans préavis, moi qui lâche Ali, Nadia, Sam pour *toi*. Tellement tu comptes pour moi, pour nous. Tellement on ne te laissera jamais tomber. Tu comprends ?

Kate ferme les yeux et, pendant un moment, je crois qu'elle est sur le point de pleurer ou de vitupérer contre nous, mais non, elle tend les mains, aveugle, vers nous, et nous attire vers elle de ses doigts forts, couverts de peinture et s'accroche à nous comme si nous l'empêchions de couler.

— Vous...

Sa voix se brise, et nous nous prenons dans les bras les unes des autres, toutes les quatre, comme quatre arbres entortillés par les vents de la côte jusqu'à ne plus faire qu'un seul, bras emmêlés, fronts contre fronts, chaleur contre chaleur, et je sens leur passé si entrelacé au mien qu'il n'y a pas moyen de nous séparer.

— Je vous aime, fait Kate d'une voix rauque.

Je le dis aussi, ou du moins je crois, le chœur de voix étouffées doit inclure la mienne, mais je n'en sais rien, je ne sais pas où je finis et où commencent les autres.

— On entre ensemble, dit Fatima d'une voix ferme. C'est compris ? Ils nous ont séparées une fois, mais ils ne recommenceront pas.

Kate fait oui de la tête et s'essuie les yeux, sous son mascara.

— Entendu.

— Alors on est d'accord ? Un front uni ?

— Un front uni, fait Thea, un peu sinistre.

— Unies nous sommes…, dis-je.

Je le regrette aussitôt, car l'autre moitié du dicton, « divisées nous tombons », restée muette, plane dans l'air tel un écho silencieux.

Vous vous rappelez...

C'est le refrain qui rythme notre conversation tandis que nous parcourons le dernier kilomètre et demi dans les marais.

Vous vous rappelez la fois où Thea s'est fait choper avec de la vodka dans sa bouteille d'eau au match de hockey en déplacement contre Rodean ?

Vous vous rappelez quand Fatima a fait gober à miss Rourke que *fukkit* voulait dire stylo en urdu ?

Vous vous rappelez quand on a fait le mur pour aller nager, et que Kate s'est laissé prendre dans les courants contraires et a failli se noyer ?

Vous vous rappelez – vous vous rappelez – *vous vous rappelez...*

Je croyais que je me souvenais de tout mais, à présent, tandis que les souvenirs me submergent, je m'aperçois que non, pas complètement. Pas comme ça, pas de façon si nette que je sens l'eau de mer, revois Kate grelottante, la peau blanche dans le clair de lune, lorsque nous avons remonté la dune en titubant. Je me rappelais, mais j'avais oublié les détails, les couleurs, la sensation du gazon des terrains de sport sous mes pieds et le vent dans mon visage.

Cependant lorsque nous traversons le dernier terrain et escaladons la dernière clôture, Salten House apparaît, et là, je réalise vraiment. Nous sommes bel et bien de retour. La prise de conscience me déstabilise, et j'ai un pincement au cœur tandis que les autres retombent dans le silence. Je sais qu'elles doivent se rappeler, comme moi, certains des *autres* souvenirs, ceux que nous avons tenté d'oublier.

Je me rappelle le visage de Mark Wren lorsqu'un groupe de première l'avait croisé sur la route côtière un jour, l'afflux de sang qui lui était monté à la nuque alors que fusaient les ricanements et les chuchotements, la façon dont il avait baissé la tête et le regard de malheur absolu qu'il avait jeté à Thea. Je me rappelle l'expression alarmée d'une cinquième qui avait fait demi-tour en nous croisant dans le couloir, Fatima et moi. J'avais compris qu'elle avait dû entendre des rumeurs sur nous ; sur nos langues de vipère, et notre talent pour le mensonge. Et je me rappelle le visage de miss Weatherby ce dernier jour...

Je suis soudain contente que Salten House ait changé, bien plus que le village qui donne l'impression d'être figé dans la pierre et le sel. À l'inverse du Moulin des Brisants qui s'est encore délabré avec les années, le lycée dégage un parfum d'élégance absent dans mes souvenirs. Quelle que soit l'impression que voulait donner l'établissement à l'époque, Salten House n'était pas un lycée de premier plan. Par bien des côtés, c'était, comme disait Kate, un « cabaret de la dernière chance » – le genre d'endroit qui avait de la place pour l'inscription précipitée d'une élève ayant des problèmes familiaux, et qui ne posait pas de questions sur une fille expulsée de trois lycées de suite. Je me rappelle avoir remarqué, quand je suis arrivée ce premier jour, il y a si longtemps, que la peinture était écaillée et tachée par le sel, et les pelouses jaunies après un long été. Des mauvaises herbes poussaient dans le gravier de l'allée et, entre les Bentley et les Daimler, il y avait beaucoup de parents qui roulaient en Fiat, en Citroën et en Volvo déglinguées.

À présent, en revanche, l'édifice respire l'argent. Il n'y a pas d'autre façon de le décrire.

Sa haute silhouette qui jette des ombres allongées sur les terrains de croquet et de tennis est la même, mais la peinture blanche austère, bon marché, a été remplacée par un crème profond, coûteux, lequel adoucit subtilement les angles, effet rehaussé par les fleurs qui ont été semées dans des bacs aux fenêtres, et les plantes grimpantes aux coins du bâtiment, qui commencent à couvrir la façade de leurs vrilles.

Les pelouses sont plus belles, plus vertes, et en les traversant, nous percevons un déclic presque inaudible et de petits robinets jaillissent de l'herbe et se mettent à répandre une fine brume d'eau, un luxe inimaginable de notre temps. Des dépendances et des passages couverts ont fait leur apparition, si bien que les filles n'ont plus besoin de braver la pluie battante pour aller d'une salle à l'autre. Et quand nous dépassons les courts de tennis, je remarque qu'on a remplacé le goudron râpeux par une espèce d'éponge verte et caoutchouteuse.

Ce qui n'a pas changé, ce sont les quatre tours qui montent encore la garde, une à chaque coin du bâtiment principal ; l'écheveau noir des escaliers de secours s'enroule toujours jusqu'en haut tel du lierre industriel.

Je me demande si les fenêtres des tours s'ouvrent encore assez grand pour laisser passer une adolescente de quinze ans fluette, et si les filles font toujours le mur comme avant... Je ne sais pas pourquoi, mais j'en doute.

Ce sont les vacances, bien sûr, et il règne un étrange silence complet... ou presque. Tandis que nous traversons les terrains de sport, des voitures remontent l'allée en sourdine et j'entends des voix étouffées à l'entrée du bâtiment.

Pendant une seconde, mes oreilles me picotent, et je pense *Des parents !* avec la même impression de danger qu'un lapin pourrait penser *Des faucons !* Mais aussitôt, je réalise – ce ne sont pas des parents, ce sont des élèves. D'anciennes élèves. *Nous.*

Mais pas nous non plus. Parce que, en fait, ça a toujours été elles et nous. C'est le problème des « cliques », comme dirait Mary Wren. De se définir par des murs : qui est à l'intérieur, qui est à l'extérieur. Les élèves de l'autre côté du mur n'étaient pas seulement elles, mais *elles*. Les étrangères. L'opposition. L'ennemi.

C'est quelque chose que je n'ai alors pas compris. J'étais si reconnaissante d'avoir trouvé des amies, si heureuse d'avoir trouvé ma nouvelle place, que je n'ai pas saisi que, chaque fois que je faisais front avec Kate, Thea et Fatima, je faisais front *contre* les autres. Et que, tôt ou tard, elles risquaient de faire front contre moi.

Un mur, après tout, ne sert pas seulement à empêcher les autres d'entrer. Il peut aussi servir à vous piéger à l'intérieur.

— Pas possible !

La voix s'élève dans l'air du soir et nous nous tournons toutes les quatre, comme un seul homme.

Une femme s'approche de nous, manquant tomber sur le gravier qui crisse sous ses talons hauts.

— Thea ? Thea West… oh mon Dieu, et tu dois être Isa Wilde, n'est-ce pas ?

Pendant un instant, je cale, incapable de retrouver son nom, puis il me revient. Jess Hamilton. Capitaine de l'équipe de hockey de première, très bien placée pour le poste de déléguée générale des élèves en terminale. A-t-elle été élue ? Je me pose la question mais, avant que j'aie le temps d'ouvrir la bouche pour dire bonjour, elle enchaîne, sans pause :

— Fatima ! J'ai failli ne pas te reconnaître, avec ce foulard ! Et Kate aussi ! Vous êtes toutes là, incroyable !

— Eh bien…

Thea hausse un sourcil et fait un geste légèrement dépréciatif vers le groupe.

— Tu peux le croire, tu vois. Est-ce si étonnant qu'on soit arrivées à cet âge vénérable ? Je sais que j'avais un poster *Vivre vite, mourir jeune* au dortoir, mais il ne fallait pas le prendre au premier degré.

— Non !

Jess laisse échapper un rire strident et pousse malicieusement l'épaule de Thea.

— Tu sais que ce n'est pas ça. C'est juste…

Elle hésite une seconde, et nous savons toutes ce qu'elle pense, mais elle se reprend aussitôt :

— C'est juste que… eh bien, vous n'êtes jamais venues à aucun événement de ce genre, même pas Kate, qui habite à cinq minutes. On avait perdu espoir !

— Ça fait vraiment plaisir de savoir qu'on a manqué aux gens, dit Thea avec un petit sourire en coin.

Il y a un silence gêné, et Kate se remet en marche.

— Bon sang, fait Jess, qui nous emboîte le pas tandis que nous tournons au coin du bâtiment pour rejoindre l'entrée principale. Qu'est-ce que vous faites maintenant, toutes ? Kate, je sais bien sûr. Pas étonnant qu'elle soit devenue artiste. Et toi, Isa, laisse-moi deviner – un métier en rapport avec l'éducation ?

Je réponds dans un sourire forcé :

— Eh non. La fonction publique, en fait. Sauf si ça compte de donner un cours de droit accéléré à des ministres. Et toi ?

— Oh, j'ai *beaucoup* de chance. Alex – c'est mon mari – a fait un malheur au début de la bulle Internet, il a su se lancer et arrêter juste au bon moment. Du coup on est parents d'Alexa et Joe à plein temps.

Les sourcils de Thea disparaissent presque dans sa frange.

— Tu as des enfants ? demande Jess.

Il me faut un moment pour comprendre que sa question s'adresse à moi, et je m'empresse de hocher la tête.

— Oui, oui. Une petite fille, Freya. Elle a presque six mois.

— À la maison avec la nounou ?

— Non.

Je me force de nouveau à sourire.

— Nous n'avons pas de nounou, en fait. Elle est chez Kate avec une baby-sitter.

— Et toi, Fatima ? Je dois dire que… je ne savais pas que tu étais devenue… (Elle désigne le foulard d'un signe de tête.) Tu sais… *Musulmane*.

Elle souffle ce mot à mi-voix, comme s'il était un peu tabou. Le sourire de Fatima est encore plus pincé que le mien, je crois, mais elle ne se décontenance pas.

— J'ai toujours été musulmane, dit-elle d'un ton égal. Simplement, je n'étais pas très pratiquante, au lycée.

— Et alors… qu'est-ce qui… tu sais, qu'est-ce qui t'a fait changer d'avis ?

Fatima hausse les épaules.

— Les enfants. Le temps qui passe. L'âge adulte. Qui peut le dire ?

Je vois bien qu'elle ne veut pas en parler, en tout cas pas maintenant, pas à Jess.

— Et tu es mariée ?

— Oui, à un autre médecin. Le cliché, hein ? Deux enfants adorables, un garçon et une fille. Ils sont à la maison avec Ali. Et toi, les tiens ?

— Comme toi, une fille et un garçon. Alexa a presque cinq ans – c'est fou ce que le temps passe ! – et Joe, deux. Ils sont à la maison avec la jeune fille au pair. Alex et moi, on s'est pris deux nuits tous les deux, un long week-end. C'est important de pouvoir passer du temps en tête à tête, pas vrai ?

Fatima et moi échangeons un regard furtif. Je ne sais pas quoi répondre à ça : Owen et moi n'avons pas eu de « tête-à-tête » depuis la naissance de Freya. Nous sommes sauvées par l'apparition d'une grande femme blonde devant nous dans l'allée. Elle mime un évanouissement, main sur le cœur, et s'écrie :

— C'est pas Jess Hamilton, quand même ? *Non !* Pas possible, tu n'as pas l'air assez vieille !

— Pareille pour toi, fait Jess, inclinant légèrement la tête, puis elle nous désigne d'un geste. Et tu te rappelles sans doute…

Il y a un silence soudain, et je vois la femme identifier nos visages, se remémorer nos noms. Son sourire mondain s'évanouit aussitôt. Elle se rappelle. Elle se rappelle très bien.

— Bien sûr, dit-elle.

Il y a dans sa voix une réserve, une froideur qui me bouleverse. Elle prend le bras de Jess et les deux femmes nous tournent le dos.

— Jess, chérie, il *faut* à tout prix que tu rencontres mon mari, dit-elle d'une voix de conspiratrice.

Et Jess est balayée, emportée loin de nous, et nous nous retrouvons toutes les quatre. Seules. De nouveau.

Mais pas pour longtemps. Car lorsque nous arrivons devant la façade, la lumière ruisselle dans l'air nocturne par les portes grandes ouvertes, et les invités affluent à l'intérieur.

Je sens une main prendre la mienne. C'est Kate, qui entrelace ses doigts dans les miens pour se donner du courage et serre à me faire mal.

— Ça va ? dis-je en murmurant, et elle hoche la tête une seule fois, mais je ne sais pas si c'est moi qu'elle essaie de convaincre, ou elle-même.

— Armure en place ? demande Thea.

Elle esquisse un signe de tête en direction des chaussures que je tiens de ma main libre, et je m'aperçois que je porte encore mes sandales de marche couvertes de poussière. Je les retire, prenant appui sur l'épaule de Kate, et glisse les pieds dans les escarpins. Fatima m'imite, se retenant au bras de Thea. La robe de Kate volette au vent, comme un drapeau… ou un signal de détresse, me dis-je soudain, une image qui surgit malgré moi dans ma tête, et que je repousse aussitôt.

Nous nous regardons, et nous lisons dans nos yeux les mêmes émotions : de l'appréhension, de l'excitation, de la peur.

— Prêtes ? demande Kate, et nous acquiesçons en silence.

Puis, ensemble, nous montons les marches du lycée qui nous a chassées si brutalement, il y a tant d'années.

Quel bordel. La soirée n'est pas commencée depuis une heure et je ne sais pas si je peux tenir davantage.

Assise sur les toilettes, la tête entre les mains, j'essaie de me reprendre. J'ai bu par nervosité, laissant tous les serveurs me resservir au passage sans compter les verres. J'ai l'impression d'être dans un rêve, un de ces rêves où l'on est de retour à l'école, sauf que tout est très légèrement différent : les couleurs sont plus vives, et tout est plus intense. Le mur de voix et de visages qui nous a accueillies dans le vestibule, mélange de parfaites inconnues et de visages à demi familiers, affinés avec la disparition des rondeurs de l'adolescence, ou au contraire épaissis et aplatis, la peau se relâchant imperceptiblement tel un masque en latex, avait quelque chose de cauchemardesque.

Et le pire, c'est que *tout le monde* nous connaît, même les filles entrées au lycée après notre départ. Je n'avais pas prévu ça. Nous nous sommes éclipsées entre deux trimestres, sans prévenir personne... Ça paraissait discret, sur le moment. C'était une des choses que la directrice avait promises à mon père à l'époque : « Si Isa part de son propre gré, nous pouvons faire en sorte que ça ne s'ébruite pas. »

Mais j'avais oublié la chambre d'écho que nous laissions derrière nous : l'espace laissé par notre absence a dû être saturé de rumeurs et de spéculations jusqu'à ce qu'un édifice de mensonges et de demi-vérités soit érigé et entretenu par les rares informations concernant la disparition d'Ambrose. Et à présent, il y a suffisamment d'anciennes qui habitent dans la région ; elles ont vu les titres du *Salten Observer*. Et elles ne sont pas stupides. Elles ont fait le lien ; au besoin, elles en ont inventé un.

Le plus terrible, c'est leurs yeux avides. Les gens sont assez aimables avec nous, même si la conversation est un peu forcée, et je devine, à tort ou à raison, une certaine méfiance derrière leurs sourires. Chaque fois que nous tournons le dos, j'entends les chuchotements qui recommencent. *C'est vrai ? Elles n'ont pas été expulsées ? Tu as entendu… ?*

Cette fois, les souvenirs ne sont plus de petites tapes gentilles sur mon épaule, des *tu te rappelles ?* – ce sont des gifles, des agressions. Même loin de l'assemblée, ils continuent d'affluer. Je me revois dans ces mêmes toilettes, en train de pleurer parce qu'une fille, une inoffensive petite cinquième, nous avait vues revenir de chez Kate une nuit, Fatima et moi, et j'avais eu une réaction complètement excessive. Je l'avais menacée, la prévenant que, si elle répétait ce qu'elle avait vu à quiconque, je m'assurerais qu'elle soit mise sur la touche pendant tout le reste de sa scolarité à Salten. J'en avais le pouvoir, lui avais-je dit. Celui de gâcher sa vie.

C'étaient des mensonges, bien sûr. Je n'aurais pas pu l'isoler de la sorte même si je l'avais voulu. Nous étions trop tenues à l'écart nous-mêmes, à ce stade. Quand nous tentions de nous asseoir au réfectoire, comme par hasard, les places étaient toujours déjà prises. Si l'une d'entre nous suggérait un film dans la salle commune un soir, elle n'obtenait jamais satisfaction. Et de toute façon – je ne l'aurais jamais fait. Je voulais juste lui causer une petite frayeur, histoire qu'elle se taise.

Je ne sais pas ce qu'elle a rapporté, toujours est-il que miss Weatherby m'a convoquée dans son bureau le soir suivant et m'a servi un laïus interminable sur l'esprit de communauté, et ma responsabilité à l'égard des plus jeunes.

— Je commence à me demander si tu as vraiment l'étoffe d'une élève de Salten, Isa, a-t-elle dit, une profonde déception dans la voix. Je sais que ce n'est pas facile à la maison, mais ce n'est pas une excuse pour te défouler sur les autres, surtout des plus jeunes que toi. Ne m'oblige pas à convoquer ton père, s'il te plaît. Je suis sûre qu'il a assez de problèmes comme ça.

Je m'étais étranglée de honte et de rage. De rage contre elle, miss Weatherby, oui. Mais surtout contre moi-même, ce que j'avais fait, ce que je m'étais autorisée à devenir. J'ai repensé à Thea, ce premier soir, son récit des débuts du Jeu du Mensonge : *Je ne m'en prendrai pas aux nouvelles, à celles qui ne peuvent pas se défendre. Je le ferai à celles et ceux qui commandent : les profs, les filles populaires. Celles qui se croient au-dessus du lot.*

Qu'est-ce qui m'avait pris de menacer des gamines de onze ans ?

J'ai imaginé la réaction de mon père si miss Weatherby le convoquait, entre deux visites à l'hôpital. Son visage déjà gris d'inquiétude et les rides de déception qui viendraient s'y tracer.

— Je suis désolée. (L'angoisse me serrait la gorge.) Vraiment. Je vous en prie ; c'était une erreur. Je vais lui présenter mes excuses. Et je ferai davantage d'efforts, je le promets.

— Oui, excellente idée.

Mais elle semblait toujours inquiète.

— Et Isa, je sais que je t'en ai déjà parlé mais, s'il te plaît, pense à varier un peu tes fréquentations. Les amies intimes, c'est très bien, mais elles peuvent nous empêcher de nous ouvrir à d'autres occasions. Elles peuvent nous coûter très cher, en fin de compte.

— Isa ?

On frappe à la porte, faiblement, mais d'une main décidée, et je redresse la tête.

— Isa, tu es là ?

Je me lève, tire la chasse d'eau et quitte le cocon du W-C pour aller me laver les mains à la rangée de lavabos. Thea se tient à côté du sèche-mains, bras croisés.

— On s'inquiétait, observe-t-elle d'un ton morne.

Je fais la grimace. Combien de temps suis-je restée enfermée ? Dix minutes ? Vingt ?

— Pardon, c'est juste que… c'était trop, tout ça, tu vois ?

L'eau est fraîche sur mes mains et je résiste à l'impulsion d'asperger mon visage maquillé.

— Écoute, je comprends.

Son visage est émacié, sa maigreur lui donne l'air presque hagard sous les néons impitoyables des toilettes du lycée – les installations destinées aux invités ont été rénovées aussi, et on y trouve des serviettes moelleuses et du gel parfumé pour les mains, mais l'éclairage est resté le même, dur et fluorescent.

— J'ai envie de me casser aussi, mais tu ne peux pas te planquer toute la soirée, on est sur le point de s'installer pour dîner et ton absence va se remarquer. Allons-y, une fois qu'on aura enduré le repas, on pourra se tirer.

— OK.

Sauf que je ne parviens pas à bouger. Je m'accroche au lavabo, les ongles contre la porcelaine. *Merde.* Je pense à Freya chez Kate, me demande si elle va bien. Je suis presque submergée par le désir de courir retrouver mon bébé, si doux, si chaud, avec son odeur familière.

— Qu'est-ce qui a pris à Kate de nous entraîner dans ce guêpier ?

— Écoute. (Thea jette un coup d'œil aux toilettes vides par-dessus son épaule et baisse la voix.) On en a discuté. C'est toi qui as voté pour qu'on vienne.

Je hoche la tête, sinistre. Elle a raison. Et je comprends la réaction paniquée de Kate, se creusant la tête pour trouver une raison plausible à la venue de ses amies après tant d'années d'absence, comme par hasard le week-end où un cadavre était retrouvé dans l'estuaire. Le dîner des anciennes a dû lui apparaître comme une aubaine inespérée. Mais j'aurais vraiment préféré qu'elle s'abstienne.

Merde. Je sens les jurons bouillonner en moi tel un poison que je ne parviens pas à contenir. Je me vois soudain assise devant la nappe blanche du dîner et les laisser jaillir – *Fermez vos gueules, espèces de mauvaises langues de merde. Vous ne savez rien. Rien !*

Je m'efforce de calmer ma respiration.

— C'est bon ? dit Thea plus gentiment.

Je fais oui de la tête.

— Oui, ça va. Je vais y arriver. (Puis je me reprends :) On va y arriver, n'est-ce pas ? Après tout, si Kate peut le faire, je peux aussi. Elle tient le coup ?

— Tout juste.

Thea m'ouvre la porte des toilettes et je sors dans le couloir plein d'échos, désormais vide à l'exception de quelques profs qui s'affairent, et d'un large chevalet au bout, où sont placardés les plans de table.

— Oh, dépêchez-vous ! lance une prof en nous voyant.

Elle est jeune, trop jeune pour nous avoir connues à l'époque.

— Tout le monde s'installe pour les discours. Vous êtes à quelle table ?

— Pankhurst, d'après la femme qui était là avant vous, fait Thea, avant d'ajouter pendant que l'autre parcourt sa liste de noms : Thea West.

— Ah oui, je vous vois. Et vous êtes... ? Désolée, comme vous pouvez le deviner, je ne suis pas là depuis longtemps, alors je ne suis pas familière avec les anciennes !

— Isa Wilde.

À mon grand soulagement, son visage ne trahit ni reconnaissance ni choc, juste de la concentration tandis qu'elle passe en revue les tables.

— Ah voilà. Pankhurst aussi, avec quelques anciennes de votre promotion, apparemment. C'est une table de dix à l'extrémité de la salle, à côté du passe-plat. Le meilleur moyen de la rejoindre, c'est de se glisser par cette porte et de faire le tour en passant sous le balcon.

Je sais, ai-je envie de dire. Je connais cet endroit par cœur. Mais nous nous contentons d'un signe de tête et suivons ses instructions, nous faufilant par la porte entrebâillée, couvertes par le bruit des applaudissements. Les allocutions ont déjà commencé : une femme sourit sur l'estrade, attendant que le silence revienne.

Je m'étais préparée à voir miss Armitage, la directrice de l'époque, mais ce n'est pas elle. Rien de surprenant après tout : elle devait avoir plus de cinquante ans quand je suis entrée au lycée. Elle est sans doute à la retraite.

Mais la réalité est, en un sens, encore plus choquante.

C'est miss Weatherby, notre ancienne maîtresse d'internat.

— Merde, marmonne Thea tandis que nous allons rejoindre notre place entre les tables d'anciennes élèves fortunées, flanquées de leurs maris.

Je vois à sa pâleur qu'elle est aussi stupéfaite que moi. À pas de loup, nous contournons les chaises et enjambons les sacs à main, dépassons les plaques dorées où sont gravés les noms des capitaines d'équipes de hockey ou des filles mortes durant la guerre, et les portraits à l'huile, peu flatteurs, des anciennes directrices. Le ton policé de miss Weatherby retentit dans la salle lambrissée, mais les mots me passent au-dessus de la tête. Je n'entends que sa voix ce dernier jour : « Isa, c'est mieux pour tout le monde. Je suis vraiment navrée que ça n'ait pas marché pour toi à Salten House, mais nous pensons tous – ton père y compris – que la meilleure solution, c'est de prendre un nouveau départ. »

Un nouveau départ. Encore un.

Et tout à coup je suis devenue une d'entre *elles*, une fille comme Thea, avec à son actif une série d'établissements lui ayant donné congé, et une menace d'expulsion planant au-dessus de la tête.

Je repense au visage fermé de mon père dans la voiture. Il n'a pas posé de questions. Je n'ai pas raconté de mensonges. Mais le reproche suspendu dans l'atmosphère tandis que nous roulions à toute vitesse vers Londres, avec son odeur d'hôpital et le bip des machines médicales, disait : *Comment as-tu pu ? Comment as-tu pu alors que j'ai déjà tout ça à affronter ?*

Les parents de Fatima étaient encore à l'étranger, aussi, une tante et un oncle, lugubres, étaient descendus de Londres en Audi et l'avaient emmenée en pleine nuit, tandis que je regardais d'une fenêtre à l'étage. Je n'avais même pas eu l'occasion de lui dire au revoir.

Le père de Thea avait été le pire : bruyant et vulgaire, riant comme si ses fanfaronnades avaient le pouvoir d'occulter le scandale, enchaînant les plaisanteries salaces en hissant la valise de sa fille à l'arrière de la voiture, empestant le brandy alors qu'il n'était que midi.

Seule Kate n'avait personne pour l'emmener. Car Ambrose… Ambrose était déjà parti. « Disparu avant qu'ils aient le temps de le virer », disaient les bruits de couloir.

Tout cela est frais dans mon esprit tandis que nous nous frayons un chemin en murmurant des excuses vers la table marquée « Pankhurst », où Fatima et Kate attendent, le visage anxieux, mais soulagé lorsque nous nous glissons à notre place, tandis qu'une dernière salve d'applaudissements retentit. Miss Weatherby a terminé, et je n'ai pas retenu un mot de son discours.

J'envoie un SMS à Liz sous la table. *Tout va bien ?*

— Végétarien, ou pas, madame ? demande une voix derrière moi.

Je me retourne en sursaut et découvre un serveur en livrée blanche.

— Pardon ?

— Votre choix de repas, madame, vous avez coché la case viande, ou la case végétarien ?

— Oh...

Je jette un coup d'œil à Kate et Fatima, qui sont en grande conversation, tête baissée sur leur assiette.

— Heuh, viande, je pense ?

Le serveur place une assiette où flotte une masse informe dans une épaisse sauce brune, accompagnée de pommes de terre reconstituées dorées et un légume que j'identifie, après réflexion, comme un artichaut rôti. L'effet général : cinquante nuances de beige.

Kate et Fatima ont toutes deux choisi l'option végétarienne, qui a l'air nettement meilleure – une espèce de tartelette avec l'inévitable fromage de chèvre, apparemment.

— Ah, dit une voix d'homme à ma droite. Ce plat, ça doit être un hommage à la période marron de Picasso, qui est sous-estimée.

Je me tourne nerveusement pour voir s'il me parle et, à ma consternation, oui. Je parviens à sourire.

— Il y a de ça, hein ? (Je pousse l'artichaut du bout de ma fourchette.) Vous pensez que c'est quoi, comme viande ?

— Je n'ai pas vérifié, mais je parierais que c'est du poulet ; c'est toujours du poulet, dans ce genre de réceptions. Le truc qui plaît à tout le monde.

Je découpe un morceau de la masse informe qui baigne dans la sauce et la mets prudemment dans ma bouche. En effet, c'est du poulet. Après avoir avalé, je lui demande :

— Alors, qu'est-ce qui vous amène ici ? Vous n'êtes pas une ancienne élève, il me semble.

Ma plaisanterie ne va pas chercher bien loin, mais il a la gentillesse de rire comme si elle n'était pas complètement prévisible.

— Non, c'est juste. Je m'appelle Marc, Marc Hopgood. Je suis marié à une de vos contemporaines, Lucy Etheridge, à l'époque.

Le nom ne me dit rien, et j'hésite à faire semblant de savoir de qui il parle, mais je réalise vite que ça ne sert à rien ; il s'en apercevra en une ou deux questions.

— Je suis désolée. Je ne me souviens pas d'elle. Je ne suis pas restée très longtemps à Salten House.

— Ah non ?

Je devrais m'arrêter là, mais je n'y arrive pas. J'en ai dit trop ou pas assez, et je ne peux m'empêcher de remplir au moins quelques blancs.

— Je ne suis arrivée qu'au début de la première, et je suis partie avant la terminale.

Il est trop poli pour poser la question, mais je la vois dans ses yeux, muette, tandis qu'il remplit mon verre, comme le garçon à l'éducation impeccable qu'il a dû être.

Mon téléphone émet un bip. *Tout va bien* ☺ ☺ ☺ annonce Liz. Pendant ce temps une voix à la droite de Marc dit :

— Isa ?

Marc recule sa chaise de quelques centimètres pour laisser sa femme se pencher vers moi, main tendue.

— Isa Wilde ? C'est toi, n'est-ce pas ?

— Oui, dis-je, reconnaissante que Mark ait déjà mentionné son nom.

Je range vite le téléphone dans mon sac et lui serre la main.

— Lucy, c'est ça ?

— Oui !

Elle a des joues roses de bébé, et elle a l'air ravie d'être là, en compagnie de son mari.

— C'est génial, non ? Tant de souvenirs...

Je me contente de hocher la tête ; mes souvenirs de Salten House ne sont pas tous géniaux.

— Alors, dit Lucy après une pause, reprenant son couteau et sa fourchette. Raconte-moi *tout*. Qu'est-ce que tu as fait depuis que tu es partie ?

— Oh... tu sais... des choses et d'autres. J'ai étudié l'histoire à Oxford, puis je me suis reconvertie dans le droit, et maintenant je travaille dans la fonction publique.

— Ah bon ? Marc aussi. Dans quel service ?

— Au ministère de l'Intérieur, en ce moment. Mais tu sais comment c'est. (Je lance un sourire en coin à Mark.) On a tendance à se faire un peu trimballer. J'ai fait plusieurs services.

une salve d'applaudissements : le discours est terminé, et tout le monde se lève et rassemble ses affaires.

— Au revoir, dit Marc Hopgood, enfilant sa veste et tendant son sac à main à sa femme. Enchanté d'avoir fait votre connaissance.

— Enchantée également, dis-je. Au revoir, Lucy.

Mais Lucy Hopgood s'éloigne déjà, évitant avec soin mon regard, comme si elle avait vu une chose de la toute première importance à l'autre bout de la salle.

Marc hausse les épaules et me fait un petit signe, puis lui emboîte le pas. Une fois qu'ils ont disparu, je sors mon téléphone de ma poche afin de consulter les messages, même si je n'ai pas senti de vibration.

J'ai toujours les yeux rivés sur l'écran lorsque je sens une petite tape sur mon épaule. Jess Hamilton se tient derrière moi, le visage échauffé par le vin et par la chaleur qui règne ici.

— Vous partez déjà ? demande-t-elle, et lorsque je hoche la tête, elle ajoute : Venez prendre un petit verre au village. On dort dans un B&B sur le front de mer, et je crois que quelques-unes des anciennes se sont donné rendez-vous au Salten Arms pour boire un dernier coup vite fait avant d'aller se coucher.

Je réponds, gênée :

— Non, merci. C'est gentil, mais on rentre chez Kate à pied en passant par les marais, le pub nous obligerait à faire un détour de plusieurs kilomètres. Et puis tu comprends, j'ai laissé Freya avec une baby-sitter, alors je ne veux pas rentrer trop tard.

En vérité, je préférerais m'arracher le pied à coups de dents que de rester une minute de plus avec ces femmes joyeuses, hilares, qui ont tant de bons souvenirs de leur période scolaire, et vont vouloir ressasser encore et encore une époque qui fut bien moins heureuse pour Kate, Thea, Fatima et moi.

— Dommage, dit Jess. Mais écoute, n'attendez pas quinze ans pour revenir, cette fois, OK ? Il y a un dîner des anciennes presque tous les ans, pas aussi somptueux que celui-là, en général. Mais le vingtième devrait être quelque chose, je pense.

— Bien sûr, je bredouille.

Puis j'esquisse un pas pour m'en aller, mais elle me prend l'épaule. Lorsque je me retourne, elle a les yeux brillants et elle vacille un petit peu. Je vois qu'elle est très, très soûle. Beaucoup plus que je ne l'avais cru.

— Oh, et puis merde, dit-elle. Je ne peux pas te laisser partir sans te poser la question. On a spéculé toute la soirée, à notre table, et je suis *obligée* de te le demander. J'espère que ce n'est pas… eh bien, ne le prends pas mal, mais quand vous êtes parties, toutes les quatre, est-ce que c'était *vraiment* pour la raison que tout le monde a dite ?

Je me sens mal tout à coup, vide, comme si la nourriture et la boisson que j'ai consommées toute la soirée n'avaient été que de la brume.

— Je ne sais pas, dis-je, tentant de garder une voix égale et légère. C'était quoi, cette raison ?

— Oh, vous avez *forcément* entendu les rumeurs…

Jess baisse la voix et jette un coup d'œil par-dessus son épaule. Je réalise qu'elle cherche des yeux Kate, pour s'assurer qu'elle n'est pas à portée de voix.

— Que… tu sais… Ambrose…

Elle laisse sa phrase en suspens, pleine de sous-entendus, et je déglutis à grand-peine pour chasser la boule dans ma gorge. Je devrais m'en aller, faire semblant de voir Fatima ou une des autres en train de m'appeler, mais je ne peux pas, je ne veux pas. Je veux l'obliger à aller jusqu'au bout de sa pensée, à dire tout haut ce truc odieux autour duquel elle tourne, l'air de ne pas y toucher.

— Quoi, Ambrose ? dis-je, et je parviens même à sourire. Je ne vois pas du tout de quoi tu veux parler.

C'est un mensonge.

— Oh, zut.

Jess pousse un petit gémissement, et je ne sais pas si son scrupule soudain est réel ou feint ; je ne fais plus la différence, j'ai tellement mijoté dans la duplicité.

— Isa, je ne… Tu n'étais pas du tout au courant ?

— Dis-le.

Il n'y a plus de sourire dans ma voix à présent.

— *Accouche.*

— Merde.

Jess a l'air malheureuse, son ivresse se dissipe face à mon dégoût féroce.

— Isa, je suis désolée. Je ne voulais pas remuer…

— Tu as passé la soirée à spéculer sur la question, on dirait. Alors aie au moins le courage de nous le dire en face. C'est quoi, cette rumeur ?

— Qu'Ambrose…

Jess s'étrangle ; elle regarde derrière moi, cherchant une issue, mais la salle se vide, et il n'y a plus aucune de ses amies en vue.

— Qu'Ambrose… qu'il… qu'il faisait… des dessins, de vous. De vous quatre.

— Mais pas simplement des dessins, n'est-ce pas ?

Ma voix est glaciale.

— N'est-ce pas, Jess ? Quel genre de dessins, au juste ?

— Des… des nus.

Elle murmure presque à présent.

— Et ?

— Et… que le lycée l'a découvert… et que c'est pour ça qu'Ambrose… il…

— Il quoi ?

Elle se tait, je lui saisis le poignet et la vois tressaillir sous la pression de ma main sur ses os délicats.

— *Il quoi ?*

Je parle fort, et ma voix retentit dans la salle presque vide, si bien que les têtes des quelques anciennes et officiels encore là se tournent vers nous.

— Que c'est pour ça qu'il s'est suicidé, murmure Jess. Je suis désolée. Je n'aurais pas dû en parler.

Et elle retire son poignet de ma main avant de se diriger vers la sortie d'un pas titubant, me laissant le souffle coupé, m'arc-boutant comme si je venais de prendre un coup, m'efforçant de ne pas pleurer.

Lorsque je parviens enfin à me reprendre assez pour affronter le couloir bondé, je me fraie un chemin dans l'assemblée et cherche partout Fatima, Kate et Thea.

Je parcours des yeux la queue des vestiaires, le couloir, les toilettes, mais elles ne sont pas là. Elles ne sont quand même pas déjà parties ?

Je suis encore défaite par ma conversation avec Jess.

Je joue des coudes pour rejoindre la sortie, écartant de petits groupes d'anciennes avec leurs maris ou compagnons, hilares, lorsque je sens une main sur mon bras. Le soulagement me gagne mais, quand je me retourne, c'est miss Weatherby qui se tient là.

Repensant à notre dernier entretien, à la déception violente sur son visage, je me raidis.

— Isa, dit-elle. Toujours pressée, je me souviens si bien de ça. J'ai toujours dit que tu aurais dû faire du hockey, pour faire bon usage de toute cette énergie nerveuse !

— Je suis désolée, dis-je, tentant de cacher mon angoisse, de ne pas m'écarter trop brusquement. Je... Je dois rentrer... la baby-sitter...

— Ah oui, tu as un bébé ?

Je sais qu'elle s'efforce seulement d'être polie, mais j'ai envie de prendre mes jambes à mon cou.

— Quel âge ?

— Presque six mois. Une petite fille. Écoutez, je dois...

Miss Weatherby hoche la tête et me relâche.

— Eh bien, contente de te revoir ici après tant d'années. Et félicitations pour ta fille. Il faut que tu la préinscrives au lycée !

Elle prononce ces mots presque avec enjouement, mais je sens mon visage se raidir, et je devine au changement dans l'expression de miss Weatherby que mes sentiments doivent transparaître, et mon sourire ressembler à celui d'une marionnette, car elle se décompose.

— Isa. Tu ne peux pas savoir à quel point je regrette votre départ et les circonstances qui y sont liées. Il n'y a pas eu beaucoup d'incidents dans ma carrière dont je puisse avoir honte, mais je peux te dire avec franchise que celui-là en fait partie. Le lycée a géré les choses – enfin, inutile de faire semblant –, nous avons géré les choses très mal, et je dois assumer ma responsabilité dans l'affaire. Sur ces questions, ça s'est beaucoup amélioré, je ne le dis pas en l'air. L'affaire serait traitée... eh bien, je pense que tout ça aurait été traité de tout autre manière de nos jours.

J'ai du mal à parler.

— Miss Weatherby, c'est inutile, merci. De... de l'eau a coulé sous les ponts, franchement.

Ce n'est pas vrai. Mais je ne peux pas supporter d'en parler maintenant. Pas ici, où la blessure semble encore si fraîche. Où sont les autres ?

Miss Weatherby hoche la tête sans rien dire, une fois, le visage fermé comme pour contenir ses propres souvenirs.

— Bon, au revoir, dis-je, mal à l'aise, et elle se force à sourire, un sourire qui semble prêt à fendiller son visage sinistre.

— Revenez, Isa, dit-elle lorsque je m'apprête à partir. Je... je me demandais si peut-être vous aviez l'impression que vous ne seriez pas les bienvenues et, très franchement, rien ne saurait être moins vrai. J'espère que vous ne nous oublierez pas à l'avenir... Je peux compter sur ta présence au dîner de l'an prochain ?

— Bien sûr, dis-je.

C'est un effort surhumain, mais je parviens à lui rendre son sourire.

— Bien sûr, je viendrai.

Elle me laisse aller et, en parvenant enfin à rejoindre la sortie pour chercher Kate et les autres, je me fais la réflexion suivante : c'est incroyable, ce qu'elle revient vite, la capacité de mentir.

C'est Fatima que je trouve d'abord, debout devant les grandes doubles portes, jetant des regards anxieux de gauche à droite dans l'allée. Elle me voit presque au moment même où je la vois et bondit, prenant mon bras en étau dans ses doigts.

— T'étais où ? Thea est complètement bourrée, il faut qu'on la ramène. Kate a tes chaussures, si c'est ça qui te retenait.

— Je suis désolée.

Je clopine, me tordant les chevilles et me raclant les talons sur les gravillons.

— Ce n'est pas ça. Je me suis fait coincer par Jess Hamilton, puis par miss Weatherby. Je n'arrivais pas à m'échapper.

— Miss *Weatherby* ? (Elle prend un air alarmé.) De quoi voulait-elle parler ?

— Rien de spécial, dis-je.

C'est à moitié vrai, après tout.

— Je crois qu'elle... je crois qu'elle s'en veut, en fait.

— À juste titre, dit Fatima d'une voix glaciale.

Elle se détourne et se met en marche.

Je la suis à grand-peine, essoufflée, et nous quittons le devant éclairé du lycée. Elle prend l'un des chemins gravillonnés pour rejoindre les terrains de hockey. De notre temps, il aurait fait complètement noir – à présent, il y a de petites lampes solaires à intervalles réguliers, mais elles ne servent qu'à noyer le clair de lune, rendant les poches d'obscurité encore plus impénétrables.

Quand nous avions quinze ans, nous nous sentions comme chez nous dans les marais, ou c'était tout comme. Je ne me rappelle pas avoir eu peur une seule fois lors de nos longues expéditions nocturnes jusqu'à chez Kate.

Mais là, en pressant le pas pour rattraper Fatima, je me surprends à penser aux terriers de lapin dans le noir, à l'entorse ou à la foulure que je pourrais me faire. Je me vois soudain couler dans l'un des trous sans fond du marais, je sens l'eau emplir ma bouche si bien que je ne pourrais appeler à l'aide, je vois les autres avancer sans se douter de rien, m'abandonnant à mon sort. Sauf que... je n'y serais peut-être pas seule. Il y a quelqu'un, après tout. Quelqu'un qui a écrit ce mot, et qui a traîné un mouton mort, ensanglanté, devant la porte de Kate...

Fatima a pris beaucoup d'avance sur moi dans sa hâte de rejoindre les autres, et elle n'est plus qu'une vague silhouette tremblotante qui se confond avec les ombres des marais.

— Fatima ! Tu peux ralentir un peu, s'il te plaît ?

— Désolée.

Elle s'arrête pour m'attendre à l'échalier, et quand nous repartons elle marche plus doucement, calquant son pas sur le mien, plus prudent, tandis que nous entamons la traversée du marais proprement dit. Mes talons étroits s'enfoncent dans le sol meuble. Nous avançons en silence, on n'entend que le son de nos respirations, et le bruit que je fais de temps à autre en trébuchant comme mes talons hauts se prennent dans les rochers. Où sont les autres ?

— Elle m'a demandé d'inscrire Freya au lycée, dis-je enfin, plus pour rompre le silence inquiétant du marais et faire ralentir Fatima que pour son envie de le savoir ; et ça marche, elle s'arrête net.

Elle se tourne vers moi avec un mélange d'effarement et d'horreur :

— Miss Weatherby ? Tu te fous de ma gueule.

— Eh non.

Nous nous remettons en marche.

— J'ai eu du mal à trouver quoi répondre.

— *Plutôt crever*, voilà ce que tu aurais dû dire.

— Je n'ai rien dit du tout.

Il y a un nouveau silence. Puis elle reprend :

— Je n'enverrai jamais Samir ou Nadia en pension. Et toi ?

J'y réfléchis. Je pense à la situation chez moi à l'époque, à ce que mon père a vécu. Puis je songe à Freya, au fait que je ne peux même pas passer une soirée loin d'elle sans avoir l'impression que mon cœur est passé dans une broyeuse industrielle.

— Je ne sais pas, dis-je enfin. Mais je ne peux pas l'envisager.

Nous traversons un pont de fortune vermoulu, et Fatima s'énerve :

— Mais putain, comment elles ont fait pour prendre autant d'avance ?

Presque au moment où les mots sortent de sa bouche, nous entendons quelque chose et voyons une silhouette mouvante dans la pénombre devant nous. Ce n'est pas une forme humaine, cependant, c'est une masse voûtée et compacte. Un son mouillé, un gargouillis traverse les ténèbres ; un cri de détresse.

— Qu'est-ce que c'est ? je murmure, et je sens la main de Fatima se refermer sur la mienne.

Nous nous arrêtons et tendons l'oreille. Mon cœur bondit dans ma poitrine.

— Aucune idée. Est-ce que… est-ce que c'est un animal ?

L'image devant mes yeux est nette comme un flashback : les entrailles arrachées, la laine sanglante, un homme accroupi, comme un animal, au-dessus du cadavre éventré…

Le son se fait de nouveau entendre, un murmure suivi de ce qui ressemble à un sanglot, et je sens les doigts de Fatima s'enfoncer dans ma peau.

— Est-ce que c'est…, dit-elle, hésitante. Tu crois que les autres… ?

J'appelle dans le noir :

— Thea ? Kate ?

Une voix nous répond :

— Par ici !

Nous nous hâtons vers le son et, lorsque nous sommes assez près, la forme voûtée se précise : Thea, à quatre pattes au-dessus d'un fossé de drainage, et Kate qui tient ses cheveux en arrière.

— Oh, merde, dit Fatima, un mélange de lassitude et de dégoût dans la voix. J'en étais sûre. Personne ne peut boire deux bouteilles à jeun.

— La ferme, gronde Thea par-dessus son épaule, avant de vomir à nouveau.

Lorsqu'elle se relève, son maquillage a bavé de partout.

— Tu peux marcher ? lui demande Kate, et elle hoche la tête.

— Je vais très bien.

Fatima se racle la gorge.

— Alors là, tu vas tout sauf très bien, dit-elle. Avis médical.

— Oh, ta gueule ! réplique Thea. J'ai dit que je pouvais marcher, qu'est-ce que tu veux de plus ?

— Je veux que tu prennes un vrai repas et que tu tiennes jusqu'à midi sans boire un verre, au moins une fois.

Pendant une minute, je ne sais pas si Thea l'a entendue, ou si elle va répondre. Elle est trop occupée à s'essuyer la bouche et à cracher dans l'herbe. Mais elle dit, presque dans sa barbe :

— La vache, je regrette l'époque où tu étais normale.

— *Normale ?*

C'est moi qui demande, incrédule. Fatima reste interdite, trop choquée pour trouver ses mots, ou trop en colère, je ne saurais le dire.

— J'espère vraiment que ça ne veut pas dire ce que je crois que ça veut dire, fait Kate.

— Je ne sais pas.

Thea se redresse et se met à marcher, d'un pas plus assuré que je ne l'aurais cru.

— Qu'est-ce que tu crois que ça veut dire ? Si tu crois que ça veut dire qu'elle utilise ce foulard comme pansement, alors oui, c'est ce que je voulais dire. C'est super qu'Allah t'ait pardonné, lance-t-elle à Fatima par-dessus son épaule, mais je doute que la police y voie des circonstances atténuantes.

— Non, mais tu vas la fermer, putain ? dit Fatima, hors d'elle. Qu'est-ce que mes choix ont à voir avec toi, putain ?

— Je pourrais te répondre la même chose, réplique Thea. Comment oses-tu me juger ? Je fais ce que j'ai à faire pour dormir la nuit. Toi aussi, on dirait. Alors, si tu respectais mes mécanismes de défense et que je respectais les tiens ?

— Je *tiens à toi* ! crie Fatima. Tu ne comprends pas ça ? Je m'en contrefous, tu gères tes casseroles comme tu veux. Je m'en fous si tu deviens nonne bouddhiste, que tu te mets à la méditation transcendantale, ou que tu pars travailler dans un orphelinat en Roumanie. Tout ça, ça te regarde à 100 %. Mais te voir te transformer en alcoolique ? Non ! Je refuse de faire comme si ça ne posait pas de problème juste pour me conformer à je ne sais quel baratin sur le respect des choix de chacun.

Thea ouvre la bouche, et je crois qu'elle s'apprête à répondre, mais elle se tourne sur le côté et vomit de nouveau dans le fossé.

— Oh, putain c'est pas possible, dit Fatima, résignée, mais la colère a disparu de sa voix et, lorsque Thea se redresse, s'essuyant les yeux, elle sort de son sac un paquet de lingettes et le lui tend.

— Tiens, prends ça. Nettoie-toi.

— Merci, marmonne Thea.

Elle se redresse, tremblante, manque trébucher, et Fatima lui prend le bras pour la stabiliser.

Tandis qu'elles avancent lentement sur l'herbe, j'entends Thea lui dire quelque chose, trop bas pour que nous le saisissions, Kate et moi, mais la réponse de Fatima nous parvient.

— C'est pas grave, Thee. Je sais que tu ne le pensais pas. C'est juste que je... je tiens à toi. Tu le sais, n'est-ce pas ?

— On dirait qu'elles sont rabibochées, dis-je à Kate dans un murmure, et elle hoche la tête, pourtant son visage sous le clair de lune semble toujours perturbé.

— Mais ce n'est que le début, dit-elle, à voix très basse. Non ?

Et je réalise qu'elle a raison.

— On y est presque, annonce Kate tandis que nous escaladons péniblement un autre échalier.

Le marais est si étrange dans le noir, l'itinéraire que je croyais me rappeler à la lumière du jour se retire dans les ombres. Je vois au loin des lueurs qui doivent, me dis-je, être le village de Salten, mais les chemins en zigzag et les ponts branlants rendent difficile de se rendre bien compte des directions que l'on prend et je m'aperçois avec un tressaillement que, sans Kate, on serait foutues. On pourrait tourner en rond dans ce dédale pendant des heures, dans le noir, s'y perdre.

Fatima tient toujours le bras de Thea, et guide ses pas tandis qu'elle titube, avec sa concentration d'ivrogne, de motte d'herbe en rocher, et elle est sur le point de dire quelque chose lorsque je me raidis et porte mon index à mes lèvres. Nous nous arrêtons toutes.

— Quoi ? fait Thea d'une voix pâteuse, trop forte.

— Vous avez entendu ça ?

— Quoi ? demande Kate.

Ça recommence : un cri, venu de très loin, qui ressemble tant au gémissement de Freya lorsqu'elle est au pic de sa détresse que mes seins se contractent. Un liquide chaud se répand dans mon soutien-gorge.

Une petite partie de mon esprit remarque la gêne, et le fait que j'ai oublié de mettre des compresses d'allaitement avant de sortir – mais en dessous, une partie beaucoup, beaucoup plus grande de moi s'efforce fébrilement d'identifier le son dans le noir. Ça ne *peut pas* être Freya, si ?

— Ça ? fait Kate lorsque le son reprend. C'est une mouette.

— Tu es sûre ? On aurait dit…

Je m'interromps. Je ne peux pas dire ce que j'ai cru. Elles me prendraient pour une folle.

— On dirait des enfants, hein ? dit Kate. C'est assez flippant.

Puis le gémissement reprend, plus long, plus fort, et s'élève jusqu'à des hauteurs hystériques, bouillonnantes, et je *sais* que ce n'est pas une mouette, ce n'est pas possible.

Je lâche le bras de Thea et me mets à courir dans le noir, ignorant le cri de Kate qui me lance :

— Isa, *attends* !

Mais je ne peux pas attendre. Le cri de Freya est comme un crochet dans ma chair, qui m'attire comme un aimant à travers le marais plongé dans l'obscurité. Et maintenant que je ne réfléchis pas, mes pieds retrouvent le chemin presque tout seuls. Je saute par-dessus le bourbier avant même de me rappeler sa présence. Je cours le long de la berge surélevée, des fossés pleins de boue de chaque côté. Et tout ce temps, j'entends le cri suraigu, frénétique de Freya qui vient de quelque part au loin devant – comme dans un mauvais conte de fées, la lumière qui attire les enfants dans le marais, le son des cloches qui trompe le voyageur imprudent.

Elle est tout près à présent ; j'entends tout, le hurlement de sirène lorsqu'elle atteint le sommet de la fureur, puis les reniflements étranglés lorsqu'elle reprend son souffle avant le prochain gémissement.

— Freya ! Freya, j'arrive !

— Isa, *attends* !

J'entends les pas de Kate qui court derrière moi.

Mais j'y suis presque. J'escalade le dernier échalier entre le marais et l'estuaire, et je sens la robe d'emprunt se déchirer, sans m'en soucier le moins du monde – puis tout semble se ralentir au rythme d'un cauchemar, ma respiration rugit dans mes oreilles, mon pouls cogne dans ma gorge. Car là, devant moi, ce n'est pas Liz, la fille du village, mais un homme. Il se tient au bord de l'estuaire, une silhouette imposante qui se découpe sur les eaux argentées dans la lueur de la lune – et il tient un bébé.

Je crie, un rugissement de fureur primitive :

— Hé ! Hé, vous !

L'homme se retourne, et le clair de lune tombe sur son visage. Mon cœur manque un battement. C'est lui. C'est Luc Rochefort, qui tient un enfant – ma *fille* – tel un bouclier humain contre lui, les eaux profondes de l'estuaire miroitant derrière lui.

— Donne-la-moi.

Je parviens à peine à articuler, et la voix qui sort de ma bouche m'est presque étrangère : un grondement furieux qui pousse Luc à faire sans le vouloir un pas en arrière, ses doigts se resserrant sur Freya. Elle m'a vue, cependant, et elle tend ses bras potelés, son visage tout rouge miroitant de larmes, tellement effrayée qu'elle ne parvient même plus à gémir, juste à lâcher une série longue, continue de sanglots étranglés, tandis qu'elle s'efforce de reprendre son souffle pour un dernier cri suraigu, dévastateur.

— Donne-la-moi !

Je hurle, et je bondis en avant et l'arrache aux mains de Luc. Elle s'accroche à moi comme un petit marsupial, ses doigts s'enfoncent dans mon cou, s'accrochent à mes cheveux. Elle sent la cigarette et l'alcool – le bourbon peut-être, je ne sais pas trop. C'est *lui.* Son odeur, sur la peau de mon bébé.

— Comment *oses-tu* toucher mon enfant ?

— Isa, dit-il.

Il lève une main suppliante, et je sens son haleine alcoolisée.

— Ce n'est pas ce dont ça a l'air.

— Et c'est *quoi* ?

Le petit corps chaud de Freya s'agite et se cambre contre le mien.

— Qu'est-ce qui se passe ?

Derrière moi, Kate arrive en courant, haletante et toute rouge. Puis, incrédule :

— Luc ?

— Il tenait Freya, dis-je. Il l'a *enlevée.*

— Je ne l'ai pas enlevée ! dit Luc.

Il s'avance d'un pas, et je résiste à la pulsion de faire demi-tour et de m'enfuir. Je ne montrerai pas à cet homme que j'ai peur de lui.

— Luc, qu'est-ce qui t'a pris ? demande Kate.

— Ce n'est pas ça ! dit-il, plus fort, presque un cri.

Puis, d'une voix plus posée, tentant de se calmer, et de nous apaiser, il poursuit :

— Ça ne s'est pas passé comme ça. Je suis venu au Moulin pour vous parler, je voulais présenter mes excuses à Isa pour avoir été…

Il s'arrête, respire un coup, se tourne vers moi, et son expression est presque suppliante.

— À la Poste. Je ne voulais pas que tu croies que… mais je suis arrivé, et Freya, elle était hors d'elle, elle hurlait comme ça.

Il la désigne d'un geste. Elle est encore rouge et en pleurs, mais elle est plus calme maintenant qu'elle sent mon odeur. Elle est très fatiguée, je sens qu'elle se ramollit entre deux salves de cris.

— Comment elle s'appelle, Liz, elle paniquait, elle a dit qu'elle avait essayé de t'appeler, mais qu'elle n'avait plus de forfait, alors j'ai dit que j'allais emmener Freya marcher un peu pour essayer de la calmer.

— Tu l'as *enlevée* !

La rage me submerge.

— Comment je sais que tu ne t'apprêtais pas à l'emmener à l'autre bout du marais ?

— Pourquoi je ferais un truc pareil ?

Il est stupéfait et furieux maintenant.

— Je ne l'ai emmenée nulle part – le Moulin est juste là. J'essayais juste de la calmer. Je me disais que les étoiles et la nuit…

— Bon Dieu, Luc, coupe Kate. Ce n'est pas le problème. Isa a confié son bébé à Liz, tu ne peux pas décider de t'en mêler comme ça.

— Sinon quoi ? dit-il d'un ton sarcastique. Vous appellerez la police ? J'aimerais voir ça.

— Luc…

La voix de Kate est prudente.

— Putain, crache-t-il. Je suis venu présenter mes excuses. J'essayais de me rendre utile. Une fois – rien qu'une fois –, on pourrait penser que j'ai tiré les leçons de mes erreurs. Mais non. Vous n'avez pas changé, toutes autant que vous êtes. Elle siffle, et vous venez au galop, comme des clébards.

— Qu'est-ce qui se passe ?

C'est Fatima, derrière nous, avec Thea qui titube, appuyée contre son épaule.

— C'est... Luc ?

— Oui, c'est moi.

Il essaie de sourire, mais sa bouche se tord, à mi-chemin entre une grimace de mépris et l'expression de quelqu'un qui refoule ses larmes.

— Tu te souviens de moi, Fatima ?

— Bien sûr que oui.

— Thea ?

— Luc, t'es bourré, dit Thea sans ménagement.

Elle reprend son équilibre en s'appuyant sur l'échalier.

— Et toi donc, fait Luc, voyant sa robe pleine de boue et son maquillage qui déborde.

Mais Thea hoche la tête sans rancœur.

— Ouais, c'est possible. J'ai été ivre morte assez souvent pour savoir que t'en es pas loin du tout, là.

— Rentre chez toi, Luc, dit Kate, dessoûle, et si tu as quelque chose à dire, dis-le demain matin.

— *Si* j'ai quelque chose à dire ?

Luc pousse un bref rire hystérique. Ses mains, lorsqu'il les passe dans ses cheveux bruns emmêlés, tremblent.

— *Si ?* Quelle foutue blague ! Tu voudrais parler de quoi, Kate ? Peut-être qu'on pourrait tailler une petite bavette au sujet de Papa ?

— Luc, ferme-la, dit Kate d'une voix impérieuse.

Elle regarde par-dessus son épaule et je réalise qu'il n'est pas impossible que quelqu'un soit dehors à cette heure de la nuit. Quelqu'un qui promène son chien, des invités au retour d'un dîner, des pêcheurs...

— Tu peux te taire, *s'il te plaît* ? Écoute – reviens au Moulin, on pourra en parler calmement.

— Quoi, vous ne voulez pas que tout le monde soit au courant ? dit Luc, moqueur.

Il porte les mains à sa bouche, mimant une trompette, et crie dans la nuit :

— Vous voulez savoir qui est responsable du corps dans l'estuaire ? Essayez ici même !

— Il sait ? s'étrangle Fatima.

Elle est blanche comme de la craie. Tout à coup, je me sens aussi malade que Thea en a l'air. Luc *sait*. Il a toujours su. Soudain, toute sa colère prend sens.

— *Luc !*

La voix de Kate ressemble à un chuchotement hurlé. Elle a l'air hors d'elle.

— Tu vas la fermer, nom de Dieu ? Réfléchis à ce que tu fais ! Et si quelqu'un t'entend ?

— J'en ai rien à foutre, de qui m'entend, réplique Luc.

Kate a serré les poings, et l'espace d'une minute je crois qu'elle va lui asséner un coup. Puis elle siffle, venimeuse :

— J'en ai assez de tes menaces. Laisse-nous tranquilles, mes amies et moi, et tu n'as pas intérêt à revenir ici. Je ne veux plus jamais te voir ici.

Je ne discerne pas le visage de Luc dans le noir, juste celui de Kate, figé comme de la pierre et défiguré par la peur et la colère. Il ne dit rien. Pendant un long moment il reste planté là, face à Kate, et je sens la tension muette entre eux – forte comme les liens du sang, mais maintenant muée en haine.

Luc finit par faire volte-face et s'éloigne dans les marais, une haute silhouette noire qui se fond dans la nuit.

— De rien, Isa, lance-t-il par-dessus son épaule avant de disparaître. Au cas où je t'aurais pas dit, m'occuper de ton bébé, c'était un plaisir. Je la reprendrai avec joie.

Le son de ses pas s'éteint dans la nuit. Et nous restons seules.

Tandis que nous parcourons les dernières dizaines de mètres qui nous séparent du Moulin, je m'efforce de ne pas laisser les mots de Luc se graver dans mon cerveau, mais je ne peux pas m'en empêcher. Chaque pas est comme un écho de cette nuit-là, il y a dix-sept ans. Parfois, ce qui s'est produit alors ressemble à un événement arrivé dans un autre lieu, une autre époque, qui n'a rien à voir avec moi. Mais à présent, en chancelant à travers le marais, je sais que ce n'est pas vrai. Mes pieds se remémorent cette nuit, que j'ai tant cherché à oublier, et ma peau se hérisse au souvenir de la chaleur collante de l'été.

Il faisait exactement le même temps : les insectes bourdonnaient encore dans la tourbe, l'air chaud contrastait étrangement avec le clair de lune glacial tandis que nous peinions à franchir échaliers et fossés, nos téléphones jetant une lueur fantomatique sur nos visages alors que nous ne cessions de les consulter, dans l'attente d'un autre message de Kate, un qui nous expliquerait clairement ce qui se passait. Mais il n'y avait rien, que ce premier SMS angoissé : *Besoin de vous*.

J'étais prête à me coucher lorsqu'il était arrivé, je me brossais les cheveux à la lueur de la lampe de chevet de Fatima qui potassait son manuel de trigonométrie.

Le bip bip avait brisé le silence de notre petite chambre, et elle avait redressé la tête.

— C'est le tien ou le mien ?

— Je ne sais pas.

J'ai consulté mon téléphone.

— Le mien, c'est Kate.

— Elle m'a écrit aussi, a dit Fatima, perplexe.

Elle a laissé échapper un petit cri étouffé en même temps que moi en lisant le message.

— Qu'est-ce que ça veut dire ? ai-je demandé.

Mais nous le savions toutes les deux. C'étaient les mêmes mots que j'avais envoyés le jour où mon père avait appelé pour m'annoncer que le cancer de ma mère était métastasé, et que c'était une question de temps, pas de probabilités.

Les mêmes mots que Thea avait envoyés lorsqu'elle s'était coupée trop profondément par accident et que le sang n'arrêtait pas de couler.

Lorsque la mère de Fatima avait eu un accident de jeep sur une route isolée dans une zone rurale dangereuse, lorsque Kate avait marché sur un clou rouillé, en rentrant une nuit après avoir fait le mur… chaque fois, à ces trois petits mots, les autres étaient venues, pour consoler, aider, ramasser les morceaux du mieux qu'elles pouvaient. Et chaque fois, les choses s'étaient arrangées, dans la mesure du possible. La mère de Fatima était réapparue le lendemain, indemne. Thea était allée aux urgences, armée d'un baratin pour cacher ce qu'elle avait fait. Kate était rentrée en boitillant, s'appuyant sur nous, et nous avions badigeonné sa plaie de Dakin en espérant qu'elle guérisse.

À nous quatre, nous pouvions trouver une solution à tout. Nous nous sentions invincibles. Seule ma mère, qui agonisait dans un hôpital de Londres, demeurait un rappel lointain que parfois les choses ne s'arrangeaient pas.

Où es-tu ? ai-je répondu et, tandis que j'attendais une réponse, nous avons entendu un bruit de course dans l'escalier en colimaçon et Thea est entrée en trombe dans la chambre.

— Vous l'avez reçu ? a-t-elle fait, haletante.

J'ai opiné.

— Elle est où ? a demandé Fatima.

— Au Moulin. Il s'est passé quelque chose ; j'ai demandé quoi, mais elle n'a pas répondu.

Je me suis rhabillée en vitesse et nous sommes descendues par la fenêtre avant de nous élancer vers le marais.

Kate nous attendait sur la petite passerelle, les bras serrés autour de son corps, et j'ai su, dès que je l'ai vue, avant même qu'elle ouvre la bouche, qu'il y avait quelque chose de très, très grave.

Elle était blanche comme un linge, les yeux rouges, et son visage était strié de rigoles de larmes séchées.

Thea s'est mise à courir dès que nous l'avons aperçue, et Fatima et moi l'avons suivie au petit trot, tandis que Kate s'engageait au-dessus du ponton étroit, s'étouffant presque en disant :

— C'est… c'est… c'est Papa.

Kate était seule lorsqu'elle l'avait découvert. Ce week-end-là, elle ne nous avait pas invitées, bottant en touche lorsque Thea avait proposé de passer, et Luc était sorti avec ses amis de Hampton's Lee. Lorsqu'elle était arrivée au Moulin avec son sac, elle avait d'abord cru qu'Ambrose s'était absenté aussi, mais non. Il était assis sur la jetée, affalé dans son fauteuil, une bouteille de vin sur les genoux et un mot à la main. Dans un premier temps, elle n'avait pas réussi à croire qu'il était vraiment parti. Elle l'avait traîné à l'intérieur, avait tenté le bouche-à-bouche, et ce n'est qu'après Dieu sait combien de temps passé à supplier, à gémir et à essayer de forcer son cœur à repartir qu'elle s'était effondrée, et avait commencé à réaliser l'énormité de ce qui venait de se produire.

« *Je suis en paix avec ma décision* », disait le mot.

Et il avait l'air en paix, c'est vrai : le visage tranquille, la tête négligemment tournée comme s'il faisait une simple sieste.

« *Je t'aime…* »

Les lettres devenaient presque illisibles à la fin.

« Mais… mais pourquoi, et *comment* ? » n'arrêtait pas de demander Fatima. Kate n'a pas répondu. Accroupie, elle contemplait le cadavre de son père comme si, en regardant assez longtemps, elle allait pouvoir comprendre ce qui s'était passé, tandis que Fatima faisait les cent pas derrière elle. Assise sur le sofa, j'ai posé une main sur le dos de Kate, tentant de communiquer par ce contact tout ce que je ne savais exprimer.

Elle ne bougeait pas ; elle et Ambrose constituaient le centre immobile de notre panique et de notre agitation, mais j'avais le sentiment que c'était seulement parce qu'elle avait tant pleuré qu'elle s'était plongée dans un état de prostration et de désespoir avant notre arrivée.

C'est Thea qui a ramassé l'objet posé sur la table de la cuisine.

— Qu'est-ce que ça fout là ?

Kate n'a pas répondu, mais j'ai levé les yeux. Thea montrait ce qui ressemblait à une vieille boîte à biscuits, décorée d'un motif floral délicat. La chose était étrangement familière, et au bout d'un moment j'ai retrouvé où je l'avais déjà vue ; en général, elle était sur l'étagère supérieure du placard de la cuisine, bien rangée, presque planquée.

Il y avait un cadenas sur le couvercle, mais le mince fermoir en acier avait été arraché, comme par quelqu'un de trop pressé pour s'embarrasser d'une clef, et la boîte s'est ouverte sans résistance entre les mains de Thea. À l'intérieur se trouvaient des fournitures médicales en vrac, enveloppées dans une vieille lanière de cuir, et au fond, un morceau de film étirable roulé en boule, avec des restes de poudre dans ses plis ; une poudre qui s'est collée aux doigts de Thea lorsqu'elle a manipulé le papier transparent.

— Attention ! a glapi Fatima. Tu ne sais pas ce que c'est ! C'est peut-être du poison ! Lave-toi les mains, vite !

Mais à ce moment-là, Kate a pris la parole, sans bouger du sol. Elle n'a pas levé les yeux, mais a parlé dans ses genoux pliés, comme si elle s'adressait à son père, étalé sur le tapis devant elle.

— Ce n'est pas du poison. C'est de l'héroïne.

— Ambrose ? a fait Fatima, incrédule. Il… il était *héroïnomane* ?

J'ai compris sa perplexité. Les toxicos, c'étaient des individus affalés dans les ruelles, des personnages de *Trainspotting*. Pas Ambrose, avec son rire et son vin rouge, sa créativité débridée.

Mais quelque chose dans ses mots avait réveillé un souvenir : une phrase écrite au-dessus du bureau où il peignait, dans son atelier au dernier étage, des mots que j'avais vus très souvent, mais n'avais jamais cherché à comprendre. *On n'est pas un ex-toxico, on est juste un toxico qui n'a pas pris de dose depuis longtemps.*

Et soudain, ils ont pris sens.

Pourquoi ne lui avais-je pas demandé ce que ça signifiait ? Parce que j'étais jeune ? Parce que j'étais égoïste et obnubilée par moi-même, à un âge où seuls mes propres problèmes comptaient ?

— Il n'en prenait plus, ai-je dit d'une voix rauque. Pas vrai, Kate ?

Elle a hoché la tête. Elle n'a pas détourné les yeux du visage doux, ensommeillé de son père, mais lorsque je suis venue m'asseoir à côté d'elle, elle m'a pris la main, et parlé d'une voix si basse que j'ai eu du mal à l'entendre.

— Il en a pris d'abord à la fac, mais je crois qu'il est vraiment tombé dedans quand ma mère est morte. Mais il s'est désintoxiqué quand j'étais encore bébé ; d'aussi loin que je me souvienne, je l'ai toujours connu clean.

— Alors pourquoi... ? a commencé Fatima,

— Je crois...

Kate pesait ses mots, comme pour être certaine de bien se faire comprendre.

— Je crois que c'était une sorte de test... Il a essayé de me l'expliquer une fois. Ça ne suffisait pas de se contenter de ne pas en avoir à la maison. Il devait se lever tous les jours et faire le choix conscient de rester... de rester... clean... pour moi.

Sa voix s'est brisée sur le dernier mot. J'ai passé un bras autour de ses épaules, et détourné mon visage d'Ambrose, étalé paisiblement sur le tapis, sa peau olivâtre pâle comme de la cire.

— Oh mon Dieu, a soupiré Fatima.

Elle s'est laissée tomber sur le bras du canapé, toute grise. Je savais qu'elle pensait sans doute, comme moi, à la dernière fois que nous avions vu Ambrose. À sa table devant les fenêtres du Moulin, ses grandes jambes allongées, il souriait en faisant un croquis de nous en train de jouer dans l'eau. Une semaine seulement s'était écoulée, et pourtant tout allait bien, à ce moment-là. Il n'y avait eu aucun signe avant-coureur.

— Il est mort, a-t-elle dit d'un ton solennel, comme pour essayer de s'en convaincre elle-même. Il est vraiment mort.

À ces mots, la réalité de la situation a semblé nous atteindre toutes, et j'ai senti un frisson glacial me parcourir de la nuque jusque dans le bas du dos, me hérissant la peau, avec l'impression que mon corps tentait de me maintenir là, maintenant, dans le présent.

Fatima a pris son visage dans ses mains et vacillé, et pendant un instant j'ai cru qu'elle allait s'évanouir.

— Pourquoi ? a-t-elle répété d'une voix étranglée. Pourquoi faire une chose pareille ?

J'ai senti Kate tressaillir à côté de moi, comme si les questions de Fatima lui faisaient l'effet d'uppercuts.

— Elle ne sait pas, ai-je répliqué avec colère. Aucune de nous ne sait. Arrête de poser la question. OK ?

— Je crois qu'on a toutes besoin de boire un coup, a dit brusquement Thea, et elle a ouvert la bouteille de whisky qu'Ambrose gardait sur la table de la cuisine et s'est versé un grand verre qu'elle a presque vidé d'un trait.

— Kate ?

Kate a hésité, puis fait oui de la tête, et Thea a servi trois autres verres, avant de finir le sien. J'avais surtout envie d'une cigarette mais, lorsque j'ai porté le verre à mes lèvres, je me suis surprise à engloutir avidement l'alcool fort qui, en déposant sa brûlure acide dans ma gorge, a émoussé un peu la brutalité de ce qui se passait, floutant la réalité du corps d'Ambrose étendu là sur le tapis, devant nous – *mort*.

— Qu'est-ce qu'on va faire ? a demandé enfin Fatima une fois nos verres bus.

Elle avait repris des couleurs. Elle tremblait un peu en reposant bruyamment son verre.

— On appelle la police, ou l'ambulance… ?

— Ni l'une ni l'autre, a tranché Kate d'une voix dure.

Il y a eu un blanc, et j'ai su que mon propre visage devait refléter la même sidération que je lisais sur celui des autres. Thea a brisé le silence :

— *Quoi ?* Qu'est-ce que tu veux dire ?

— Je ne peux le dire à personne, a fait Kate d'une voix acharnée.

Elle s'est servi un autre verre et l'a vidé.

— Vous ne comprenez pas ? Depuis que je l'ai découvert, je me creuse la tête à essayer de trouver une issue, mais si qui que ce soit apprend qu'il est mort…

Elle s'est arrêtée et a porté les mains à son ventre comme si elle venait de recevoir un coup de couteau, et tentait d'empêcher une hémorragie, puis elle s'est forcée à reprendre.

— Il faut que j'empêche à tout prix que ça se sache.

Sa voix était mécanique, presque comme si elle avait répété ses mots.

— Je n'ai pas le choix. Si on découvre qu'il est mort avant mes seize ans, on me placera en foyer. Je ne *peux pas* perdre ma maison, pas en plus de… en plus de…

Elle s'est tue, incapable d'aller plus loin, et j'ai eu l'impression qu'elle fournissait un effort surhumain pour ne pas craquer complètement. Mais elle n'avait pas besoin de poursuivre, nous savions ce qu'elle voulait dire.

— C'est… c'est juste une maison, a hasardé Fatima, mais Kate a secoué la tête.

La vérité, c'était que ce n'était *pas* juste une maison. C'était Ambrose, des tableaux dans son atelier aux taches de vin rouge sur le plancher noir. Et c'était le lien entre Kate et nous. Si elle était placée en foyer loin d'ici, elle perdrait tout. Pas seulement son père, mais nous aussi, et Luc. Elle n'aurait plus personne.

Ça semble… bon sang, avec le recul, ça semble stupide et *criminel*. Qu'est-ce qu'on avait en tête ? Mais la réponse, c'est qu'on avait Kate, en tête.

Il n'y avait rien que nous puissions faire pour ramener Ambrose et, même à présent, lorsque je soupèse les alternatives : famille d'accueil pour Kate, et le Moulin saisi par la banque… même maintenant, j'y vois une certaine logique. C'était tellement injuste. Et si nous ne pouvions pas aider son père, au moins nous pouvions aider Kate.

— Vous ne devez dire à personne qu'il est parti, a répété Kate d'une voix entrecoupée de sanglots. Je vous en prie. Jurez que vous ne direz rien.

Nous avons acquiescé, une par une, toutes. Mais Fatima avait le front plissé par l'inquiétude.

— Alors… on fait quoi ? a-t-elle demandé. On ne peut pas… on ne peut pas le *laisser comme ça*.

— On l'enterre, a dit Kate.

Il y a eu un silence, le temps qu'on réalise la portée choquante de ses mots. Je me rappelle mes mains glacées, malgré la chaleur de la nuit. Je me rappelle avoir regardé le visage blanc, fermé de Kate et pensé : *qui es-tu ?*

Mais tandis qu'elle prononçait ces mots, aussi bizarre que ça puisse paraître, ils ont semblé se muer en la seule option possible.

À présent, en y repensant, j'ai envie de me secouer, de secouer l'enfant soûle que j'étais, avec ses œillères, qui s'est laissé embarquer dans un plan si stupide qu'il nous paraissait, bizarrement, le seul viable. Car quel autre choix avions-nous ? Rien qu'une centaine de possibilités, toutes meilleures que de dissimuler un décès et de s'embarquer dans une vie entière de tromperies et de mensonges.

Mais aucune d'entre elles ne nous paraissait envisageable par cette chaude nuit, lorsque Kate a dit ces mots, tandis que nous nous tenions en cercle, face à face, autour du corps d'Ambrose.

— Thea ? a demandé Kate, et elle a hoché la tête, hésitante, et porté ses mains à ses tempes.

— On… on dirait que c'est la seule solution.

— Ce n'est pas possible, a dit Fatima, mais sans conviction. (Elle l'a dit comme si elle essayait de se réconcilier avec une vérité qu'elle savait indiscutable, mais ne parvenait pas à accepter.) Ce n'est *pas possible*. Il doit y avoir une autre issue. On ne pourrait pas faire quelque chose ? Faire une collecte ?

— Mais ce n'est pas une simple question d'argent, si ? a fait Thea. (Elle a agité les mains.) Kate a quinze ans. Ils ne vont pas la laisser vivre seule.

— Mais c'est dingue, a dit Fatima en nous dévisageant tour à tour, la voix pleine d'angoisse. Je t'en prie, Kate, je t'en prie, laisse-moi appeler la police.

— Non, a fait Kate avec sévérité.

Elle s'est tournée vers Fatima, et il y avait un curieux mélange de supplication et de répugnance dans ses yeux.

— Écoute, je ne te demande pas de m'aider si tu sens que tu ne le peux pas, mais je t'en prie, *je t'en prie*, n'appelle pas la police. Je le ferai, je le jure. Je signalerai sa disparition. Mais pas maintenant.

— Mais il est *mort* ! a lâché Fatima dans un sanglot.

À ces mots, quelque chose en Kate a semblé se briser et elle a saisi Fatima par le poignet, presque comme si elle s'apprêtait à la frapper.

— Tu crois que je le sais pas ? a-t-elle crié d'une voix désespérée. J'espère que je n'aurai jamais plus à voir un être humain vivre ça. C'est pour ça que c'est la seule… la seule…

Durant un instant, j'ai cru qu'elle allait perdre complètement les pédales et, en un sens, ça aurait été un soulagement, de la regarder hurler et s'emporter contre ce qui venait d'arriver, contre le grand coup du sort qui venait de s'abattre sur son existence.

Mais quelle que soit la tempête qui couvait en elle, elle l'a maîtrisée à grand-peine et, lorsqu'elle a relâché Fatima, son visage était calme.

— Vous allez m'aider ?

C'est tout ce qu'elle a dit.

Et une par une, d'abord Fatima, puis Thea, enfin moi la dernière, nous avons acquiescé d'un hochement de tête.

Nous avons fait notre possible pour nous montrer respectueuses. Nous avons enveloppé le corps dans un tapis et l'avons porté aussi loin que nous l'avons pu, jusqu'à un endroit où Ambrose aimait faire des croquis, un petit promontoire à quelques centaines de mètres en aval sur l'estuaire, près de la mer, où les vues étaient les plus belles, où le sentier disparaissait sans que les voitures puissent y accéder, et où peu de gens s'aventuraient jamais, à part de rares promeneurs avec leur chien et quelques pêcheurs avec leurs bateaux et leurs lignes.

Là, parmi les roseaux, nous avons creusé un trou, nous relayant avec la pelle jusqu'à ce que nos bras nous lancent et que nos dos nous déchirent, et nous avons laissé tomber Ambrose à l'intérieur.

Ça a été le pire. Pas d'abaissement digne ; nous ne pouvions pas. Il était trop lourd, même à quatre, et le trou était trop profond et trop étroit. Le son qu'il a fait en heurtant le fond boueux et argileux – un peu comme une claque. Je l'entends encore, parfois, dans mes rêves.

Il reposait sur le ventre, tout à fait immobile, et derrière moi j'ai entendu Kate contenir une sorte de sanglot étranglé, un haut-le-cœur, et elle est tombée à genoux dans le sable, enfouissant son visage dans ses mains.

— Recouvrons-le, a dit Thea d'une voix dure. Passez-moi la pelle.

Plaf. Le bruit du sable humide jeté dans une tombe de fortune. Plaf. Plaf.

Et par-dessus tout cela, le murmure des vagues sur la plage, et les sanglots secs et affreux de Kate, qui nous rappelaient ce que nous étions en train de faire.

Enfin le trou a été comblé et la marée est montée pour recouvrir les traces que nous avions laissées, lissant nos empreintes boueuses, et la cicatrice que nous venions de graver sur la berge. Nous sommes rentrées d'un pas mal assuré, soutenant Kate, pour entamer le reste de nos vies telles qu'elles seraient à présent, dans la pleine conscience de notre acte.

Parfois, quand je me réveille en pleine nuit, rêvant du son d'une pelle raclant l'argile, je ne parviens toujours pas à y croire. J'ai passé tellement de temps à fuir ces souvenirs, à les repousser, à les noyer dans l'alcool, la routine et la vie quotidienne.

Comment. Les mots résonnent à mes oreilles. Comment as-tu pu te résoudre à faire une chose pareille ? Comment as-tu pu t'imaginer que c'était approprié ? Comment as-tu pu penser que c'était la solution à la situation affreuse de Kate ?

Et par-dessus tout, comment as-tu pu continuer, vivre avec cette conscience, vivre avec le souvenir de ce moment de stupidité, dans l'ivresse et la panique ?

Mais à l'époque, c'était un monde différent qui se réverbérait dans ma tête, tout au long de cette nuit où nous avons fumé, bu et pleuré sur le canapé de Kate, la serrant dans nos bras tandis que la lune montait dans le ciel et que la marée effaçait la preuve de notre méfait.

Pourquoi ?

Pourquoi Ambrose avait-il fait ça ?

Nous l'avons découvert le lendemain matin.

Nous avions prévu de rester jusqu'à la fin du week-end, pour veiller sur Kate et lui tenir compagnie dans son chagrin, mais lorsque la pendule accrochée entre les hautes fenêtres a indiqué 4 heures, elle a écrasé sa cigarette et essuyé ses larmes.

— Vous devriez rentrer.

— Quoi ? (Fatima a levé les yeux de son verre.) Kate, non.

— Si, vous devriez y aller. Vous n'avez pas signalé votre sortie et, de toute façon, il vaut mieux que vous ne soyez pas… que vous n'ayez…

Lorsque l'aube a commencé à poindre sur les marais, nous nous sommes mises en marche, tremblantes et nauséeuses à cause du vin et du choc, les muscles encore douloureux, mais moins que nos cœurs lorsque nous avons jeté un dernier regard à Kate, recroquevillée, livide, incapable de dormir, dans le coin du canapé.

C'était un samedi et, en me glissant sous mes couvertures après avoir tiré les rideaux pour bloquer le soleil du matin, je n'ai pas mis mon réveil. Il n'y avait pas d'appel lors du petit déjeuner du samedi, nous allions et venions à notre guise, et on pouvait le sauter pour se rendre directement au déjeuner, ou se faire des tartines dans la salle commune des terminale, avec le grille-pain, qui était l'un de leurs privilèges.

Ce jour-là, cependant, nous n'avons pas pu faire la grasse matinée. Le coup à la porte a résonné tôt, rapidement suivi par le cliquetis de la clef de miss Weatherby dans la serrure de notre chambre, et Fatima et moi étions toujours couchées sous nos couvertures en feutre rouge, clignant des yeux, éblouies, lorsqu'elle est entrée d'un pas décidé et a tiré les rideaux.

Elle n'a rien dit, mais ses yeux perspicaces n'ont pas manqué un détail – le jean constellé de sable que j'avais laissé traîner sur la chaise, les sandales crottées de boue et de sel, les taches de vin rouge sur nos lèvres et l'odeur de cerise trop mûre exsudant de notre peau, typique de deux ados affligées d'une gueule de bois…

Dans l'autre lit, Fatima faisait de son mieux pour se redresser, écartant les cheveux de son visage, malgré la clarté aveuglante qui la faisait cligner des yeux. En regardant miss Weatherby, j'ai senti un malaise monter en moi. Quelque chose n'allait pas.

— Qu'est-ce qui se passe ? a demandé Fatima.

Sa voix s'est éraillée un peu sur la dernière syllabe, et j'ai compris que son inquiétude montait en même temps que la mienne. Miss Weatherby a secoué la tête.

— Mon bureau, dans dix minutes, a-t-elle dit sèchement.

Puis elle a tourné les talons et nous a laissées Fatima et moi, échangeant des regards terrifiés et interrogatifs, mais incapables d'ouvrir la bouche.

Nous nous sommes habillées en un temps record, même si mes doigts tremblaient à cause de l'effroi et de la gueule de bois lorsque j'ai essayé de boutonner mon chemisier. Nous n'avions pas le temps de prendre une douche, mais nous nous sommes aspergé le visage d'eau et brossé les dents. J'espérais masquer autant que possible l'odeur de cigarette de mon haleine. Il a fallu que je me concentre pour ne pas vomir : la brosse glissait dans mes doigts tremblants et me donnait des haut-le-cœur.

Enfin prêtes, après ce moment pénible, nous sommes sorties de notre chambre. Mon cœur battait si fort que pendant un instant je n'ai pas entendu les pas qui dévalaient l'escalier. Thea est descendue, blême, les ongles rongés jusqu'au sang.

— Weatherby ? a-t-elle demandé.

Fatima a hoché la tête, ses yeux emplis de terreur.

— Qu'est-ce que vous... ? a commencé Thea.

Nous étions sur le palier, et un attroupement de première année nous regardait d'un air curieux, se demandant peut-être pourquoi nous étions levées si tôt, avec nos visages pâles et nos mains tremblantes.

Fatima a secoué la tête, l'air un peu malade, et nous nous sommes hâtées dans le couloir, parvenant au bureau de miss Weatherby juste au moment où la pendule du couloir principal sonnait 9 heures.

On aurait dû se mettre d'accord sur nos versions, me suis-je dit avec désespoir, mais nous n'avions plus le temps. Même si aucune d'entre nous n'avait frappé, cela faisait exactement dix minutes que nous avions été convoquées, et nous entendions des bruits de l'autre côté de la porte – miss Weatherby rassemblant ses stylos, reculant son fauteuil.

J'avais les mains froides et contractées à cause de l'adrénaline, et à côté de moi Fatima semblait sur le point de vomir, ou de tomber dans les pommes.

Thea avait un air de détermination sinistre, comme quelqu'un qui part en guerre.

— Ne dites rien spontanément, a-t-elle sifflé lorsque la poignée de la porte s'est mise à tourner. Compris ? Des réponses par oui ou par non. On ne sait rien sur Am...

La porte s'est ouverte et on nous a fait entrer.

— Alors ?

Un mot, c'est tout. Nous sommes restées assises, en rang, face à miss Weatherby, et j'ai senti mes joues brûler de quelque chose qui n'était pas de la honte, mais pas loin. À ma gauche, Thea regardait par la fenêtre. Elle était pâle et semblait s'ennuyer, comme si elle avait été convoquée pour discuter de badges nominatifs et de crosses de hockey perdues, mais j'ai remarqué que ses doigts s'agitaient sans relâche sous les poignets de sa chemise, arrachant la peau sèche autour de ses ongles.

Fatima, à ma droite, n'essayait même pas d'avoir l'air désinvolte. Elle semblait aussi choquée que moi, recroquevillée sur sa chaise, prête à disparaître sous terre. Ses cheveux étaient tombés sur son visage, comme pour cacher sa peur, et ses yeux restaient fixés sur ses genoux, refusant de croiser le regard de miss Weatherby.

— Alors ? a redit celle-ci, avec un début de colère dans la voix.

Elle a désigné avec mépris des papiers sur son bureau.

J'ai jeté un coup d'œil aux autres, attendant qu'elles prennent la parole, mais elles se sont tues. Alors j'ai dégluti et me suis lancée.

— On… on n'a rien fait de mal, ai-je dit, et ma voix s'est brisée sur le dernier mot, parce nous avions bien quelque chose à nous reprocher, sauf qu'il ne s'agissait pas de ça.

C'étaient des dessins – des portraits de moi, de Thea, de Fatima et de Kate, étalés sur le bois verni d'une manière qui m'a fait me sentir nue et vulnérable comme jamais lorsque Ambrose nous dessinait.

Il y avait Thea, nageant dans l'estuaire, allongée sur le dos, les bras écartés paresseusement au-dessus de sa tête. Il y avait Kate, prête à plonger de la jetée, une longue traînée de chair pâle sur une mer d'aquarelle couleur azur. Il y avait Luc, qui bronzait nu sur les planches, les yeux fermés, un sourire langoureux aux lèvres. Il y avait nous cinq, prenant un bain de minuit, nus, un enchevêtrement de peau et de rire, tout d'ombres au crayon et de coups de pinceau blancs, pour le clair de lune.

Mes yeux sont passés d'une esquisse à l'autre et, à chacune, le souvenir me revenait, sautant du papier à mon esprit avec la même clarté, la même nouveauté que sur le coup : la fraîcheur de l'eau, la chaleur du soleil sur ma peau…

La dernière, la plus près de miss Weatherby, me représentait.

J'ai senti ma gorge se serrer et mes joues rougir.

— *Alors ?* a répété miss Weatherby, la voix tremblante.

Les images avaient été sélectionnées, sans aucun doute. Sur les centaines de dessins qu'Ambrose avait faits de nous blotties sur le canapé en pyjama, ou mangeant du pain grillé en chemise de nuit à sa table, ou traversant un champ couvert de givre en bottes et avec des mitaines, la personne qui avait envoyé ces croquis avait choisi les exemples les plus incriminants : ceux où nous étions nues, ou paraissions l'être.

J'ai regardé celui de moi, penchée en avant pour me vernir les ongles des pieds. La courbe de ma colonne vertébrale, les arêtes dessinées avec un tel soin qu'on aurait cru pouvoir les toucher, sentir les jointures. Je portais un débardeur ce jour-là, en fait. Je me souvenais de la chaleur dans mon dos, de l'étiquette qui me rentrait dans le cou, de l'odeur âcre du vernis rose dans mes narines tandis que je l'appliquais.

Mais sur le dessin, j'étais assise dos au spectateur, les cheveux dans mon cou cachant les bretelles du marcel. Il n'avait pas été choisi pour ce qu'il était, mais pour ce qu'il semblait être. Choisi avec soin.

Qui avait fait ça ? Qui voulait détruire Ambrose de cette façon, et nous avec ?

Vous ne comprenez pas, avais-je envie de dire. Je savais ce qu'elle pensait, ce qu'aurait pensé n'importe qui en voyant ces dessins, mais elle se trompait. Elle se trompait du tout au tout.

Ce n'est pas ce que vous croyez, aurais-je voulu sangloter.

Mais nous n'avons rien dit. Nous n'avons rien dit lorsque miss Weatherby s'est mise à nous sermonner sur la responsabilité individuelle et la conduite d'une élève de Salten, et nous a demandé et redemandé de lui donner un nom.

Nous n'avons pas répondu.

Elle devait bien savoir. Personne ne pouvait dessiner ainsi, à part Kate à la rigueur. Mais Ambrose signait rarement ses esquisses, et peut-être pensait-elle que si elle parvenait à nous faire cracher le morceau…

— Très bien, dans ce cas. Où étiez-vous la nuit dernière ?

Nous n'avons toujours rien répondu.

— Vous n'aviez pas la permission de sortie, et pourtant vous avez quitté le périmètre du lycée. Vous avez été vues, vous savez.

Nous avons continué à nous réfugier dans le mutisme, côte à côte. Miss Weatherby a croisé les bras et, tandis que le silence pénible s'étirait, j'ai senti Fatima et Thea échanger un bref coup d'œil, et j'ai su la question qu'elles se posaient. Que signifiait tout ça, et combien de temps allions-nous pouvoir tenir notre position ?

On a frappé à la porte, et nous avons toutes sursauté. Miss Rourke est entrée dans la pièce, un carton à la main.

Elle a fait un signe de tête à miss Weatherby et renversé le contenu sur la table devant nous, et c'est là que Thea a brisé le silence, la voix rendue suraiguë par la fureur.

— Vous avez fouillé nos chambres ! Espèces de salopes !

— Thea ! a tonné miss Weatherby.

Mais c'était trop tard. Tous nos pathétiques articles de contrebande – la flasque de Thea, mes cigarettes et mon briquet et le sachet d'herbe de Kate, la demi-bouteille de whisky que Fatima conservait sous son matelas, un paquet de préservatifs, un exemplaire d'*Histoire d'O* et tout le reste – tout était étalé sur le bureau, pour nous accuser.

— Je n'ai pas le choix, a dit miss Weatherby d'une voix appuyée. Je vais porter tout ça à miss Armitage. Et étant donné qu'une grande partie de ces choses ont été trouvées dans son casier, où est Kate Atagon ?

— Aucune idée, a craché Thea avec mépris, ramenant les yeux de la fenêtre à miss Weatherby. Et le fait que vous ne le sachiez pas non plus en dit long sur ce lycée, vous ne croyez pas ?

Il y a eu un long silence

— Sortez, a enfin dit miss Weatherby, sifflant entre ses dents. Sortez. Vous allez retourner dans vos chambres et y rester jusqu'à ce que je vous envoie chercher. On vous montera votre déjeuner. Vous ne parlerez *pas* aux autres filles et je vais téléphoner à vos parents.

— Mais..., a protesté Fatima, la voix chevrotante.

— Ça suffit ! a crié miss Weatherby, et j'ai soudain compris qu'elle était aussi angoissée que nous.

Tout cela s'était produit sous sa garde, et elle risquait gros elle aussi.

— Vous avez eu l'occasion de parler, et puisque vous n'avez pas voulu répondre à mes questions, je ne vais certainement pas écouter vos objections. Montez dans vos chambres, et réfléchissez à votre comportement et à ce que vous comptez dire à miss Armitage, et à vos parents quand elle les convoquera, comme elle le fera sans aucun doute.

Elle est allée ouvrir grand la porte, mais sa main tremblait un peu lorsque nous sommes sorties lentement, l'une après l'autre, en silence, avant de nous regarder.

Que venait-il de se passer ? Comment ces dessins étaient-ils parvenus entre les mains de l'administration du lycée ? Et qu'avions-nous *fait* ?

Nous ne le savions pas, mais une chose au moins était claire. Quoi qu'il en soit, notre monde était sur le point de s'écrouler, et Ambrose avait été emporté dans la tempête.

Il est tard. Les rideaux, en tout cas les rares que possède le Moulin, sont tirés. Le père de Liz est venu la chercher il y a des heures et, une fois qu'elle a été partie, Kate a mis les verrous pour la première fois d'aussi loin que je me souvienne, et je leur ai raconté ma conversation avec Jess Hamilton.

— Comment elles *savent* ? a demandé Fatima avec désespoir.

Nous sommes blotties ensemble sur le canapé, Freya dans mes bras. Thea fume cigarette sur cigarette, en allumant une avec le mégot de la précédente, et recrache sa fumée sur nous, mais je n'arrive pas à me résoudre à lui dire d'arrêter.

— Comme d'habitude, je parie, dit-elle sèchement.

Ses pieds, qui touchent ma hanche, sont froids comme de la glace.

— Mais, insiste Fatima, je croyais que si nous avions toutes accepté de partir en plein milieu du trimestre, c'était justement pour que ça ne s'ébruite pas. Ce n'était pas ça, l'idée ?

— Je ne sais pas, dit Kate avec lassitude. Mais tu sais comment les ragots circulent, au lycée – peut-être qu'une ancienne prof l'a dit à une ancienne élève… ou que l'un des parents l'a appris…

— Que sont devenus les dessins ? demande Thea.

— Ceux que le lycée a trouvés ? Je suis presque sûre qu'ils ont été détruits. À mon avis, miss Armitage n'avait pas plus intérêt que nous à ce qu'ils circulent.

— Et les autres ? je demande. Ceux qu'Ambrose gardait ici ?

— Je les ai brûlés, dit Kate.

Son ton est sans appel, mais il y a quelque chose dans ses yeux, dans la façon dont son regard vacille un peu quand elle prononce ces mots, qui fait que je ne suis pas absolument certaine qu'elle dise la vérité.

C'est Kate qui a sauvé la situation – dans la mesure du possible – au lycée. Lorsqu'elle est rentrée le dimanche après-midi, pâle, mais calme, miss Weatherby l'attendait, et Kate a été directement escortée dans le bureau de la directrice, où elle est restée un long moment.

Lorsqu'elle est ressortie, nous nous sommes attroupées autour d'elle avec un tourbillon de questions, mais elle s'est contentée de nous montrer la tour d'un signe de tête qui disait : *Attendez. Attendez que nous soyons seules.*

Puis, lorsque nous l'avons enfin été, elle nous a expliqué en faisant sa malle pour la dernière fois.

Elle avait prétendu que les dessins étaient d'elle.

Je ne sais pas du tout, encore aujourd'hui, si miss Armitage l'a crue, ou si elle a décidé, en l'absence de preuves tangibles du contraire, d'accepter la fiction qui créerait le moins de remous. Les croquis étaient d'Ambrose, n'importe quel amateur d'art aurait pu le dire tout de suite. Le style de Kate – son style naturel en tout cas – était complètement différent, délié, fluide, sans la finesse des détails d'Ambrose.

Mais quand elle le voulait, Kate était capable d'imiter son père à la perfection, et peut-être leur avait-elle fait une démonstration qui les avait convaincues ; elle avait fait une copie d'un des croquis dans le bureau, mettons. Je ne sais pas. Je n'ai jamais posé la question. Elles l'ont crue, ou du moins l'ont prétendu, et c'était tout ce qui comptait.

Nous devions partir ; ça, c'était sans appel. Le fait d'avoir fait le mur, l'alcool et les cigarettes dans nos chambres, tout cela était suffisamment explosif en soi : un motif légitime d'expulsion, sans aucun doute. Mais les dessins, même avec l'aveu de Kate, les dessins ajoutaient une dose d'incertitude explosive à toute l'affaire.

Nous avons fini par arriver à un pacte tacite. Partir sans bruit, sans expulsion, c'était le message, et faire comme si toute l'histoire n'avait jamais eu lieu. Pour notre bien à toutes.

Et c'est ce que nous avons fait.

Nous avions terminé nos examens, et il ne restait que quelques semaines avant les vacances d'été, mais miss Armitage refusait d'attendre. Tout s'est terminé avec une rapidité stupéfiante : en l'espace de vingt-quatre heures, avant la fin du week-end, nous étions parties, toutes les quatre.

Nous avons été éparpillées comme des oiseaux. Fatima a finalement vu son souhait se réaliser : elle est allée retrouver ses parents au Pakistan jusqu'à la fin de leur mission. Thea est partie en Suisse, dans un établissement à mi-chemin entre le pensionnat de jeunes filles et la maison de redressement, avec des murs hauts, des barreaux aux fenêtres et une interdiction de tout « outil technologique privé ». J'ai été expédiée en Écosse, dans une pension si isolée qu'elle avait autrefois sa propre gare, avant que Beeching ne l'ait fermée.

Seule Kate est restée à Salten et, avec le recul, je crois que sa maison était autant une prison que l'établissement de Thea. Sauf que c'était nous qui avions érigé les barreaux aux fenêtres.

Nous nous écrivions, moi chaque semaine, mais elle ne répondait que sporadiquement, des mots brefs et las qui parlaient de sa lutte incessante pour joindre les deux bouts, et de sa solitude sans nous. Elle a vendu les tableaux de son père et, quand elle a eu épuisé le stock, elle s'est mise à en faire des faux. J'ai vu dans une galerie londonienne une lithographie dont je sais pertinemment qu'elle n'est pas d'Ambrose.

Sur Luc, tout ce que j'ai appris, c'est qu'il était rentré en France. Kate vivait seule, comptant les semaines qui la séparaient de ses seize ans, esquivant les questions constantes sur l'absence de son père, et s'apercevant que, peu à peu, sa simple absence transformait le vague soupçon de malfaisance en certitude de culpabilité.

Je lui ai écrit pour son seizième anniversaire, l'assurant de mon amour et lui adressant tous mes vœux, et cette fois au moins elle a répondu.

« J'ai seize ans. Et tu sais ce que je me suis dit, en me réveillant ce matin ? Je n'ai pas pensé à des cadeaux, ou à des cartes, car je n'en ai pas eu. J'ai pensé que je peux enfin dire à la police qu'il a disparu. »

Nous ne nous sommes revues qu'une fois, toutes les quatre, et c'était à l'enterrement de ma mère, une grise journée de printemps l'année de mes dix-huit ans.

Je ne les attendais pas. J'espérais ; je ne peux pas le nier. Je leur avais envoyé un mail pour leur annoncer la nouvelle, et la date et l'heure de la cérémonie, sans la moindre explication. Mais quand je suis arrivée au crématorium en voiture avec mon père et mon frère, elles étaient là, une masse noire sous la pluie, devant la porte. Elles ont levé la tête tandis que la voiture a remonté l'allée du crématorium, suivant le corbillard, avec une telle sympathie dans les yeux que j'ai senti mon cœur se briser un peu, et soudain, dans mon hébétude, j'ai senti mes doigts chercher la poignée de la portière, entendu le crissement des pneus sur le gravier tandis que le chauffeur appuyait vivement sur le frein, et je suis descendue de la voiture à toute vitesse.

— Je suis navré, a dit le chauffeur. Je me serais arrêté. Je ne savais pas du tout que…

— Ne vous en faites pas.

Mon père parlait d'une voix lasse.

— Continuez. Elle nous rejoindra à pied.

Le moteur est reparti, et la voiture a disparu sous la pluie au tournant.

Je ne me rappelle pas ce qu'elles ont dit, je me rappelle leurs bras autour de moi, la fraîcheur de la pluie dégoulinant sur mes joues, cachant les larmes. Et le sentiment que j'étais avec les seules personnes qui pouvaient combler le trou béant qui venait de s'ouvrir en moi, l'impression d'être chez moi.

C'était la dernière fois que nous devions être ensemble, toutes les quatre, en quinze ans.

— Est-ce qu'il sait ?

La voix de Thea, éraillée par la cigarette, brise enfin le silence de la pièce où nous réfléchissons depuis des heures, tandis que les bougies se consument dans leurs bougeoirs et que la marée a fini de monter et commencé de descendre peu à peu.

Kate, qui contemplait les eaux noires et silencieuses de l'estuaire, se retourne.

— Est-ce que qui sait quoi ?

— Luc. Je veux dire, visiblement, il sait quelque chose, mais quoi au juste ? Tu lui as raconté ce qui s'était passé cette nuit-là, ce que nous avons fait ?

Kate pousse un soupir et écrase sa cigarette sur une sous-tasse. Puis elle secoue la tête.

— Non, je ne lui ai pas dit. Je ne l'ai jamais dit à personne, vous le savez. Ce qu'on… ce qu'on…

Elle s'arrête, incapable de terminer.

— Pourquoi ne pas le dire ? fait Thea, qui hausse la voix. Nous avons caché un cadavre.

C'est un choc, ces mots si crus, et je me rends compte que nous esquivons la réalité de notre acte depuis si longtemps que de l'entendre tout haut nous fait l'effet d'une douche froide.

Car c'est bien ce que nous avons fait. Nous avons caché un cadavre, même si ce n'est pas comme ça que la justice le formulerait. *Entrave à l'inhumation légale et décente d'un corps*, ce serait sans doute le nom du délit. Je connais la formule, et la peine. J'ai regardé suffisamment de fois, sous divers prétextes. J'ai lu et relu les mots. Peut-être aussi : *dissimulation d'un corps dans le but d'empêcher une enquête du coroner*, même si l'expression m'a fait pousser un petit rire jaune la première fois que je suis tombée dessus dans le code pénal. Dieu sait que l'idée d'une enquête du coroner ne nous est jamais venue à l'esprit. Je ne suis même pas certaine que je savais ce qu'était un coroner.

Est-ce en partie pour cette raison que j'ai fait du droit, pour être armée de la connaissance de mon crime, et de la peine encourue ?

— Est-ce qu'il sait ? répète Thea, cognant du poing sur la table d'une manière qui me fait sursauter.

— Il ne sait pas, mais il s'en doute, concède Kate avec abattement. Il sait qu'il y a quelque chose qui cloche depuis des lustres, mais avec les dernières nouvelles… Et à un certain niveau, il me tient – *nous* tient – pour responsables de ce qui lui est arrivé en France. Même si c'est complètement irrationnel.

Est-ce si irrationnel que ça ? Tout ce que sait Luc, c'est que son père adoptif adoré a disparu, que son corps a refait surface dans l'estuaire, et que nous n'y sommes pas pour rien. Sa colère me paraît très, très rationnelle, à moi.

Mais je baisse les yeux sur Freya, sur son expression paisible, angélique, et je repense à sa peur, à sa fureur lorsque Luc me l'a tendue. Était-ce vraiment l'acte d'une personne rationnelle, de s'emparer de mon enfant qui hurlait, et de l'emmener dans les marais ?

Bon sang, je ne sais pas. Je ne *sais* plus. J'ai perdu depuis longtemps la notion de rationalité. Peut-être cette nuit-là, dans le Moulin, près du cadavre d'Ambrose. Je parviens à dire :

— Il va le raconter à quelqu'un ? Il m'a menacée… il a parlé d'appeler la police… ?

Kate pousse un soupir. Son visage à la lueur du lampadaire a l'air émacié, mangé par les ombres.

— Je ne sais pas. Je ne crois pas. Je pense que, s'il comptait faire quelque chose, il l'aurait déjà fait.

— Mais le mouton ? Le mot ? C'était lui ?

— Je ne sais pas. (Sa voix est égale, mais son ton est un peu brusque.) Je reçois ce genre de « cadeaux » depuis… depuis un moment.

— Tu veux dire quoi, des semaines, des mois ? dit Fatima.

Kate pince les lèvres, et sa bouche expressive la trahit avant qu'elle ne l'ouvre.

— Des mois, oui. Et même… des années.

— Oh mon Dieu.

Thea ferme les yeux et se passe une main sur la figure.

— Pourquoi tu ne nous l'as pas dit ?

— Pour quoi faire ? Pour que vous ayez aussi peur que moi ? Vous l'avez fait pour *moi*, c'est à moi de porter le fardeau.

— Comment as-tu tenu le coup, Kate ? demande doucement Fatima.

Elle prend la main osseuse de Kate, et la tient dans les siennes, les diamants de sa bague de fiançailles et de son alliance jetant des éclairs à la lueur des bougies.

— Après notre départ, je veux dire. Tu étais là, toute seule, mais comment tu as tenu le coup ?

— Tu le sais, comment j'ai tenu le coup, dit Kate, mais je vois les muscles de sa mâchoire se serrer et se détendre. J'ai vendu les tableaux de Papa, puis quand il n'en est plus resté, j'en ai peint d'autres sous son nom. Luc pourrait ajouter la contrefaçon à la liste des crimes dont il me croit coupable, s'il en avait envie.

— Ce n'est pas ce que je voulais dire. Je voulais dire, comment as-tu réussi à ne pas devenir folle, à vivre seule comme ça, sans personne à qui parler ? Tu n'avais pas peur ?

— Je n'avais pas peur…, dit Kate d'une voix très basse. Je n'ai jamais eu peur, mais le reste… Je ne sais pas. Peut-être que j'étais folle. Peut-être que je le suis toujours.

— Nous avons toutes été folles, dis-je brusquement. Toutes. Ce que nous avons fait… ce que nous avons fait…

— On n'avait pas le choix, tranche Thea.

— Bien sûr que si, on avait le choix !

Et soudain, la réalité de la chose me heurte de plus belle, et je sens la panique monter en moi, comme parfois quand je me réveille au beau milieu de la nuit d'un rêve de pelles et de sable mouillé, ou quand je lis un article sur quelqu'un qui a été condamné pour avoir dissimulé un cadavre. Mes mains sont en coton.

— Bon sang, vous ne comprenez pas ? Si ça se sait, je serai rayée du barreau. C'est un délit passible de poursuites : on ne peut pas exercer en tant qu'avocat avec une chose pareille dans son casier. Pareil pour Fatima ; vous vous imaginez que les gens ont envie d'aller voir un médecin qui a caché un décès ? On est toutes complètement *foutues*. On pourrait aller en prison. Je pourrais perdre…

Ma gorge se referme, comme si quelqu'un m'étranglait.

— Je pourrais perdre F-Fre…

Je me lève, me rends à la fenêtre, tenant toujours ma fille, comme si la force de mon étreinte pouvait empêcher la police d'entrer pour me l'arracher.

— Isa, calme-toi, dit Fatima.

Elle se lève à son tour pour venir me trouver, mais son visage ne me rassure pas. Il y a de la peur dans ses yeux lorsqu'elle dit :

— Nous étions mineures. Ça doit faire une différence, non ? C'est toi l'avocate.

— Je ne sais pas. L'âge de la responsabilité pénale est dix ans. Nous les avions dépassés largement.

— Et la prescription, alors ?

— C'est surtout pour les affaires civiles. Je ne crois pas que ça s'appliquerait.

— Tu ne crois pas ? Mais tu ne sais pas ?

— Non. Je ne *sais* pas. (Je me répète avec désespoir.) Je travaille dans la fonction publique, Fatima. On ne s'occupe pas tellement de ce genre de choses.

Freya pousse un petit gémissement ensommeillé, et je me rends compte que je lui fais mal et me force à desserrer mon étreinte.

— Ça change quelque chose ? demande Thea.

Elle s'est rongé les cuticules, et maintenant ses doigts sont à vif. Elle en met un dans sa bouche pour sucer le sang.

— Je veux dire, si ça s'apprend, on est niquées, non ? On s'en fout, des sanctions. Ce sont les rumeurs et la publicité qui nous foutront dedans. Les tabloïds *adoreraient* une affaire comme ça, putain.

— Merde.

Fatima se prend la tête à deux mains. Puis elle regarde la pendule, et son expression change.

— Il est 2 heures du matin ? Merde alors ! Il faut que je monte.

— Tu pars demain matin ? demande Kate.

— Il le faut. Je dois retourner travailler.

Travailler. Ça paraît impossible, et je laisse échapper malgré moi un rire hystérique, en cascade. Et Owen. Je n'arrive même pas à me représenter son visage. Il n'a aucun lien avec ce monde, avec ce que nous avons fait. Comment puis-je rentrer et l'affronter ? Je ne parviens déjà pas à lui envoyer un SMS.

— Bien sûr, vas-y, dit Kate.

Elle sourit, ou du moins essaie.

— J'ai été ravie de vous avoir ici mais, de toute façon, en faisant abstraction de tout le reste, le dîner est passé. Ça paraîtra plus... plus naturel. Et d'ailleurs, on devrait toutes aller dormir un peu.

Elle se lève et, tandis que Fatima gravit les marches qui grincent, Kate se met à souffler les bougies, à éteindre les lampes.

Je me tiens entre les fenêtres, Freya dans les bras, et la regarde rassembler les verres.

Je ne me vois pas du tout dormir, mais je vais devoir, si je veux assurer avec Freya et tenir le coup pour le voyage du retour demain.

— Bonne nuit, fait Thea.

Elle se lève à son tour, et je remarque qu'elle glisse une bouteille sous son bras, mine de rien, comme si prendre un litron de vin au lit était la chose la plus naturelle au monde.

— Bonne nuit, répond Kate.

Elle souffle la dernière bougie, et nous voilà dans l'obscurité.

Je couche Freya, encore alourdie de sommeil, au milieu du lit à deux places – celui de Luc – avant de me glisser dans la salle de bains pour me brosser les dents. Je suis épuisée, et le vin a enrobé ma langue d'une fourrure amère.

Tandis que j'essuie mon mascara et mon eye-liner devant la glace, je remarque que la peau fine autour de mes yeux s'étire sous le coton, son élasticité diminuant peu à peu. Quoi que j'aie pu penser, quoi que j'aie pu ressentir ce soir en passant les portes de mon ancien lycée, je ne suis plus une adolescente, et Kate, Fatima et Thea non plus. Nous avons près de vingt ans de plus, toutes, et nous avons porté le fardeau de notre acte trop longtemps.

Une fois mon visage propre et nu, je reprends le couloir sur la pointe des pieds pour ne pas réveiller Freya et les autres, qui ont dû s'endormir. Mais il y a une lueur dans l'entrebâillement de la porte de Fatima et, lorsque je m'arrête, j'entends un murmure presque imperceptible.

Pendant un moment, je suppose qu'elle est au téléphone avec Ali, et j'éprouve un pincement de culpabilité en pensant à Owen mais, à ce moment-là, elle se lève et roule un tapis de sol : elle priait.

Mon regard me fait soudain l'effet d'une intrusion, et je me remets à marcher, mais le mouvement, ou peut-être le son, attire l'attention de Fatima qui appelle à voix basse :

— Isa, c'est toi ?

— Oui.

Je pousse la porte de sa chambre de quelques centimètres.

— J'allais juste me coucher. Je ne voulais pas... je ne t'espionnais pas.

— Pas de problème, fait Fatima.

Elle dépose soigneusement le tapis de prière sur son lit, et son visage affiche une espèce de paix qui n'y était pas tout à l'heure, en bas.

— Ce n'est pas comme si j'en avais honte.

— Tu pries tous les jours ?

— Oui, cinq fois par jour, en fait. Enfin, cinq fois quand je suis à la maison. Ce n'est pas pareil, en voyage.

— *Cinq* fois ?

Je réalise soudain à quel point j'ignore tout de sa foi et je suis prise d'une bouffée de honte.

— Je... enfin je le sais en fait. Je connais des musulmans au boulot...

Mais je m'interromps, sentant des picotements à la maladresse de mes mots. Fatima est mon amie, une de mes meilleures et plus anciennes amies, et ce n'est que maintenant que je m'aperçois que je ne sais presque rien sur ce pilier central de sa vie, que je dois tout réapprendre d'elle.

— Mais je suis en retard, dit-elle avec regret. J'aurais dû faire la prière de l'Icha autour de 23 heures. Je n'ai pas vu le temps passer.

— C'est grave ?

Elle hausse les épaules.

— Ce n'est pas idéal, mais d'après ce qu'on nous apprend, si c'est une erreur de bonne foi, Allah pardonne.

— Fatima…

Je commence ma phrase, mais je me tais aussitôt.

— Laisse tomber.

— Non, quoi ?

Je prends une inspiration. Je ne sais pas bien si ce que je m'apprête à dire est insultant. Je ne parviens plus à faire la différence. J'appuie mes mains contre mes yeux.

— Rien, dis-je.

Puis, d'une traite :

— Fatima, tu crois… tu crois qu'il nous pardonne ? Enfin qu'il te pardonne, à toi ?

— Pour ce qu'on a fait, tu veux dire ?

Je hoche la tête. Elle s'assoit sur le lit et se met à se tresser les cheveux. Le rythme régulier de ses doigts est rassurant.

— J'espère. Le Coran nous enseigne qu'Allah pardonne tous les péchés, à condition que le pécheur se repente sincèrement. Et Dieu sait que j'ai plus que matière à me repentir, mais j'ai fait de mon mieux pour me racheter de mon rôle dans ce que nous avons fait.

— Mais nous avons fait *quoi*, Fatima ?

Je n'ai pas l'intention d'être énigmatique ou rhétorique, c'est juste que soudain, franchement, je ne sais même plus. Si l'on m'avait posé la question il y a dix-sept ans, j'aurais répondu que nous avions fait le nécessaire pour protéger une amie. Si on me l'avait posée il y a dix ans, j'aurais dit que nous avions commis un acte d'une stupidité impardonnable, un acte qui me tenait éveillée la nuit, dans la terreur qu'un cadavre refasse surface et qu'on me pose des questions auxquelles je n'aurais pas supporté de répondre.

Mais à présent que le corps *a* refait surface, et que les questions… les questions nous attendent, telles de petites embuscades que nous ne pouvons encore voir… je ne suis plus certaine de rien.

Nous avons commis un crime ; de ça, je suis certaine. Mais avons-nous surtout mal agi envers Luc ? Lui avons-nous fait quelque chose qui a transformé le garçon que j'ai connu en cet homme aigri que je reconnais à peine ?

Peut-être notre véritable crime n'était-il pas envers Ambrose, mais envers ses enfants.

En entrant dans la chambre de Luc, pour me coucher dans son lit, et scruter les ténèbres par-dessus la tête endormie de Freya, c'est la question qui m'obsède. Est-ce nous qui avons fait ça à Luc ?

Je ferme les yeux, et sa présence semble se refermer sur moi, aussi réelle que les draps qui enveloppent ma peau chaude. Il est là – autant que nous autres, et l'idée devrait me faire peur, mais ce n'est pas le cas. Car je ne peux pas séparer complètement l'homme que nous avons croisé ce soir du garçon que j'ai connu il y a tant d'années, avec ses longues mains, ses cheveux dorés, et le rire hésitant, un peu rauque, qui me faisait chavirer. Et cet adolescent est toujours à l'intérieur de Luc, quelque part, je l'ai vu dans ses yeux, sous la douleur, la colère et l'alcool.

Ses mots ne cessent de tournoyer dans ma cervelle.

Vous voulez savoir qui est responsable du corps dans l'estuaire ? Elle siffle, et vous venez au galop, comme des clébards.

Mais c'est la dernière phrase, celle qui revient dans ma tête au moment où je sombre dans le sommeil et y reste, qui fait que je resserre mon bras autour de ma fille, qui se tortille un peu.

De rien, Isa. M'occuper de ton bébé, c'était un plaisir. Je la reprendrai avec joie.

— Tu es sûre que tu ne veux pas que je te dépose ?

Fatima se tient devant la porte, sa valise dans une main et ses lunettes de soleil dans l'autre. Je secoue la tête et avale une gorgée de thé.

— Non, c'est bon. Il faut que je change Freya et que je fasse mon sac, je ne veux pas te retenir.

Il est 7 heures moins le quart. Roulée en boule dans une tache de soleil sur le canapé, je joue avec Freya, faisant semblant de lui enlever le nez puis de lui remettre. Elle me donne des petits coups dans les mains, tentant de les attraper avec ses petits ongles qui me piquent à peine, ses yeux plissés par la clarté qui se reflète dans l'estuaire. Je lui prends gentiment les doigts pour l'empêcher d'attraper mon thé lorsque je repose ma tasse par terre.

— Franchement, vas-y.

Thea et Kate dorment encore, mais Fatima a hâte de s'en aller retrouver Ali et les enfants, je le vois. À la fin, elle hoche la tête à contrecœur, pousse les branches de ses lunettes noires sous son hijab, et cherche ses clefs de voiture dans sa poche.

— Et comment tu feras pour aller à la gare ?

— En taxi, peut-être. Je ne sais pas. Je verrai avec Kate.

— OK. (Elle soupèse les clefs dans sa main.) Embrasse-les pour moi, et écoute, s'il te plaît, essaie de convaincre Kate de venir, d'accord ? Je lui en ai parlé hier et elle n'a pas…

— Elle n'a pas quoi ?

La voix vient de l'étage au-dessus. Shadow pousse un petit gémissement de joie et se relève de sa place dans une flaque de soleil près de la fenêtre. Nous levons les yeux et Kate descend l'escalier dans une robe en coton délavé, autrefois bleu marine. Elle se frotte les yeux et tente de retenir un bâillement.

— Tu t'en vas déjà ?

— J'en ai peur. Il faut que je sois au cabinet à midi, et Ali ne peut pas aller chercher les enfants ce soir. Mais écoute-moi, Kate, j'étais en train de dire à Isa… tu ne voudrais pas venir passer quelques jours chez nous, en fin de compte ? On a la place.

— Tu sais que je ne peux pas faire ça.

Kate parle d'une voix sans appel, mais je sens que sa décision n'est pas si ferme qu'elle veut s'en donner l'air. Elle sort la cafetière de sous l'évier et met le café. Ses mains tremblent légèrement lorsqu'elle la remplit au robinet.

— Qu'est-ce que je ferais de Shadow ?

— Tu peux l'amener, bredouille Fatima, mais Kate secoue déjà la tête.

— Je sais qu'Ali n'aime pas les chiens. Et puis Sam n'est pas allergique, d'ailleurs ?

— Tu peux le faire garder, non ? insiste Fatima, mais sans conviction.

Nous savons toutes les deux que Shadow est une raison, mais pas *la* raison. Kate refuse de s'en aller d'ici, c'est tout.

Il y a un silence, juste brisé par le bouillonnement de la moka sur la gazinière, et Kate ne dit rien.

— Ce n'est pas sûr, ici, dit enfin Fatima. Isa, dis-lui. Ce n'est pas que l'électricité… et Luc… Des mots tachés de sang et des moutons morts, bon sang !

— On ne sait pas si c'était lui, dit Kate, d'une voix très basse, et sans nous regarder.

— Tu devrais le dénoncer à la police, dit Fatima avec colère, mais nous savons que ça n'arrivera jamais. Bon, je laisse tomber. J'ai dit ce que j'avais à dire. Kate, ma chambre d'amis est toujours à ta disposition, ne l'oublie pas.

Elle vient nous faire la bise.

— Embrassez Thea pour moi, dit-elle en se penchant sur moi, sa joue chaude contre la mienne.

Son parfum est entêtant dans mes narines. Elle me murmure :

— S'il te plaît, Isa, essaie de la faire changer d'avis. Peut-être qu'elle t'écoutera.

Puis elle se redresse, prend son sac et, quelques minutes plus tard, nous entendons de la musique et le rugissement du moteur de sa voiture, tandis qu'elle démarre en fanfare sur la piste chauffée par le soleil qui mène à Salten. Le silence redescend bien vite sur l'estuaire.

— Eh bien, fait Kate.

Elle me regarde par-dessus sa tasse de café et hausse un sourcil, m'invitant à sympathiser avec elle face à la paranoïa de Fatima, sauf que je ne peux pas. Je ne crois pas vraiment que Luc irait jusqu'à faire du mal à Kate, ou à aucune d'entre nous, mais je ne pense pas non plus que Kate devrait rester ici. Elle est à bout de nerfs, et par moments j'ai l'impression qu'elle est proche du point de rupture, plus qu'elle ne s'en rend compte peut-être.

— Elle a raison, Kate, dis-je.

Elle lève les yeux au ciel et boit une gorgée, mais j'insiste :

— Et elle a raison sur le truc avec les moutons aussi. C'était quand même sacrément tordu, comme mise en scène.

Kate garde les yeux sur sa tasse sans répondre.

— C'est… *c'était* bien Luc, n'est-ce pas ?

— Je ne sais pas, fait-elle d'une voix lasse.

Elle se passe la main dans les cheveux.

— Je n'ai pas menti en disant ça. C'est vrai qu'il est en colère, mais… Il n'est pas le seul à avoir unc dcnt contre moi dans la région.

— Quoi ?

C'est la première fois que j'entends ça, et je ne parviens pas à dissimuler ma surprise.

— Que veux-tu dire ?

— Il n'y a pas que les filles du lycée qui font circuler des rumeurs, Isa. Papa avait beaucoup d'amis. Moi… non.

— Tu veux dire… les gens du village ?

— Oui.

Les mots de Rick dans le taxi me reviennent : *vous avez bien fait de rester et d'ignorer les ragots.*

— Qu'est-ce qu'ils racontent ?

Brusquement, j'ai la gorge sèche. Kate hausse les épaules.

— À ton avis ? J'ai tout entendu, je peux te dire. De vraies saloperies, quelquefois.

— Comme quoi ?

Je ne veux pas le savoir, mais la question est sortie malgré moi.

— Comme quoi ? Laisse-moi réfléchir. Que Papa est retombé dans la came et s'est enfui avec une toxico de Paris. Et encore c'est la plus sympa.

— Ça, c'est la plus sympa ? Putain. Et la pire, c'est quoi, alors ?

Ma question est rhétorique, mais Kate laisse échapper un petit rire amer.

— Difficile à dire… Sans doute la version où Papa m'a violée et où Luc l'a tué pour ça.

— Quoi ?

Je ne trouve plus mes mots, je m'étrangle :

— *Quoi ?*

— Ouaip, fait sèchement Kate.

Elle vide son café et pose sa tasse sur l'égouttoir.

— Et toutes les variantes possibles entre les deux. Et puis ils se demandent pourquoi je ne vais pas au Salten Arms le samedi soir comme Papa. C'est dingue, les questions que posent les vieux, une fois qu'ils ont assez picolé.

— Tu déconnes… Ils t'ont réellement demandé si c'était vrai ?

— Pour celle-là, ils n'ont pas demandé. Ils ont affirmé. C'est bien connu, apparemment. Papa me baisait.

Son visage se tord.

— Papa me baisait, et il vous baisait aussi, selon certains, ça dépend à qui tu poses la question.

— Bon Dieu, Kate, *non* ! Pourquoi tu ne nous l'as pas dit ?

— Vous dire quoi ? Que, des années après, les gens du coin emploient encore vos noms comme des espèces de mises en garde salaces ? Que l'opinion est partagée : soit je suis une meurtrière, soit mon père est encore en cavale, parce qu'il a trop honte pour revenir après ce qu'il nous a fait, à moi et à mes copines ? Je ne sais pas pourquoi, mais je n'avais pas particulièrement envie de m'étendre là-dessus.

— Mais… mais tu ne peux pas les corriger ? Nier ?

— Nier quoi ? C'est ça, le problème.

Son visage est plein de désespoir et de lassitude.

— Papa a disparu, et j'ai attendu quatre semaines avant de le signaler à la police. Ça, c'est vrai, du coup rien d'étonnant à ce que les rumeurs soient allées bon train. C'est ce grain de vérité qui fait que le reste a l'air plausible.

— Mais il n'y a *aucune* vérité dans ces mensonges répugnants ! Aucune. Rien de tout cela n'a d'importance, de toute façon. Kate, je t'en prie, *je t'en prie*, rentre à Londres avec moi. Fatima a raison, tu ne peux pas rester là.

— Je dois rester.

Elle se lève et sort sur le ponton. La marée est basse, les rives boueuses de l'estuaire soupirent et grésillent sous le soleil.

— Maintenant plus que jamais. Parce que, si je fuis maintenant, ils sauront que j'ai quelque chose à cacher.

Sur mes genoux, Freya tend la main et croasse de joie lorsque je la laisse attraper la tasse vide, encore tiède des restes de thé. Mais je reste complètement silencieuse en la regardant. Parce que je ne trouve pas d'argument pour contrer Kate.

Il me faut tellement longtemps pour tout emballer, changer Freya, de nouveau la nourrir puis la changer, qu'au moment où je suis presque prête, Thea est réveillée. Elle émerge du couloir de sa chambre, au rez-de-chaussée, en titubant, à demi vêtue et se frottant les yeux.

— J'ai loupé Fati ?

— Oui, dit laconiquement Kate.

Elle pousse la cafetière vers Thea.

— Sers-toi.

— Merci.

Thea vide le récipient dans sa tasse. Elle porte un jean et un débardeur très fin qui montre, sans l'ombre d'un doute, qu'elle ne porte pas de soutien-gorge. Il révèle aussi sa maigreur, et ses cicatrices blanches et anciennes. Je détourne les yeux malgré moi.

— Il faut que je rentre à Londres aujourd'hui aussi, dit-elle, sans faire attention à mon malaise. On peut aller ensemble à la gare, Isa ?

— Bien sûr. Mais il faut que je parte dans pas longtemps. Ça te va ?

— Oui, oui, je n'ai presque pas de bagages. Je peux être prête dans dix minutes.

— Je vais appeler un taxi. Tu as le numéro de Rick, Kate ?

— Il est sur la commode.

Elle me désigne une pile de cartes de visite cornées dans un beurrier poussiéreux, et je le fouille jusqu'à trouver celle qui dit « Rick's Ride ». Je compose le numéro.

Rick répond aussi sec, et accepte de passer nous prendre au Moulin dans vingt minutes, avec un siège-bébé d'emprunt pour Freya.

— Vingt minutes, dis-je à Thea, attablée devant son café.

— OK. Je suis quasiment prête. Le temps de fourrer mes affaires dans mon sac et j'arrive.

— Je vais promener Shadow, annonce tout à coup Kate, et je lève les yeux, surprise.

— Maintenant ?

— Mais tu vas manquer notre départ ! s'écrie Thea, une touche d'indignation dans la voix.

Kate hausse les épaules.

— Je n'ai jamais été douée pour les adieux, vous le savez bien.

Elle se lève, ainsi que Thea. Je les imite après m'être débattue un instant avec le poids de Freya, et nous restons debout, hésitantes, les particules de poussière éclairées par le soleil tourbillonnant autour de nous telle une tornade miniature.

— Viens là, dit enfin Kate.

Elle m'attire dans une étreinte si forte que j'en ai le souffle coupé, et dois me reculer pour mettre Freya sur ma hanche, où elle ne sera pas écrasée.

— Kate, viens, s'il te plaît, sachant que c'est sans espoir, mais elle secoue la tête avant que j'aie terminé.

— Non, non, je ne peux pas, ne me demande pas ça, s'il te plaît, Isa.

— Je ne peux pas supporter de t'abandonner comme ça…

— Ne le fais pas, alors, dit-elle en riant, mais il y a dans ses yeux une tristesse qui m'est insoutenable. Ne t'en va pas. Reste.

— Je ne peux pas rester.

Et je souris, même si mon cœur se brise un peu.

— Tu le sais bien. Je dois rentrer retrouver Owen.

— Oh mon Dieu, dit-elle en m'enlaçant de nouveau, attirant Thea avec nous.

Nous pressons nos fronts les uns contre les autres.

— Bon sang, ce que j'ai aimé vous avoir toutes ici. Quoi qu'il puisse arriver…

— Quoi ?

Thea se redresse, alarmée.

— Qu'est-ce que tu racontes ? Tu parles comme si tu t'apprêtais à…

— Mais non, dit Kate.

Elle s'essuie les yeux et pousse un petit rire malgré elle.

— Promis. C'était juste une façon de parler. Mais je suis… Je n'en reviens pas que ça fasse si longtemps. Vous ne trouvez pas qu'on est bien, là, toutes ensemble ? On ne dirait pas que c'était hier ?

Et c'est vrai.

— On reviendra, dis-je.

Je lui caresse la joue. Une larme s'est formée dans ses cils.

— Je te le promets. Pas vrai, Thea ? On ne laissera pas passer autant de temps cette fois, je te le jure.

C'est une platitude, une phrase que j'ai prononcée un millier de fois lors d'un millier d'au revoir, et sans toujours le penser. Cette fois, je le pense de tout mon cœur, mais ce n'est que lorsque je vois Thea hésiter que j'en prends conscience : nous risquons d'être de retour plus tôt que nous ne le souhaiterions, dans des circonstances très différentes, si les choses tournent mal, et mon sourire se fige un peu malgré moi.

— C'est vrai, dit enfin Thea.

Avant que nous puissions ajouter quoi que ce soit, Shadow pousse une série de brefs jappements et nous voyons le taxi de Rick arriver en cahotant sur les pierres, par les fenêtres côté terre.

— Oh merde, il est en avance, fait Thea.

Elle se précipite dans le couloir en direction de sa chambre en attrapant quelques affaires en route.

— OK, dit Kate. Je vais sortir avec Shadow et vous laisser finir tranquillement de vous préparer.

Elle lui met sa laisse, ouvre la porte, et s'éloigne vers le rivage par la petite passerelle.

— Faites attention à vous, les belles.

Ce n'est qu'ensuite, lorsque nous sommes dans la voiture de Rick qui rebondit sur le chemin, et que Kate et Shadow ne sont plus que des petits points sur le vert du marais, que je réalise à quel point c'était une parole triste, bizarre. Faire attention.

Triste, car on ne devrait pas avoir à se méfier ; la sécurité devrait être un acquis.

Et bizarre, parce que de nous toutes, c'est nous qui aurions dû le lui dire, à elle.

Je regarde par la fenêtre, tandis que la voiture cahote sur la route pleine d'ornières pierreuses, vers leurs formes qui diminuent, mangeant des kilomètres de marais, avançant sans peur entre les fossés et les bourbiers qui se déplacent sans cesse, et je me dis : *Fais attention à toi, Kate. Je t'en prie, fais attention à toi.*

Le taxi de Rick est arrivé à la route goudronnée, et il a mis son clignotant à gauche pour se rendre à la gare, lorsque Thea lève les yeux de son sac à main.

— Il faut que je retire de l'argent. Il y a un distributeur, à la gare ?

Rick éteint le clignotant, et je pousse un soupir. J'ai déposé l'argent que j'ai retiré hier dans une tasse sur le buffet, où Kate le trouvera après mon départ. Un dédommagement pour les places du dîner, qu'elle n'a pas voulu qu'on lui rembourse, mais que ma conscience a refusé de me laisser ignorer. Je n'ai gardé que vingt livres – juste assez pour payer Rick, et un peu de monnaie en plus.

— Tu sais bien que non. Depuis quand y aurait-il un distributeur à la gare ? Il va falloir qu'on fasse un détour par la Poste. Pourquoi as-tu besoin d'argent, de toute façon ? Je peux payer le taxi.

— Je veux juste du liquide pour le voyage. La Poste, s'il vous plaît, Rick.

Rick met son clignotant à droite, et je croise les bras, retenant mon mécontentement à grand-peine.

— On a tout le temps avant le train.

Thea referme son sac et me jette un regard en biais.

— Pas la peine de faire la tronche.

— Je ne fais pas la tronche, dis-je sèchement.

Mais en fait si, et lorsque Rick s'engage sur le pont vers Salten, je comprends pourquoi. Je ne veux pas y retourner. À aucun prix.

— Vous partez déjà ?

La voix vient de derrière et me fait sursauter. Thea tape son code, penchée sur le distributeur, donc c'est à moi de me tourner pour répondre.

C'est Mary Wren, qui est sortie en silence de la réserve dans laquelle elle se trouvait lorsque nous sommes entrées dans le bureau de Poste désert.

— Mary !

Je porte ma main à ma poitrine.

— Bon sang, tu m'as fait peur. Oui. On rentre à Londres aujourd'hui. On... on était seulement venues pour le dîner, tu sais, au lycée.

— C'est ce que t'avais dit..., fait-elle lentement.

Elle me regarde de haut en bas, et pendant un instant j'ai l'impression déstabilisante qu'elle n'en croit pas un mot, qu'elle lit en nous à livre ouvert – qu'elle lit à travers les mensonges et les duperies, et qu'elle sait exactement quels secrets nous gardons. C'était l'une des plus proches amies d'Ambrose et, pour la première fois, je me demande ce qu'il a bien pu lui raconter, il y a tant d'années.

Je pense à ce que Kate a dit, aux rumeurs dans le village, et je me demande quel rôle Mary a joué dans tout ça. Je n'ai jamais été au Salten Arms sans la voir assise au bar, avec son rire de gorge qui retentit parmi les buveurs. Elle sait tout ce qui se passe à Salten. Elle aurait pu éteindre ces rumeurs si elle l'avait voulu – défendre Kate –, dire aux buveurs de tenir leur langue ou de sortir. Mais elle ne l'a pas fait. Pas même pour protéger la fille d'un homme qu'elle appelait autrefois un ami.

Pourquoi pas ? Est-ce parce que d'une certaine manière, elle croit Kate coupable, elle aussi ?

— Drôle de moment pour venir dans le coin, continue Mary Wren.

D'un signe de tête, elle montre la pile d'hebdomadaires, avec la photo en couverture.

— Drôle ? (La nervosité me coupe un peu la voix.) Comment ça ?

— Le dîner tombait pas vraiment au bon moment, je veux dire.

Son visage est indéchiffrable, impassible.

— Avec les rumeurs et tout ça. Ça a dû être dur pour Kate, de voir tous ces gens qui se posent des questions.

Je déglutis. Je ne sais pas quoi dire.

— Des questions ?

— Eh bien, c'est naturel, non ? De... spéculer. Moi, j'ai toujours trouvé ça absurde.

— Qu'est-ce que vous avez trouvé absurde ? demande Thea.

Elle se retourne et fourre son portefeuille dans la poche arrière de son jean.

— Qu'est-ce que vous entendez par là ?

Son visage est belliqueux, et je voudrais lui dire de se calmer, car ce n'est pas comme ça qu'il faut manœuvrer Mary Wren. Il faut lui montrer de la déférence, un respect ostentatoire.

— L'idée qu'Ambrose ait juste... disparu.

Mary regarde Thea, son jean moulant, et ses seins nus qui pointent sous son mince débardeur.

— Quels que soient ses défauts, il l'aimait, sa fille. Il aurait tout sacrifié pour elle. J'ai toujours trouvé ça absurde qu'il... s'en aille, comme ça, en la laissant affronter tout ça seule.

— Eh bien, c'est pourtant ce qui s'est passé, jusqu'à preuve du contraire.

Thea est aussi grande que Mary, et elle a posé ses mains sur ses hanches, reproduisant inconsciemment la posture de Mary, comme si elles se mesuraient.

— Et en l'absence de preuves du contraire, je ne crois pas que la spéculation soit une activité très saine, et vous ?

Mary retrousse les lèvres, et j'ai du mal à déchiffrer son expression. Est-ce une sorte de colère contenue ? De dégoût ?

— Eh bien, dit-elle enfin. J'imagine qu'on ne va pas avoir à spéculer beaucoup plus longtemps, n'est-ce pas ?

— Comment ça ? je demande.

Mon cœur cogne à tout rompre dans ma poitrine. Je regarde le taxi par-dessus mon épaule. Freya joue tranquillement dans le siège-bébé que Rick a emprunté pour elle, suçant ses doigts.

— Comment ça, pas beaucoup plus longtemps ?

— Je ne devrais sans doute pas vous le révéler, mais Mark, il m'a dit que le corps retrouvé par la police, eh bien...

Elle nous fait discrètement signe de nous approcher, et malgré moi, je me penche en avant. Je sens le souffle chaud de son haleine sur ma joue lorsqu'elle murmure :

— Si c'est des preuves que vous voulez, je crois que ce corps pourrait avoir un nom très bientôt.

Je ne peux pas perdre Freya. Je ne peux pas perdre Freya.

Ce sont les mots qui tournent en boucle dans ma tête tel un mantra tandis que le train file vers le nord, vers Londres.

Je ne peux pas perdre Freya.

Ils marquent la cadence, font chorus avec le fracas des roues sur les rails.

Je ne peux pas perdre Freya.

Thea est assise en face de moi, lunettes noires sur le nez, et sa tête dodeline contre la fenêtre. Elle a les yeux fermés. Lorsque nous prenons un virage particulièrement serré, sa tête se détache de la vitre puis vient s'y cogner de nouveau dans un choc sonore lorsque le train repart en ligne droite. Elle ouvre les yeux, frottant sa tempe.

— Aïe. Je dormais ?

— Oui, dis-je sèchement, sans faire beaucoup d'efforts pour dissimuler mon agacement.

Je ne sais pas au juste pourquoi je suis énervée, sauf que je suis très fatiguée moi aussi, mais que je ne *peux pas* dormir. Nous ne nous sommes pas couchées avant 2 ou 3 heures, et ce matin je me suis réveillée à 6 heures et demie, en même temps que Freya. Je n'ai pas eu une nuit de sommeil ininterrompu depuis des mois, et je ne peux pas dormir maintenant, parce que Freya somnole dans une écharpe sur ma poitrine, et je ne peux pas me laisser aller de peur de l'écraser. Mais ce n'est pas que ça – je suis si à cran que le visage de Thea détendu me fait l'effet d'une insulte envers ma propre angoisse. Comment peut-elle se reposer si tranquillement quand tout est en équilibre sur la lame d'un couteau ?

— Désolée, dit-elle, glissant ses doigts sous les lunettes de soleil pour se frotter les yeux. Je n'ai pas fermé l'œil de la nuit. Mais alors pas du tout. Je ne pouvais pas arrêter de penser à...

Elle regarde le wagon presque désert par-dessus son épaule.

— Enfin, tu sais.

Immédiatement, j'ai honte de moi. Je ne sais pas pourquoi, mais je me trompe toujours sur le compte de Thea. Elle est bien plus difficile à déchiffrer que Fatima ou Kate ; elle cache bien son jeu, mais sous son extérieur hâbleur, elle est aussi terrifiée que nous autres. Plus, peut-être. Pourquoi ne puis-je m'en souvenir ?

— Oh, dis-je d'un ton contrit. Désolée. Je n'ai pas bien dormi non plus. Je n'arrête pas de me dire...

— Même s'ils apprennent la vérité...

Thea s'interrompt, regarde de nouveau par-dessus son épaule, se penche en avant, et baisse la voix.

— Même s'ils découvrent que c'est lui, on ne risque rien, si ? Il aurait pu tomber dans un fossé après son overdose.

— Mais si profond ? Comment aurait-il pu tomber si profond ?

— Ces fossés changent tout le temps de place. Tu le sais. En particulier à côté de l'estuaire – toute cette partie a subi une érosion terrible –, les dunes bougent en permanence. On n'a pas... Je suis presque sûre que l'endroit était à dix ou vingt bons mètres du rivage, pas vrai ?

Je réfléchis, tentant de me rappeler. Oui... Je me rappelle que le chemin était plus loin de l'eau à l'époque. Il y avait des arbres et des buissons entre nous et la rive. Elle a raison.

— Mais cette tente, elle était pile au bord de l'eau. Tout a bougé. Ils ne vont pas pouvoir découvrir grand-chose sur l'emplacement exact. J'en suis certaine.

Je ne réponds pas. J'ai trop mal au cœur.

Parce que même s'il y a quelque chose de rassurant dans sa certitude, même si j'ai *envie* de la croire, je doute qu'elle ait raison. Ça fait longtemps que je ne fais plus de droit criminel, et mes connaissances viennent autant de *Cold Case* que de mes souvenirs de fac, mais je suis quasi sûre qu'ils ont des spécialistes capables de déterminer exactement comment un corps a pu se déplacer à travers le sable au fil des années.

— Ne parlons pas de ça ici. (Thea hoche la tête et fait un sourire forcé.) Parle-moi plutôt de ton travail.

Elle hausse les épaules.

— Qu'est-ce que tu veux que je te dise ? Ça se passe bien, dans l'ensemble.

— Tu es revenue à Londres ?

Elle fait oui de la tête.

— J'ai bossé un moment sur un paquebot de croisière, l'année dernière, je me suis bien éclatée. Et Monte Carlo, c'était excellent. Mais j'avais envie de…

Elle s'arrête, regarde par la fenêtre.

— Je ne sais pas, Isa. J'erre depuis si longtemps. Salten, c'est probablement le plus long stage que j'ai fait dans une école. Je me suis dit que c'était sans doute le moment de m'enraciner un peu.

Je secoue la tête, pense à ma propre progression laborieuse. Le lycée, la fac, les examens du barreau, la fonction publique, la vie à Londres avec Owen. Nous sommes des contraires absolus, elle et moi. Je suis une vraie sangsue, je m'accroche coûte que coûte. J'ai trouvé mon boulot, et je ne l'ai pas lâché. J'ai trouvé Owen et je ne l'ai pas lâché non plus. Salten House, pour moi, a représenté un interlude d'une brièveté étourdissante. Et pourtant, l'une comme l'autre, nous sommes définies par ce qui s'y est produit. C'est juste que nous gérons ce poids très différemment. Thea fuit sans relâche les ombres du passé. Je m'accroche aux choses qui m'arriment à la sécurité.

Je contemple sa maigreur, les ombres sous ses pommettes, puis je me regarde, Freya agrippée à moi tel un bouclier humain, et pour la première fois je me pose la question : est-il vrai que j'affronte notre fardeau mieux qu'elle, ou ai-je simplement fait plus d'efforts pour oublier ?

Je me le demande toujours quand un petit cri rauque s'élève de mon sein. Je sens un frétillement dans l'écharpe : Freya se réveille.

— Chut…

Ses cris deviennent plus sonores et colériques tandis que je la sors des longueurs de tissu. Fâchée, ses petites joues toutes rouges, elle se prépare à faire une véritable crise de nerfs.

— Chut…

J'ouvre mon corsage et lui donne le sein, et pendant une minute, il y a un silence, un silence magnifique. Puis, tout à coup, nous entrons dans un tunnel, et le train est plongé dans l'obscurité. Freya recule la tête, surprise, ses yeux sombres et écarquillés par le changement soudain, et expose mon téton mouillé à la vue de tous, le temps d'un éclair, avant que j'aie le temps d'attraper une mousseline.

— Désolée, dis-je à Thea tandis que nous ressortons dans le soleil.

Je remets aussitôt Freya en place.

— Je crois qu'à ce stade la moitié du nord de Londres a vu mes nichons, mais toi plus que tout le monde cette semaine.

— Ça ne me dérange pas, dit-elle en haussant les épaules. J'en ai vu d'autres.

Je ne peux pas m'empêcher de rire en m'adossant à mon siège, Freya chaude et lourde dans mes bras, et lorsque le train traverse un autre tunnel, je repense à la première fois où nous nous sommes vues, à Thea, roulant ses bas sur ses jambes longues et fines, à la peau de ses cuisses entraperçue, qui m'avait fait rougir. On dirait que ça fait une éternité. Et pourtant, lorsque Thea étire ses jambes entre les sièges, me fait un clin d'œil paresseux et baisse ses paupières, j'ai l'impression que c'était hier.

Règle numéro Quatre

Ne pas se mentir les unes aux autres

— Isa ?

La voix d'Owen lorsqu'il ouvre la porte est basse, prudente, mais je ne réponds pas tout de suite. Je suis en train de coucher Freya dans son berceau dans notre chambre, et je ne veux pas la réveiller. Nous sommes à ce stade incertain où elle peut s'endormir... ou repartir pour une heure de mauvaise humeur et d'agitation. Elle a été difficile à calmer ce soir, déstabilisée par ce nouveau changement de décor.

— Isa ? appelle-t-il de nouveau, apparaissant à la porte de notre chambre.

En me voyant, son visage se fend d'un large sourire, et il retire ses chaussures et s'avance sur la pointe des pieds, tandis que je lui fais furieusement signe de ne pas faire de bruit.

Il vient se poster près de moi, passe un bras autour de ma taille, et ensemble nous regardons cette créature que nous avons faite.

— Bonjour, chérie, chuchote-t-il, mais pas à moi, à Freya. Bonjour, mon petit rayon de soleil, tu m'as manqué.

— Tu nous as manqué aussi, fais-je à voix basse.

Il m'embrasse sur la joue et m'attire dans le couloir, fermant à demi la porte derrière nous.

— Je ne vous attendais pas avant des lustres, dit-il tandis que nous descendons à la cuisine, où des pommes de terre cuisent dans le four. À t'entendre, j'avais l'impression que tu étais partie pour plusieurs jours. On n'est que mercredi, comment ça se fait ? Ça ne s'est pas bien passé là-bas ?

— Si, si, pas de problème.

Je lui tourne le dos et fais mine de sortir les pommes de terre du four, mais c'est surtout pour ne pas être obligée de le regarder en face en lui mentant.

— C'était super, même. Fatima et Thea étaient là aussi.

— Alors pourquoi es-tu déjà de retour ? Tu n'étais pas forcée de te presser pour moi, tu le sais. Enfin je veux dire, ne te méprends pas, tu m'as manqué. Mais je n'ai même pas pu commencer la moitié de ce que je comptais faire. La chambre d'enfant est toujours en bordel.

— Ça n'a pas d'importance.

Je me redresse, les joues rougies par la chaleur. Des pommes de terre au four, c'est un choix stupide pour une journée si chaude, mais c'est tout ce qu'il y avait dans le frigo. Je les pose sur le plan de travail et les ouvre avec un couteau. La vapeur s'élève, épaisse.

— Tu le sais bien.

— C'est important pour moi.

Il m'enlace, sa barbe d'un jour me pique la joue, ses lèvres cherchent mon oreille, mon cou.

— Je veux te retrouver, t'avoir toute à moi.

Je le laisse m'embrasser, sans lui dire qu'il ne sera jamais satisfait. Parce que je ne serai plus jamais toute à lui. Je serai toujours à Freya, les neuf dixièmes de moi, et le peu qu'il reste, j'en aurai besoin pour moi, pour Fatima, Thea et Kate.

— Tu m'as manqué, dis-je à la place. Tu as manqué à Freya aussi.

— Vous m'avez manqué toutes les deux.

Sa voix est étouffée dans mon omoplate.

— J'avais envie de t'appeler, mais je pensais que tu t'amusais tellement bien…

J'éprouve un pincement de culpabilité en réalisant que j'ai à peine pensé à l'appeler. J'ai envoyé un texto, pour lui dire qu'on était bien arrivées. Et c'est tout. Heureusement qu'il n'a pas téléphoné – j'essaie d'imaginer la sonnerie de mon portable – quand ? Au cours de cet interminable, insupportable dîner ? Pendant la dispute avec Luc ? Lors de cette première soirée, où nous nous sommes toutes retrouvées, terrifiées par ce que nous étions sur le point d'apprendre ?

C'est impossible.

— Je suis désolée de ne pas t'avoir appelé non plus, dis-je enfin, m'écartant pour aller éteindre le four. J'en avais l'intention. Mais tu sais comment c'est avec Freya. Elle est tellement agitée, le soir, surtout dans un endroit inconnu.

— Alors… c'était quoi, l'occasion ?

Owen sort la salade du placard, renifle la laitue ramollie et entreprend de retirer les feuilles trop abîmées.

— Je veux dire, c'était un drôle de moment pour se réunir comme ça, en semaine. Tes copines, elles travaillent, non ?

— Oui. En fait, il y avait un dîner. Un dîner d'anciennes élèves à Salten House. Je ne sais pas pourquoi ça tombait un mardi. Sans doute parce que le lycée est vide à ce moment-là.

— Tu ne m'avais pas parlé de ça.

Il se met à découper des rondelles de tomates. Le jus pâle dégouline sur les assiettes. Je hausse les épaules.

— Je n'étais pas au courant. C'est Kate qui nous a inscrites. C'était une surprise.

— Eh bien… Honnêtement, je suis surpris aussi.

— Pourquoi ?

— Tu as toujours dit que tu n'y retournerais jamais. Dans ce lycée, je veux dire. Pourquoi maintenant ?

Pourquoi maintenant ? Pourquoi maintenant ? Zut.

C'est une question tout à fait rationnelle. Et je ne trouve pas de réponse.

— Je ne sais pas, dis-je enfin, agacée.

Je pousse son assiette vers lui.

— OK ? Je ne sais pas. C'était une idée de Kate, et je me suis laissé faire. On peut arrêter, avec les questions ? Je suis fatiguée, je n'ai pas bien dormi la nuit dernière.

— Hé.

Owen écarquille les yeux et lève les mains. Il essaie de ne pas le montrer, mais il a l'air blessé, et j'ai envie de me mordre la langue.

— Mince alors, bien sûr. J'essayais juste de faire la conversation.

Il prend son assiette et se rend dans le salon sans ajouter un mot.

Je sens quelque chose se tordre en moi, une douleur physique, réelle. Et l'espace d'une seconde, je brûle de lui courir après pour tout lui raconter, ce qui s'est passé, ce que nous avons fait, le poids accroché autour de mon cou, qui menace de m'entraîner au fond...

Mais je ne peux pas. Parce que ce n'est pas seulement mon secret, c'est aussi le leur. Et je n'ai pas le droit de les trahir.

Je ravale l'aveu qui monte en moi, et suis Owen dans le salon. Nous dînons côte à côte, en silence.

Ce que j'apprends, dans les jours qui suivent, c'est que le temps a la capacité de ramener les choses à une sorte de nouvelle normalité. C'est une leçon dont j'aurais dû me souvenir.

À l'époque, j'étais trop occupée pour avoir constamment peur et toute l'affaire s'était mise à me faire l'effet d'une sorte de vague cauchemar, une chose qui était arrivée à quelqu'un d'autre, à une autre époque. Mon esprit était accaparé par d'autres soucis : les efforts pour me faire accepter dans mon nouveau lycée, et ma mère, de plus en plus malade. Je n'avais pas le temps de lire le journal, et l'idée de fouiller Internet en quête d'informations ne m'était alors même pas venue à l'esprit.

À présent, en revanche, j'ai du temps à revendre. Lorsque Owen part pour le travail et referme la porte derrière lui, je suis libre de céder à mon obsession. Je n'ose pas chercher les termes qui m'intéressent sur Google – *Corps identifié estuaire de Salten* –, même une session privée ne masque pas complètement vos recherches, je le sais bien.

Alors je tourne autour, entrant des termes faciles à justifier, qui ne m'engagent pas : « Estuaire de Salten, Nouvelles », « Kate Atagon, Salten ». J'espère qu'ainsi je trouverai ce que je veux, mais sans laisser un sillage d'empreintes numériques compromettantes.

Et j'efface tout de même mon historique. Un jour, j'envisage de me rendre au cybercafé au bout de la rue, mais je rejette l'idée. On serait trop voyantes, Freya et moi, parmi les jeunes hommes sérieux en djellabas blanches. Non. Quoi qu'il arrive, je ne dois pas attirer l'attention.

La nouvelle paraît une semaine après mon retour, et en fin de compte, je n'ai pas besoin de faire de recherches. Elle est sur le site du *Salten Observer* dès que je me connecte. Elle passe dans le *Guardian* et sur le site de la BBC, même si ce n'est qu'un petit paragraphe de « faits divers locaux ».

> Le corps de l'artiste local Ambrose Atagon, réputé pour ses études de paysages côtiers et de la faune de la région, a été découvert, plus de quinze ans après sa mystérieuse disparition, sur les rives de l'estuaire de Salten, un site exceptionnel, près de son domicile sur la côte sud. Sa fille, Kate Atagon, n'a pas répondu à nos appels, mais Mary Wren, une habitante de la localité, a déclaré qu'une conclusion était bienvenue après toutes ces années de spéculations.

C'est un choc ; debout là, lisant encore et encore le paragraphe, je sens ma peau se hérisser, et je dois m'appuyer contre la table. C'est arrivé. La chose que j'ai passée tant de temps à redouter. Elle s'est enfin produite. Et pourtant, ce n'est pas aussi terrible que ça aurait pu l'être. Rien n'indique que le décès soit considéré comme suspect, il n'est pas fait mention de coroners ou d'enquête. Et à mesure que les jours s'écoulent lentement, et que le téléphone ne sonne pas, que personne ne frappe à la porte, je me dis que je peux me détendre… juste un peu.

Cependant, je suis toujours nerveuse et inquiète, trop distraite pour lire ou me concentrer sur la télé le soir avec Owen. Lorsqu'il me pose une question pendant le dîner, je lève la tête en sursaut, arrachée à mes pensées, sans savoir ce qu'il vient de dire. De plus en plus, je passe mon temps à m'excuser.

Dieu, comme j'aimerais pouvoir fumer. L'envie d'une cigarette me démange, j'ai les doigts qui fourmillent.

Une seule fois, je craque, avant de me détester. J'achète un paquet avec une bouffée de honte alors que nous passons devant l'épicerie du coin de la rue ; je me raconte que j'entre pour acheter du lait mais, presque comme si l'idée me revenait tout à coup, au moment de payer, je demande un paquet de dix Marlboro Light d'une voix aiguë et faussement désinvolte. J'en fume une dans le jardin derrière la maison, puis je jette le mégot dans les toilettes et prends une douche, me frottant la peau jusqu'à l'irriter, ignorant les cris de plus en plus furieux de Freya dans son youpala juste devant la porte de la salle de bains.

Pas question que j'allaite ma fille tant que je pue la clope.

Lorsque Owen rentre à la maison, je suis rongée par la culpabilité, sur les nerfs, et je sursaute pour un rien. Quand je finis par renverser un verre de vin avant de fondre en larmes, il dit :

— Isa, qu'est-ce qu'il y a ? Tu es bizarre, depuis que tu es revenue de Salten. Il y a un problème ?

D'abord, je peux seulement secouer la tête dans un hoquet, mais je lâche enfin :

— Je suis désolée… tellement désolée. Je… j'ai fumé une cigarette.

— *Quoi ?*

Ce n'est pas à ça qu'il s'attendait, je le vois à son expression.

— Ça alors… comment, quand c'est arrivé ?

— Je suis désolée.

Je suis plus calme, mais je ravale encore mes sanglots.

— Je… j'ai tiré quelques taffes chez Kate, et aujourd'hui, je ne sais pas, je n'ai pas pu résister.

— Je vois.

Il me prend dans ses bras, pose le menton sur ma tête. Je sens qu'il cherche ses mots.

— Eh bien… je ne peux pas dire que je sois ravi. Tu sais ce que j'en pense.

— Tu ne peux pas être plus en colère que je ne le suis contre moi-même. Je me suis dégoûtée… Je n'ai pas pu prendre Freya dans mes bras tant que je n'avais pas pris une douche.

— Qu'est-ce que tu as fait du restant du paquet ?

— Je l'ai jeté, dis-je après une pause.

Mais la pause, c'est parce qu'il s'agit d'un mensonge. Je ne l'ai pas jeté. Je ne sais pas pourquoi. J'en avais l'intention mais, en fait, je l'ai fourré au fond de mon sac à main avant d'aller prendre ma douche. Je ne vais *pas* en fumer une autre, alors ça n'a pas d'importance, si ? Ça revient au même. Je vais le jeter, et ce que je viens de dire deviendra vrai. Mais pour l'instant – pour l'instant, alors que je suis là, raide et honteuse, dans les bras d'Owen… c'est un mensonge.

— Je t'aime, dit-il dans mes cheveux. Tu sais que c'est pour ça que je ne veux pas que tu fumes, n'est-ce pas ?

— Je sais.

Ma voix est rauque de chagrin. Puis Freya se met à pleurer, et je m'arrache à l'étreinte d'Owen pour aller la consoler.

Mais il est déconcerté. Il sait qu'il y a quelque chose qui cloche… ce qu'il ne sait pas, c'est quoi.

Peu à peu, le quotidien reprend ses droits, même si de petites touches me rappellent que ce n'est qu'une apparence, ou du moins, qu'il s'est altéré. Pour commencer, ma mâchoire me fait mal, et quand je l'évoque en passant, Owen me raconte qu'il m'a entendue grincer des dents dans mon sommeil.

Et il y a les cauchemars. Ce n'est plus seulement le son de la pelle dans le sable mouillé, le frottement du tapis sur une piste côtière. À présent, ce sont des gens, des fonctionnaires, qui arrachent Freya de mes bras, et ma bouche qui se fige en un hurlement muet tandis qu'on l'emporte loin de moi.

Je continue de prendre le café avec mon ancien groupe de futures mamans, comme d'habitude. Je vais à la bibliothèque à pied, comme d'habitude. Mais Freya sent ma tension et ma peur. Elle se réveille la nuit, en pleurs, et je sors du lit, titubant de sommeil, pour la prendre dans mes bras avant qu'elle ne réveille Owen. Dans la journée, elle est agitée et exigeante, elle n'arrête pas de lever les bras pour réclamer qu'on la porte, si bien que j'ai mal au dos.

— Peut-être qu'elle fait ses dents, dit Owen.

Mais je sais que ce n'est pas ça, ou pas seulement ça. C'est moi. C'est la terreur et l'adrénaline qui circulent dans mon corps, dans mon lait, qui sourdent dans ma peau, et se communiquent à elle.

Je suis en permanence sur la brèche, les muscles de mon cou sont comme des câbles d'acier, perpétuellement tendus en préparation de l'événement foudroyant qui viendra rompre le *statu quo* fragile. Mais lorsqu'il se produit, ce n'est pas sous la forme à laquelle je m'attendais.

C'est Owen qui ouvre la porte. On est samedi, et je suis toujours au lit, Freya à côté de moi, étalée en crapaud sur le duvet, sa bouche rouge humide grande ouverte, ses minces paupières violettes abaissées sur ses yeux agités de rêves.

Lorsque je me réveille, il y a une tasse de thé à côté de mon lit, mais pas seulement. Il y a aussi un vase. Un bouquet. Des roses.

Cette vision m'arrache pour de bon à mon demi-sommeil. Toujours allongée, j'essaie de trouver ce que j'ai bien pu oublier. Ce n'est pas notre anniversaire : il tombe en janvier. Le mien n'est pas avant juillet. Merde. C'est quoi ?

En définitive, je laisse tomber. Je vais devoir admettre mon ignorance et poser la question. J'appelle doucement :

— Owen ?

Il entre, soulève Freya qui commence à remuer et la dépose sur son épaule, lui tapote le dos tandis qu'elle s'étire et bâille avec la délicatesse d'un chat.

— Salut, belle endormie. Tu as vu ton thé ?

— Oui. Merci. Mais les fleurs, c'est pour quoi ? On a quelque chose à fêter ?

— J'allais te poser la même question.

— Tu veux dire qu'elles ne viennent pas de toi ?

Je bois une gorgée de thé et fronce les sourcils. Il est tiède, mais c'est du liquide, et c'est le principal.

— Non. Regarde, il y a une carte.

Elle est sous le vase : une petite carte de fleuriste, banale, dans une enveloppe blanche non cachetée, sans nom. Je l'ouvre.

Isa, dit une écriture que je ne reconnais pas, sans doute celle du fleuriste. *Je t'en prie, accepte ces fleurs en guise d'excuses pour mon comportement. À toi pour toujours, Luc.*

Oh mon Dieu.

— Alors, euh… qui est Luc ?

Owen prend sa propre tasse de thé et me jette un coup d'œil.

— Je dois m'inquiéter ?

Il dit ça sur le ton de la plaisanterie, quoiqu'il ne plaisante pas vraiment. Il n'est pas du genre jaloux, mais il y a dans son regard une interrogation, un doute, et je ne peux pas le blâmer. Si une inconnue lui envoyait des roses rouges, je me poserais sans doute des questions, moi aussi.

— Tu as lu la carte ?

Je réalise aussitôt que je n'aurais pas dû demander ça.

— Enfin, je ne voulais pas…

— Il n'y avait pas de nom sur l'enveloppe.

Il parle d'une voix sèche, vexée.

— Je l'ai lue pour voir à qui elles étaient destinées. Je ne t'espionnais pas, si tu te poses la question.

— Non, bien sûr que non. J'étais juste...

Je m'arrête, reprends ma respiration. Je suis très mal partie. Je n'aurais jamais dû m'engager dans cette direction. J'essaie – trop tard – de faire marche arrière.

— Luc est le frère de Kate.

— Son frère ?

Owen hausse un sourcil.

— Je croyais qu'elle était fille unique ?

— Frère adoptif.

Je tortille la carte entre mes doigts. Comment a-t-il eu mon adresse ? Owen doit se demander pour quelle raison il s'excuse, mais que puis-je lui dire ? Je ne peux pas lui expliquer ce qu'a fait Luc en réalité.

— Il... il y a eu un malentendu pendant que j'étais chez Kate. Une bêtise, vraiment.

— Eh ben dis donc, dit Owen avec légèreté. Si j'envoyais des roses chaque fois qu'il y a un malentendu, je serais fauché !

— C'était au sujet de Freya, dis-je à contrecœur.

Je dois tout de même trouver le moyen de lui raconter sans donner l'impression que Luc est un psychopathe. Si je dis – tel quel – que Luc a pris, sans permission, mon enfant, *notre* enfant, à la personne qui la gardait, Owen va sans doute vouloir que j'appelle la police, et c'est exactement ce que je ne peux pas faire. Je dois dire la vérité, mais pas toute la vérité.

— Je... oh, c'est compliqué, mais quand on est allées au dîner, j'ai pris une baby-sitter, mais elle était un peu jeune et elle s'est laissé déborder quand Freya a piqué sa crise. C'était idiot – je n'aurais pas dû laisser Freya avec une inconnue, mais Kate m'avait assuré que la fille avait de l'expérience... Bref, il se trouve que Luc était là, alors il lui a proposé d'emmener Freya faire un tour pour la calmer. Mais j'étais fâchée qu'il ne m'ait pas demandé la permission de la sortir de la maison.

Owen a dressé les deux sourcils, à présent.

— Ce mec t'a donné un coup de main, tu l'as engueulé, et maintenant il envoie des roses ? C'est un peu exagéré, non ?

Oh merde. J'aggrave la situation.

— Écoute, c'était plus compliqué que ça, en fait.

Je suis sur la défensive, ça s'entend.

— C'est une longue histoire. On peut en parler quand j'aurai pris une douche ?

— OK. (Owen lève les mains.) Je ne te retiens pas.

Mais lorsque je prends une serviette sur le radiateur et m'enveloppe dans mon peignoir, je surprends son regard sur le bouquet de roses posé sur la table de chevet, et son expression est celle d'un homme qui rassemble les pièces d'un puzzle… et n'aime pas le tableau final.

Plus tard dans la même journée, une fois Owen parti à Sainsbury's avec Freya pour acheter du pain et du lait, je sors les fleurs du vase et les pousse au fond de la poubelle extérieure, sans me soucier des épines qui m'écorchent.

Par-dessus, je place les ordures de la semaine dans un sac plastique, et j'enfonce comme si l'accumulation de détritus avait le pouvoir d'annuler la présence des fleurs. Puis je referme violemment le couvercle et rentre.

Mes mains, lorsque je les rince sous le robinet afin de nettoyer le sang, tremblent, et je brûle d'appeler Kate, Fatima ou Thea pour leur rapporter le geste de Luc, analyser ses motivations. Voulait-il vraiment s'excuser ? Ou était-ce une autre impulsion, plus subtile, plus nocive ?

Je vais même jusqu'à décrocher le téléphone et composer le numéro de Kate, mais je n'appelle pas. Elle a suffisamment de quoi s'inquiéter, c'est leur cas à toutes, sans que j'ajoute à leurs craintes avec ce qui n'est peut-être que de simples excuses.

Une chose qui me tracasse, c'est comment il a eu mon adresse. Kate ? Le lycée ? Mais je suis dans l'annuaire, je m'en rends compte avec un vertige. Isa Wilde. Il n'y en a sans doute pas tant que ça dans le nord de Londres. Je ne suis pas si difficile à trouver.

Je fais les cent pas en ressassant et, en fin de compte, je réalise qu'il faut que je me distraie, sans quoi je vais devenir folle. Je monte dans la chambre et je sors tous les vêtements de Freya de sa commode, puis j'entreprends de trier les grenouillères trop petites et les barboteuses d'il y a quelques mois. La tâche m'absorbe et, à mesure que les tas grandissent, je me surprends à fredonner une mélodie entre mes dents, une chanson pop légère qui passait à la radio chez Kate. Mon cœur s'est ralenti, mes mains ne tremblent plus.

Je vais repasser les vêtements trop petits et les ranger dans des boîtes en plastique au grenier pour quand – si – Freya aura un petit frère ou une petite sœur.

Mais ce n'est que lorsque je m'apprête à descendre le tas pour le repasser que je remarque qu'ils sont tachés de minuscules gouttelettes de sang, à cause des roses.

Je pourrais les laver, bien sûr, mais je ne sais pas si les taches partiraient sur le tissu fragile, blanc comme neige, et de toute façon, je m'en rends compte en regardant les points rouges qui s'élargissent et prennent une couleur rouille, je ne vais pas y arriver. Ces petites choses parfaites, innocentes, sont ruinées, souillées, et je ne les regarderai plus jamais de la même façon.

Dans mon lit cette nuit-là, écoutant Freya renifler dans son berceau et Owen ronfler paisiblement à mes côtés, je ne peux pas dormir.

Je suis épuisée. Je suis constamment épuisée, ces temps-ci. Je n'ai pas eu une vraie nuit de sommeil depuis que Freya est née, mais c'est plus que ça : je n'arrive plus à me débrancher. Je me rappelle le mantra de nos visiteurs quand elle était nouveau-née – *dormez chaque fois que le bébé dort !* Et j'avais envie de rire. J'avais envie de dire : vous ne comprenez pas ? Je ne pourrai plus jamais dormir, pas complètement. Pas de ce sommeil absolu, massif qui était le mien avant son arrivée, cet état qu'Owen semble retrouver sans problème.

Parce que maintenant je l'ai *elle*, Freya. Et elle est à moi, elle est ma responsabilité. Il pourrait se passer n'importe quoi ; elle pourrait s'étouffer dans son sommeil, la maison pourrait prendre feu, un renard pourrait se glisser par la fenêtre de la salle de bains et la mutiler. Alors je reste aux aguets même pendant mon sommeil, prête à bondir, le cœur battant, au moindre signe que quelque chose ne va pas.

Et à présent rien ne va. Alors je ne peux pas dormir.

Je n'arrête pas de penser à Luc, à l'homme de haute taille, en colère, à la Poste, et à l'adolescent que je connaissais il y a tant d'années. Et j'essaie de les réunir.

Il était si beau, c'est ce qui ne cesse de me revenir. Luc, allongé sur la jetée dans la nuit étoilée, ses doigts traînant dans l'eau salée, ses yeux fermés. Et moi, couchée près de lui, contemplant son profil sous la lune, et sentant mon ventre se nouer douloureusement de désir.

Il a été mon premier… mon premier flash, je suppose, même si ce mot ne rend pas justice à la violence avec laquelle ce sentiment m'est tombé dessus. J'avais rencontré des mecs auparavant, les amis de Will, les frères de mes copines d'école. Mais je ne m'étais jamais allongée dans la pénombre, à quelques centimètres d'un garçon d'une beauté à vous briser le cœur, assez près pour le toucher.

Je me rappelle avoir avancé ma main vers son épaule – les doigts si proches que je sentais la chaleur de sa peau nue, bronzée, qui brillait sous les étoiles.

À présent, couchée dans mon lit à côté de mon bébé et de son père, je m'interroge. Je m'imagine l'effleurer de ma main, et Luc se retournant dans le clair de lune silencieux, ouvrant ses yeux extraordinaires. Je l'imagine porter une main à ma joue, et je me vois l'embrasser, comme je l'ai fait une fois, il y a si longtemps. Sauf que là, il n'aurait pas de mouvement de recul ; il me rendrait mon baiser. Et je l'éprouve de nouveau, gonflant en moi, un désir tel qu'on pourrait s'y noyer.

Je ferme les yeux, repousse cette pensée, sentant mes joues s'empourprer. Comment puis-je fantasmer sur un garçon que j'ai connu il y a près de vingt ans, couchée à côté de mon compagnon ? Je ne suis plus une adolescente. Je suis une adulte, une mère.

Et Luc… Luc n'est plus ce garçon. C'est un homme, un homme en colère. Et je suis l'une des personnes contre lesquelles il est furieux.

Avant nos retrouvailles à Salten, je pouvais passer des mois, voire des années, sans parler aux trois autres. Mais à présent le besoin de communiquer avec elles est comme une démangeaison constante, un besoin pressant, à l'instar des cigarettes que je brûle de fumer de nouveau.

Chaque matin en me réveillant je pense au paquet qui est toujours fourré au fond de mon sac à main, et je pense à mon portable, avec leurs numéros enregistrés. Serait-ce si grave, de les voir ?

J'ai le sentiment que ça reviendrait à tenter le sort, mais à mesure que les jours passent et que le désir s'intensifie, je commence à chercher des justifications. Ce ne sont pas seulement les fleurs importunes de Luc, même si en parler serait un soulagement, c'est vrai. Mais j'éprouve le besoin de savoir qu'elles vont bien, qu'elles tiennent le coup sous la pression. Tant que nous nous en tenons à notre version – nous ne savons rien, nous n'avons rien vu – il n'y a pratiquement aucune preuve contre nous. Mais je suis inquiète. À cause de Thea, en particulier, à cause de son penchant pour l'alcool. Si l'une d'entre nous craque, nous sombrons toutes. Et maintenant que le corps d'Ambrose a été découvert, c'est forcément une question de temps avant qu'on nous convoque.

J'y pense sans arrêt. Chaque fois que le téléphone sonne, je sursaute et regarde l'identité de l'appelant avant de répondre. La seule fois où c'est un numéro masqué, je le laisse partir sur messagerie, mais il n'y a pas de message. Sans doute juste du télémarketing, je me dis ; la terreur me retourne l'estomac tandis que j'attends de voir si la personne va rappeler.

Mais non. Je ne peux pourtant pas m'empêcher de me rejouer mentalement l'appel fatidique. J'imagine la police en train de nous interroger sur le déroulement des faits, de décortiquer notre récit. Et il y a une chose à laquelle je ne cesse de revenir, imaginant leurs questions qui viennent ronger le problème tel un rat s'acharnant sur un nœud, et là-dessus, je n'ai pas de réponse.

Ambrose s'est suicidé, car il était viré pour une répugnante faute professionnelle. Parce qu'ils avaient trouvé les dessins dans son carnet ou son atelier, quelque chose comme ça. C'est ce qu'on a toujours pensé, toutes.

Mais si c'est le cas, pourquoi n'avons-nous été convoquées au bureau de miss Weatherby que le samedi ?

C'est un élément de la chronologie que j'ai disséqué à d'innombrables reprises au milieu de la nuit tandis qu'Owen ronflait à côté de moi, et je n'arrive pas à trouver sa logique. Ambrose est mort le vendredi soir, or au lycée, ce jour-là s'est déroulé tout à fait normalement – nous avons suivi nos cours comme d'habitude. J'ai même vu miss Weatherby pendant l'étude du soir, et elle était parfaitement calme.

Quand ont-ils découvert les dessins, et où ? Une réponse s'agite dans le fond de mon crâne, et celle-ci, je ne veux pas l'affronter seule.

Finalement, cinq ou six jours après l'article du *Guardian*, je craque et j'envoie un texto à Thea et à Fatima.

Vous êtes par là, qu'on se voie, l'une ou l'autre ? Ce serait chouette.

Fatima répond la première.

Café samedi, si tu veux ? Peux rien prévoir avant. 15 h dans le centre ?

Super, je réponds. *Bon pour moi. Thea ?*

Thea met vingt-quatre heures à répondre et, lorsqu'elle le fait, c'est avec son laconisme coutumier.

P Quot à S Ken ?

Il me faut dix bonnes minutes pour piger, et à ce moment-là, la réponse de Fatima arrive avant que j'aie le temps d'envoyer mon accord.

OK, 15 h au Pain Quotidien de South Kensington. À samedi.

Pendant le dîner, je demande à Owen d'un ton désinvolte :

— Tu peux garder Freya samedi ?

— Bien sûr.

Il enfourne sa fourchette dans sa bouche et hoche la tête en mastiquant ses bolognaises.

— Tu le sais bien. Ça me ferait plaisir, que tu sortes plus souvent. Quelle est l'occasion ?

— Oh, je vais voir des amies.

Je reste vague, car je ne veux pas qu'il sache que je retrouve Fatima et Thea. Il se demanderait pourquoi, si tôt après notre réunion chez Kate.

— Je les connais ? demande-t-il, et l'agacement me gagne.

Ce n'est pas que je n'ai pas envie de répondre, c'est que je ne crois pas qu'il aurait posé la question il y a ne serait-ce qu'une semaine. Ce sont ces fleurs de Luc. Owen n'a rien dit en rentrant et en constatant leur disparition, mais il y pense encore. Je le vois.

— Des amies, c'est tout.

Puis j'ajoute, comme une imbécile :

— C'est un truc de la NCT.

— Ah, sympa, il y aura qui ?

J'ai un malaise en réalisant le mensonge dans lequel je me suis embringuée. Owen et moi avons suivi ensemble des cours de préparation à l'accouchement de la NCT. Il connaît tout le monde. Je vais devoir donner des détails, et comme l'a toujours dit Kate, ce sont les détails qui vous trahissent.

— Euh... Rachel, dis-je enfin. Et Jo, je crois. Je ne sais pas trop, sinon.

— Tu vas tirer ton lait ? demande Owen en attrapant le poivre.

— Non, je ne serai partie que deux heures, quelque chose comme ça. On va juste prendre un café.

— Pas de problème. On va s'amuser. Je vais l'emmener au pub, je lui donnerai de la couenne.

Je sais qu'il plaisante – au sujet de la couenne au moins – mais je sais aussi qu'il l'a dit pour voir ma réaction, alors je lui fais plaisir, faisant mine de froncer les sourcils et de lui donner une claque en travers de la table, et je fais un grand sourire puisque nous jouons notre petite pantomime conjugale. Tous les couples ont-ils ces petits échanges, ces petits rituels communs ? Je me pose la question en débarrassant la table.

Lorsque nous nous affalons dans notre lit ce soir-là, je m'attends à ce qu'Owen s'endorme comme il le fait toujours – sombrant dans l'inconscience avec une rapidité et une aisance que je lui envie de plus en plus –, mais à ma grande surprise, il tend la main vers moi dans le noir, et ses mains s'égarent le long de mon ventre encore distendu, entre mes jambes. Je me tourne vers lui, cherche son visage, ses bras, la touffe de poils sombres, rares, à l'endroit où se rejoignent ses côtes.

— Je t'aime, dit-il ensuite, tandis que nous nous laissons retomber sur le dos, le cœur toujours emballé. On devrait le faire plus souvent.

— Oui, on devrait, dis-je.

Puis, presque comme pour corriger un oubli :

— Je t'aime aussi.

Et c'est vrai, je l'aime de tout mon cœur en cet instant.

Je suis en train de m'endormir lorsqu'il reprend la parole, d'une voix douce.

— Isa, est-ce que tout va bien ?

J'ouvre les yeux dans le noir, soudain tendue.

— Oui, dis-je, tentant de garder une voix ensommeillée et égale. Bien sûr. Pourquoi tu me demandes ça ?

Il pousse un soupir.

— Je ne sais pas. J'ai juste… J'ai l'impression que tu n'es pas comme d'habitude, que tu es tendue, depuis ce séjour chez Kate.

Je t'en prie. Je ferme les yeux, serre les poings. *Je t'en prie, ne fais pas ça, ne me force pas à recommencer à te mentir.*

— Tout va bien, dis-je, et je n'essaie pas de cacher ma lassitude. Je suis juste… Je suis fatiguée, je suppose. On peut en parler demain ?

— Bien sûr, dit-il.

Mais il y a une ombre dans sa voix, de la déception, peut-être. Il sait que je lui cache quelque chose.

— Je suis désolé que tu sois si fatiguée. Tu devrais me laisser me lever plus souvent la nuit.

— Oui, mais à quoi bon ? (Je bâille.) Tant que j'allaite, ça sert à rien. Tu serais juste obligé de me réveiller à ton tour.

— Écoute, je n'arrête pas de dire qu'on devrait essayer le biberon, commence Owen.

L'irritation gronde en moi, et je lui lâche un peu la bride.

— Owen, s'il te plaît, *s'il te plaît*, on peut en parler à un autre moment ? Je t'ai dit que j'étais fatiguée, je veux dormir.

— Bien sûr.

Cette fois, sa voix est étouffée, abattue.

— Désolé. Bonne nuit.

J'ai envie de pleurer. Je ne peux pas affronter ça en plus de tout le reste. Owen est mon unique constante, la seule chose dans ma vie en ce moment qui n'a rien à voir avec la paranoïa et le mensonge.

— S'il te plaît, Owen, dis-je, et ma voix se brise un peu malgré moi. S'il te plaît, arrête avec ça.

Mais il ne répond pas. Il reste étendu en silence, recroquevillé sous les draps, et je pousse un soupir et me tourne vers le mur.

— À tout à l'heure ! dis-je depuis le hall de l'immeuble. Appelle-moi si… tu sais.

— T'en fais pas pour nous, lance Owen d'en haut de l'escalier.

C'est tout juste si je ne l'entends pas lever les yeux au ciel. Il est sur le seuil de la porte, Freya dans les bras.

— Vas-y. Amuse-toi bien. Arrête de t'inquiéter ! Je suis capable de veiller sur ma propre fille, tu sais.

Je sais.

Je sais, je sais, et pourtant lorsque la porte d'entrée de notre appartement claque, me laissant seule dans le hall, ma poitrine se serre, comme d'habitude, à mesure que le lien entre moi et Freya s'étire, s'étire…

Je vérifie le contenu de mon sac à main. Téléphone… OK. Clefs… OK. Portefeuille… Où est mon portefeuille ? Je suis en train de le chercher lorsque mon regard se pose sur une lettre qui m'est adressée, dans le casier.

Je m'apprête à monter chercher mon portefeuille avec, mais deux choses se produisent en même temps.

La première, c'est que je sens la présence de mon portefeuille dans la poche de mon jean. La seconde… c'est que je remarque que la lettre porte le cachet de Salten.

Mon cœur s'emballe un peu, mais je me dis qu'il n'y a pas de raison de paniquer. Si c'était un courrier de la police, il ne serait pas timbré, et ressemblerait à une lettre officielle – adresse tapée à la machine, sur une enveloppe à fenêtre, affranchie automatiquement.

C'est autre chose – une enveloppe en papier kraft A5, qui contient plusieurs feuilles, manifestement.

Ce n'est pas l'écriture de Kate. Ce sont des majuscules propres, anonymes, qui ne ressemblent pas du tout à ses boucles généreuses.

Se peut-il que ça vienne du lycée ? Des photos du dîner, peut-être ?

J'hésite un instant, me demandant si je dois la reposer dans le casier et m'en occuper plus tard. Mais la curiosité l'emporte et je glisse un doigt sous le rabat pour l'ouvrir.

À l'intérieur, il y a une liasse de papiers, trois ou quatre pages peut-être, qui ressemblent à des photocopies ; des dessins, plutôt que des lettres. Je les sors, cherchant un mot qui m'indiquerait de quoi il s'agit, et lorsque les feuilles de papier tombent en voletant, c'est comme si une main s'emparait de mon cœur et serrait, si fort que ma poitrine est douloureuse. Le sang quitte mon visage, et le bout de mes doigts devient froid et engourdi. Je me demande un instant si je suis en train d'avoir une crise cardiaque – si c'est l'effet que ça fait.

Mon pouls est erratique, ma respiration superficielle, sifflante.

Puis j'entends un bruit dans les étages et mon instinct de conservation prend le relais : je me mets à quatre pattes pour ramasser les papiers avec un acharnement désespéré que je ne saurais cacher.

Ce n'est que lorsque le tout est retourné dans l'enveloppe que je parviens à tenter de comprendre ce qui vient de se passer, ce que j'ai vu, et je porte les mains à mes joues cramoisies. Qui a envoyé ça ? Comment cette personne est-elle au courant ?

Soudain, il me semble plus urgent que jamais de sortir, de parler avec Fatima et Thea et, les mains tremblantes, je fourre l'enveloppe au fond de mon sac et tire la porte.

En sortant dans la rue, j'entends de nouveau un bruit au-dessus et je lève la tête : Owen et Freya sont à la fenêtre. Il tient sa petite main potelée qu'il agite solennellement en me voyant.

— Ah, enfin ! s'écrie-t-il. (Il rit, tentant d'empêcher Freya d'échapper à ses bras.) Je commençais à me dire que t'allais passer tout l'après-midi dans le hall !

— D-désolée, je bégaie, sachant que mes joues sont toutes rouges, et que j'ai l'air secouée. Je regardais les horaires de métro.

— Au revoir, Maman ! dit Owen, mais Freya s'agite contre lui, battant de ses jambes rebondies. Au revoir, mon amour, dit-il avant de se détourner.

— Au revoir.

J'ai la gorge nouée, douloureuse, comme si une boule énorme y était coincée, m'empêchant de parler ou de déglutir.

— À tout à l'heure.

Et je m'en vais, incapable de le regarder plus longtemps.

Fatima est à une table du Pain Quotidien lorsque j'arrive et, dès que je la vois, tendue, trop droite, avec ses doigts qui tambourinent sur la table, je comprends.

— Tu en as reçu une aussi ? dis-je en me glissant sur un siège.

Elle acquiesce d'un hochement de tête, pâle comme un linge.

— Tu savais ?

— Je savais quoi ?

— Tu savais qu'elles arrivaient ? siffle-t-elle.

— Quoi ? Non ! Bien sûr que non. Comment peux-tu me demander ça ?

— Le timing, ce rendez-vous. Ça fait un peu… planifié ?

— Fatima, *non.*

Oh mon Dieu, c'est pire que ce que je pensais. Si Fatima soupçonne que je suis impliquée…

— Non !

Je pleure presque à l'idée que j'aurais pu avoir joué un rôle là-dedans, et ne pas l'avoir prévenue, protégée.

— Bien sûr que je ne savais rien ! Comment peux-tu penser une chose pareille ? C'est une coïncidence totale.

Je tire le coin de ma propre enveloppe de mon sac et elle me fixe pendant un long moment, puis semble se rendre compte pleinement de ce qu'elle a laissé entendre, et se couvre le visage.

— Isa, je suis désolée, je ne sais pas ce qui m'a pris. C'est juste…

Un serveur arrive et elle se tait pour le regarder.

— Je peux vous apporter quelque chose, mesdames ? Café ? Petit gâteau ?

Fatima se passe une main sur le visage et je vois qu'elle tente de mettre de l'ordre dans ses pensées ; elle est aussi secouée que moi.

— Vous avez du thé à la menthe ? demande-t-elle enfin.

Le serveur fait oui de la tête et se tourne vers moi en souriant. Je sens que mon visage est figé, faux, un masque de bonne humeur dissimulant un abîme de terreur. Mais je parviens à déglutir malgré l'angoisse qui me serre la gorge.

— Je prendrai... un capuccino, s'il vous plaît.

— Quelque chose à manger ?

— Non, merci, fait Fatima.

Je secoue la tête avec véhémence à mon tour. Si j'essaie d'avaler quoi que ce soit, je vais m'étouffer.

Le serveur est parti chercher nos consommations lorsque la porte du café s'ouvre avec un tintement. Thea entre, lunettes noires sur le nez et rouge à lèvres rouge vif, jetant des regards affolés autour d'elle. En nous voyant, elle sursaute légèrement et se dirige vers nous.

— Comment t'as su ?

Elle se plante devant moi et fourre l'enveloppe sous mon nez.

— Comment t'as su, putain ?

Elle crie presque, et elle a les mains qui tremblent.

— Thee... je...

Mais je n'arrive pas à parler.

— Thee, calme-toi.

Fatima se lève, les mains tendues.

— Je lui ai posé la même question. Mais c'est juste une coïncidence.

— Une coïncidence ? Un peu gros, comme foutue coïncidence ! crache Thea, avant de marquer un temps d'arrêt. Attends, t'en as reçu une aussi ?

— Oui, et Isa aussi.

Fatima désigne l'enveloppe qui dépasse de mon sac.

— Elle ne savait pas plus que nous qu'elles arriveraient.

Thea promène son regard de Fatima à moi, puis remet le courrier dans son sac et s'assoit.

— Alors... on ne sait pas du tout qui a envoyé ça ?

Fatima secoue lentement la tête, puis dit :

— Mais on a quand même une petite idée, non ?

— Qu'est-ce que tu veux dire ? demande Thea.

— À ton avis ? Kate a dit qu'elle avait détruit tous les dessins... de ce genre. Alors soit elle a menti, soit ils viennent du lycée.

— *Merde !* s'écrie Thea avec une telle véhémence que le serveur, qui s'était approché pour prendre sa commande, se retire discrètement pour attendre un meilleur moment. Putains de saloperies de connards de mes couilles.

Elle se prend la tête à deux mains, et je constate que ses ongles sont rongés jusqu'au sang.

— On lui demande ? reprend-elle enfin. À Kate, je veux dire ?

— À mon avis, non, fait Fatima d'un ton sinistre. Si elle nous fait une espèce de chantage, elle a pris la peine de déguiser son écriture et de les envoyer anonymement, alors je ne crois pas trop qu'elle va passer à table comme ça.

J'explose juste au moment où le serveur revient avec nos boissons :

— Ça ne peut *pas* être Kate !

Nous restons sans rien dire, les joues écarlates, pendant qu'il les pose sur la table et prend la commande de Thea, un double expresso. Une fois qu'il s'est éclipsé, je reprends, plus doucement :

— Ça n'est pas possible. Vraiment pas. Quelle raison aurait-elle pour envoyer ça ?

— L'idée ne me plaît pas plus qu'à toi, réplique sèchement Fatima. Merde. *Merde.* Quel bordel. Mais si ce n'est pas Kate, c'est qui ? Le lycée ? Quelle raison auraient-ils, eux ? Les temps ont changé, Isa. Les juges ne mettent plus les frasques des lycéennes sur le compte de la jeunesse ; il y aurait un scandale, ce serait considéré comme une affaire de pédophilie, purement et simplement, et Salten House serait en plein milieu. La manière dont ils ont géré toute l'histoire a été honteuse, ils ont presque autant à perdre que nous.

— Mais on n'a pas été victimes d'abus sexuels, dit Thea.

Elle retire ses lunettes noires et je vois qu'elle a des cernes profonds.

— Ambrose était beaucoup de choses, mais pas un pédophile.

— Ce n'est pas la question, fait Fatima. Quelles que soient ses motivations, il a abusé de sa *position*, c'est indéniable, et tu le sais aussi bien que moi. C'était un imbécile et un irresponsable.

— C'était un artiste. Et il n'a jamais porté la main sur nous, que je sache ?

— Mais ce n'est pas comme ça que la presse verra les choses ! Réveille-toi, Thee. Ça, c'est un mobile, tu ne comprends pas ?

— Un mobile pour… son suicide ?

Thea semble perplexe un moment, mais je prends la parole, et mets les points sur les i :

— Un mobile pour que nous… pour que nous l'ayons tué, c'est ça, Fatima ? C'est ce que tu disais.

Elle hoche la tête, le visage blême sous son hijab lie-de-vin, et ma gorge se serre de nouveau. Je m'étouffe. Les images se bousculent dans ma tête : les coups de crayon délicats d'Ambrose, une courbe là, une ligne, l'ombre d'une chevelure…

Le corps représenté sur ces images a changé, mais mon visage, mon visage est toujours affreusement reconnaissable, sans la moindre ambiguïté, même après toutes ces années, sur le papier, avec son regard innocent, son immense vulnérabilité…

— Quoi ? (Thea laisse échapper un rire chevrotant.) Non. Non ! C'est ridicule ! Qui irait gober une chose pareille ? La démonstration ne prend pas du tout sur moi !

— Écoute, reprend Fatima avec lassitude. Il y a dix-sept ans, on ne pensait pas à nous, on n'a considéré la découverte des dessins que d'un seul point de vue, celui d'Ambrose. C'était un désastre pour lui, une vraie catastrophe. Mais repenses-y un peu avec le recul, avec ton expérience, sans te voiler la face. Que penserais-tu si tu voyais ça dans le journal aujourd'hui ? Tu as un groupe de gamines, dans un pensionnat, qu'un professeur, dont l'une est la fille, amadoue et subjugue. Tu as entendu Kate ; les gens du village se demandent déjà si Ambrose abusait d'elle. Ces dessins, reparaissant *maintenant*, après tout ce qu'a fait Kate pour les détruire ? Ils changent radicalement notre relation avec Ambrose, Thee. Nous ne sommes plus ses élèves, nous sommes ses victimes. Et parfois, les victimes se rebiffent.

Ses mots prononcés à mi-voix sont à peine audibles dans le brouhaha du café, mais tout à coup j'ai envie de lui plaquer la main sur la bouche, de lui dire de se taire, bon Dieu, d'arrêter. Parce qu'elle a raison. Nous avons enterré le corps. Nous n'avons pas d'alibi pour le soir de sa mort. Même si ça ne passait pas en jugement, les gens parleraient.

Le café de Thea arrive dans le silence qui suit et nous buvons sans rien dire, perdues dans nos conjectures sur les conséquences de ce scandale sur nos carrières, nos relations, nos enfants…

— Alors qui, dans ce cas ? reprend enfin Thea. Luc ? Quelqu'un du village ?

— Je ne sais pas, grogne Fatima. Quoi que j'aie dit tout à l'heure, je ne crois *pas* que ce soit Kate, pas du tout. Mais, même dans le cas contraire, elle a menti sur le fait d'avoir détruit les dessins. Ce ne sont pas ceux que nous a montrés le lycée, si ?

— Tiens, c'est marrant, fait Thea, presque agressive. Admirer ma pose n'est pas le premier truc qui m'est venu à l'esprit, ce jour-là. Isa ? Tu te rappelles, toi ?

— Je ne sais pas.

J'essaie de me remémorer les images étalées sur le bureau. Il n'y avait qu'une demi-douzaine de feuilles de papier, dont une seule qui me représentait sans les autres, du moins je crois… Bon sang, c'est tellement dur de se souvenir. Mais je suis certaine d'une chose – l'enveloppe que j'ai reçue aujourd'hui contenait au moins trois ou quatre feuilles, sur lesquelles étaient reproduites bien plus d'images que celles qui se trouvaient sur le bureau de miss Weatherby.

— Je crois que tu as raison. Je ne pense pas que ce soit celles qu'avait le lycée. Enfin, sauf s'ils en avaient gardé sous le coude. Celles qu'on nous a montrées… il n'y en avait pas autant que là. Mais je crois que Fatima a raison aussi ; le lycée n'a aucune raison de nous envoyer ça, si ? Ils ont autant à perdre que nous.

— Qui alors… Luc ? reprend Thea.

Je hausse les épaules, impuissante.

— Mary Wren ? Et c'est quoi, un avertissement, ou quelqu'un qui essaie de nous épargner du grabuge ? Est-ce que ça pourrait être Kate qui nous rend les dessins pour qu'on ne risque pas de se faire surprendre s'ils refont surface ?

— J'en doute, dis-je.

J'adorerais croire en cette version – celle dans laquelle nous n'avons pas à regarder en permanence par-dessus notre épaule, dans l'attente de la revendication qui va forcément suivre.

— Mais ce sont des photocopies, pas des originaux. Pourquoi nous envoyer des photocopies ?

Toutefois, même en le disant, je peux imaginer Kate incapable de se séparer des dessins. Dieu sait, après tout, qu'elle s'accroche désespérément, depuis toujours, à tout ce qui reste de son père.

— Ou est-ce qu'elle pourrait vouloir nous prévenir de leur existence ? fait Thea, sans conviction.

Je secoue la tête.

— Elle nous l'aurait dit au Moulin. Les poster maintenant… ça n'a pas de sens.

— Tu as raison, fait Fatima. Le timing est trop bizarre.

Ses mots déclenchent un écho désagréable dans ma tête, et tout à coup je me rappelle mes doutes nocturnes, presque submergés par l'arrivée des images et les craintes qu'elles ont provoqué.

Je finis mon capuccino et, lorsque je le repose, je cogne bruyamment la sous-tasse, trahissant la nervosité dans laquelle me plonge ce que je m'apprête à dire. Je voudrais tant avoir tort. Je voudrais tellement que Fatima et Thea dissipent mes doutes, mais je ne suis pas sûre qu'elles le puissent.

— Au fait, il y a autre chose…

Fatima et Thea lèvent les yeux. Je déglutis une fois de plus, la gorge sèche, un goût amer de caféine dans la bouche.

— C'est… c'est une question que je me suis souvent posée, le timing des dessins… mais pas ceux-ci, j'ajoute en voyant leurs mines perplexes. Ceux qu'avait trouvés le lycée.

— Comment ça, le timing ? fait Fatima.

— Le jour de la mort d'Ambrose, tout était parfaitement normal, pas vrai ? Mais je ne comprends pas comment c'est possible. Si l'administration savait pour les dessins, si elle en avait parlé à Ambrose, pourquoi aurait-elle attendu vingt-quatre heures pour nous convoquer ? Et pourquoi nous interroger comme si elle ne savait pas qui les avait faits ?

— P-parce que…, commence Thea, puis elle s'interrompt, tentant de mettre de l'ordre dans ses pensées. Enfin je veux dire, j'ai toujours pensé qu'on nous avait convoquées avant de convoquer Ambrose. Ça doit être ça, pas vrai ? Sinon les autorités auraient su qu'ils étaient de lui ; il n'aurait pas nié, si ?

Mais Fatima a déjà compris où je voulais en venir. Elle est blême, ses yeux foncés fixés sur moi, empreints d'une terreur sourde qui ne fait qu'ajouter à la mienne.

— Je vois ce que tu veux dire. Si elles n'avaient pas parlé à Ambrose, comment savait-il que l'affaire allait éclater ?

Je hoche la tête en silence. J'espérais contre toute attente que Fatima, détachée, rationnelle comme elle l'est, avec son esprit clair et son sens de la logique, allait trouver la faille dans mon raisonnement. Mais je sais à présent qu'il n'y en a pas.

— Mon hypothèse, dis-je, et d'ailleurs ce n'est pas une hypothèse, d'après moi c'est une quasi-certitude, c'est que l'administration n'a vu ces dessins qu'*après* la mort d'Ambrose.

Il y a un silence. Un long silence, plein d'effroi.

— Alors ce que tu es en train de dire…

Je vois que le cerveau de Thea mouline ; elle est déterminée à trouver un moyen de faire en sorte que ça signifie autre chose, autre chose que la conclusion évidente que nous aimerions toutes éviter.

— Ce que tu es en train de dire, c'est que…

Elle se tait.

Le bruit du café semble tout à coup fort lointain, presque assourdi à côté des mots qui hurlent dans ma tête.

Je n'arrive pas à croire que je m'apprête à les dire tout haut, mais il faut que quelqu'un le fasse.

— Ce que je suis en train de dire, c'est que soit quelqu'un le faisait chanter… et il savait que ces dessins étaient sur le point d'être envoyés et a agi avant que le scandale n'éclate… soit…

Là, je m'arrête aussi, car je ne parviens pas à terminer. La seconde hypothèse est trop horrible, elle change tout ; ce qui s'est passé, ce que nous avons fait, et surtout les conséquences possibles.

C'est Fatima qui s'en charge. Fatima, qui est habituée à annoncer des informations fatales, à traiter avec des questions de vie ou de mort – des diagnostics inéluctables, des résultats d'analyse pareils à des coups de poing. Elle boit la dernière gorgée de son thé à la menthe et termine ma phrase, d'une voix blanche :

— Soit quelqu'un l'a assassiné.

Quand je rentre en métro, les faits se bousculent dans ma tête, comme si je pouvais donner un sens à tout cela à condition de revoir la disposition des cartes.

Complice de meurtre. Peut-être même suspecte moi-même, si Fatima a raison.

Ça change tout, et j'ai des sueurs froides à mesure que je réalise dans quoi nous pourrions nous être fourrées. Je suis en colère – plus qu'en colère. Furieuse. Furieuse contre Fatima et Thea pour n'être pas parvenues à me rassurer. Furieuse contre moi-même pour ne pas avoir compris plus tôt. Pendant dix-sept ans, j'ai refoulé mes réflexions sur ce que nous avions fait cette nuit-là. Pendant dix-sept ans, je n'ai *pas* pensé à ce qui s'était passé, tentant d'enfouir les souvenirs sous une tonne de soucis et de projets quotidiens, terre à terre.

J'aurais dû y penser.

J'aurais dû y penser tous les jours, envisager la chose sous tous les angles. Car à présent que j'ai tiré sur ce simple fil, c'est toute la tapisserie du passé qui se défait.

Plus je me pose la question, plus je suis certaine que les dessins n'ont fait surface que ce matin-là, le matin *suivant* la mort d'Ambrose. J'avais parlé avec miss Weatherby lors du dîner la veille au soir : elle m'avait demandé des nouvelles de ma mère et interrogée sur mes projets de week-end. Il n'y avait absolument aucun signe avant-coureur de ce qui allait suivre, pas la moindre trace du choc brutal et de l'indignation que nous avons lus sur son visage le lendemain. À moins qu'elle n'ait été une dissimulatrice vraiment hors pair – mais *pourquoi* ? L'administration du lycée n'avait aucune raison d'attendre avant de nous demander des comptes. Si miss Weatherby avait vu ces dessins le vendredi, elle nous aurait convoquées le jour même.

Non, la conclusion était imparable : les dessins avaient été découverts après la mort d'Ambrose.

Mais *qui* ? Et presque aussi important, *pourquoi* ?

Quelqu'un qui le faisait chanter, qui mettait finalement ses menaces à exécution ?

Ou quelqu'un qui l'avait assassiné, et tentait de faire croire qu'il avait un mobile pour se suicider ?

Ou… était-ce possible… Ambrose aurait-il pu les envoyer lui-même, dans un accès de remords, avant d'ingurgiter sa dose fatale ?

Mais j'écarte cette hypothèse presque aussitôt. En nous dessinant, Ambrose commettait peut-être un acte condamnable, d'un point de vue légal et éthique, un abus de pouvoir, comme l'avait dit Fatima. Peut-être s'en était-il rendu compte lui-même, avec le temps.

Mais je suis absolument convaincue que, quels que soient ses sentiments, Ambrose n'aurait jamais envoyé ces dessins au lycée. Pas pour s'épargner la honte, mais parce qu'il ne nous aurait jamais exposées à une humiliation publique telle que celle qui s'est ensuivie. Il n'aurait jamais exposé *Kate* à une telle épreuve. Son affection, son *amour* pour nous était trop grand, et si je sais une chose, tandis que le wagon du métro file bruyamment sous terre, et que le vent chaud, poussiéreux, me souffle sur le visage, c'est qu'il nous aimait, pour Kate, et pour nous.

Alors qui ?

Un maître chanteur du village, qui serait passé un jour au Moulin et aurait aperçu des choses qu'il pensait pouvoir utiliser ?

Je voudrais que ce soit vrai. Parce que l'alternative… l'alternative est presque impensable. Un meurtre.

Et là, il y a beaucoup moins de personnes dotées d'un mobile.

Pas Luc. C'est lui qui a le plus pâti de la mort d'Ambrose. Il a perdu sa maison, sa sœur, et son père adoptif. Il a perdu le peu de sécurité qu'il avait.

Aucun des villageois, du moins à ma connaissance. Ils auraient pu le faire chanter. Mais ils n'avaient aucune raison de tuer l'un des leurs.

Donc qui ? Qui avait accès aux dessins, accès au stock de came d'Ambrose, et se trouvait dans la maison juste avant son décès ?

Je me masse les tempes, tentant de ne pas réfléchir à ça, tentant d'oublier la conversation que nous venons d'avoir, Fatima, Thea et moi, en marchant jusqu'à la station de South Kensington, lunettes noires sur le nez pour nous protéger du soleil féroce, aveuglant de l'été.

— Dites, il y a juste encore un truc..., a fait Thea.

Puis elle s'est arrêtée dans le passage voûté qui menait au métro, portant ses doigts à sa bouche.

— Arrête de te ronger les ongles, a dit Fatima, plutôt avec inquiétude, pas pour la gronder. Mais quoi ? Qu'est-ce qu'il y a ?

— C'est... c'est à propos de Kate. Et Ambrose. Merde.

Elle a passé la main dans ses cheveux courts, le visage raidi par l'appréhension.

— Non. Non, ça ne fait rien.

— Tu ne peux pas commencer comme ça et ne pas aller jusqu'au bout.

J'ai posé une main sur son bras.

— Eh puis visiblement, ça te ronge. Alors crache le morceau. Tu te sentiras mieux. Qu'est-ce qu'on dit ? Ensemble, on est toujours plus forts ?

— Des conneries, oui ! a-t-elle répondu brutalement. Parce que ça nous a bien réussi jusque-là.

Elle a fait une grimace, puis repris :

— Écoutez, ce que je m'apprête à vous dire... ce n'est pas parce que je pense... je ne veux pas que *vous* pensiez que...

Elle a hésité et s'est pincé l'arête du nez sous ses lunettes, mais Fatima et moi avons gardé le silence, sentant qu'il n'y avait que comme ça qu'elle se résoudrait à parler.

Et en fin de compte, elle nous l'a dit.

Ambrose avait l'intention de faire partir Kate. Loin. Dans un autre pensionnat.

Il en avait parlé à Thea le week-end précédent, alors qu'il était très soûl. Kate, Fatima et moi, on nageait dans l'estuaire, mais Thea était restée à l'intérieur avec Ambrose, qui buvait du vin rouge et regardait le plafond voûté, tout en tentant de se faire à une décision qu'il n'aurait pas voulu prendre.

— Il m'a interrogée sur des lycées. Comment était Salten, par rapport aux autres établissements que j'avais fréquentés. Demandé si je pensais que changer de bahut si souvent m'avait perturbée. Il était bourré, complètement bourré, et ce n'était pas très clair, mais ensuite il a dit quelque chose sur le lien parent-enfant, et mon ventre s'est noué. Il parlait de Kate.

Elle a pris une profonde inspiration, comme si aujourd'hui encore cette prise de conscience la choquait.

— J'ai dit : « Ambrose, ne fais pas ça. Tu vas briser le cœur de Kate. » Il n'a pas répondu tout de suite, mais finalement, il a fait : « Je sais. Mais c'est juste… je ne peux pas laisser ça continuer ainsi. Ce n'est pas bien. »

Qu'est-ce qui ne peut pas continuer ? avait demandé Thea, ou elle en avait eu l'intention, mais nous revenions de l'eau, et Ambrose avait secoué la tête et pris sa bouteille de vin rouge, avant de monter à son atelier, et de fermer la porte juste au moment où nous rentrions, toutes mouillées, les cheveux dégoulinants, hilares.

Et durant cette soirée-là, et le reste de la semaine, Thea avait regardé Kate en se demandant si elle était au courant des intentions de son père. *Savait-elle ?*

Puis Ambrose était mort. Et tout s'était effondré.

Je ne peux pas laisser ça continuer. La voix de Thea, rapportant les propos d'Ambrose, résonne dans mes oreilles tandis que je fais le trajet entre le métro et la maison, sentant à peine le soleil brûlant sur ma nuque, tant je suis préoccupée.

Ce n'est pas bien. Que voulait-il dire ? J'essaie d'imaginer ce que Kate avait pu faire de si mal qu'il envisageait de la bannir – mais mon imagination flanche. Il l'avait observée, elle et nous autres, pendant toute cette année-là ; nous avions fait des erreurs et des choix douteux, explorant l'alcool, la drogue et notre sexualité. Et il n'avait rien dit. En un sens, ce n'était pas étonnant : avec son propre passé, il lui était difficile de nous jeter la pierre. Il nous regardait avec amour, c'est tout, et tentait de nous avertir, Kate et nous autres, lorsque nous nous mettions en danger, sans nous juger. La seule fois où il s'était vraiment mis en colère, dans mon souvenir, c'était quand Kate avait pris un cachet, en boîte.

Tu es folle, ou quoi ? avait-il crié, les mains dans ses cheveux raides tout hérissés. *Tu sais ce que ça fait à ton corps, ces trucs-là ? De la bonne beuh bien naturelle, c'est sain, ça te suffit pas, bon sang ?*

Mais même alors, il ne l'avait jamais privée de sorties, il n'y avait pas de punitions – seulement sa déception et son inquiétude. Il se souciait d'elle, de nous. Il voulait notre bien. Il secouait la tête quand on fumait, lançait des regards tristes quand Thea arrivait avec des pansements et des bandages sur ses coupures et brûlures suspectes. Si on lui posait des questions, il nous orientait, nous conseillait. Mais c'était tout. Il n'y avait pas de condamnation, pas de moralisme. Il ne nous rabaissait jamais, ne nous faisait jamais honte.

Il nous aimait toutes. Mais plus que tout, il aimait Kate ; il lui vouait une affection si intense que parfois ça me coupait le souffle. Peut-être était-ce parce qu'ils avaient vécu à deux si longtemps, après la mort de la mère de Kate – mais il y avait quelque chose dans la façon dont il la regardait, remettait une mèche derrière son oreille, même dans la façon dont il l'évoquait dans ses croquis, comme s'il essayait... pas vraiment de la capturer, mais d'identifier la chose même qui lui permettrait de la garder pour toujours sur le papier, où elle ne pourrait jamais lui être enlevée. Il en émanait une adoration que j'apercevais parfois chez mes propres parents, mais en mineur, comme si je l'avais vue à travers du verre fumé, ou de loin. Chez Ambrose, en revanche, la flamme brûlait de tous ses feux.

Il nous aimait, mais Kate *était* lui. C'était impossible de l'imaginer la faire partir.

Alors que pouvait-il y avoir de si terrible qu'il ait le sentiment de n'avoir d'autre choix que de se séparer d'elle ?

— Tu es sûre ? ai-je demandé à Thea, avec l'impression que ma vie entière venait d'être secouée telle une boule à neige. C'est vraiment ça qu'il a dit ?

Et elle a seulement hoché la tête. Quand j'ai insisté, elle a dit :

— Toi, tu crois vraiment que je me tromperais sur une chose pareille ?

Je ne peux pas laisser ça continuer...

Que s'est-il passé, Ambrose ? Est-ce une bêtise qu'a faite Kate ? Ou... l'idée me retourne l'estomac... est-ce autre chose ? Une chose dont Ambrose protégeait Kate ? Ou qu'il avait faite, lui ?

Je ne sais pas. Je ne peux pas répondre à ces questions, mais elles me font tourner la tête tandis que j'avale les quelques centaines de mètres qui me séparent de la maison.

Notre rue se rapproche, et bientôt, il va falloir que je mette ces pensées de côté pour redevenir la compagne d'Owen et la mère de Freya.

J'ai malgré tout l'impression d'être assaillie par des entités dotées d'ailes et de serres, qui m'attaquent, et je tressaille et détourne la tête, comme si je pouvais les éviter. Je ne peux pas.

Qu'a-t-elle fait ? Qu'a-t-elle fait, pour mériter d'être exilée ainsi ? Et qu'a-t-elle bien pu faire pour l'éviter ?

Complicité de meurtre.

Complicité de meurtre.

Quel que soit le nombre de fois que l'expression se répète dans ma cervelle, c'est comme si je n'arrivais pas à la comprendre. Complicité de meurtre. Un crime puni d'une peine de prison. Dans la pénombre de ma chambre, les stores tirés pour cacher le soleil du soir, Freya dans mes bras, les mots me submergent telle une vague de terreur glacée. Complicité de *meurtre*.

Puis elle me revient telle une fente de lumière dans le noir : la lettre de suicide. C'est à ça que je dois m'accrocher.

J'endors Freya au sein, et elle est presque inconsciente, mais lorsque j'essaie de la retirer, elle s'agrippe à moi tel un singe avec ses petits doigts puissants et se remet à téter avec une détermination renouvelée, enfouissant son visage contre moi comme si elle pouvait retourner dans la sécurité de mon corps.

Au bout d'une minute, je comprends qu'elle ne va pas laisser tomber comme ça ; je pousse un soupir et me laisse retomber dans le fauteuil. Mes pensées reviennent à leur manège, leur va-et-vient.

La lettre d'Ambrose. Une lettre de *suicide*. Comment aurait-il pu écrire une lettre, s'il a été assassiné ?

Je me la répète, même si tout ce dont je me souviens à présent, ce sont de petites phrases, des bribes, et la façon dont l'écriture semblait se désintégrer en lettres décousues vers la fin. *Je suis en paix avec ma décision… sache, je t'en prie, Kate chérie, que je fais ça avec amour – c'est la dernière chose que je puisse faire pour te protéger…*

je t'aime, alors je t'en prie, avance : aime, vis, sois heureuse. Et par-dessus tout, fais que tout ceci n'ait pas été en vain.

Amour. Protection. Sacrifice. C'étaient là les mots qui m'étaient restés au fil des années. Et ils avaient un sens, dans le contexte de ce que j'avais toujours cru. Si Ambrose avait vécu, tout le scandale autour des dessins se serait ébruité – il aurait été viré, et son nom, comme celui de Kate, aurait été traîné dans la boue.

À l'époque, quand nous avons été convoquées ce jour-là dans le bureau de miss Weatherby, j'ai eu le sentiment que les pièces du puzzle se mettaient en place. Ambrose avait vu venir la tempête, et il avait fait la seule chose qu'il pouvait faire pour protéger Kate : se tuer.

Mais à présent… à présent je n'en suis plus si sûre.

Je baisse les yeux sur ma fille dans mes bras, et je ne peux pas imaginer de la quitter un jour volontairement. Ce n'est pas que je ne peux pas concevoir qu'un parent se suicide ; je sais que ça arrive. Avoir un enfant n'immunise pas contre une dépression ou un stress insoutenable, bien au contraire.

Mais Ambrose n'était pas déprimé. De ça, je suis aussi certaine que possible. Et de plus, il était la dernière personne que j'imagine se préoccuper le moins du monde de sa réputation. Il avait de l'argent. Il avait des amis à l'étranger, beaucoup d'amis. Et avant tout, il aimait ses enfants, les deux. Je ne l'imagine pas les laisser affronter un chaos qu'il n'avait pas le courage d'affronter lui-même. L'Ambrose que je connaissais les aurait pris sous son bras et emmenés à Prague, en Thaïlande, au Kenya en se foutant complètement du scandale qu'il laissait derrière lui, car il aurait gardé son art et sa famille, or c'était tout ce qui comptait pour lui.

Je l'ai toujours su, je crois. C'est juste qu'il m'a fallu avoir un enfant à moi pour le réaliser vraiment.

Enfin Freya dort bel et bien, la bouche molle, la tête qui dodeline en arrière, et je la pose sur le drap blanc et sors de la chambre à pas de loup pour rejoindre Owen, qui regarde une sottise apaisante sur Netflix.

Il lève les yeux.

— Elle dort ?

— Oui, elle était crevée. Je crois qu'elle n'était pas contente que je sois sortie aujourd'hui.

— Faut bien couper le cordon un jour…

Il me taquine, c'est tout, je le sais. Mais je suis fatiguée, stressée et déstabilisée par tout ce qui s'est passé aujourd'hui. Je me creuse toujours la tête pour comprendre le sens de l'enveloppe de dessins et des révélations de Thea, et je réponds du tac au tac, agressive malgré moi :

— Bon sang, Owen, elle a six mois.

— Je sais bien, fait-il, piqué au vif.

Il prend une gorgée de la bière posée à côté de lui.

— Je connais son âge aussi bien que toi. C'est ma fille aussi, tu sais. Du moins c'est ce que j'ai cru comprendre.

— C'est ce que tu as cru comprendre ?

Je sens le rouge me monter aux joues et, quand je répète ces mots, c'est d'une voix suraiguë, déformée par la colère.

— *C'est ce que tu as cru comprendre ?* Je peux savoir ce que tu sous-entends, putain ?

— Hé, oh ! (Owen repose son verre brusquement.) Me parle pas comme ça. Bon sang, Isa ! Mais qu'est-ce qui te prend, ces temps-ci ?

— Qu'est-ce qui *me* prend ?

Je suis si furieuse que j'en perds mes mots.

— Tu insinues en rigolant que Freya n'est pas ta fille et tu me demandes ce qui *me* prend ?

— Que Freya n'est pas… quoi ? Qu'est-ce que tu racontes ?

Il a l'air sincèrement dérouté, et je le vois repasser notre échange dans sa tête avant de comprendre.

— Non ! T'es cinglée ou quoi ? Pourquoi j'insinuerais un truc pareil ? J'essayais juste de dire qu'il faut que tu te détendes, je *suis* le père de Freya, mais on pourrait en douter vu la manière dont tu me laisses m'occuper d'elle. Comment tu peux penser que j'irais sous-entendre que…

Il s'arrête, sans voix, et je me sens devenir écarlate en comprenant ce qu'il entendait par là, mais ma colère ne s'apaise pas ; elle augmente, même. Rien de tel que d'avoir tort pour vous donner envie de vous rebiffer.

— Ah bon, très bien, alors. Tu sous-entendais simplement que je suis une espèce de cinglée obsessionnelle et despotique qui refuse de laisser son mari changer les couches. Ça change tout. Bien sûr que je ne suis pas fâchée, dans ce cas.

— Oh bon sang, tu peux arrêter de me faire dire ce que je n'ai pas dit ?

— Eh bien, c'est difficile, puisque tu t'exprimes par petites phrases assassines sans dire ce que tu as sur le cœur. J'en ai marre de ces petites saillies constantes – quand c'est pas ça, c'est les biberons, quand c'est pas les biberons, c'est sortir Freya de notre chambre pour la mettre dans la sienne. J'ai le sentiment de…

— Ce n'étaient pas des saillies, c'étaient des suggestions, me coupe Owen, la voix plaintive. Écoute, je te l'ai signalé, c'est quelque chose qui commence à me déranger, surtout maintenant qu'elle a six mois. Elle peut manger des aliments solides, est-ce que ce n'est pas un peu bizarre de lui donner le sein alors qu'elle a des dents ?

— Mais quel rapport ? C'est un *bébé*, Owen. Donne-lui des aliments solides. Qu'est-ce qui t'en empêche ?

— Toi ! Tous les soirs c'est la même chose… bien sûr qu'elle refuse de s'endormir avec moi, pourquoi accepterait-elle tant que tu continues à lui donner le sein ?

Je tremble de colère, à tel point que je ne peux plus parler. Finalement, je réussis à articuler :

— Bonne nuit, Owen.

— Attends.

Il se lève tandis que je fais mine de sortir de la pièce.

— Monte pas sur tes grands chevaux. Je ne voulais même pas me lancer dans cette discussion, à la base. C'est *toi* qui as mis ça sur la table !

Sans répondre, je commence à monter les escaliers.

— Isa, lance-t-il d'une voix pressante, mais basse, pour éviter de réveiller Freya. *Isa !* Mais pourquoi tu te braques comme ça ?

Je ne réponds pas. Je ne peux pas. Car si je le fais, je risque de dire quelque chose qui pourrait détruire irrémédiablement notre couple.

La vérité.

À mon réveil, Freya est à côté de moi, mais le reste du lit à deux places est vide et, pendant un instant, je ne comprends pas pourquoi je me sens tellement misérable et honteuse. Puis ça me revient.

Merde. A-t-il dormi en bas, ou est-il monté tard et parti tôt ?

Je me lève sans bruit, installe la couette par terre au cas où Freya tomberait du lit en se réveillant, enfile ma robe de chambre et descends.

Owen boit un café, assis dans la cuisine, en regardant par la fenêtre, mais il se tourne vers moi lorsque j'entre.

— Je suis désolée, dis-je tout de suite.

Son visage se plisse d'une expression à mi-chemin entre le soulagement et le chagrin.

— Je suis désolé aussi. J'ai été un vrai connard. Ce que j'ai dit...

— Écoute, tu as tout à fait le droit d'éprouver ça. Et tu as raison, pas sur l'allaitement, ça c'étaient des conneries, mais je *vais* essayer de te laisser plus de place. Ça va se produire de toute façon. Freya grandit, elle va avoir moins besoin de moi, et puis, je reprends bientôt le boulot.

Il se lève et me prend dans ses bras, et je sens son menton posé sur le sommet de mon crâne, et les muscles chauds de sa poitrine contre ma joue. Je prends une profonde inspiration, tremblante, et je soupire.

— C'est bien, dis-je enfin, et il acquiesce.

Nous restons comme ça pendant un long moment. Mais tout à coup, un bruit nous parvient d'en haut, un gazouillement, et je me redresse.

— Merde, j'ai laissé Freya sur le lit. Elle va tomber.

Je suis sur le point de m'arracher à son étreinte, mais il me tapote l'épaule.

— Eh, nouvelle résolution, tu te rappelles ? *Je* vais y aller.

Je souris, et hoche la tête. Il monte les escaliers quatre à quatre. Tandis que je lance la bouilloire pour mon thé du matin, je l'entends roucouler avec Freya. Elle pousse des petits cris de joie tandis qu'il joue à faire coucou avec son doudou.

En buvant mon thé, je l'entends s'activer dans la chambre au-dessus. Il sort les lingettes et les couches, puis il ouvre la commode pour prendre un maillot propre.

Ils mettent longtemps, beaucoup plus longtemps que je ne mettrais pour changer une couche, mais je résiste à l'impulsion de monter, et finalement j'entends des pas dans l'escalier et ils apparaissent tous deux dans l'encadrement de la porte, Freya dans les bras d'Owen, avec une expression si semblable que ça me fait fondre le cœur. Freya a une tête de sortie de lit presque aussi gratinée que celle d'Owen, et ils me font tous les deux un grand sourire, contents d'eux, contents l'un de l'autre, de la matinée ensoleillée. Elle tend la main vers moi pour que je la prenne mais, me rappelant les paroles d'Owen, je lui souris, mais reste où je suis.

— Bonjour Maman, dit Owen d'une voix solennelle. On a discuté, Freya et moi, et on a décidé que tu devrais prendre un jour de vacances.

— De vacances ?

J'ai une petite montée d'angoisse.

— Quel genre de vacances ?

— Une journée entière consacrée à te dorloter. Tu as l'air complètement crevée, tu mérites une journée sans avoir à t'inquiéter de nous.

Ce n'est pas Freya qui m'inquiète. En fait, par bien des côtés, c'est seulement grâce à elle que je garde la raison ces temps-ci. Mais je ne peux pas dire ça.

— Je ne veux pas entendre de protestations. Je t'ai déjà réservé une journée au spa, et j'ai payé d'avance, donc sauf si tu veux que je perde mon argent, tu dois être en ville à 11 heures. Freya et moi, on va se débrouiller tout seuls de…

Il jette un coup d'œil à la pendule.

— De 10 heures à 16 heures, et on ne veut pas te voir.

— Et comment elle va manger ?

— Je lui donnerai une boîte de lait maternisé. Et peut-être... (Il lui tapote le menton.) Peut-être qu'on fera des folies et qu'on essaiera un peu de purée de brocoli, tu crois pas, ma petite friponne ? Qu'est-ce que t'en dis ?

Je ne veux pas. L'idée de passer une journée au spa avec toutes ces préoccupations me paraît comme obscène. J'ai besoin de bouger, d'agir, d'écarter les questions et les peurs.

J'ouvre la bouche... mais ne trouve rien à répondre. À part...

— OK.

Quand je leur fais un signe de la main en partant, j'ai une boule dans le ventre à l'idée de me retrouver sans rien à méditer si ce n'est Salten et ce qui s'est passé là-bas. Et pourtant, je ne sais pas pourquoi, c'est tout le contraire qui se produit. Pendant le trajet en métro, certes, je suis nerveuse, je serre les dents et sens la migraine qui monte à la base de mon crâne et dans mes tempes. Mais une fois au salon, je me laisse aller entre les mains de la masseuse, et ses mains vigoureuses chassent toutes les ruminations. Pendant deux heures, je ne pense qu'à mes tensions musculaires, à la raideur dans ma nuque et mes omoplates, qui se dissipe sous la pression.

— Vous êtes très contractée, murmure-t-elle. Il y a beaucoup de nœuds en haut de votre colonne. C'est le stress au boulot, en ce moment ?

Je secoue la tête, les yeux vitreux, mais je ne parle pas. J'ai la bouche ouverte. Je sens la bave dégouliner de mes lèvres molles sur la serviette, mais je suis tellement crevée que je m'en contrefiche complètement.

D'une certaine manière, je ne voudrais jamais partir d'ici. Mais je dois y retourner. Retourner à Kate, Fatima et Thea. À Owen. À Freya.

Au bout de quatre ou cinq heures, j'émerge du spa éblouie et hébétée, les cheveux plus légers dans le cou après un passage sous les ciseaux, et les muscles déliés et chauds. Je me sens un peu ivre – ivre de posséder de nouveau mon corps. Je suis *moi*. Rien ne m'alourdit. Même mon sac à main me semble léger, car j'ai laissé à la maison le Marni que j'utilise depuis la naissance de Freya – un gros fourre-tout pratique, avec de l'espace pour les couches, les lingettes et un maillot de rechange – et pris mon sac d'avant. Il est à peine plus grand qu'une grande enveloppe, et couvert de zips décoratifs et dangereux qui feraient l'effet d'un aimant sur un bébé curieux. Il me rappelle mon ancien moi, même s'il ne peut contenir que mon portefeuille, mon téléphone, mes clefs et mon baume à lèvres.

En sortant de la station de métro, je suis submergée par une bouffée d'amour pour Owen et Freya. J'ai la sensation d'être partie cent ans, d'avoir parcouru une distance impossible.

Tout ira bien. Soudain, j'en suis certaine. Tout va s'arranger. Ce que nous avons fait était stupide et irresponsable, mais ce n'était pas un meurtre, loin de là, et la police s'en rendra compte, si jamais on en arrive là.

En montant l'escalier pour rejoindre notre appartement, je penche la tête, à l'affût d'un cri de Freya… mais tout est silencieux. Sont-ils sortis ?

Je glisse mes clefs dans la porte, sans bruit, au cas où elle dormirait – et j'appelle leurs noms, tout bas. Pas de réponse. La cuisine est vide, pleine de la lumière du soleil estival, et je me fais un café et monte le boire là-haut.

Sauf que… je ne vais pas jusque-là.

Je m'arrête net sur le seuil du salon, comme si j'avais pris un coup, et je ne peux plus respirer.

Owen est assis sur le canapé, la tête dans les mains, et devant lui, sur la table basse, sont étalés deux objets, telles des pièces à conviction. Le premier, c'est le paquet de cigarettes qui se trouvait dans mon sac, celui que j'ai laissé.

Et le second, c'est l'enveloppe avec le cachet de Salten.

Je reste figée, le cœur battant, incapable de parler, alors qu'il brandit un des dessins – celui qui me représente.

— Tu veux bien m'expliquer ça ?

Je déglutis. J'ai la bouche sèche, et une fois de plus, j'ai l'impression d'avoir une arête dans la gorge.

— Je pourrais dire la même chose. Qu'est-ce qui te prend de m'espionner ? De fouiller mon sac ?

— Comment oses-tu ?

Il dit ça sans hausser le ton, pour ne pas réveiller Freya, mais sa voix tremble de colère.

— Comment *oses*-tu ? Tu as laissé ton putain de sac ici, et Freya l'a fouillé. Elle était en train de mastiquer ça quand je l'ai trouvée… (Il jette à mes pieds le paquet de cigarettes, renversant le contenu.) Comment as-tu pu me mentir ?

— Je…

Mais que puis-je dire ? L'effort pour ne pas dire la vérité me brûle.

— Quant à ça…

Il brandit le portrait de moi, les mains tremblantes.

— Je ne peux même pas… Isa, tu as une liaison ?

— Quoi ? Non !

Les mots s'échappent de ma bouche avant que j'aie le temps de réfléchir.

— Bien sûr que non ! Ce dessin, ce n'est pas… ce n'est pas *moi* !

Je sais aussitôt que j'ai dit une bêtise. C'est moi, c'est indiscutable. Ambrose est trop bon dessinateur pour que je puisse le nier. Mais ce n'est pas moi *maintenant*, c'est ce que je voulais dire. Ce n'est pas mon corps – mon corps mou, post-accouchement.

Mais le regard d'Owen me montre ce que je viens de faire.

— Je veux dire… C'est moi, *c'était* moi, mais ce n'est pas…

— Ne me mens pas, fait-il d'une voix pleine d'angoisse, puis il détourne les yeux comme s'il ne pouvait supporter de me regarder, et va à la fenêtre.

— J'ai appelé Jo, Isa. Elle m'a dit qu'il n'y avait *pas* de foutu café hier. C'est cet homme, pas vrai ? Le frère de Kate, celui qui t'a envoyé des roses ?

— *Luc ?* Non, comment peux-tu dire ça ?

— Alors qui ? Ça vient de Salten, j'ai vu le cachet de la poste. C'est ça que tu faisais, quand t'es allée voir Kate, en fait, tu le retrouvais lui ?

— Ce n'est pas lui qui a dessiné ça !

— Alors c'est qui ? s'écrie Owen.

Il se retourne vers moi. Son visage est déformé par la colère et la détresse, sa peau est couverte de taches, sa bouche pincée comme celle d'un enfant qui essaie de ne pas fondre en larmes.

J'hésite, juste assez longtemps pour qu'il pousse une exclamation de dégoût. Puis il déchire le dessin d'un geste violent, scindant en deux mon visage, mon corps, séparant mes seins, mes jambes, et jette les deux moitiés à mes pieds. Il tourne le dos comme pour s'en aller.

— Owen, ne fais pas ça ! Ce n'était pas Luc, c'était...

Mais je m'arrête là. Je ne peux pas lui dire la vérité. Je ne peux pas lui dire que c'était Ambrose sans que tout soit découvert. Il n'y a qu'une solution.

— C'était... c'était Kate. C'est Kate qui les a faits. Il y a longtemps.

Il s'approche de moi, très près, prend mon menton, et plonge ses yeux dans les miens. Il soutient mon regard comme s'il essayait de voir à l'intérieur de moi, dans mon âme. J'aimerais la jouer au culot, lui rendre son regard effrontément, mais je ne peux pas. Mes yeux vacillent malgré moi et je dois les détourner de cette douleur et de cette colère à vif.

Il fait une grimace et retire sa main.

— Menteuse, crache-t-il.

Puis il s'écarte de nouveau.

— Owen, non...

Je vais me placer entre lui et la porte.

— Lâche-moi.

Il me repousse et se dirige vers la porte.

— Où vas-tu ?

— C'est pas tes affaires. Au pub. Chez Michael. Je ne sais pas. Juste...

Mais j'ai l'impression qu'il est au bord des larmes, même s'il fait tout ce qu'il peut pour contenir son désespoir.

— Owen !

Je crie derrière lui lorsqu'il atteint la porte d'entrée, et pendant un instant il s'arrête, main sur la poignée, attendant que je parle, mais un son se fait entendre, un gémissement de sirène. Nous avons réveillé Freya.

— Je...

Je suis incapable de me concentrer. Le cri de Freya, aigu et bouillonnant, me vrille la cervelle, chassant tout le reste.

— Owen, je t'en prie, je...

— Va la voir, dit-il, presque gentiment, puis il laisse claquer la porte et s'en va, et, tentant de réprimer mes sanglots, je ne peux que m'accroupir sur les marches tandis que Freya hurle en haut.

Il ne rentre pas cette nuit-là. C'est la première fois qu'il fait ça – qu'il sort, qu'il ne revient pas, sans me dire où il va ni quand il sera de retour.

Je dîne seule avec Freya, la couche, puis fais les cent pas dans l'appartement, perdue.

Le pire, c'est que je ne peux pas lui en vouloir. Il sait que je lui mens, ce n'est pas seulement la bourde débile que j'ai faite en mentionnant Jo : il doit le sentir depuis que je suis partie chez Kate. Et il a raison. Je lui mens. Et je ne sais pas comment arrêter.

Je lui envoie un texto, juste un. Je ne veux pas supplier. Je dis : *S'il te plaît, rentre à la maison. Ou au moins dis-moi que tu vas bien.*

Il ne répond pas. Je ne sais pas quoi penser.

Autour de minuit, je reçois un texto d'Ella, la copine de Michael : *Je ne sais pas du tout ce qui s'est passé, mais Owen est là, il dort ici. Ne lui dis pas que je t'ai envoyé ça, je ne veux pas m'en mêler, mais je ne supportais pas l'idée de te laisser t'inquiéter.*

Le soulagement m'envahit, une sensation aussi tangible que d'entrer sous une douche chaude.

Merci mille fois !!! je réponds. Puis, après coup : *Je ne lui dirai pas, mais merci.*

Il est 2 h 30 quand je monte, et encore plus tard quand je m'endors enfin en pleurant.

Lorsque le matin arrive, mon humeur a changé. Je ne suis plus désespérée. Je suis en colère. En colère contre moi-même, contre mon passé, contre ma bêtise.

Mais je suis aussi en colère contre Owen.

J'essaie d'imaginer la situation inverse – s'il recevait des roses d'une vieille amie, un dessin anonyme par la poste : certes, je verrais rouge. Je me vois bien proférer des accusations, même. En revanche, je ne me vois pas laisser mon compagnon et ma fille sans lui dire où je vais, sans même tenter de croire sa version des faits.

Nous sommes lundi, donc je ne m'attends pas à ce qu'il rentre avant le soir, après le travail. Il garde un costume au bureau en cas d'urgence, donc il n'a pas besoin de repasser, sauf peut-être pour se raser, mais le temps où la fonction publique exigeait de ses employés des joues parfaitement glabres est révolu et, de toute façon, Michael a pu lui prêter un rasoir si nécessaire.

Je vais au parc avec Freya. Je fais comme si tout allait bien et je refuse de m'attarder sur toutes les hypothèses qui m'encombrent l'esprit.

Dix-neuf heures arrivent… et s'en vont. Je dîne. De nouveau, j'étouffe.

Je couche Freya.

Puis, juste comme je m'allonge sur le canapé, tirant un plaid sur moi malgré la chaleur de l'été, j'entends la clef dans la serrure et je retiens mon souffle.

Je me redresse et enveloppe le plaid autour de moi comme s'il pouvait me protéger contre ce qui se prépare… et me tourne vers la porte.

Owen se tient sur le seuil, son costume froissé, manifestement ivre.

Nous ne disons rien ni l'un ni l'autre. Je ne sais pas ce que nous attendons ; un signe, peut-être. Les excuses de l'autre.

— Il y a du risotto sur la cuisinière, dis-je enfin, à grand-peine. Si tu as faim…

— Non.

Mais il descend à la cuisine, et je l'entends remuer des couverts. Il est bien soûl, le fracas provoqué par ses gestes maladroits me le confirme : il pose l'assiette trop fort sur le plan de travail, fait tomber sa fourchette, et se débrouille pour la laisser échapper à nouveau.

Merde. Il faut que je descende. Il va se brûler, à ce compte-là – ou mettre le feu à sa cravate.

Il est assis à la table, la tête entre les mains, une assiette de risotto froid devant lui, et il ne mange pas. Il fixe son assiette d'un air vide, un mélange de désespoir et d'ivresse dans son regard.

— Laisse-moi faire, dis-je.

Je prends l'assiette et la mets dans le micro-ondes pour quelques instants.

Quand je la repose devant lui, elle est fumante, mais il se met à manger aussitôt, mécaniquement, sans sembler remarquer la chaleur de son plat.

— Owen… Au sujet de la nuit dernière…

Il lève les yeux vers moi, et il y a une sorte de supplication pure, douloureuse dans son visage. Je saisis tout à coup qu'il n'a pas plus envie que moi de cette dispute. Il veut me croire. Si je lui fournis une explication maintenant, il l'acceptera, car il a tellement envie que ce soit terminé, que toutes ces accusations qu'il a proférées hier soir soient fausses.

Je prends une profonde inspiration. Si au moins je peux trouver les bons mots…

Mais juste au moment où je m'apprête à parler, mon téléphone sonne. Nous sursautons tous les deux.

C'est Kate, et je manque laisser l'appel partir sur messagerie. Mais quelque chose – l'habitude, ou l'inquiétude, je ne sais pas, me pousse à décrocher.

— Allô ?

— Isa ?

Je sais immédiatement que quelque chose ne va pas. Elle est paniquée.

— Isa, c'est moi.

— Qu'est-ce qu'il y a ? Que s'est-il passé ?

— C'est au sujet de Papa.

Elle s'efforce de retenir ses larmes.

— De son corps. Ils ont demandé… ils m'ont dit…

— Kate, Kate. Respire un bon coup. Ils t'ont dit quoi ?

— Ils ont déterminé que c'était une mort suspecte. Ils m'ont convoquée. Pour un interrogatoire.

Je me fige complètement. Mes jambes manquent céder sous moi. À tâtons, je vais m'asseoir en face d'Owen pour ne pas tomber.

— Oh mon Dieu.

— Tu peux venir ? Je… Il faut qu'on parle.

Je comprends ce qu'elle dit. Elle s'efforce de rendre ça innocent, au cas où Owen écouterait, mais il nous faut parler au plus vite, avant que la police ne l'interroge, elle, puis peut-être nous. Nous devons accorder nos violons.

— Bien sûr. Je vais venir ce soir. Le dernier train pour Salten ne part pas avant 21 h 30. Je peux l'avoir si je prends un taxi.

— Tu es sûre ?

Il y a un sanglot dans sa voix.

— Je sais que je demande beaucoup, mais Fatima ne peut pas venir, elle est de garde, et je n'arrive pas à joindre Thea.

— Ne sois pas idiote. Je viens.

— Merci. *Merci*, Isa. Je… ça signifie beaucoup pour moi. Je vais appeler Rick immédiatement pour lui dire de passer te prendre.

— À tout à l'heure. Je t'embrasse.

Ce n'est que quand je raccroche que je vois le visage d'Owen, ses yeux rouges de fatigue et d'ivresse, et que je comprends ce dont ça va avoir l'air. Mon cœur se serre.

— Tu retournes à Salten ? crache-t-il. *Encore ?*

— Kate a besoin de moi.

— Je l'emmerde, Kate !

Il crie si fort que je tressaille, puis il se lève, prend l'assiette de risotto qu'il a à peine picorée et la jette dans l'évier, si bien que le contenu éclabousse le carrelage. Il reprend la parole, plus bas, la voix brisée :

— Et nous, Isa ? Et moi ?

— Ça n'a rien à voir avec toi.

Mes mains tremblent lorsque je sors l'assiette du magma de risotto, fais couler le robinet.

— C'est Kate. Elle a besoin de moi.

— *Moi*, j'ai besoin de toi.

— On a retrouvé le corps de son père. Elle est dévastée. Qu'est-ce que tu veux que je fasse ?

— Le corps de… le quoi ? Qu'est-ce que c'est que cette histoire ?

Je me prends la tête entre les mains. Je ne peux pas affronter ça. Je ne peux pas tout expliquer – négocier entre la vérité et les mensonges. Et Owen ne me croira pas de toute façon, pas dans cet état. Il cherche la bagarre, il veut à tout prix se sentir insulté.

— Écoute, c'est compliqué, mais elle a besoin de moi, c'est tout ce qui compte. Je dois y aller.

— C'est n'importe quoi ! Tout ça, c'est des conneries. Elle s'est débrouillée sans toi pendant *dix-sept ans*, Isa. Qu'est-ce qui te prend ?

Je ne comprends pas – tu ne l'as pas vue pendant des années et, tout d'un coup, il suffit qu'elle claque des doigts et tu arrives en courant ?

Ces mots – ils sont si proches de ceux de Luc que je ne peux rien répondre. Je reste plantée sans rien dire, haletante, comme s'il m'avait mis une claque. Je serre les poings, tentant de me maîtriser, et je lui tourne le dos.

— Au revoir, Owen.

— Au revoir ?

Il s'avance vers moi, marchant dans la flaque glissante de risotto qui souille toujours le sol.

— Qu'est-ce que ça veut dire, putain ?

— Ce que tu voudras.

— Ce que je veux, c'est que notre relation soit une priorité pour toi. Depuis Freya, j'ai l'impression d'arriver en dernier sur cette putain de liste – on ne parle plus jamais – et maintenant *ça* !

Je ne sais même pas s'il parle de Salten et de Luc, de Fatima, Thea et Kate... ou de Freya.

— J'en ai marre, tu m'entends ? J'en ai marre d'être toujours la cinquième roue du carrosse !

Et tout à coup, sur ces derniers mots, je ne suis plus triste, je n'ai plus peur, je suis en colère. Très, très en colère.

— C'est *ça* ton problème, en fait, pas vrai ? Ce n'est pas Luc, ou Kate ou un foutu paquet de clopes. C'est *toi*. C'est le fait que tu n'arrives plus automatiquement en premier.

— *Comment* oses-tu dire ça ?

Sa voix est presque inintelligible.

— Tu m'as menti, et tu vas faire comme si c'était ma faute ? J'essaie de te *parler*, Isa. Tu t'en fous complètement, de nous, ou quoi ?

Je ne m'en fous pas. Bien sûr que je ne m'en fous pas. Mais en cet instant, j'ai largement dépassé mon quota de problèmes. Je ne peux pas affronter ça. Si Owen insiste, j'ai très, très peur de lui dire la vérité.

Je le pousse et monte dans la chambre où Freya dort. Je fourre des affaires dans un sac, les mains tremblantes. Je ne sais même pas ce que j'emporte. Des couches. Une poignée de sous-vêtements et de barboteuses. Quelques hauts. Dieu sait si j'aurai quelque chose à me mettre. Pour l'instant, je m'en fiche, je veux juste m'en aller.

Je soulève Freya et la glisse dans un cardigan en laine pour la protéger de la fraîcheur nocturne. Puis je mets le sac sur mon épaule.

— Isa !

Owen attend dans le vestibule, le visage rouge de colère et d'angoisse contenues.

— Isa, ne fais pas ça !

— Owen, je...

Freya se tortille contre mon épaule. Le téléphone dans mon sac émet un bip. Thea ? Fatima ? Je n'arrive pas à réfléchir. Je n'arrive pas à *réfléchir*.

— Tu vas le retrouver, laisse-t-il échapper. Le frère de Kate. N'est-ce pas ? Le message venait de lui ?

C'est la goutte d'eau qui fait déborder le vase.

— Je t'emmerde.

Je l'écarte de mon passage et sors en claquant la porte, faisant sursauter Freya, qui se met à gémir. Dans le couloir, je cale ses jambes dans la poussette de mes mains toujours tremblantes, ignorant ses cris de plus en plus aigus, puis j'ouvre la porte de l'immeuble et descends le perron frénétiquement.

Je suis à peine sortie de la cour que j'entends la porte s'ouvrir et Owen qui sort.

— Isa ! crie-t-il.

Mais je ne m'arrête pas.

— Isa ! Tu ne peux pas t'enfuir comme ça !

Mais je le peux. Et je le fais.

Même si les larmes dégoulinent sur mes joues et que mon cœur menace d'éclater dans ma poitrine.

Je continue à marcher.

Le temps change lorsque le train quitte Victoria, et au moment où nous laissons derrière nous l'étendue urbaine et arrivons dans la campagne, il tombe une pluie battante, et l'orage a dissipé la moiteur torride, amenant une fraîcheur tout automnale.

Engourdie, frissonnante, je tiens Freya contre mon sein telle une bouillotte vivante, et je suis incapable de réaliser ce que je viens de faire. Ai-je *quitté* Owen ?

Ce n'est pas notre première dispute, bien entendu. Nous avons eu nos engueulades et nos prises de bec, comme n'importe quel couple. Mais c'est de loin la plus grave et, plus que ça, c'est la première depuis la naissance de Freya. Lorsque j'ai accouché, quelque chose a bougé dans notre relation : les enjeux sont devenus plus importants, nous avons fait l'effort de nous poser et cessé de nous prendre la tête pour des broutilles, comme si nous avions compris que nous ne pouvions plus nous permettre de faire tant de vagues en vain, pour son bien, si ce n'était pour le nôtre.

Et à présent… ce ne sont plus des vagues, c'est un raz-de-marée, et le bateau menace de couler. Je ne sais plus si je peux nous sauver tous les deux.

C'est l'injustice de ses accusations qui me brûle la gorge. Une liaison. Une *liaison* ? Je ne suis quasiment pas sortie de la maison depuis la naissance de Freya. Mon corps ne m'appartient plus ; elle est collée à moi comme du Velcro, et aspire mon énergie et ma libido en même temps que mon lait. Je suis à tel point épuisée, saturée de contact, que trouver en moi le désir de baiser avec Owen est déjà presque trop. Il le sait, il *sait* à quel point je suis crevée, les complexes que me cause mon corps distendu. S'imagine-t-il franchement que je suis partie, Freya sous le bras, m'embarquer dans une aventure passionnée ? C'est si ridicule que je pourrais en rire, si ce n'était pas affreusement injuste.

Et pourtant, j'ai beau être furieuse, je dois reconnaître qu'à un certain niveau… il a raison. Pas au sujet de la liaison. Mais à mesure que le train poursuit sa route vers le sud et que ma colère s'apaise, un fond de culpabilité se forme en moi. Car l'essence de ses propos est la suivante : je n'ai pas été honnête avec lui. Au sens où il l'entend, c'est faux, bien sûr. Il n'empêche que si je lui ai toujours caché des choses, à présent, pour la première fois depuis le début de notre relation, je mens sans vergogne. Et il le sait. Il sait que quelque chose ne va pas, et que je le dissimule. Simplement, il ne sait pas de quoi il s'agit.

J'aimerais pouvoir lui dire. Ce désir est comme une famine au creux de mon estomac. Et pourtant… et pourtant une partie de moi est soulagée de ne pas le pouvoir. Le secret ne m'appartient pas, il ne me revient donc pas d'en prendre la décision. Mais si c'était le cas ? Si j'étais la seule impliquée ? Dans ce cas… je ne sais pas.

Parce que même si je ne veux pas lui mentir, je ne veux pas non plus qu'il sache la vérité. Je ne veux pas qu'en me regardant, il voie celle qui a dissimulé un cadavre, qui a participé à une mystification, celle qui, peut-être, a contribué à camoufler un meurtre.

Si la vérité éclate, m'aimera-t-il encore ?

Je n'en suis pas sûre. Et ça me rend malade.

Si c'était seulement l'amour d'Owen, que je risque, je tenterais le coup. Du moins c'est ce que je me raconte. Mais c'est aussi sa carrière. Les formulaires de renseignements personnels que l'on signe en entrant dans la fonction publique sont longs et détaillés. Ils comportent des questions sur votre rapport aux jeux d'argent, vos finances, votre usage de drogues et oui… sur votre passé criminel. Ils cherchent les failles : des choses susceptibles d'être utilisées contre vous, de vous convaincre, via un chantage, de divulguer des informations confidentielles, ou de vous contraindre à commettre des fraudes.

Ils comportent aussi des questions sur votre partenaire. Sur votre famille et vos amis – et plus vous grimpez dans la hiérarchie, plus on vous pose de questions, plus les informations deviennent sensibles.

La dernière question, en gros, c'est : y a-t-il quoi que ce soit dans votre vie qui puisse être utilisé pour faire pression sur vous ? Si oui, déclarez-le ici.

Nous avons tous les deux rempli ces formulaires à maintes reprises ; moi chaque fois que j'ai changé de service, Owen chaque fois que le niveau de son habilitation de sécurité au ministère de l'Intérieur a grimpé. Et sur les miens, j'ai menti. Plusieurs fois. Le simple fait d'avoir menti constitue un motif d'éviction. Mais si je dis la vérité à Owen, je le rends complice de mon mensonge. Je l'expose au même titre que moi.

C'était déjà assez grave comme ça lorsque notre crime consistait à avoir dissimulé un cadavre. Mais si je suis complice de meurtre...

Je ferme les yeux, repoussant la pénombre et la pluie qui bat les vitres du wagon. Et j'ai soudain la sensation de me trouver dans le marais salant, en train d'avancer d'un pas hésitant sur un chemin inconnu. Le sol n'est pas ferme sous mes pieds – il est mou, humide, et à chaque faux pas, je m'écarte davantage de la piste et m'enfonce plus profond dans la boue salée. Il se pourrait que bientôt je ne sache plus comment revenir en arrière.

— Vous avez dit Salten, mon chou ? fait une voix rauque, et je me réveille d'un coup.

Freya sursaute convulsivement contre mon cœur et pousse un petit cri mécontent.

— Quoi ?

J'essuie un filet de salive au coin de ma bouche avec la mousseline de Freya et regarde la vieille dame assise en face de moi en clignant des yeux.

— Qu'est-ce que vous dites ?

— On arrive à Salten, et je vous ai entendue dire au contrôleur que c'était là que vous descendiez. N'est-ce pas ?

— Oh, zut, oui !

Il fait si sombre que je dois mettre mes mains en coupe autour de mes yeux pour entrevoir le panneau mal éclairé sur le quai à travers les vitres éclaboussées par la pluie.

Nous sommes bien à Salten. Je me lève d'un pas chancelant et empoigne mes sac et manteau. Freya gigote, ensommeillée, contre moi tandis que j'ouvre la portière d'une main.

— Laissez-moi vous tenir la porte, fait la vieille dame, voyant que je galère à mettre Freya dans sa poussette avec la protection anti-pluie.

Le chef de gare donne un coup de sifflet péremptoire au moment où je descends maladroitement la poussette sur le bitume mouillé. La pluie cingle mon manteau. Freya ouvre de grands yeux offensés, et laisse échapper un cri d'indignation tandis que je remonte le quai en courant, les pans de mon manteau battant, espérant de tout cœur que Kate soit bien là.

Elle m'attend, Dieu merci, avec Rick. Le moteur tourne et les vitres du taxi sont embuées par leur haleine. Cette fois j'ai pensé à prendre le siège-bébé, et je peux donc attacher Freya tandis qu'il s'engage sur le chemin plein d'ornières qui mène au village.

Les hurlements furieux de Freya ne laissent nulle place à la conversation. Elle ne se remet pas d'avoir été tirée d'un bon sommeil douillet, au sec, et même si ses cris me déchirent la peau telles des serres, je suis en fait contente, de ne pas être obligée de faire la conversation. Je suis incapable de penser à autre chose qu'aux dessins, à la lettre d'Ambrose, aux roses, au sang que j'ai sur les mains.

Au Moulin, il y a de l'eau par terre, des flaques sous les portes. La pluie s'est insinuée par les fenêtres branlantes et s'accumule sur le plancher inégal.

— Kate, je hasarde par-dessus les gémissements de Freya et le son des vagues sur le ponton, mais elle secoue la tête et montre la pendule, qui indique presque minuit.

— Va te coucher, dit-elle. On parlera demain matin.

Et je ne peux qu'acquiescer et emmener Freya en pleurs là-haut, dans la chambre où nous avons dormi – les draps du lit, le lit de Luc, n'ont pas été changés, et je m'allonge sur le côté, écoutant les hoquets frénétiques de ma fille se calmer peu à peu… Je m'assoupis à mon tour.

Je me réveille tôt, mais ne bouge pas tout de suite. Malgré l'heure matinale, la chambre est claire, mais c'est une lumière froide, glacée et diffuse, et en regardant vers l'estuaire, je vois que la brume de mer s'est engagée dans les terres pour envelopper le Moulin et les environs d'une fine gaze grise. Une toile d'araignée couvre en partie la fenêtre, constellée de minuscules gouttelettes transparentes. Je l'observe un moment : elle me rappelle les filets sur les façades de Salten, et ce souvenir me perturbe.

Mes bras frissonnent, je remonte la couverture et roule sur le côté pour voir comment va Freya, étonnamment silencieuse dans le berceau à côté de moi.

Ce que je vois bloque mon cœur dans ma poitrine. Quand il repart, il va à cent à la minute.

Freya n'est pas là.

Sans réfléchir, je bondis du lit, tremblant comme si je venais de recevoir une décharge électrique. Je fouille les couvertures – c'est absurde, puisque je sais que je l'ai couchée dans le berceau en bois la nuit dernière, et elle ne marche même pas encore à quatre pattes, aussi, elle ne risque pas de s'en échapper pour remonter dans mon lit.

Freya. Oh mon Dieu.

Je laisse échapper de petits gémissements incontrôlables, incapable de croire qu'elle n'est pas là, et je sors en trombe de la chambre.

— Kate !

Je croyais hurler, mais la panique m'étrangle et le mot reste à moitié coincé dans ma gorge.

— Kate !

— En bas ! lance-t-elle.

Je dévale l'escalier en bois, claquant des talons, manquant la dernière marche et déboulant dans la cuisine en titubant, si bien que Kate lève les yeux de l'évier. Sa surprise se transforme en inquiétude lorsqu'elle me voit devant elle, les yeux fous et les bras vides.

— Kate ! Freya… elle… elle a disparu !

Kate pose la cafetière qu'elle était en train de rincer, et je vois, en disant ces mots, son expression se muer en… se pourrait-il que ce soit de la culpabilité ?

— Je suis vraiment désolée, dit-elle, et elle désigne le tapis derrière moi.

Je me tourne… et elle est là. Freya. Assise sur le tapis, un morceau de pain à la main. Elle lève les yeux vers moi et pousse un petit cri de joie, jetant sa tartine en bouillie sur le tapis et tendant les bras pour que je la prenne.

Je la cueille et la serre contre moi, le cœur battant à tout rompre. Je ne peux pas parler. Je ne sais pas quoi dire.

— Je suis désolée, répète Kate, coupable. Je… je n'ai pas du tout pensé que tu allais t'inquiéter. J'ai dû la réveiller en allant aux toilettes, parce que je l'ai entendue en sortant ; tu dormais encore, et je me suis dit…

Elle se tord les mains.

— Tu as toujours l'air crevée. Je me suis dit que ça te ferait du bien, une petite grasse matinée.

Je ne dis rien, le temps que mon pouls redescende, et je sens les petits doigts roses de Freya s'emmêler dans mes cheveux, l'odeur de sa tête de bébé, son poids, dans mes bras… oh mon Dieu. Ce n'est pas grave. Tout va bien.

Les jambes soudain flageolantes de soulagement, je m'assois sur le canapé.

— Vraiment désolée, répète Kate.

Elle se frotte les yeux.

— J'aurais dû me douter que tu te demanderais où elle était.

— Ce n'est pas grave.

Freya me tapote la joue, voulant attirer mon regard. Je me force à sourire en baissant les yeux sur elle et je me demande ce qui m'est arrivé, quel genre de personne je suis en train de devenir, si ma première réaction lorsque mon enfant n'est pas dans son berceau est de penser qu'elle a été enlevée.

— Non, c'est moi, dis-je à Kate.

Ma voix tremble un peu, et je prends une profonde inspiration pour tenter de me calmer.

— Je ne sais pas pourquoi j'ai paniqué comme ça. Je suis juste... Je suis un peu à cran en ce moment.

Ses yeux viennent rencontrer les miens, tristes et compréhensifs.

— Moi aussi.

Elle se retourne vers l'évier.

— Tu veux un café ?

— Je veux bien.

Kate pose la cafetière sur le feu, et avant que celle-ci se mette à siffler et à cracher, elle dit :

— Merci.

Je la regarde avec surprise.

— Merci pour quoi ? Ce n'est pas moi qui devrais dire ça ?

— D'être venue tout de suite. Je sais que c'est beaucoup demander.

— Ce n'est rien, dis-je, bien que ce ne soit pas vrai.

En choisissant Kate, j'ai peut-être atteint un point de non-retour avec Owen, et c'est effrayant.

— Parle-moi... raconte-moi ce qui se passe avec la police, dis-je à la place, m'efforçant de chasser cette pensée.

Kate ne répond pas tout de suite ; elle retire du feu la cafetière italienne qui s'est mise à siffler, remplit deux petites tasses et m'en apporte une. Je repose Freya sur le tapis.

— Ce foutu Mark Wren, dit enfin Kate en s'asseyant sur le fauteuil en face. Il est venu me voir. *Ça doit être une période difficile pour toi*, il n'avait que ce blabla à la bouche. Mais il sait. J'ignore ce que lui a raconté Mary, mais il sait qu'il y a quelque chose de louche.

— Et le corps... c'est vrai qu'il a été identifié ?

Je suis au courant, j'ai lu les journaux. Mais j'ai besoin de l'entendre de sa bouche, de voir son expression lorsqu'elle le dira.

Mais son visage ne trahit rien. Elle se contente de hocher la tête avec lassitude.

— Oui, je crois. Ils m'ont prélevé un échantillon d'ADN, mais c'est pour ainsi dire une certitude. Ils ont parlé de son dossier dentaire, et ils m'ont montré sa bague.

— Ils t'ont demandé de l'identifier ?

— Oui, j'ai dit qu'elle était bien à lui. Ça m'aurait paru… eh bien, ça m'aurait paru idiot de le nier.

Kate a raison, bien sûr. Une des règles principales du Jeu du Mensonge consistait toujours à savoir quand il fallait laisser tomber. Règle numéro Cinq : savoir quand cesser de mentir. *Jetez l'éponge avant que ça dégénère*, comme disait toujours Thee. Le truc, c'était de pouvoir reconnaître quand vous en arriviez là. Mais je ne sais pas si nous avons vraiment réussi cette fois. On dirait que, quoi qu'on fasse, les ennuis vont arriver.

— Et maintenant, alors, qu'est-ce qui va se passer ?

— Ils m'ont demandé de venir faire une déposition sur la nuit où il a disparu. Mais justement, faut qu'on se décide : est-ce que je leur dis que vous étiez toutes là ?

Elle se passe les mains sur le visage. Sa peau olivâtre est creusée de cernes marron.

— Je ne sais pas ce qu'il y a de mieux. Je pourrais leur dire que je vous ai appelées quand je me suis aperçue que Papa avait disparu et vous ai demandé de venir. On pourrait confirmer chacune nos versions – dire juste qu'on était toutes là, mais qu'on n'a pas trouvé trace de Papa et que vous êtes parties tôt. Mais ils vont vous demander des dépositions aussi. Tout dépend de ce que sait le lycée, au final.

— Et qu'est-ce qu'ils savent ? je reprends, imbécile.

— Sur cette nuit-là ? Est-ce que quelqu'un vous a vues sortir ? Si je dis que vous n'êtes pas venues et que quelqu'un découvre que si, ça va se retourner contre nous.

J'essaie de repenser au déroulement des faits. Nous étions dans nos chambres quand miss Weatherby est venue nous chercher, mais elle a vu l'état de nos vêtements, la boue sur nos sandales. Et elle a dit quelque chose, dans son bureau, elle a parlé du fait que nous faisions le mur, a évoqué un témoin…

— Je crois qu'on a été vues, dis-je à contrecœur. Ou du moins, c'est ce qu'a dit miss Weatherby. Elle n'a pas précisé par qui.

Nous n'avons rien avoué – enfin pas moi, Fatima et Thea, je ne sais pas.

— Merde. Dans ce cas, il va falloir que je leur dise que j'étais à la maison ce soir-là, et vous aussi. Et ça signifie que vous allez sans doute toutes être convoquées.

Elle est blême, et je sais ce qu'elle pense – ce n'est pas seulement l'inquiétude provoquée par la détresse dans laquelle cela va nous plonger, nous autres, il y a là aussi une considération plus pratique, plus égoïste. Est-ce que quatre versions distinctes peuvent tenir la route sous le feu des questions ? Est-ce que l'une d'entre nous va craquer ?...

Je pense à Thea, à son alcoolisme, aux marques sur ses bras, à l'impact désastreux de tous les événements sur elle. Et je pense à Fatima, et à sa foi toute neuve. Un repentir sincère, a-t-elle dit. Et si ça impliquait des aveux, en guise de réparation ? Sans doute Allah ne peut-il pas pardonner à quelqu'un qui persévère dans ses mensonges ?

Et je pense aussi aux dessins. Ces putains d'images dans la boîte aux lettres. Au fait que quelqu'un d'autre sait quelque chose.

— Kate.

Je déglutis, et m'interromps. Elle me regarde et je me force à continuer.

— J'ai un truc à te dire. Fatima, Thea et moi, on... on a reçu des papiers. Au courrier. Des photocopies. De dessins.

Son expression change, et je réalise qu'elle sait déjà ce que je m'apprête à dire. Je ne sais pas si ça va rendre les choses plus faciles, ou plus difficiles, mais je reprends à toute vitesse pour ne pas perdre mon élan.

— Tu as *vraiment* détruit tous les dessins que ton père a faits de nous ?

— Oui.

Elle a l'air misérable.

— Je le jure. Mais pas...

Elle se tait, et soudain je ne veux pas entendre ce qu'elle va dire ensuite, mais c'est trop tard. Elle presse ses lèvres exsangues l'une contre l'autre.

— Mais pas tout de suite.

— Comment ça ?

— Je n'ai pas pu me résoudre à les brûler immédiatement après sa mort, je voulais le faire, mais j'ai juste… je ne sais pas, je ne trouvais pas le bon moment. Mais un jour je suis montée à son atelier, et quelqu'un y était venu.

— Quoi ?

Je n'essaie même pas de cacher le choc.

— C'était quand ?

— Il y a des années. Pas longtemps après sa mort. Il manquait des tableaux et des dessins, et j'ai su que quelqu'un avait fouillé. Après ça, j'ai tout brûlé, je le jure, mais ensuite, les lettres ont commencé à arriver.

Je sens un froid glacial se répandre en moi comme du poison.

— Les lettres ?

— Juste une pour commencer.

Kate parle à voix basse.

— J'ai vendu un tableau de Papa. La vente a été couverte par la presse locale, avec le prix d'achat et, quelques semaines plus tard, j'ai reçu une lettre qui demandait de l'argent. Il n'y avait pas de menace, on me demandait juste de laisser cent livres dans une enveloppe derrière un lambris décollé au Salten Arms. Je n'ai rien fait et, quelques semaines plus tard, la deuxième lettre est arrivée, sauf que cette fois, on demandait deux cents livres et il y avait un dessin dans l'enveloppe.

— Un dessin de nous.

Ma voix est blanche, faible. Kate hoche la tête.

— J'ai payé. D'autres lettres sont arrivées, de temps en temps, peut-être une tous les six mois, et j'ai payé chaque fois, mais à la fin j'ai mis un mot pour dire que c'était fini, je ne pouvais plus - le Moulin tombait en ruine, les tableaux de Papa étaient tous vendus, et on pourrait demander tant qu'on voudrait, il n'y avait plus d'argent. Et les lettres se sont arrêtées.

— C'était quand ?

— Il y a deux ou trois ans. Je n'ai plus eu de nouvelles après ça, et j'ai cru que c'était fini, mais il y a quelques semaines, ça a recommencé. D'abord il y a eu le mouton puis…

Elle déglutit.

— Puis, après votre départ, j'ai reçu une lettre qui disait : *Et si tu demandais à tes copines ?* Mais je n'ai jamais envisagé de…

— Bon Dieu, Kate !

Je me lève, trop nerveuse pour rester en place, mais je n'ai nulle part où aller et je me rassois, et me mets à triturer frénétiquement le tissu élimé du canapé. J'ai envie de demander : pourquoi tu ne nous l'as pas dit ? Mais je le sais. Kate a essayé de nous protéger, pendant toutes ces années. J'ai envie de demander : pourquoi n'es-tu pas allée à la police ? Mais je le sais aussi. J'ai envie de dire : ce sont de simples dessins. Mais nous savons toutes les deux que non. Les dessins n'ont pas d'importance. C'est le mot qui accompagnait le mouton qui exprime tout.

— Je n'arrête pas de m'interroger…, commence Kate, mais elle laisse sa phrase en suspens.

J'insiste :

— Continue.

Elle se tord les mains et se rend au buffet. De l'un des tiroirs, elle sort une liasse de papiers retenus par un fil rouge, et en plein milieu, il y a une lettre dans son enveloppe, très vieille, froissée. Mon sang se fige dans mes veines.

— Est-ce que c'est…

— Oui, je l'ai gardée. Je ne savais pas quoi faire d'autre.

Elle me la tend et, d'abord, j'hésite à la manipuler, pensant aux empreintes digitales, mais c'est trop tard. Nous l'avons toutes tenue entre nos mains il y a dix-sept ans. Je la prends avec délicatesse, comme si de la tenir du bout des doigts allait rendre plus difficile de remonter jusqu'à moi, mais je ne l'ouvre pas. Ce n'est pas nécessaire. Maintenant qu'elle est entre mes mains, les phrases remontent des eaux profondes de ma mémoire – *tellement désolé… ne t'accuse pas, ma chérie… la seule chose que je puisse faire pour arranger les choses.*

— Tu crois que je devrais la donner à Mark Wren ? demande-t-elle d'une voix rauque. Parce que ça pourrait tout arrêter. Elle répond à tant de questions…

Mais elle en soulève tant d'autres. Pourquoi Kate n'est-elle pas allée la porter à la police à l'époque, par exemple ?

— Tu dirais quoi ? Tu raconterais que tu l'as trouvée où ? Tu expliquerais ça comment ?

— Je ne sais pas. Je pourrais dire que je l'ai trouvée le soir même, mais que je ne l'ai dit à personne. Je pourrais dire la vérité, en fait, que Papa avait disparu, que j'avais peur de perdre la maison. Mais je n'ai pas besoin de vous impliquer, vous, l'enterrement, tout ça, je ne suis pas obligée de mentionner tout ça. Ou je pourrais dire que je l'ai trouvée plus tard, des mois après.

— Putain, Kate, je ne sais pas.

Je me frotte les yeux, tentant de chasser l'épuisement viscéral qui semble m'empêcher de réfléchir correctement. Sous mes paupières, je vois des éclats de lumière et des fleurs noires.

— Toutes ces versions, il me semble qu'elles soulèvent davantage de questions qu'elles n'en résolvent, et par ailleurs…

— Par ailleurs quoi ?

Il y a dans sa voix un accent que je ne parviens pas tout à fait à déchiffrer. Est-elle sur la défensive ? A-t-elle peur ?

Merde. Je ne voulais pas m'engager sur cette voie. Mais je ne vois pas quoi dire d'autre. Règle numéro Quatre : Ne pas se mentir les unes aux autres, pas vrai ?

— Par ailleurs… si tu leur donnes ce mot, ils vont vouloir faire des vérifications.

— Que veux-tu dire ?

— Kate, je suis obligée de poser la question.

Je m'efforce de trouver une manière de formuler les choses sans trahir ma pensée.

— Comprends bien, s'il te plaît, que quoi que tu dises, quoi qu'il se soit passé, je ne te jugerai pas. Je dois juste savoir… tu nous dois bien ça, non ?

— Isa, tu me fais peur, dit-elle d'une voix blanche, mais il y a quelque chose qui me déplaît dans son regard, quelque chose d'inquiet et d'évasif.

— Ce mot. Il… il n'a pas de sens. Tu le sais très bien. Ambrose s'est suicidé à cause des dessins, c'est ce qu'on a toujours cru, d'accord ?

Kate fait oui de la tête, mais lentement, comme si elle se méfiait de la direction que je prends.

— Mais le déroulé des événements ne correspond pas : les dessins n'ont été découverts au lycée qu'*après* sa mort.

Je déglutis à nouveau. Je pense au talent de Kate pour l'imitation, aux faux qu'elle a peints pendant des années après la mort d'Ambrose. Je pense au chantage auquel elle s'est soumise pendant plus de quinze ans, préférant payer que d'aller voir la police avec ce mot – et nous cachant ces lettres, alors que nous avions le droit de savoir.

— Kate, eh bien, ce que je te demande, je crois, c'est... est-ce qu'on est sûres qu'Ambrose a bien écrit ce mot ?

— Il l'a écrit, dit-elle, le visage fermé.

— Mais ça n'a pas de *sens*. Et écoute, il a fait une overdose d'héroïne, n'est-ce pas ? C'est ce qu'on a toujours cru. Mais dans ce cas, pourquoi les aiguilles étaient toutes bien rangées dans la boîte ? Est-ce qu'il ne les aurait pas laissées tomber à côté de sa chaise après s'être piqué ?

— Il a écrit ce mot, insiste Kate. Je suis bien placée pour le savoir.

— C'est juste...

Je ne sais pas comment dire ça, dire ce que je pense. Kate contracte les épaules et tire sa robe de chambre autour d'elle.

— Qu'est-ce que tu es en train de me demander, Isa ? Tu es en train de me demander si j'ai tué mon propre père ?

Il y a un silence.

Les mots sont choquants, dits à haute voix comme ça : mes soupçons vagues, amorphes revêtent soudain une forme concrète, avec des tranchants assez effilés pour blesser profondément. Je reprends, la voix cassée :

— Je ne sais pas. Je demande... Je demande s'il y a autre chose que nous devrions savoir avant de parler à la police.

— Il n'y a rien d'autre que vous devriez savoir.

Elle parle d'un ton glacial.

— Il n'y a rien qu'on devrait savoir, ou il n'y a rien, point barre ?

— Il n'y a rien que vous devriez savoir.

— Donc il *y a* autre chose ? Mais tu ne me dis pas quoi ?

— Mais putain, arrête de me poser cette question, Isa !

Visiblement angoissée, elle se rend à la fenêtre. Shadow se met à faire les cent pas autour d'elle. Il sent sa nervosité.

— Il n'y a rien d'autre que je puisse te dire, je t'en prie, crois-moi.

— Thea a dit...

Je sens mon courage me lâcher, mais je dois poser la question.

— Kate, Thea a dit qu'Ambrose était sur le point de t'envoyer dans un autre pensionnat. C'est vrai ? Pourquoi ? Pourquoi il aurait fait ça ?

Pendant un instant, Kate me fixe en silence, figée, le visage blême.

Puis elle laisse échapper une espèce de sanglot et se détourne. Elle enfile son manteau à la hâte par-dessus son pyjama, fourre ses pieds dans les bottes en caoutchouc couvertes de boue qui traînent devant la porte. Elle attrape la laisse de Shadow, qui la suit déconcerté, les yeux levés sur elle, tentant de comprendre son désarroi, puis elle sort en claquant la porte.

Le bruit me fait l'effet d'un coup de feu, se répercutant dans les poutres du plafond et faisant tinter d'indignation les tasses sur le buffet. Freya, qui joue joyeusement à mes pieds, sursaute ; son petit visage se plisse sous l'effet de la surprise et elle se met à gémir.

J'ai envie de poursuivre Kate, de la presser de me donner des réponses.

Mais je ne peux pas, je dois consoler ma fille.

Je me lève un instant, irrésolue, et j'écoute les cris de Freya, et le bruit des pas de Kate qui s'éloigne sur le ponton. Avec un grognement exaspéré, je prends Freya dans mes bras et me rends à la fenêtre.

Elle est toute rouge, elle donne des coups de pied, pleine d'un chagrin sans proportion avec le bruit soudain, et en tentant de l'apaiser, je regarde la silhouette de Kate disparaître à l'horizon avec Shadow. Et je m'interroge.

Je m'interroge sur les mots qu'elle a choisis.

Il n'y a rien d'autre que je puisse te dire.

Kate n'est pas du genre à parler en l'air – elle ne l'a jamais été. Il doit donc y avoir une raison. Une raison pour laquelle elle n'a pas simplement dit : *Il n'y a rien d'autre à dire.*

En la voyant s'éloigner dans la brume, je me demande si je n'ai pas fait une grosse erreur en venant ici.

Maintenant que Kate et Shadow sont sortis, la maison est étrange et silencieuse, les vitres sont constellées de bruine et les flaques de la nuit dernière sèchent encore sur le parquet sombre.

Avec la brume, le Moulin semble plus près que jamais de la mer, et tient davantage d'un bateau décrépit, détrempé, échoué sur une berge, que d'un bâtiment érigé sur les terres. L'humidité semble s'être infiltrée dans les planches et les poutres durant la nuit, il fait froid, le sol est mouillé et gelé sous mes pieds.

Je donne le sein à Freya, la repose pour la laisser jouer par terre, et j'allume le poêle. Je regarde le petit bois imbibé de sel donner des flammes bleu-vert derrière le verre noir de suie, puis je me blottis sur le canapé et j'essaie de réfléchir à ce que je dois faire.

C'est à Luc que je ne cesse de revenir. En sait-il plus qu'il ne le laisse voir ? Lui et Kate étaient très proches et, à présent, son amour pour elle s'est mué en une rancœur phénoménale. *Pourquoi ?*

Je presse mes mains sur mon visage, perdue dans mes souvenirs... la chaleur de sa peau, la sensation de ses membres contre les miens... tout à coup, j'ai l'impression d'être en train de me noyer.

L'heure du déjeuner est passée depuis un moment lorsque Kate rentre, mais elle secoue la tête quand je lui propose un des sandwichs que je suis en train de préparer. Elle monte dans sa chambre avec Shadow, et j'en suis à vrai dire soulagée. Les soupçons que j'ai formulés étaient pour ainsi dire impardonnables, et je ne suis pas certaine d'être capable de l'affronter.

Au moment où je monte coucher Freya pour sa sieste, je l'entends faire les cent pas à l'étage du dessus, et je devine même sa forme à travers les lattes mal scellées quand elle passe devant la fenêtre, bloquant les rais de lueur grise qui filtrent par les fentes.

Freya a du mal à s'endormir, mais elle finit par sombrer et je redescends dans le salon et m'assois devant la fenêtre pour contempler les eaux agitées de l'estuaire. Il n'est pas tout à fait 16 heures, et la marée est presque haute, une des plus grandes marées depuis que je connais les lieux. Le ponton est submergé et, lorsqu'il y a une forte rafale de vent, de l'eau se glisse sous la porte du Moulin.

La brume s'est un peu levée, mais le ciel est toujours nuageux et il fait froid. Il est difficile de se rappeler la chaleur d'il y a quelques semaines à peine en regardant l'eau gris acier qui clapote contre les planches dehors. Avons-nous vraiment nagé dans cet estuaire ce mois-ci ? Il semble impossible que ce puisse être la même eau chaude, agréable, que celle où nous avons fait la planche, nagé et ri. Tout a changé.

Je frissonne, et tire mon pull contre moi. J'ai fait mon sac n'importe comment – j'ai jeté des affaires dedans sans regarder, et j'ai pris trop de jeans et de hauts légers, et pas assez de vêtements chauds, mais je suis trop lâche pour demander à Kate de me prêter quelque chose. Je ne peux pas la regarder en face, pas maintenant, pas aujourd'hui. Demain, peut-être, quand ça se sera tassé.

Il y a un tas de livres par terre près de la fenêtre, les pages recourbées par l'humidité. J'en prends un au hasard. *Des cornflakes dans le porridge*, de Bill Bryson. Avec une couverture fluo, d'une gaieté incongrue dans les couleurs passées du Moulin, tout de bois humide et de cotonnades délavées. Je me dirige vers l'interrupteur pour éclairer un peu – et il crépite contre ma main. Je sursaute. Quelque part derrière moi il y a un boum, et la lumière s'allume, trop vive, puis s'éteint aussitôt.

Le frigo émet un gémissement tremblant, et cesse son bourdonnement imperceptible. *Merde*.

J'appelle prudemment Kate, ne voulant pas réveiller Freya, mais elle ne répond pas. Je l'entends aller et venir, et s'interrompre un instant quand je dis son nom, donc je crois qu'elle a entendu.

— Kate, un plomb a sauté.

Pas de réponse.

Je passe la tête dans le placard sous l'escalier, mais il y fait un noir d'encre. Il y a quelque chose qui ressemble à une boîte à fusibles, mais ce n'est pas l'installation moderne qu'a évoquée Kate. C'est de la bakélite noire montée sur du bois, avec ce qui ressemble à un écheveau taché de goudron qui sort d'un côté, et des fils de plomb de l'époque victorienne de l'autre. Je n'ose pas y toucher.

Bordel.

Je sors mon portable, et je suis sur le point de chercher « comment redémarrer une boîte à fusibles » sur Google quand je m'arrête. J'ai un mail d'Owen.

Je clique, le cœur sur les lèvres.

De grâce, de grâce, faites que ce soient des excuses pour notre dispute ; n'importe quoi fera l'affaire, n'importe quel compromis qui me permettrait de descendre des grands chevaux sur lesquels je suis montée. Il doit savoir, à la lumière du jour, que ses accusations étaient ridicules. Un bouquet de roses et un séjour chez une vieille amie équivaudraient à une liaison ? C'est de la parano, et il s'en est forcément rendu compte.

Mais ce ne sont pas des excuses. Ce n'est même pas ce qu'on peut appeler un mail, et au départ je ne comprends pas ce qu'il dit.

Il n'y a pas de « Salut chérie », ou même de « Chère Isa ». Il n'y a pas d'autojustification ou de pathétiques supplications. En fait, il n'y a pas du tout de texte, et pendant un instant je me demande s'il m'a envoyé un message destiné à quelqu'un d'autre.

C'est une liste de délits, avec dates et lieux, sans nom ni contexte. Un vol à l'étalage à Paris, une virée en voiture volée dans une banlieue française dont je n'ai jamais entendu parler, des coups et blessures volontaires dans une station balnéaire normande. Au début de la liste, les dates remontent à vingt ans, mais elles se rapprochent à mesure que je déroule le message, même s'il y a de longs intervalles libres, parfois plusieurs années. Les faits les plus récents ont tous eu lieu dans le sud de l'Angleterre. Conduite en état d'ivresse près d'Hastings, mise en garde pour détention de stupéfiants à Brighton, garde à vue après une bagarre à Kent, mais sans condamnation, autres mises en garde. Le dernier incident remonte à deux semaines : ivresse sur la voie publique près de Rye, nuit passée en cellule, pas de condamnation. Qu'est-ce que c'est que ça ?

Puis soudain je comprends.

C'est le casier judiciaire de Luc.

J'ai la nausée. Je ne veux même pas savoir comment Owen a obtenu tout ça, et si vite. Il connaît du monde – des flics, des officiers du MI5 – et a un poste haut placé au ministère de l'Intérieur, avec des habilitations de sécurité importantes, mais c'est une grave violation de l'éthique professionnelle, quelle que soit la manière dont on regarde la chose.

Et il n'y a pas que ça. Ça montre qu'il n'est pas redescendu. Il croit toujours que Luc est la raison de ma venue. Il croit toujours que je couche avec un autre mec.

Je sens la colère m'inonder, hérissant ma nuque, et mes doigts fourmillent de rage.

J'ai envie de hurler. J'ai envie de l'appeler et de lui dire que c'est un salaud, et que la confiance qu'il a brisée pourrait ne jamais être réparée.

Mais je ne le fais pas. En partie parce que je suis si furieuse que je ne suis pas certaine de ne pas dire quelque chose d'impardonnable.

Et en partie parce que je sais, et tout au fond de moi je suis prête à reconnaître, que ce n'est pas *entièrement* sa faute.

Oui, c'est sa faute, bien sûr. Nous sommes ensemble depuis près de dix ans, et pendant ce temps je n'ai jamais ne serait-ce qu'embrassé un autre homme. Je n'ai rien fait pour mériter d'être traitée de la sorte.

Mais Owen sait que je lui mens. Il n'est pas idiot. Il le sent… et il a raison.

J'écrase mon téléphone si fort dans mon poing qu'il émet une vibration, et je me force à relâcher mes doigts.

Putain. *Merde.*

C'est l'insulte que je ne supporte pas – l'idée que je passerais directement de son lit à celui de Luc – et s'il n'était pas le père de Freya, ce serait une raison suffisante pour le quitter. J'ai eu des petits amis jaloux dans le passé, et ils sont toxiques : toxiques pour la relation, et toxiques pour l'estime de soi. Vous finissez par regarder par-dessus votre épaule, par remettre en question vos propres motivations. Est-ce que je flirtais *vraiment* avec ce type ? Je n'en avais pas l'intention. Est-ce que j'ai *vraiment* regardé son pote comme si j'avais envie ? Est-ce que mon décolleté était *vraiment* trop plongeant, ma jupe trop courte, mon sourire trop éclatant ?

Vous arrêtez de vous faire confiance, et le doute s'installe là où se trouvaient auparavant l'amour et l'assurance.

J'ai envie de lui téléphoner et de lui dire que c'est… que s'il ne peut pas me faire confiance, c'est fini. Je refuse de vivre ainsi, soupçonnée de quelque chose que je n'ai pas fait, obligée de nier des infidélités qui n'existent que dans sa tête.

Mais… même si je laisse de côté mon propre rôle dans la situation, puis-je infliger ça à Freya ? Je sais ce que c'est, de vivre avec un parent en moins. Je le sais trop bien, et je ne veux pas lui imposer ça.

Un épais manteau de nuages couvre le ciel et le Moulin me paraît sombre et glacial, le poêle brûlant à petit feu derrière sa petite porte et, soudain, lorsque j'entends Freya remuer au-dessus, son gémissement de réveil parvenant au bas des escaliers, je sais que je dois sortir. Je vais aller dîner au pub. Peut-être pourrai-je découvrir quelque chose, parler à Mary Wren de l'enquête policière. Quoi qu'il en soit, il est clair que Kate ne va pas descendre de sitôt, et même dans le cas contraire, je ne suis pas certaine que je parviendrais à la regarder, à m'asseoir avec elle pour manger, bavarder, avec ce spectre entre nous, et le mail d'Owen tel un poison dans mon téléphone.

Je cours à l'étage et j'enfile un manteau à Freya. Puis je m'assure que la protection pluie est rangée sous la poussette, et je sors avec elle sur la rive sablonneuse, et nous nous mettons en route pour Salten, le vent dans la figure.

J'ai tout le temps de réfléchir pendant le laborieux trajet pour Salten dans le vent et le froid. J'oscille entre ressasser amèrement les manquements d'Owen, et ma culpabilité de ne pas m'être bien comportée avec lui. J'énumère ses défauts dans ma tête : son côté soupe au lait, sa possessivité, le fait qu'il se lance dans de grands projets sans me demander mon avis.

Mais d'autres souvenirs s'insinuent dans mon esprit. La courbe de sa colonne vertébrale lorsqu'il se penche sur la baignoire pour verser de l'eau tiède sur la tête de notre fille. Sa gentillesse, son ingéniosité. Son amour pour moi. Pour Freya.

Et par-dessus le marché, telle une basse en contrepoint, il y a ma propre responsabilité dans ce chaos.

Owen a toujours été possessif, mais il n'a jamais été jaloux jusque-là ; pas comme ça. Et c'est ma faute. Je l'ai rendu comme ça. *Nous* l'avons rendu comme ça. Fatima, Thea, Kate et moi.

Je remarque à peine la distance, tant je suis perdue dans mes pensées, mais je n'ai pas avancé dans ma prise de décision lorsque les taches floues dans la brume prennent la forme de maisons et d'immeubles.

Quand je prends la rue du Salten Arms, dégourdissant mes doigts froids sur les poignées de la poussette et raclant la flaque de pluie qui s'est formée sur la capote, j'entends de la musique. Pas de la musique d'ambiance, un véritable orchestre : accordéons sifflants, banjos nasillards, violons joyeux et sonores.

Je pousse la porte et le son me frappe comme un mur, avec l'odeur de feu de bois de la cheminée, de bière, et les corps en liesse, entassés. L'âge moyen est largement au-dessus de soixante ans, et il n'y a presque que des hommes.

Les têtes se tournent, mais la musique ne s'arrête pas, et en me frayant un chemin dans la salle surchauffée, j'aperçois Mary Wren perchée sur le rebord d'un tabouret au bar, regardant les instrumentistes et tapant du pied au rythme de la gigue. Elle me remarque, plantée, hésitante, entre les deux salles et me salue avec un clin d'œil. Je lui rends son sourire, écoute un peu la musique, puis me dirige vers le bar du fond, distinguant, comme pour la première fois, les lambris sur les murs. J'ai un pincement au cœur en repensant au mot de Kate. Comme il serait facile pour n'importe qui dans cette salle de tirer un tabouret à côté de la planche décollée, ou d'y glisser la main en allant aux W-C… Encore plus facile pour le propriétaire.

Je me rappelle la remarque anodine, en apparence, de Mary, disant que la brasserie voulait vendre l'établissement pour faire des résidences secondaires et, en promenant mon regard sur les murs, j'aperçois la peinture écaillée et les tapis et chaises défraîchis, et je réfléchis à ce que ça signifierait pour Jerry. Il a travaillé là toute sa vie – le pub est son gagne-pain, sa vie sociale, et son plan de retraite. Que pourrait-il faire d'autre ? Je ne sais pas si ce sont les regards sur moi, la chaleur et le bruit, ou la prise de conscience que le maître chanteur de Kate pourrait bien se trouver juste de l'autre côté du comptoir, mais j'éprouve une bouffée soudaine de claustrophobie et de paranoïa. Tous ces vieillards souriants, avec leurs regards entendus, ils savent qui je suis, c'est certain, et la serveuse aux lèvres pincées et aux bras croisés aussi.

Je joue des coudes pour rejoindre les toilettes et tire la poussette de Freya à l'intérieur. Je laisse la porte claquer derrière moi, et m'y adosse. La fraîcheur et le silence me font du bien. Je ferme les yeux et me dis : *Tu vas y arriver. Ne les laisse pas t'atteindre.*

Ce n'est que lorsque j'ouvre les yeux que je vois les mots écrits au marqueur passé, floutés sur la porte, qui se reflètent dans le miroir sale.

Mark Wren est un délinquant sexuel !!!

Je sens le sang me monter aux joues, une bouffée brûlante de honte. Les lettres sont anciennes et difficiles à distinguer, mais pas illisibles. Et quelqu'un d'autre, plus récemment, a barré le *Mark* pour écrire au Bic, au-dessus : *Sergent*.

Pourquoi ne m'en suis-je pas rendu compte ? Pourquoi n'ai-je pas réalisé qu'un mensonge peut survivre à n'importe quelle vérité, et qu'ici, les gens se souviennent ? Ce n'est pas comme Londres, où le passé s'écrit et se réécrit sans cesse jusqu'à ce qu'il n'en reste rien. Ici, rien n'est oublié, et le fantôme de mon erreur continuera de hanter Mark. Et il me hantera.

Je me rends au lavabo et m'éclabousse le visage tandis que Freya m'observe avec curiosité, puis je me redresse et contemple mon reflet. Oui, c'est ma faute. Je le sais. Mais ce n'est pas seulement ma faute. Et si je peux me regarder en face, je peux les regarder en face aussi.

J'ouvre la porte et me dirige d'un pas déterminé vers le bar, la poussette de Freya devant moi.

— Isa Wilde ! lance une voix légèrement pâteuse lorsque je passe devant les tireuses à pression. Ça alors, je croyais que t'étais repartie pour dix ans de plus. Qu'est-ce que tu prendras ?

Jerry lui-même me fait un grand sourire, sa dent en or clignotant à la lueur du feu. Il essuie un verre avec un torchon qui a connu des jours meilleurs.

— Salut, Jerry.

Freya s'agite et donne des coups de pied dans le vide. Elle a trop chaud maintenant que nous sommes sorties de la fraîcheur des toilettes. Elle arrive à défaire la protection anti-pluie d'une poussée particulièrement colérique, et émet un petit glapissement de triomphe. Je la prends dans mes bras et la serre contre mon épaule en lui faisant chut.

— Ça ne te dérange pas, les bébés dans le bar, si ?

— Non tant qu'ils ne boivent pas de bière, répond Jerry, avec un grand sourire qui laisse voir ses dents du bonheur entre ses rouflaquettes. Qu'est-ce que je te sers ?

— Tu fais à manger ?

— Pas avant 6 heures, mais il est… (Il jette un coup d'œil à la pendule.) Il est presque… voilà le menu.

Il pousse un papier corné et graisseux en travers du bar et je l'étudie. Sandwichs… tourte au poisson… crabe émietté… burger et frites…

— Je vais prendre la tourte au poisson. Et… peut-être un verre de vin blanc.

C'est vrai, pourquoi pas ? Il est presque 18 heures.

— Je t'ouvre une note ?

— Oui. Tu veux ma carte ?

Je fouille dans mon sac à main, mais il secoue la tête en riant.

— Je sais où te trouver.

Curieusement, il parvient à donner à cette expression rebattue un vague accent de menace, mais je souris et fais un signe de tête vers la salle du fond, qui est plus calme. Il reste deux tables libres.

— Je vais m'asseoir là-bas, si ça te ne te dérange pas ?

— Vas-y, vas-y, je t'apporte ton verre. Tu vas pas pouvoir le prendre, avec la petite.

L'une des tables libres est à côté de la porte, jonchée de chopes graisseuses. Quelqu'un a vidé sa pipe par terre. L'autre table, dans le coin, ne vaut guère mieux. Il y a une guêpe qui bourdonne dans une flaque de bière, piégée sous un verre renversé, et la banquette en skaï cloqué est couverte de poils de chien, mais il y a de l'espace pour la poussette, alors je débarrasse les cadavres et vais les déposer sur l'autre table, essuie rapidement la surface avec un sous-bock, et m'assois. Freya gigote dans mes bras et me donne des coups de tête dans la poitrine, et je vois que je ne vais pas pouvoir attendre de rentrer pour la nourrir ; elle a décidé que c'était l'heure, et elle va piquer une crise d'une minute à l'autre. Ce n'est pas le lieu rêvé pour lui donner le sein – je l'ai déjà fait dans des pubs, souvent même, mais presque toujours en présence d'Owen, et pour être honnête, à Londres, vous pourriez donner le sein à un chat que tout le monde s'en ficherait. Ici, toute seule, ça ne me fait pas du tout le même effet et je ne sais pas trop comment vont réagir Jerry et ses clients, mais Freya ne me laisse pas vraiment le choix. Je déboutonne mon manteau et dispose pudiquement mes couches d'habits, puis je la mets au sein aussi vite que possible et m'arrange pour nous cacher toutes deux avec mon manteau.

Quelques têtes se tournent et un vieil homme à la barbe blanche nous fixe avec une franche curiosité. Je suis en train de penser, avec un petit pincement, à ce que Kate a dit sur les vieux dégueulasses qui répandent des ragots au Salten Arms lorsque Jerry arrive avec un verre de blanc sur un plateau et un couteau et une fourchette dans une serviette en papier.

— On devrait lui faire payer un droit de bouchon, dit-il avec un sourire en indiquant ma poitrine du menton, et je me sens rougir.

Je parviens à émettre un petit rire.

— Désolée, elle avait faim. Ça ne te dérange pas, j'espère ?

— Moi non. Et je suis sûr que les autres seront pas non plus fâchés de se rincer l'œil un coup.

Il fait un gloussement grivois, repris comme un écho nasillard par ses potes au bar, et cette fois, j'ai les joues qui brûlent. Les clins d'œil torves du vieil homme sont suivis de rires gras, et il s'attrape l'entrejambe en chuchotant quelque chose à son pote, sans me quitter des yeux.

J'envisage sérieusement de demander à Jerry d'annuler ma tourte au poisson et de sortir lorsqu'il glisse le verre sur la table et montre le bar de la tête.

— C'est ton pote qui a payé le verre, au fait.

Mon pote ? Je lève les yeux et croise le regard de… Luc Rochefort. Assis au bar, il lève son verre dans ma direction, l'air un peu… chagrin ? Je ne sais pas trop.

Je pense à Owen. Au mail qu'il m'a envoyé. À ce qu'il dirait s'il entrait dans le bar à cet instant, et j'éprouve de nouveau un petit malaise, mais avant que j'aie le temps de trouver mes mots, Jerry est parti et Luc s'approche de ma table.

Il n'y a pas d'échappatoire. Je suis coincée entre la poussette et un groupe à ma droite, et handicapée par Freya accrochée à mon sein nu sous mon manteau. Je ne peux en l'état même pas me lever pour lui faire face.

Je pense au mouton.

Je pense à Freya hurlant dans ses bras.

Je pense aux dessins, aux soupçons d'Owen, et mes joues s'embrasent de plus belle. Je ne sais pas si c'est la colère ou… autre chose.

— Écoute, dis-je lorsqu'il est à portée de voix, sa pinte à la main.

J'ai envie d'être courageuse, agressive même, mais je me fais toute petite, tapie contre la banquette, malgré que j'en aie.

— Écoute, Luc…

— Je suis désolé, lâche-t-il aussitôt. Pour ce qui s'est passé avec ton bébé.

Il a l'air posé, les yeux sombres dans la lumière tamisée de l'arrière-salle.

— Je voulais me rendre utile, mais c'était une idée idiote, je m'en rends compte maintenant.

Ce n'est pas à ça que je m'attendais, et il m'a coupé la chique, si bien que je n'arrive plus à lui dire de me foutre la paix comme j'en avais l'intention.

— Le verre… je sais que c'est dérisoire, mais, je… c'était pour faire la paix. Je suis désolé. Je ne t'embêterai plus.

Il commence à s'en aller, mais quelque chose monte en moi, une sorte de désespoir, et à ma propre surprise, je laisse échapper :

— Attends !

Il se retourne, circonspect. Ses yeux sont fuyants, mais il y a quelque chose dans son visage… de l'espoir ?

— Tu… tu n'aurais pas dû sortir Freya. Mais j'accepte tes excuses.

Il reste muet, imposant devant la table, puis il incline la tête maladroitement en signe d'assentiment, et nos regards se croisent. Peut-être est-ce son hésitation, ses épaules voûtées comme celles d'un enfant grandi trop vite. Peut-être sont-ce ses yeux, la façon dont il soutient mon regard avec une sorte de vulnérabilité douloureuse, mais pendant une minute, il ressemble tant à l'adolescent de quinze ans qu'il était que mon cœur loupe un battement.

Je déglutis pour chasser la boule douloureuse dans ma gorge, cette boule qui, ces derniers temps, est toujours là, symptôme habituel de mon stress et de mon anxiété.

Je pense à Owen et à ses accusations, et je sens l'imprudence prendre le dessus.

— Tu veux t'asseoir ?

Il ne dit rien. Un instant, je crois qu'il va faire semblant de ne pas m'avoir entendue, s'en aller.

Mais il déglutit à son tour.

— Tu es sûre ?

Je fais oui de la tête, et il s'assoit, gardant les yeux fixés sur le liquide ambré dans son verre.

Il y a un long silence, et les hommes du bar se détournent, comme si la présence de Luc faisait rempart à leur curiosité. Je sens Freya qui tète fort, ses mains poussant mon sein. Luc ne nous regarde pas.

— Est-ce que… tu as entendu la nouvelle ? demande-t-il enfin.

— Sur les…

Je m'interromps. *Sur les ossements*, j'allais dire, mais je n'y parviens pas. Il acquiesce.

— Ils ont identifié le corps. C'est Ambrose.

— J'ai su, oui. Luc, je suis vraiment navrée.

— Merci.

Son accent français est plus fort, comme souvent autrefois dans les moments de stress. Il secoue la tête comme pour chasser des pensées fâcheuses.

— J'ai été… surpris que ça me fasse aussi mal.

Ma respiration se bloque lorsque je réalise de plus belle ce que nous avons fait : la peine à perpétuité que nous ne nous sommes pas simplement infligée à nous-mêmes, mais aussi à Luc.

— Tu… tu l'as dit à ta mère ?

— Non. Elle s'en ficherait, maintenant. Et elle ne mérite pas ce titre.

Il parle en sourdine. Je prends une gorgée de vin pour essayer de me calmer.

— Elle… elle était toxicomane, c'est ça ?

— Oui. Héroïne. Puis méthadone.

Il prononce ce dernier mot à la française, et je ne le saisis pas tout de suite. Lorsque je comprends, je me mords les lèvres et regrette d'avoir mis ce sujet sur la table. Luc fixe son verre en silence, et je ne sais pas quoi dire, comment me rattraper. Il est venu pour arranger les choses entre nous, et je n'ai fait que lui rappeler tout ce qu'il a perdu.

Je suis sauvée par l'arrivée d'une jeune fille avec une assiette de tourte au poisson fumante. Elle la pose devant moi sans préambule et demande :

— Sauces ?

— N-non. Non merci, ça ira.

Je porte une cuiller à ma bouche. La tourte est riche et crémeuse, et le fromage dessus doré et bouillant, mais elle a un goût de sciure. Les miettes de poisson se défont dans ma bouche et je sens une arête dans ma gorge lorsque je me force à avaler.

Luc semble perdu dans ses pensées. Ses grandes mains sont posées sur la table, ses doigts relâchés, et je me rappelle ce matin-là à la Poste, sa fureur contenue, les coupures sur ses phalanges et la peur que j'ai éprouvée en sa présence. Je pense au mouton, au sang sur ses mains… et je m'interroge.

Luc est en colère, je le sais. Mais si j'étais lui, je serais en colère aussi.

Les heures passent, Freya s'est endormie contre ma poitrine et Luc et moi, nous avons sombré dans le silence après avoir discuté pendant des heures. À présent nous sommes juste assis côte à côte, et nous la regardons respirer, chacun perdu dans ses pensées.

Lorsque sonne la clochette annonçant la dernière tournée, je n'arrive pas à y croire, et je dois sortir mon téléphone pour constater que oui, il est bien 11 heures moins 10.

— Merci, dis-je à Luc lorsqu'il se lève et s'étire.

Il a l'air surpris.

— Pour quoi ?

— Pour ce soir. Je… j'avais besoin de sortir, d'oublier tout un petit moment.

Je réalise, en disant ces mots, que je n'ai pas pensé à Owen depuis des heures, ni à Kate. Je me frotte le visage, dégourdis mes membres contractés.

— Ce n'est rien.

Il se penche et me prend Freya des bras avec délicatesse, de façon que je puisse m'extirper de derrière la petite table. Je le regarde la bercer maladroitement contre son torse, et je souris malgré moi lorsqu'elle pousse un petit soupir et se blottit dans sa chaleur.

— Tu as un don avec les enfants. Tu en veux ?

— Je n'aurai pas d'enfants.

Il dit ça d'une voix détachée. Je le regarde avec surprise.

— Ah bon ? Pourquoi pas ? Tu ne les aimes pas ?

— Ce n'est pas ça. Je n'ai pas eu une enfance terrible. Quand t'as des traumatismes, tu risques fort de les refiler à la génération suivante.

— N'importe quoi.

Je lui reprends Freya, et la pose tendrement dans sa poussette, plaçant une main légère sur sa poitrine tandis que ses paupières s'ouvrent et se referment de capitulation.

— Si c'était vrai, personne ne se reproduirait. On a tous des casseroles. Et les qualités que tu as à transmettre ?

— Je n'ai rien à transmettre à un enfant, dit-il, et pendant un instant je crois qu'il plaisante, mais non, son visage est sérieux, et triste. Et je ne veux pas prendre le risque d'infliger une enfance comme la mienne à un autre petit être.

— Luc… C'est… c'est trop triste. Je suis sûre que tu ne serais pas du tout comme ta mère.

— Tu ne peux pas le savoir.

— Non. Mais personne ne peut savoir avec certitude le parent qu'il sera. Il y a des incapables qui font des enfants tous les jours. Mais la différence c'est qu'ils s'en foutent. Or toi non.

Il hausse les épaules, enfile sa veste, et m'aide à mettre la mienne.

— Ça ne fait rien. Je n'aurai pas d'enfants. Je ne veux pas faire venir un enfant dans un monde comme celui-là.

Dehors dans le parking, Luc enfonce ses mains dans ses poches et se voûte.

— Je peux te raccompagner ?

— Ça te fait un détour de plusieurs kilomètres.

Mais je m'aperçois aussitôt que je ne sais pas du tout où il habite. De toute façon, le Moulin ne peut être sur le chemin de nulle part, si ?

— Pas ce qui s'appelle un détour, dit-il. J'habite sur la route côtière, en direction du lycée. Le plus court chemin, c'est par le marais.

Oh. Ça explique beaucoup de choses. En particulier pourquoi il passait devant le Moulin le soir du dîner des anciennes. J'éprouve un pincement de culpabilité de n'avoir pas cru à son explication.

Je ne sais pas quoi dire.

Est-ce que je fais confiance à Luc ? Non, de fait. Mais depuis ma conversation avec Kate ce matin, sa façon de s'enfuir plutôt que de me répondre… je ne sais plus si je fais confiance à quelqu'un ici.

Je n'ai pas pris de lampe torche, et avec le mauvais temps la nuit est particulièrement sombre. Nous avançons à pas prudent, moi avec la poussette et Luc qui ouvre la marche. Nous parlons à voix basse. Un camion passe dans l'obscurité, ses phares nous transformant en ombres longues et noires sur la route devant nous, et Luc le salue au passage.

— ... Nuit, Luc..., lance une voix indistincte par la vitre, et je suis frappée par le fait que, en un sens, Luc a réussi là où Kate a échoué.

Il s'est fait une vie ici, une place dans la communauté, tandis qu'elle est toujours une paria, comme l'a dit Mary.

Nous sommes au niveau du pont au-dessus de l'estuaire lorsque je m'aperçois que j'ai un caillou dans ma chaussure. Nous nous arrêtons une minute pour que je le retire. Tandis que je sautille à cloche-pied, Luc appuie les coudes sur le garde-corps et contemple l'embouchure du fleuve, en direction de la mer. Le brouillard s'est levé mais, avec les nuages si bas et si épais, l'estuaire est nimbé de ténèbres et il n'y a rien à voir, même pas le faible scintillement des lumières du Moulin. Son visage est indéchiffrable, mais je pense à la petite tente blanche, cachée dans le noir, et je me demande si lui aussi.

Une fois rechaussée, je vais m'accouder à côté de lui. Même si nous ne nous touchons pas, nos avant-bras sont si proches que je sens la chaleur de sa peau à travers le mince tissu de nos vestes.

— Luc...

Soudain, sans crier gare, il se tourne, ses lèvres sont sur les miennes, chaudes, et j'éprouve une bouffée de désir si forte qu'elle me prend presque de court, une chaleur liquide dans mon bas-ventre.

Pendant un instant, je ne fais rien, je reste plantée là, les doigts écartés contre ses côtes, et sa bouche sur la mienne, et mon cœur qui bat la chamade. Puis la conscience de ce que je suis en train de faire me submerge comme une vague glacée.

— Luc, non !

— Je suis désolé. (Il a l'air bouleversé.) Je suis désolé... Je ne sais pas ce qui m'a...

Il laisse sa phrase en suspens et nous restons face à face, le souffle court, et je sais que le trouble et la détresse que je lis sur son visage doivent se refléter sur le mien.

— *Merde*, crache-t-il en français.

Il donne un coup de poing sur la rambarde.

— Pourquoi il faut toujours que je foute tout en l'air ?

— Luc, tu n'as pas… tu ne…

La boule douloureuse dans ma gorge est de retour.

— Je suis mariée, dis-je.

Ce n'est pas vrai, mais en même temps si, fondamentalement. Quels que soient nos problèmes, Owen est le père de ma fille, et nous sommes ensemble ; c'est comme ça. Je ne vais pas le tromper.

— Je sais, dit-il d'une voix presque inaudible et, sans me regarder, il avance sur le pont en direction du Moulin.

Il est quelques pas devant moi lorsqu'il reprend la parole, si bas que je ne suis pas certaine d'avoir bien entendu.

— J'ai fait une telle erreur… C'est toi que j'aurais dû choisir.

C'est toi que j'aurais dû choisir.

Qu'est-ce que ça signifie ? Je brûle de poser la question, tandis que nous marchons lentement sur le chemin plein d'ornières qui longe l'estuaire, mais le silence de Luc est inviolable.

Qu'a-t-il voulu dire ? Que s'est-il *vraiment* passé entre lui et Kate ? Mais je ne sais pas comment poser la question et, en plus, j'ai peur. Peur de ce qu'il pourrait me demander en retour. Je ne peux pas exiger la vérité quand je cache moi-même tant de choses.

Alors je me concentre sur la poussette de Freya et m'efforce d'éviter les flaques. Il a plu fort pendant que j'étais au pub et, dès qu'on quitte la partie goudronnée, le chemin est boueux.

Je suis douloureusement consciente de la présence de Luc à côté de moi, qui règle son pas sur le mien, et enfin je tente, sans conviction, de le laisser repartir de son côté.

— Tu n'as pas besoin de me raccompagner jusqu'au bout, tu sais, si tu veux t'arrêter ici, t'épargner le détour…

Mais il secoue la tête.

— Tu vas avoir besoin d'aide.

Ce n'est que lorsque nous arrivons au Moulin que je comprends ce qu'il veut dire.

La mer est haute – plus haute que je ne l'ai jamais vue. La passerelle en bois est invisible, complètement submergée, et au-delà de l'étendue d'eau noire et stagnante, le Moulin est tout à fait coupé de la berge. Le ponton ne peut pas être à plus de quelques centimètres sous la surface, mais je distingue à peine la limite entre la rive et l'eau, sans parler de la forme des planches sombres sous l'eau, qui se dérobe aux regards.

Si j'étais seule, je tenterais sans doute le coup, mais avec la poussette ? Elle est lourde et, si l'une des roues venait à verser, je ne suis pas certaine que je serais assez forte pour empêcher que le tout tombe à l'eau.

Je sens la détresse se peindre sur mon visage.

— Merde, qu'est-ce que je fais ?

Il jette un coup d'œil aux fenêtres plongées dans le noir.

— On dirait que Kate est sortie. Elle aurait pu laisser une lumière, commente-t-il d'une voix amère.

— Il y a eu une coupure d'électricité.

Luc hausse les épaules, un geste bien gaulois, indescriptible, entre la résignation et le mépris. Et j'ai le sentiment que je devrais défendre Kate, mais je ne trouve pas quoi répondre devant la désapprobation silencieuse de Luc, surtout qu'une petite voix, dans ma tête, me chuchote mon propre ressentiment. Comment Kate a-t-elle pu s'absenter et me laisser me débrouiller toute seule dans cette situation ? Elle ne pouvait pas savoir que Luc serait là pour m'aider.

— Prends ton bébé, dit-il, montrant la poussette.

Je l'accueille dans mes bras. Elle dort, et lorsque je la presse contre mon épaule, elle s'y blottit avec une lourdeur compacte telle une ammonite faite chair.

— Qu'est-ce que tu...

Mais je m'arrête tandis que Luc enlève ses chaussures, soulève la poussette et s'engage dans l'eau noire. Il s'enfonce jusqu'aux chevilles, jusqu'à mi-mollets.

— Luc ! Attention ! Tu ne sais pas...

Mais il sait. Il connaît l'endroit exact où se trouve le ponton. Il traverse à gué, sans hésiter. Je retiens mon souffle à chacun de ses pas, craignant de le voir chuter, mais non. Il arrive de l'autre côté, une étroite bande de sable à peine assez grande pour accueillir la poussette, et tente d'ouvrir la porte.

Elle n'est pas verrouillée, et s'ouvre en grand, révélant un vide béant, et Luc range la poussette à l'intérieur.

— Kate ?

Sa voix retentit dans la maison silencieuse. J'entends un déclic. Il essaie d'actionner l'interrupteur, sans succès.

— Kate ?

Il ressort, hausse les épaules en remontant son jean, et revient de mon côté, les mains vides.

— C'est un de ces problèmes de logique, dis-je, hasardant une plaisanterie. Tu as un canard, un renard et un bateau…

Il sourit, plissant la peau bronzée au coin de ses yeux et de sa bouche, et je m'aperçois avec un choc que cette expression semble complètement inhabituelle sur son visage. Que je ne l'ai presque pas vu sourire depuis mon retour.

— Alors, comment on fait ? dit-il. Tu me fais confiance pour porter Freya ?

J'hésite, et son sourire s'efface lorsqu'il s'en aperçoit.

— Je… je te fais confiance, oui, dis-je, même si ce n'est pas tout à fait vrai. Ce n'est pas ça. Mais elle ne te connaît pas – j'ai peur que si elle se réveille et qu'elle essaie de se libérer – elle possède une force étonnante quand elle ne veut pas qu'on la tienne.

— OK. Alors… qu'est-ce que tu en penses ? Je pourrais te porter, mais je ne sais pas si la passerelle est assez costaud pour supporter notre poids à tous les trois.

Là, j'éclate d'un rire franc.

— Je ne te laisserai pas me porter, Luc. Passerelle ou pas.

Il hausse les épaules.

— Je l'ai déjà fait.

Et je réalise avec un petit pincement qu'il a raison. J'avais oublié mais, maintenant qu'il le dit, la scène est nette dans ma mémoire : une plage inondée de soleil, la marée haute, ma chaussure emportée par la marée. On ne pouvait rentrer qu'en marchant sur les rochers couverts de bernacles et, au bout d'un quart d'heure passé à me voir boitiller, les pieds en sang, après que Kate et Thea, horrifiées, m'avaient proposé des chaussures que j'avais refusées et dans lesquelles je ne rentrais pas, Luc m'avait soulevée sans un mot et m'avait portée, sur son dos, jusqu'au Moulin.

Je me rappelle si bien : ses mains sur mes cuisses, les muscles de son dos qui remuaient contre ma poitrine, l'odeur de la peau chaude de sa nuque mêlée à celle du savon.

Je rougis.

— J'avais quinze ans. Je suis un peu plus lourde maintenant.

— Enlève tes chaussures, dit-il.

Je clopine sur un pied, tentant de tenir Freya d'une main tout en retirant mes sandales de l'autre – et avant que j'aie le temps de protester, il est à genoux, et ses doigts défont les lanières. Je sens mes joues tellement rouges que je me réjouis de l'obscurité. Je le laisse défaire ma deuxième sandale avant de se relever.

— Donne-moi la main, dit-il et il s'avance dans l'eau. Suis-moi. Reste très près derrière moi, le plus près possible.

Je prends sa main, Freya dans l'autre bras, et je m'avance dans la mer.

Elle est si froide que je pousse un petit cri, mais mes orteils nus rencontrent quelque chose de chaud – mes pieds touchent les siens dans l'eau.

Nous restons immobiles un instant pour reprendre notre équilibre, puis Luc dit :

— Je vais faire un grand pas ; tu fais comme moi. C'est là qu'il y a une planche pourrie, il faut qu'on l'enjambe.

Je hoche la tête, me rappelant les trous dans la passerelle, comment j'ai dû soulever la poussette pour éviter les pires. Mais Dieu merci, Luc est là ; je n'aurais jamais su quelles planches étaient solides et lesquelles ne l'étaient pas. Je le regarde faire une longue foulée et l'imite, mais c'est plus ardu pour moi que pour lui, et les planches sont glissantes sous l'eau. Je dérape sur une touffe d'herbe, et sens que je commence à perdre l'équilibre.

Je pousse malgré moi un cri aigu qui résonne sur l'eau. Mais Luc me retient, de sa poigne ferme, ses doigts si serrés sur mon avant-bras que ça me fait mal.

— Tout va bien, dit-il d'une voix assurée. Tout va bien.

Je fais oui de la tête, haletante, m'efforçant de ne pas blesser Freya en reprenant pied et en essayant de calmer ma respiration. Un chien au loin pousse une série d'aboiements en réponse à mon hurlement, mais retombe dans le silence. Est-ce Shadow ?

— Je suis désolée, fais-je, la voix tremblante. Ce sont les planches : elles sont hyper-glissantes.

— C'est pas grave. (Ses doigts se desserrent, mais il ne me lâche pas tout à fait.) Tout va bien.

Nous parcourons sans hâte les toutes dernières planches. Il me tient fermement, mais délicatement à présent.

De l'autre côté, je suis dans le même état que si je venais de piquer un sprint. Affolée. C'est incroyable mais Freya dort encore à poings fermés.

— M-merci. (J'ai beau être sur la terre ferme, je ne parviens pas à me reprendre.) Merci, Luc, je ne sais pas ce que j'aurais fait si tu n'avais pas été là.

Qu'est-ce que j'aurais fait, c'est vrai ? Je m'imagine en train d'essayer de guider la poussette sur cette passerelle glissante, traîtresse, dans trente centimètres d'eau – ou assise sous le crachin froid, en attendant le retour de Kate. La colère monte à nouveau. Comment a-t-elle pu disparaître comme ça, sans même m'envoyer un message ?

— Tu sais où sont les bougies ? demande Luc, et je secoue la tête.

Il fait claquer sa langue, je ne sais si c'est de dégoût ou de désapprobation, et me dépasse pour entrer dans la grotte sombre du Moulin. Je le suis, et me tiens, incertaine, au milieu de la pièce. Le bas de ma robe d'été est trempé et se colle à mes jambes, je fais sans doute une flaque boueuse par terre, et je m'aperçois aussi, avec un certain dépit, que mes chaussures se trouvent de l'autre côté du ponton. Bon, ça ne fait rien. La marée ne peut pas monter davantage, à moins d'emporter le Moulin. Je les retrouverai demain quand l'eau va baisser.

J'ai la chair de poule, la brise froide qui vient de dehors glace le tissu mouillé, mais Luc s'affaire à fouiller les placards, et j'entends un grattement d'allumette, une odeur de paraffine, et vois une lueur dans le noir près de l'évier. Luc ajuste la mèche d'une lampe à huile de façon que la flamme brûle vivement dans la petite cheminée. Une fois qu'elle est stabilisée, il pose un globe en verre dépoli dessus, et la lueur tremblote en boule dorée.

Il ferme la porte et nous nous regardons. Le petit cercle de lumière, quelque part, est encore plus intime que l'obscurité même, nous retenant tout près dans son rayonnement étroit. Nous nous tenons à quelques centimètres l'un de l'autre, soudain hésitants. Dans la lumière qui perce à peine, je vois une veine dans le cou de Luc qui bat aussi vite que mon propre cœur, et une espèce de frisson me traverse. Il est si difficile à déchiffrer, si impassible – mais je sais maintenant que ce n'est qu'une façade, que, en dessous, il est aussi bouleversé que moi, et tout à coup je ne peux plus soutenir son regard et dois baisser les yeux, effrayée à l'idée de ce qu'il pourrait y voir.

Il se racle bruyamment la gorge, un son insupportable dans le silence de la maison, et nous parlons en même temps.

— Bon, je devrais...

— C'est sans doute...

Nous rions nerveusement.

— Toi d'abord, dis-je.

— Non, qu'est-ce que tu allais dire ?

— Oh rien... J'étais juste...

Je montre Freya d'un signe de tête.

— Tu sais. La petite. Je devrais sans doute aller la coucher.

— Où dort-elle ?

— Dans... dans ton ancienne chambre.

Il lève les yeux, mais je ne sais pas s'il est surpris ou choqué. Ça doit être très étrange pour lui de voir Kate réaménager son cocon d'enfance, et je suis frappée une fois de plus par l'injustice de ce qui s'est passé.

— Ah, je vois.

La lumière oscille comme si la main qui tient la lampe tremblait un peu, mais c'est peut-être un coup de vent.

— Bon, je vais te porter la lampe : tu ne peux pas monter ces escaliers avec un bébé et une lampe.

Il montre l'escalier branlant en bois, qui grimpe en colimaçon dans le coin de la pièce.

— Si quelqu'un faisait tomber une bougie ici, la maison prendrait feu en l'espace de quelques minutes.

— Merci.

Il se tourne sans ajouter un mot et commence à gravir les marches. Je le suis, guidée par son dos qui s'éloigne et le cercle de lumière qui disparaît dans les poutres.

À la porte de son ancienne chambre il s'arrête, et je crois entendre un soupir étranglé, mais lorsque j'arrive à son niveau, son visage est vide de toute expression, et il contemple la pièce sans rien dire – le lit qui fut le sien, à présent jonché de mes vêtements, et le lit d'enfant au pied avec la tétine de Freya et son éléphant en peluche. Mon visage me brûle quand je pense à mon rôle dans tout ça – à mes sacs étalés sur *son* plancher, à mes flacons et crèmes sur *son* ancien bureau.

— Luc, je suis tellement désolée.

Je suis soudain désespérée.

— Désolée pour quoi ?

Sa voix est aussi impassible que son visage, mais je vois cette veine qui bat toujours sur son cou, et il secoue la tête, pose la lampe sur la table de chevet puis se tourne sans un mot et disparaît dans le noir.

Une fois Freya installée pour la nuit, je prends la lampe et redescends prudemment l'escalier, cherchant mes points d'appui dans la flaque de lumière dorée, qui projette plus d'ombres qu'elle n'en dissipe.

Je m'attendais plus qu'à moitié à ce qu'il soit parti mais, lorsque j'arrive au pied des marches, une silhouette se lève du canapé. Il apparaît dans le globe lumineux.

Je pose la lampe sur la petite table à côté du canapé et, sans un mot, comme si nous nous étions mis d'accord, il prend mon visage entre ses mains et m'embrasse, et cette fois je ne dis rien – je ne proteste pas, je ne le repousse pas –, je lui rends son baiser, et passe mes doigts sous son tee-shirt, caresse sa peau lisse et les arêtes de ses os, de ses muscles et de ses cicatrices, sens la chaleur de sa bouche.

Dehors, sur le pont, lorsque Luc m'a embrassée, j'ai eu le sentiment de trahir Owen, mais ici… ici je n'éprouve pas la moindre culpabilité. Cette fois, cet instant se fond sans accroc dans tous les jours, les nuits, les heures passés autrefois à désirer ses baisers, ses caresses – une époque où je ne connaissais pas encore Owen, où je n'avais pas Freya, avant les dessins et l'overdose d'Ambrose –, avant tout cela.

Je pourrais convoquer mes rancœurs contre Owen, les compter sur mes doigts, et l'insulte pour couronner le tout, cette liste des délits de Luc, par mail, comme si c'était *ça*, plus que tout le reste, qui allait m'empêcher de coucher avec un homme que je désire

– et oui, je n'ai pas honte de l'avouer maintenant –, que je désire depuis mes quinze ans, que je désire peut-être encore.

Mais non. Je n'essaie pas de justifier ce que je suis en train de faire. Je laisse tout simplement aller le présent, je laisse le courant l'arracher à mes doigts, et me laisse, moi, sombrer dans le passé tel un corps qui coule dans les eaux profondes, et je sens que je me noie, les eaux se referment au-dessus de ma tête tandis que je sombre, et je ne m'en inquiète même pas.

Nous tombons en arrière sur le canapé, les membres emmêlés, et j'aide Luc à passer son tee-shirt par-dessus la tête. J'éprouve au creux de mon ventre le besoin pressant de sentir sa peau contre la mienne – un besoin qui dépasse ma gêne à cause de mes vergetures et de la mollesse de ma peau bleu-blanc, autrefois ferme et bronzée.

Je sais que je devrais me forcer à dire stop, mais la vérité, c'est que je ne me sens pas du tout coupable. Rien d'autre ne compte lorsqu'il se met à défaire ma robe, un bouton à la fois.

Mes doigts sont sur la ceinture de Luc, lorsqu'il s'arrête tout à coup et s'écarte. Mon cœur se fige. Mon visage est raide de honte lorsque je me redresse, prête à tirer ma robe sur moi et à me lancer dans les justifications maladroites : non, tu as raison, ce n'est pas grave, je ne sais pas ce qui m'a pris.

Ce n'est que lorsqu'il se rend à la porte et met le verrou que je comprends, et une sorte de chaleur vertigineuse s'empare de moi ; ça y est, nous allons vraiment le faire, j'en prends conscience.

Lorsqu'il se retourne vers moi, il sourit, un sourire qui transforme son visage grave en celui de l'adolescent de quinze ans que j'ai connu, et mon cœur s'envole et j'ai du mal à respirer, mais la douleur – la douleur qui s'y trouve depuis que j'ai découvert ces dessins au courrier, depuis les accusations rageuses d'Owen, depuis que tout a commencé –, elle a disparu.

Le canapé mou, défoncé pousse un soupir lorsque Luc grimpe dessus. Je me laisse aller en arrière, il me prend dans ses bras et je sens son poids contre moi. Mes lèvres sont sur sa gorge, sentant la tendresse de la peau sous mes dents, et goûtant le sel de sa sueur… puis tout à coup je me fige.

Car là, dans les ombres en haut de l'escalier, quelque chose bouge. Une silhouette dans le noir.

Luc s'arrête, se soulève sur ses coudes, sentant la tension soudaine de mes muscles.

— Isa ? Ça va ?

Je ne peux pas parler. Mes yeux sont fixés sur l'espace noir en haut des marches. Quelque chose – *quelqu'un* – est en haut.

Des images défilent dans ma tête. Un mouton éventré. Un mot ensanglanté. Une enveloppe pleine de dessins du passé.

Luc se tourne et regarde à son tour par-dessus son épaule.

Le courant d'air déclenché par son geste fait vaciller la mèche de la bougie, qui jette un éclat plus vif et un instant, un très bref instant, la flamme illumine le visage qui nous observe en silence, dans le noir.

C'est Kate.

Je laisse échapper un bruit – pas un cri, mais quelque chose qui s'en rapproche, et Kate se tourne puis disparaît à l'étage supérieur.

Luc renfile son tee-shirt, boutonne son jean, laissant sa ceinture traîner dans sa hâte. Il monte l'escalier quatre à quatre, mais Kate est trop rapide pour lui. Elle est déjà à la moitié de la deuxième volée de marches, et j'entends claquer la porte du grenier. Une clef se tourne dans la serrure et Luc cogne dans le linteau.

— Kate. Kate ! Laisse-moi entrer !

Pas de réponse.

Je reboutonne ma robe, les doigts tremblants, et me lève tant bien que mal. Luc redescend les marches, lentement, et lorsqu'il revient à la lueur de la lampe, son visage est sinistre.

— Merde.

— Elle était là ? je chuchote. Tout le temps ? Pourquoi n'a-t-elle pas répondu lorsqu'on a appelé ?

— J'en sais foutre rien.

Il se passe la main sur le visage, comme s'il pouvait chasser l'image de Kate debout là, le visage figé, sans expression.

— Combien de temps est-elle restée plantée là ?

— Aucune idée.

Mes joues me brûlent.

Nous nous asseyons sur le canapé et restons côte à côte pendant un long moment. Le visage de Luc ne trahit rien. Je ne sais pas de quoi j'ai l'air, mais dans ma tête c'est un magma d'émotions, de soupçons et de désespoir. Que faisait-elle là-haut, à nous espionner comme ça ?

Je me rappelle le moment où la lampe a brillé plus fort, et son visage – un masque blanc dans la pénombre, les yeux écarquillés, les lèvres pincées comme si elle devait faire un effort pour ne pas crier. C'était le visage d'une inconnue. Qu'est-il arrivé à mon amie, la femme que je croyais connaître ?

— Je devrais y aller, dit enfin Luc.

Il se lève, mais n'esquisse pas le moindre pas vers la porte. Il reste planté là à me regarder, ses sourcils noirs froncés, et les ombres sous ses larges pommettes donnent à son visage l'air émacié, hanté.

Il y a un bruit en haut, un vagissement de Freya, et je me lève, irrésolue. Mais Luc parle avant que j'aie le temps de dire quoi que ce soit.

— Ne reste pas là, Isa. Ce n'est pas prudent.

— *Quoi ?* (Je m'arrête, sans essayer de cacher ma sidération.) Qu'est-ce que tu veux dire ?

— Cette maison…

Il promène une main circulaire sur le Moulin, embrassant l'eau dehors, les ampoules grillées, les escaliers branlants.

— Mais il n'y a pas que ça… je…

Il se frotte les yeux et respire un grand coup.

— Je ne veux pas te laisser seule avec elle.

— Luc, c'est ta sœur.

— Ce n'est pas ma sœur, et je sais que tu crois que c'est ton amie, mais Isa, tu… tu ne peux pas lui faire confiance.

Il a baissé la voix et chuchote à présent, même s'il est impossible que Kate nous entende – trois étages plus haut, derrière une porte fermée.

Je secoue la tête, refusant de le croire. Quoi qu'ait pu faire Kate, quel que soit le stress qu'elle subit à présent, c'est mon amie. Elle est mon amie depuis près de vingt ans. Je ne veux pas – ne peux pas – écouter Luc.

— Je ne m'attends pas à ce que tu me croies.

Il parle à toute vitesse maintenant, tandis que les cris de Freya s'intensifient, et je jette un coup d'œil à l'escalier. Je veux aller la trouver, mais Luc tient toujours mon poignet, d'une main délicate, mais ferme.

— Mais écoute… sois prudente, je t'en prie. Et comme je te l'ai dit, je suis convaincu que tu devrais quitter le Moulin.

— Je partirai demain, dis-je avec lourdeur, pensant à Owen et à ce qui m'attend à Londres, mais Luc secoue la tête.

— Maintenant. Ce soir.

— Luc, je ne peux pas. Il n'y a pas de train avant le matin.

— Alors viens à mon appart. Passe la nuit chez moi. Je dormirai sur le canapé, ajoute-t-il à la hâte, si c'est ce que tu veux. Mais je n'aime pas t'imaginer ici toute seule.

Je ne suis pas seule, j'ai Kate, je pense. Mais je sais que ce n'est pas ce qu'il a en tête.

Freya pleure de nouveau, et je me décide.

— Je ne partirai pas ce soir, Luc. Je ne vais pas trimballer Freya et mes valises à l'autre bout du marais en pleine nuit.

— Tu n'as qu'à prendre un taxi…, coupe-t-il, mais je continue à parler, ignorant ses protestations.

— … Je partirai à la première heure. Je prendrai le train de 8 heures, si tu t'inquiètes vraiment, mais Kate ne représente aucun danger pour moi. C'est un fait. Je la connais depuis dix-sept ans, Luc, et je ne peux pas croire ça. Je lui fais *confiance*.

— Je la connais depuis encore plus longtemps, fait Luc, d'une voix si douce que je l'entends à peine sous les cris de Freya. Et moi je ne lui fais pas confiance.

Les cris de Freya sont trop forts pour que je les ignore désormais, et je retire doucement mon poignet de sa main.

— Bonne nuit, Luc.

— Bonne nuit, Isa.

Il me regarde grimper avec la lampe à pétrole, le laissant dans le noir. En haut, je serre le petit corps chaud de ma fille, qui se contracte de sanglots colériques contre moi, et dans le silence qui suit, j'entends le déclic du loquet, et le son des pas de Luc qui s'éloignent sur le gravier, dans la nuit.

Cette nuit-là, je ne dors pas. Je reste étendue, les yeux grands ouverts, et des mots et des expressions se bousculent dans ma tête. Les dessins que Kate avait dit avoir détruits. Les mensonges qu'elle a proférés. Le visage d'Owen quand je suis parti. Le visage de Luc quand il s'est approché de moi sous ce lampadaire.

J'essaie de tout rassembler – les incohérences et le chagrin – mais rien n'a de sens. Et à travers toutes ces images, telles des danseuses autour d'un arbre de mai, se meuvent les fantômes des adolescentes que nous fûmes, dont les visages se présentent par éclairs, un à un, mêlant vérité et mensonge, soupçons et souvenirs.

Quand arrive l'aube, une phrase me revient, aussi nette que si quelqu'un me la murmurait à l'oreille.

C'est Luc, disant : *J'aurais dû te choisir.*

Et je m'interroge à nouveau : qu'a-t-il voulu dire ?

Il est 6 h 30 lorsque Freya se réveille. Je la prends dans le lit et lui donne le sein en me demandant ce que je dois faire. Quelque part, je sais que je devrais rentrer à Londres et tenter de réparer les dégâts avec Owen. Plus longtemps je laisserai les choses en suspens, plus il sera difficile de sauver ce qui reste de notre relation.

Mais je n'arrive pas à affronter cette idée, allongée là, contemplant le visage satisfait de Freya, ses yeux fermés pour se protéger de la lumière du matin. J'essaie de comprendre pourquoi. Ce n'est pas à cause de ce qui s'est passé avec Luc, ou du moins pas seulement. Ce n'est même pas parce que je suis en colère contre

Owen : je ne le suis plus. En un sens, ce qui s'est produit hier soir a percé l'abcès, me forçant à réaliser toutes les manières dont je l'ai trahi au fil des années.

C'est parce que tout ce que je pourrais dire maintenant ne serait encore que des mensonges. Je ne peux pas lui révéler la vérité, pas maintenant, et pas uniquement parce que ça mettrait sa carrière en péril et reviendrait à trahir les autres. Mais parce que ça m'obligerait à lui avouer ce que je me suis déjà avoué à moi-même : notre relation s'est construite sur les mensonges que je me raconte depuis dix-sept ans.

J'ai besoin de temps. Du temps pour déterminer quoi faire, éclaircir ce que je ressens par rapport à lui. Ce que je ressens par rapport à moi.

Mais où puis-je aller pour réfléchir à tout ça ? J'ai des amies – j'en ai beaucoup – mais aucune chez qui je pourrais débarquer avec bébé et valises pour un séjour à durée indéterminée.

Fatima dirait oui sans hésiter une minute, je le sais. Mais je ne peux pas lui faire ça, sa maison est déjà bien pleine et chaotique. Une semaine à la rigueur. Pas plus.

Et le studio de location de Thea est exclu.

Mes autres amies sont mariées, elles ont des bébés à elles. Leurs chambres d'amis – si elles en ont –, elles en ont besoin pour les grands-parents, les filles au pair et les nounous.

Mon frère Will ? Mais il habite à Manchester, et il a une femme et des jumeaux, dans un trois-pièces.

Non. Il n'y a qu'un seul endroit où je puisse aller, si je ne rentre pas chez moi.

Mon portable est à côté de moi sur l'oreiller. Je fais défiler mon répertoire jusqu'à tomber sur le bon numéro. Papa.

Dieu sait qu'il a la place dans son sept-pièces près d'Aviemore, où il habite seul. Je me rappelle ce qu'a dit Will la dernière fois qu'il lui a rendu visite. « Il se sent seul, Isa. Il aimerait beaucoup que vous alliez passer quelques jours chez lui, toi et Owen. »

Mais nous n'avons jamais trouvé le temps. C'est trop loin pour un week-end – neuf heures de train. Et avant la naissance de Freya, il y avait toujours quelque chose : boulot, vacances, travaux dans l'appartement. Et plus tard, préparatifs pour l'arrivée du bébé, et ensuite, toute la logistique d'un voyage avec un nouveau-né… Ou un bébé… Bientôt une petite fille.

Il est venu voir Freya quand elle est née, bien sûr. Mais je m'aperçois, avec un tiraillement douloureux, que je n'ai pas fait le déplacement depuis… six ans ? Est-ce possible ? Il semble que non, mais je crois que si. Et encore, c'était juste parce qu'une amie se mariait à Inverness : je me suis sentie obligée de passer, puisque nous étions dans la région.

Ce n'est pas sa faute, c'est ce que je voudrais qu'il comprenne. Je l'aime – je l'ai toujours aimé. Mais son chagrin, le trou béant laissé par la mort de ma mère, est trop proche du mien. Le spectacle de son deuil, année après année, ne fait qu'aggraver le mien. Ma mère était le ciment qui nous tenait ensemble. Sans elle, il ne reste que des individus en souffrance, incapables de s'aider à guérir.

Mais il accepterait. Avec joie, je crois. Contrairement à tous les autres.

Il est plus de 7 heures quand je finis par m'habiller pour descendre dans la cuisine, Freya dans les bras. Par les hautes fenêtres qui donnent sur l'estuaire, je constate que la marée est basse – presque complètement. Il ne reste qu'un ruisseau profond au milieu du canal, et les rives sont exposées. Le sable crépite en séchant et toutes les petites créatures – palourdes, huîtres et vers de vase – se replient ou se referment jusqu'à ce que la marée remonte.

Kate est encore au lit – ou du moins elle n'est pas encore descendue – et je ne peux m'empêcher de frissonner de soulagement en réalisant que je suis seule avec Freya. En touchant la cafetière pour voir si elle est chaude, je coule un regard vers le haut des escaliers, où j'ai vu son visage pâle comme un fantôme la nuit dernière. Je ne sais pas si je l'oublierai jamais – cette vision de Kate en train de nous épier. Quelle était son expression ? Colère ? Horreur ? Autre chose ?

Je me passe la main dans les cheveux – tentant de trouver une explication rationnelle à sa conduite. Kate n'aime pas Luc, elle ne lui fait pas confiance et, de toute évidence, le sentiment est réciproque. Mais pourquoi rester plantée là, dans le noir comme ça ? Pourquoi ne pas se manifester, m'empêcher d'aller jusqu'au bout de l'erreur qu'elle devait penser que j'étais en train de commettre ?

Pourquoi rester dans l'ombre comme si elle avait quelque chose à cacher ?

Quoi qu'il en soit, je ne peux pas m'éterniser ici. Pas après la nuit dernière. Pas seulement à cause des avertissements de Luc, mais parce que la confiance entre Kate et moi s'est évanouie. Que ce soit à cause de mes actes d'hier soir, ou à cause des mensonges de Kate, cela ne change rien.

Ce qui compte, c'est que cette partie du socle de ma vie s'est brisée net, et je sens les fondations sur lesquelles j'ai bâti mon existence d'adulte s'effriter. Je ne sais plus que croire. Je ne sais plus quoi dire si je suis interrogée par la police. Le récit que je croyais connaître a volé en éclats et, pour le remplacer, il n'y a que le doute et le soupçon.

Nous sommes mercredi. Je vais rentrer à Londres par le premier train, préparer mes affaires et partir pour l'Écosse pendant qu'Owen est au bureau. Je pourrai appeler Fatima de là-bas. Ce n'est que lorsqu'une larme coule le long de mon nez et vient s'écraser sur le sommet du crâne de Freya que je m'aperçois que je pleure.

Personne ne répond lorsque j'appelle le numéro de Rick. Je charge mes sacs sur la poussette de Freya et me mets en route dans le soleil matinal. Je traverse la passerelle branlante pieds nus, puis renfile mes chaussures, toujours échouées, incongrues, de l'autre côté. Près d'elles, la trace de deux semelles plus grandes – celles de Luc. Ses empreintes s'éloignent le long de la rive et disparaissent sur le chemin boueux.

Je franchis le portail et j'entame la longue marche en direction de la gare, parlant à Freya ; n'importe quoi pour me distraire de la réalité de la nuit dernière et du chaos qui m'attend à Londres.

Je débouche à peine sur la route que j'entends le gravier crisser. Un coup de klaxon derrière moi me fait sursauter. En tournant la tête, pleine d'appréhension, je vois une Renault noire ancien modèle qui s'arrête sur le bas-côté.

La vitre se baisse lentement et une tête gris acier apparaît, sans sourire, et se penche à la portière.

— Mary !

— Je voulais pas t'effrayer.

Son bras fort, nu, dépasse par la fenêtre, pâle et couvert de poils sombres. Ses ongles, sales comme à l'accoutumée, tambourinent sur la carrosserie.

— En route pour la gare ?

Je fais oui de la tête et elle réplique, d'un ton sans appel :

— Je te dépose.

— Merci, dis-je, gênée, mais…

J'ai l'intention de prétexter l'absence de siège-bébé, mais mes yeux tombent sur la poussette, où Freya est lovée dans celui que j'ai apporté. Mary hausse un sourcil.

— Mais ?

— Mais… je ne veux pas te déranger.

— Fais pas de manières, dit-elle d'un ton sec.

Elle ouvre la portière arrière.

— Allez, monte.

Incapable de trouver une autre excuse, j'attache Freya à l'arrière puis monte à l'avant, sans rien dire. Mary démarre. Le moteur toussote et nous prenons de la vitesse.

Nous gardons le silence sur peut-être quatre cents mètres mais, lorsque nous nous apprêtons à franchir le passage à niveau, je vois que les lumières clignotent, et que la barrière commence à descendre. Un train va passer.

— Merde ! s'exclame Mary.

Elle s'arrête sans heurt et coupe le contact.

— Oh non ! Ça veut dire que je vais rater le train ?

— Ça doit être le train pour Londres. Ça va être super juste. Mais on sait jamais. Des fois ils attendent, s'il a de l'avance.

Je me mords la lèvre. Rien ne m'attend à Londres, mais la perspective de poireauter une demi-heure à la gare ne m'enchante pas.

Le silence se fait pesant dans la voiture, brisé par les seuls reniflements de Freya. Soudain Mary prend la parole :

— Terrible nouvelle, pour le corps.

Je remue dans mon siège et dégage la ceinture qui me serre la gorge, je ne sais comment.

— Qu-qu'est-ce que tu veux dire ? L'identification ?

— Oui, même si je crois que personne n'a été surpris dans la région. Il n'y en avait pas beaucoup qui pensaient qu'Ambrose aurait abandonné ses enfants comme ça. Il leur était dévoué, à ces gosses, il aurait fait n'importe quoi pour eux. Un petit scandale local ? À mon avis, ça lui aurait fait ni chaud ni froid, en tout cas, il se serait pas tiré en laissant ses enfants en affronter les répercussions.

Elle tapote le caoutchouc pourri du volant et, d'un geste impatient, ramène en arrière une mèche de cheveux gris qui s'est échappée de sa queue de cheval.

— Mais je pensais plutôt à l'examen post mortem.

— Comment ça ?

— T'es pas au courant ?

Elle me jette un bref coup d'œil et hausse les épaules.

— C'est peut-être pas encore dans les journaux. J'apprends les trucs en avance, des fois, par Mark. Je devrais sans doute pas t'en parler, au cas où.

Elle fait une pause, appréciant sa position de force momentanée, et je serre les dents, sachant qu'elle aimerait que je la supplie. Je ne veux pas lui donner ce plaisir. Mais il faut que je sache. Il le faut.

— Tu ne peux pas me laisser mijoter comme ça. (Je fais de mon mieux pour parler d'un ton léger.) Enfin, je ne veux pas te faire trahir un secret, mais si Mark ne t'a pas dit de te taire…

— Oui, c'est vrai qu'en général, il me dit les choses que quand ils sont sur le point de les divulguer au public…, fait-elle d'une voix traînante.

Elle se mord un ongle, en recrache un morceau, puis semble se décider, ou se fatiguer de jouer avec mes nerfs.

— Ils ont trouvé des traces d'héroïne dans une flasque dans sa veste. Overdose par ingestion, dit l'autopsie.

— Par *ingestion* ? Mais… ça n'a pas de sens.

— C'est bien ce que je dis.

Par sa vitre ouverte j'entends le son d'un train à l'approche.

— Un ex-toxico comme lui ? S'il avait eu envie de se suicider, il se serait piqué, c'est évident. Mais, comme je l'ai dit, j'ai jamais cru qu'Ambrose aurait quitté ses gosses de son propre chef – se tuer ou se tailler, ça revient au même, c'est absurde. J'aime pas les ragots…

Elle profère ce mensonge sans la moindre rougeur.

— … Alors j'ai gardé mes opinions pour moi. Mais en ce qui me concerne, j'ai jamais cru que c'était autre chose.

— Autre chose que… quoi ?

Soudain, ma voix est rauque, j'ai du mal à parler.

Mary me sourit, un grand sourire qui révèle ses dents jaunes et tachées, telles des pierres tombales dans sa bouche. Puis elle se penche sur moi, crachant sur mon visage son haleine empestant la fumée, et chuchote :

— J'ai jamais cru que c'était autre chose qu'un meurtre.

Elle se recule et attend ma réaction, semblant presque prendre plaisir à me voir patauger, et tandis que je cherche, paniquée, une réponse à sa déclaration, une idée jaillit soudain dans mon esprit : Mary a-t-elle toujours su ?

— Je... je...

Elle décoche de nouveau son sourire malicieux, et se retourne vers la voie ferrée. Le train approche. Il siffle, et les lumières au passage à niveau clignotent avec une régularité insupportable.

— Je trouve ça... je trouve ça difficile à croire, quand même, pas toi ? Pourquoi quelqu'un aurait tué Ambrose ?

— Ah ça, aucune idée. Mais c'est plus facile à croire que la version où il se suicide en laissant ses gosses en détresse. Comme je l'ai dit, il aurait fait n'importe quoi pour eux, surtout Kate. Pas qu'elle le mérite, cette petite garce.

Je reste bouche bée.

— Pardon ?

— J'ai dit qu'il aurait fait n'importe quoi pour ses gosses.

Elle se moque ouvertement de moi.

— T'as entendu quoi ?

La colère monte en moi, et soudain les soupçons que j'ai éprouvés vis-à-vis de Kate me font l'effet de ragots abjects. Est-ce que je m'apprête vraiment à laisser la rumeur et les sous-entendus me monter contre une de mes plus vieilles amies ?

— Tu ne l'as jamais aimée, pas vrai ? dis-je d'une voix neutre, croisant les bras sur ma poitrine. Tu adorerais qu'elle soit interrogée par la police, pas vrai ?

— La vérité ? Oui.

— Pourquoi ?

Ce mot sort comme un cri plaintif, la voix de l'enfant que je fus.

— Pourquoi tu la détestes tant que ça ?

— Je la déteste pas. Mais elle est pas mieux qu'avant, cette petite traînée. Ni vous autres.

Petite *traînée* ? Pendant un instant je ne suis pas certaine d'avoir bien entendu. Mais je sais en la regardant que si. Ma langue, ma voix tremblent de colère.

— Tu l'as appelée comment ?

— Tu m'as très bien entendue.

— Tu ne crois pas ces rumeurs dégoûtantes au sujet d'Ambrose, si ? Comment peux-tu penser une chose pareille ? C'était ton ami !

— Sur Ambrose ?

Elle hausse un sourcil et ses lèvres se retroussent.

— Pas lui. Il essayait d'y mettre fin. C'est pour ça qu'il essayait de les séparer.

Un froid soudain m'envahit. C'est donc vrai. Thea avait raison. Ambrose *allait* éloigner Kate.

— Que… qu'est-ce que tu entends par là ? Mettre fin à quoi ?

— Tu veux dire que tu n'es pas au courant ?

Elle laisse échapper un rire bref, plutôt forcé, comme un jappement.

— Ah. Ton amie adorée, elle couchait avec son propre frère. C'est *ça* qu'Ambrose savait. C'est pour ça qu'il essayait de les séparer. Je suis passée au Moulin le soir où il lui a annoncé ses intentions, mais je l'ai entendue crier à travers la porte avant même de frapper. Elle hurlait. Elle jetait des objets. Elle lui lançait des insultes qu'on n'imaginerait pas dans la bouche d'une fille de cet âge-là. *Salaud, enculé sans cœur*, et j'en passe et des meilleures. *Fais pas ça, je t'en prie*, elle a dit, *réfléchis à ce que tu fais*. Puis, comme ça ne marchait pas, elle a dit qu'elle lui ferait regretter, une menace directe, sans la moindre retenue. Je me suis tirée aussi vite que j'ai pu et je les ai laissés s'engueuler comme des chiffonniers, mais j'en ai entendu assez. Et la nuit d'après, plus de trace de lui. Alors dis-moi ce que je devrais penser, au lieu de jouer les saintes-nitouches : mon cher ami s'évanouit dans la nature, sa fille ne signale pas sa disparition pendant des semaines, puis ses ossements refont surface dans une tombe peu profonde ? Je t'écoute.

Mais je ne peux rien lui dire. Je ne peux pas parler. Je peux tout juste rester assise, hors d'haleine. Et soudain le sang remonte dans mes doigts et je dégrafe fébrilement la ceinture de sécurité, m'extrais du véhicule, et arrache Freya du siège arrière tandis que le train passe dans un grand fracas.

Elle se penche par la vitre, sa voix basse et rauque bien distincte par-dessus le grondement du train.

— Cette fille a du sang sur les mains, et je parle pas seulement de sang de mouton.

— Comment… ? parviens-je à dire, mais ma gorge se referme.

Mary n'attend pas que je termine. Le feu de signalisation cesse de clignoter, les barrières commencent à se lever, et elle remet le moteur en marche avant de s'engager sur la voie, me laissant pantelante.

Je ne peux pas laisser ça continuer… ce n'est pas bien.

Je me tiens toujours là, tentant de donner un sens à ce qu'elle vient de dire, lorsque le feu se remet à clignoter, signalant le train en direction du sud.

J'ai encore le temps de traverser. Je pourrais courir après Mary, l'aborder à la gare, exiger de savoir ce qu'elle a voulu dire.

Mais je crois que je le sais déjà.

Ce n'est pas bien.

Ou je pourrais prendre le train suivant. En deux heures je pourrais être de retour à Londres, en sécurité, et tout oublier.

Elle a du sang sur les mains.

Mais non, je fais demi-tour et reviens en arrière. Vers le Moulin.

Kate est sortie lorsque j'arrive à la maison, et cette fois je m'en assure. La laisse de Shadow n'est pas suspendue au crochet derrière la porte, mais je ne me contente pas de ça. Je vérifie toutes les pièces, jusqu'au grenier. La chambre de Kate. Celle d'Ambrose.

La porte n'est pas verrouillée et, lorsque je l'ouvre, mon cœur bégaie dans ma poitrine, car elle est *exactement* telle qu'elle était quand Ambrose était là : tous les pinceaux sont à leur place, ou presque. Je sens sa présence. Son *odeur* – un mélange de térébenthine, de cigarettes et de peinture à l'huile. Même le jeté sur le canapé déglingué est le même que dans mon souvenir, bleu et blanc passé avec un motif floral, comme de la porcelaine. Sauf que maintenant il est effiloché, et encore plus délavé.

C'est lorsque je me tourne pour sortir que je le vois. Là, au-dessus du bureau, le panneau écrit à la main : *On n'est pas un ex-toxico, on est juste un toxico qui n'a pas pris de dose depuis longtemps.*

Oh, Ambrose.

Ma gorge se serre, et je sens une sorte de détermination acharnée m'inonder, faisant taire ma peur égoïste. Je vais découvrir la vérité. Et pas seulement pour me protéger, mais pour venger un homme que j'ai aimé, un homme qui m'a offert un refuge, du réconfort et de la compassion à l'époque de ma vie où j'en avais le plus besoin.

Je ne peux pas dire qu'Ambrose était le père que je n'ai jamais eu, car, à l'inverse de Luc, *j'avais* un père – sauf qu'il était en deuil, il souffrait et menait ses propres batailles. Mais Ambrose était le père dont j'avais besoin cette année-là : présent, aimant, infiniment compréhensif.

Je l'aimerai toujours pour cela. Et l'idée de sa mort, et du rôle que j'y ai joué, me plonge dans une colère que je n'ai jamais éprouvée jusque-là. Assez véhémente pour me pousser à ignorer les voix dans ma tête qui me disent de m'en aller, de faire demi-tour, de repartir à Londres. Assez furieuse pour m'amener à traîner Freya quelque part où elle pourrait ne pas être tout à fait en sécurité.

Je suis assez en colère pour ne même pas m'en soucier.

Je suis autant en colère que Luc.

Une fois que j'ai fini d'inspecter toutes les pièces, je redescends en courant et me rends au buffet, priant pour que Kate n'ait pas pensé à cacher ce que je cherche en mon absence.

Mais non.

Là, dans le tiroir d'où elle l'a sortie pour moi hier encore, la liasse de papiers retenue par un fil rouge.

Je les passe en revue, les mains tremblantes, jusqu'à parvenir à l'enveloppe marron au nom de Kate.

Pour la première fois depuis dix-sept ans, je lis la lettre de suicide d'Ambrose Atagon.

Ma Kate chérie

Je suis vraiment désolé. Je suis vraiment, vraiment désolé de te quitter ainsi – je voulais te voir grandir, te voir devenir la personne que je sais que tu deviendras : une femme forte, aimante, responsable et généreuse. Je voulais tenir ton enfant sur mes genoux comme je t'ai tenue autrefois – et je suis vraiment désolé de ne pas pouvoir faire tout ça. J'ai été idiot de ne pas voir où conduiraient mes actions, et maintenant je fais la seule chose possible pour les réparer. Je le fais pour que personne d'autre n'ait à souffrir.

Ne blâme personne d'autre, ma chérie. J'ai pris ma décision et je suis en paix avec elle… sache, je t'en prie, Kate chérie, que je fais ça avec amour – c'est le rôle d'un père de protéger ses enfants, aussi je fais la dernière, la seule chose que je puisse faire pour protéger les miens… Je veux que personne ne soit forcé de vivre dans une prison de culpabilité, alors je t'en prie, avance : aime, vis, sois heureuse. Et par-dessus tout, fais que tout ceci n'ait pas été vain.

Je t'aime,
Papa

J'ai une boule dans la gorge lorsque je termine ma lecture, une douleur si vive, si forte que je peux à peine ravaler les larmes qui menacent de couler sur la page.

Parce que, enfin, dix-sept ans trop tard, je crois que je comprends.

Je comprends ce qu'Ambrose essayait de dire à Kate, et le sacrifice qu'il a accompli. *Ne te culpabilise pas. Je fais la seule chose que je puisse faire pour te protéger. Je prends cette décision avec amour. Fais que tout ceci n'ait pas été en vain.*

Oh mon Dieu. Ambrose ! Rien de tout cela n'a de sens. Qu'as-tu fait ?

Bouleversée, je prends mon téléphone pour envoyer un message à Fatima et à Thea.

J'ai besoin de vous. Venez, je vous en prie. Hampton's Lee 18 h ?

Je mets la lettre dans ma poche et sors le plus vite possible, avec Freya. Et je ne regarde pas derrière moi.

Il est 18 h 38, et le petit café sur le quai du train pour Londres, à Hampton's Lee, a baissé son rideau. Fermé. Freya est abritée par sa poussette et la polaire que j'avais fourrée dans le panier dessous, mais elle s'ennuie, elle geint, et je frissonne dans ma robe d'été, les doigts crispés sur mes bras couverts de chair de poule, tandis que je fais les cent pas pour me réchauffer.

Vont-elles venir ? Elles n'avaient pas répondu à mon message à 16 heures, mais ensuite mon téléphone s'est déchargé – j'ai passé trop longtemps dans le café du front de mer à Westrige, à consulter nerveusement mes messages et à rafraîchir ma boîte mail en attendant un signe de vie.

Lorsque j'ai envoyé mon SMS, je ne doutais pas du tout de leur venue. Mais à présent... à présent je ne sais plus. Et pourtant je n'ose pas m'en aller. Sans mon téléphone, je ne peux pas leur donner d'autre lieu de rendez-vous. Et si elles venaient et que j'étais déjà partie ?

Arrivée à l'extrême bout du quai, je fais demi-tour. Maintenant, j'ai vraiment froid, et je m'efforce d'ignorer les protestations de plus en plus énergiques de Freya. 18 h 44, dit l'horloge au-dessus du guichet. À quelle heure devrais-je abandonner ?

Le quai est désert, mais un son lointain me fait dresser la tête. C'est un train. Un train vers le sud.

« Le train arrivant en voie... deux... est le train de 18 h 12 en provenance de Londres Victoria, trente-cinq minutes de retard, dit la voix robotique de l'annonceur. Seuls les sept premiers wagons continueront jusqu'à West Bay Sands, en desservant les gares de Westridge, Salten, Riding et West Bay Sands. Voyageurs à destination de West Bay Sands, merci de n'utiliser que les sept wagons de tête. »

Je me décide. Si elles ne sont pas dans ce train, je monterai dedans et me rendrai moi-même à Salten. Je les appellerai de là-bas.

Mes doigts se referment sur l'enveloppe dans ma poche.

Oh, Kate. Comment as-tu pu nous mentir ainsi ?

Le train s'approche… de plus en plus… enfin j'entends le sifflement des freins pneumatiques et le crissement des roues, puis il s'arrête. Les portières s'ouvrent, les gens descendent, et je jette des coups d'œil frénétiques à droite et à gauche du quai, cherchant les deux silhouettes, la grande et la ronde, de Thea et Fatima. Où sont-elles ?

Il y a un bip et les portes se referment. Mon cœur bat la chamade. Si je dois retourner à Salten, il faut que je parte maintenant. Il n'y a pas d'autre train avant une heure. Où sont-elles ?

J'hésite encore un instant… puis j'avance d'un pas, appuie sur le bouton « Ouvrir » juste au moment où le chef de gare donne un coup de sifflet.

Il ne se passe rien. J'appuie plus fort, cognant avec mon poing. Rien. La portière reste fermée.

— Reculez, lance le contrôleur, et le gémissement du moteur s'élève.

Merde. J'ai passé deux longues heures dans le froid sur ce quai et elles ne sont pas là, je suis coincée pour encore une heure.

Le bruit du train devient assourdissant, et il commence à sortir, indifférent, de la gare, ignorant mes cris – « Putain de branleur ! » – au contrôleur, qui ne pourrait pas m'entendre de toute façon avec le hurlement du moteur.

Je pleure à chaudes larmes, frigorifiée par le courant d'air de la machine, lorsqu'une voix retentit derrière moi.

— Toi-même, pétasse.

Je pivote sur moi-même et reste bouche bée. Puis je pars d'un rire hystérique de soulagement. *Thea !*

Pendant une minute, je ne peux pas parler. Je la serre contre moi, m'accroche à son cou. Elle sent la clope… et le gin, je m'en aperçois avec un pincement au cœur. Je perçois un bruit d'alu froissé dans sa poche, et je sais sans regarder qu'il s'agit d'une de ces canettes de gin tonic pré-mixé qu'on trouve chez Marks & Spencer.

— Où est Fatima ?

— T'as pas eu son message ?

— J'ai plus de batterie.

— Elle ne pouvait pas quitter son cabinet avant 17 h 30, mais elle arrive par le train suivant. J'ai dit qu'on trouverait un coin pour parler et qu'on lui enverrait un texto.

— OK.

Je me frotte les bras.

— Super. Oh, Thee, je suis contente que tu sois là. On va où ?

— Allons au pub.

Je regarde Thea, qui doit se concentrer un peu trop pour articuler.

— On peut éviter ? C'est... c'est pas sympa du tout pour Fatima.

Je me sens un peu coupable de me servir d'elle comme prétexte, même si c'est vrai, je ne crois pas qu'elle aimerait traîner dans un bar.

— Oh, fait chier.

Thea lève les yeux au ciel.

— Très bien, alors, on n'a qu'à aller manger un fish & chips. Si le Fat Fryer existe encore.

Il existe encore. En fait, rien n'a changé, du comptoir en mélamine vert anis au présentoir en inox où sont exposées des rangées de cabillaud doré et de saucisses panées.

« Essayez le Pukka Pie », dit le panneau Ouvert-Fermé suspendu à la porte, tout comme il y a dix-sept ans.

Le Pukka Pie existe encore, carrément ?

Lorsque nous poussons la porte, je suis inondée par une odeur vinaigrée et je sens le froid quitter mes os. Freya s'est endormie en route, et je gare la poussette à côté d'une des tables en plastique et vais étudier le menu avec Thea.

— Une portion de frites, s'il vous plaît, dit-elle enfin au serveur rougeaud qui transpire derrière la caisse.

— Emballé, ou ouvert ?

— À consommer sur place, s'il vous plaît.

— Sel et vinaigre ?

Elle hoche la tête, et l'homme assaisonne les frites d'une douche de sel qui se répand sur la mélamine, comme de la neige, et par-dessus les pièces de deux livres que Thea a posées sur la caisse.

— Tu ne peux pas prendre que des frites, Thea, dis-je, consciente de parler comme une maman, mais incapable de me retenir. Ce n'est pas un vrai dîner.

— C'est deux des principaux groupes d'aliments, dit Thea avec défi, et elle retourne à la table et ouvre une canette de G&T qu'elle a sortie de sa poche.

— Pas d'alcool, avertit l'homme avec mauvaise humeur, montrant un panneau au mur : *Seules la nourriture et les boissons achetées dans l'établissement peuvent être consommées sur place.*

Thea pousse un soupir et range la canette dans son manteau.

— OK. Je prendrai de l'eau, alors. Tu peux payer, Isa ? Je te rembourserai.

— Je crois que je peux t'offrir une bouteille d'eau. Je prendrai… euh… un haddock pané, s'il vous plaît. Avec une petite frite. Et une portion de purée de petits pois. Et une bouteille d'eau plate pour mon amie. Oh, et un Coca.

— Beurk, fait Thea lorsque je me glisse sur le siège en face d'elle et ouvre la barquette de petits pois. Immonde. On dirait de la morve.

Les frites sont parfaites : chaudes et légèrement ramollies par le vinaigre, piquantes de sel. J'en trempe une dans la purée de pois et croque dedans, elle s'éclate, crémeuse, contre mon palais.

— Oh la vache, ce qu'elles sont bonnes. Attention, hein, j'aime aussi les frites gastro cuites trois fois à la graisse de bœuf, mais les vraies frites de bord de mer…

Thea hoche la tête, mais elle fait juste mine de manger. Elle picore ses frites, les tripote dans leur emballage qui devient translucide à mesure qu'elle les presse contre le bord.

— Thea, t'es pas en train d'enlever le gras des frites, si ? Tu réalises que ce sont des *frites* ? Elles sont cuites dans l'huile. C'est comme ça.

— Nan, fait Thea, mais elle ne me rend pas mon regard. J'ai pas très faim, c'est tout.

Je me tais, et pendant une minute je suis de retour au lycée, quand je regardais, impuissante, l'infirmière convoquer Thea pour la pesée hebdomadaire, et qu'elle revenait en rage, scandalisée par les menaces d'appeler son père si elle perdait encore du poids.

Je voudrais tant que Fatima soit là. Elle saurait quoi dire.

— Thee... Thee... tu dois manger.

— Je n'ai pas faim, répète-t-elle, et cette fois elle repousse la portion de frites, et sa mâchoire s'avance dangereusement lorsqu'elle me regarde.

— J'ai perdu mon boulot. OK ?

Quoi ? Je ne sais pas trop si je l'ai dit tout haut, ou juste pensé, mais Thea répond comme si j'avais parlé.

— J'ai perdu mon boulot. Ils m'ont virée.

— À cause de... tout ça ?

Elle hausse les épaules, et fait une grimace courroucée.

— Parce que j'avais la tête ailleurs, je suppose. Je les emmerde.

Je cherche ce que je devrais dire – ce que je *peux* dire – lorsque Freya vagit, remue et se réveille. Elle tend les bras pour que je la soulève et je la sors de la poussette pour l'asseoir sur mes genoux, où elle nous fait un sourire édenté à Thea et à moi. Elle nous dévisage l'une après l'autre. Je vois son petit cerveau qui s'active... Maman... pas Maman. Maman... pas Maman.

Elle a l'air en transe – le comptoir chromé, les créoles de Thea, qui brillent sous les néons. Thea avance une main timide pour lui caresser la joue, puis la clochette de l'entrée tinte et Fatima entre, tout sourire, bien que visiblement inquiète et fatiguée.

— Fatima !

Je me lève, ivre de soulagement, et la serre bien fort contre moi. Elle me serre elle aussi et se penche pour embrasser Thea, puis se glisse sur le siège à côté du sien.

— Prends une frite, dit Thea, poussant le papier vers elle, mais Fatima secoue la tête, un peu tristement.

— C'est le ramadan, vous connaissez ? Depuis la semaine dernière.

— Alors tu vas juste nous regarder manger ? fait Thea, incrédule.

Fatima hoche la tête et Thea lève les yeux au ciel. Je me retiens de lui faire remarquer qu'elle n'est pas franchement bien placée pour faire des commentaires.

— C'est comme ça, qu'est-ce que tu veux, dit Fatima d'une voix détachée. D'ailleurs... il faut que je rentre pour les prières et l'iftar (Elle regarde sa montre)… ce qui ne me laisse pas beaucoup de temps avant le train du retour, alors on peut en venir au fait ?

— Oui, accouche, Isa, fait Thea. (Elle boit une gorgée d'eau sans nous quitter des yeux.) J'espère que c'est mémorable, putain, pour que tu nous aies fait venir jusqu'ici.

— Je ne sais pas si c'est le mot. Mais c'est important.

Besoin de vous. Ces trois petits mots, que nous n'employions jamais, sauf dans les cas de force majeure. *Elle siffle, et vous débarquez, comme des clébards.*

— C'est à cause de ça.

Je fais passer Freya sur mon autre bras, sors l'enveloppe de ma poche et la pousse vers elles.

C'est Fatima qui la prend, médusée.

— C'est adressé à Kate. Attends…

Elle glisse un doigt dans l'ouverture, et son visage blêmit lorsqu'elle lève les yeux sur moi.

— Ce n'est pas… ?

— Ce n'est pas quoi ?

Thea la lui prend des mains et, lorsqu'elle reconnaît l'écriture à l'intérieur, son visage change. Elles sont si différentes, de véritables contraires par bien des côtés : la petite Fatima, optimiste, comme un oiseau avec ses yeux sombres, observateurs, et son sourire facile, et Thea, morose, maigre, un sac d'os, avec ses clopes et ses talons. Mais en cet instant, elles arborent exactement la même expression : un mélange d'horreur, de choc et d'effroi.

Je pourrais presque en rire, si ce n'est qu'il n'y a rien, vraiment rien de drôle dans cette situation.

— Lisez, dis-je à voix basse.

Et tandis qu'elles sortent le mince papier fragile de l'enveloppe et se mettent à parcourir les lignes, je leur raconte ce que m'a dit Mary Wren. Sur la dispute. Je leur parle même – en rougissant de honte, mais sans me défiler – de ma soirée avec Luc, de ce moment où nous avons vu Kate, dans le noir, qui nous observait tous deux en silence, son visage tel un masque d'horreur glacial.

Je leur explique ce qu'Ambrose trouvait si malsain, si détestable. Que Kate couchait avec Luc.

Et enfin je leur parle du flacon. De ce que Mark a dit à Mary. L'héroïne trouvée dans la flasque de vin.

— Une overdose par ingestion ?

Fatima chuchote, même si le grésillement de la friteuse noie notre conversation.

— Mais ça n'a aucun sens. C'est tout à fait idiot de se suicider comme ça, c'est vraiment laisser la chose au hasard ; il serait très difficile de calculer la dose nécessaire, et ça prendrait trop longtemps. En plus c'est facilement réversible avec de la naloxone. Pourquoi il ne se serait pas simplement piqué ? Sa tolérance avait dû diminuer au maximum, il serait mort en l'espace de quelques minutes, sans risque d'être ranimé.

— Lisez ce mot. Lisez-le du point de vue d'un homme qui vient d'être empoisonné par son enfant. Maintenant vous voyez ce que je veux dire ?

J'espère contre toute attente qu'elles vont me dire que je délire, que je deviens parano. Que Kate n'aurait jamais fait de mal à Ambrose. Qu'être séparée et éloignée du garçon que tu aimes est un mobile absurde pour commettre un meurtre.

Mais non. Elles me regardent sans mot dire, pâles, effrayées. Puis Fatima parvient à s'exprimer.

— Oui, dit-elle, la voix étranglée. Oui. Je vois. Oh mon Dieu. Qu'avons-nous fait ?

— Vous comptez commander quelque chose ?

Nous levons toutes les yeux sur l'homme en tablier graisseux qui se tient, les mains sur les hanches, au bout de notre table.

— Pardon ? fait Thea, de son accent le plus distingué.

— Je dis, vous comptez commander autre chose, mesdames ?

Il articule à l'excès, comme s'il s'adressait à des malentendantes.

— Ça fait plus d'une heure que vous occupez une place, et elle…

Il agite son pouce en direction de Fatima.

— Elle n'a même pas commandé une tasse de thé.

— Plus d'une heure ?

Fatima se lève d'un bond, consulte sa montre avec horreur, et ses épaules s'affaissent.

— Oh, non. J'y crois pas. Il est 9 heures moins le quart. J'ai loupé le train. Excusez-moi.

Elle écarte le serveur et s'éloigne un peu.

— Je suis désolée. Il faut que j'appelle Ali.

Devant la vitrine du fish & chips, elle fait les cent pas. Des bribes de conversation nous parviennent lorsque les autres clients entrent et sortent. *Désolée… une urgence… je ne pensais vraiment pas que ça prendrait si…*

Thee et moi, nous rassemblons nos affaires et je sangle Freya dans sa poussette. Thea prend le sac à main de Fatima en même temps que le sien, et je ramasse les frites que Freya s'est amusée à réduire en bouillie avant de les jeter par terre sans pitié.

Dehors, Fatima est encore au téléphone.

— Je sais. Je suis vraiment désolée, chéri. Excuse-moi auprès d'Ammi et embrasse les enfants pour moi. Je t'aime.

Elle raccroche, le visage déformé par la déception.

— Zut, je suis trop conne.

— Tu ne pouvais pas rentrer, de toute façon, observe Thea.

Fatima pousse un soupir.

— Tu as raison. On va vraiment le faire, je suppose ?

— Faire quoi ?

Je pose la question, mais je sais ce qu'elle va répondre.

— Il faut qu'on demande à Kate de s'expliquer, non ? Je veux dire, si on se trompe ?

— Putain, j'espère qu'on se trompe, fait Thea, sinistre.

— *Si* on se trompe, reprend Fatima, elle a le droit de se défendre. Il peut y avoir un million de façons de lire une lettre.

Je hoche la tête mais, en vérité, je ne suis pas sûre qu'elle ait raison. Les révélations de Mary toutes fraîches dans ma tête, la seule interprétation que je vois, c'est un père qui essaie d'empêcher sa fille d'aller en prison, sachant que sa propre vie est perdue, et accomplissant la seule chose qu'il puisse faire pour assurer la sécurité de son enfant.

J'ai lu sa lettre encore et encore, un nombre de fois que je ne peux même plus compter, regardé les mots devenir illisibles, observé le progrès de la drogue dans les lettres désordonnées tracées avec peine. Je l'ai lue dans le train depuis Salten, et pendant ma longue attente à Hampton's Lee. Je l'ai lue pendant que ma propre fille somnolait sur mon sein, sa petite bouche ouverte, sa respiration hachée, douce comme une toile d'araignée contre ma peau, et je ne la vois que d'une seule façon.

C'est un père qui sauve sa fille, et qui lui demande de donner un sens à son sacrifice.

Il est près de 22 heures lorsque nous approchons du Moulin, après un trajet plein d'interruptions, pour attendre le train, regarder Fatima rompre son jeûne sur le quai, quand je sais qu'elle aurait préféré être auprès des siens.

À Salten, on a encore attendu : Rick a dû faire une autre course avant de passer nous prendre, mais nous voilà enfin entassées à l'arrière de son taxi, avec Freya qui mastique ses phalanges potelées dans son siège-bébé, Thea qui s'agite nerveusement à côté de moi et se ronge les ongles, et Fatima à l'avant qui scrute la nuit noire.

Je sais qu'elles sont traversées par la même ronde de doutes qui m'a agitée toute la journée. Si c'est vrai, qu'avons-nous fait ? Et qu'est-ce que cela signifie pour nous toutes ?

Perdre nos boulots... ce serait déjà assez terrible. Mais complicité de meurtre ? Nous pourrions encourir des peines de prison, Fatima et moi pourrions perdre nos enfants. Si c'est vrai, quelqu'un de sain d'esprit pourrait-il croire que nous ne savions pas ce que nous faisions ?

J'essaie de m'imaginer au parloir d'une prison, et je vois le visage plissé d'Owen donnant Freya à une mère qu'elle reconnaît à peine.

Mais mon imagination me fait défaut – tout ce que je connais de la prison, je le tire d'*Orange Is the New Black*. Je ne peux pas accepter que ça arrive. Pas à moi. Pas à *nous*.

Rick s'avance autant qu'il peut sur le chemin, jusqu'à ce que les roues se mettent à tourner dans le vide, puis il nous laisse sortir et effectue une prudente marche arrière pour repartir tandis que nous parcourons lentement le long chemin qui nous reste jusqu'au Moulin.

J'ai le cœur sur les lèvres. On dirait que l'électricité est toujours coupée, mais j'aperçois une lueur tremblotante à la fenêtre de Kate. Et ce n'est pas le rayonnement régulier d'une ampoule, mais la lueur incertaine d'une lampe à huile frissonnant un peu dans la brise qui agite les rideaux.

Lorsque nous approchons, je m'aperçois que je retiens ma respiration, m'attendant à demi à retrouver le ponton inondé, mais la marée ne sera pas haute avant quelques heures, et le passage est encore praticable, tout juste. En traversant, je vois sur le visage de Fatima et Thea l'idée qui leur passe par la tête : si l'eau monte, nous risquons d'être coincées là pour la nuit.

Finalement, nous nous tenons sur la mince bande de sable devant la porte du Moulin.

— Prêtes ? demande Thea à voix basse.

Je hausse les épaules.

— Je ne sais pas trop.

— Venez, dit Fatima.

Elle lève le poing et, pour la première fois du plus loin que je me souvienne, nous frappons à la porte du Moulin et attendons que Kate vienne nous ouvrir.

— Vous ! Qu'est-ce que vous faites là ?

Elle a l'air surprise, mais s'efface pour nous laisser passer en file indienne dans la pénombre du salon.

Le seul éclairage est dispensé par la lune qui se reflète dans l'estuaire par la fenêtre, et la lampe à huile à la main de Kate ; en passant devant elle, je revois en un éclair son visage blanc dans le noir, en train de nous observer, Luc et moi, sur le canapé, et je ne peux m'empêcher d'avoir un mouvement de recul.

— Le courant est toujours coupé, annonce-t-elle d'une voix inhabituelle, détachée. Attendez, je vais chercher des bougies.

Je la regarde fouiller la commode, et remarque que ma main tremble très fort sur la poignée de la poussette. Allons-nous *vraiment* faire ça ? Accuser une de nos plus vieilles amies d'avoir tué son père ?

— Tu veux coucher Freya dans la chambre du fond ? dit Kate par-dessus son épaule, et j'ouvre la bouche pour dire non, mais acquiesce d'un hochement de tête.

Ça m'étonnerait qu'on passe la nuit ici – pas après avoir dit ce que nous sommes venues dire – mais il va y avoir une scène, de toute façon, et je ne veux pas que ma fille y soit mêlée.

Je détache le siège-bébé de la poussette puis dis à Fatima à voix basse :

— Je reviens tout de suite, attendez-moi.

Freya dort toujours tandis que je l'emmène dans la chambre de Luc en faisant attention à ne pas la réveiller. Je la dépose délicatement par terre et tire la porte de façon à la laisser juste entrouverte.

Je redescends, pleine d'appréhension.

Les bougies sont allumées, réparties dans la pièce sur des soustasses, et lorsque j'arrive sur le canapé où Fatima et Thea sont assises, les mains serrées nerveusement sur leurs genoux, Kate se redresse.

— À quoi rime tout ça ? demande-t-elle d'une voix douce.

J'ouvre la bouche, mais je ne sais pas quoi dire. J'ai la langue sèche, collée au palais, et les joues cramoisies de honte, même si je ne sais pas de quoi au juste j'ai honte. De ma propre lâcheté, peut-être ?

— Merde, je me prends un verre, fait Thea.

Elle va chercher la bouteille posée sur le buffet et remplit un verre à whisky. Le liquide paraît noir comme du pétrole à la lueur de la bougie. Elle le vide et s'essuie la bouche.

— Isa ? Kate ?

— Oui, merci, dis-je.

Peut-être que ça m'aidera à calmer mes nerfs, à accomplir cette chose atroce mais nécessaire.

Thea nous sert et, à mon tour, je vide mon verre d'un trait. Je m'aperçois que je ne sais pas ce qui est le pire. La perspective d'avoir tort, et de nous apprêter à trahir deux décennies d'amitié sur une supposition erronée. Ou celle d'avoir raison.

À la fin, c'est Fatima qui se lève. Elle prend les mains de Kate, me rappelant une nouvelle fois sa compassion à toute épreuve.

— Kate, dit-elle d'une voix très basse. Chérie, nous sommes venues te demander quelque chose. Peut-être as-tu déjà deviné quoi ?

— Je ne sais pas.

Kate a soudain l'air méfiante. Elle ôte ses mains et tire un fauteuil en face du canapé. Je la vois soudain comme une accusée et nous comme un panel de juges, la bombardant de questions, la condamnant.

— Et si vous me le disiez ?

C'est moi qui ai fait part de mes soupçons aux autres ; le moins que je puisse faire, c'est de les lui dire en face.

— Kate… J'ai croisé Mary Wren en route pour la gare ce matin. Elle… elle m'a dit quelque chose que la police a découvert. Une chose que j'ignorais… Elle… elle a dit…

Je dois me forcer à parler à toute vitesse, comme si j'arrachais un pansement.

— Elle a dit que la police avait découvert de l'héroïne dans la bouteille de vin dans laquelle Ambrose buvait. Elle a dit que c'était une overdose par ingestion. Elle a dit qu'ils ne considèrent pas sa mort comme un suicide, mais comme…

Je n'arrive pas à terminer.

C'est Thea qui s'en charge. Elle lève les yeux sur Kate de sous le rideau de sa longue frange, et la lueur de la lampe à huile plonge son visage dans l'ombre, et l'apparence que cela lui donne d'un crâne luisant dans la pénombre me fait sursauter.

— Kate, dit-elle sans ménagement, est-ce que tu as tué ton père ?

— Qu'est-ce qui vous fait penser ça ? répond Kate de cette même voix étrangement calme.

Son visage dans le halo de lumière est inexpressif, d'une neutralité presque surréaliste à côté de la douleur nue sur les traits de Fatima et de Thea.

— Il a fait une overdose.

J'éclate :

— Une overdose par ingestion ? Kate, c'est ridicule, tu le sais. Personne ne se suicide comme ça, c'est stupide. Pourquoi aurait-il fait ça alors qu'il avait ses aiguilles à portée de main ? Et…

Là, mon cœur me trahit, et la culpabilité me saisit encore davantage, mais je continue :

— Et il y a ça.

Je sors la lettre de ma poche et la jette sur la table.

— Nous l'avons lue, Kate. Nous l'avons lue il y a dix-sept ans, mais je ne l'ai comprise qu'aujourd'hui. Ce n'est pas une lettre de suicide, si ? C'est la lettre d'un homme qui a été empoisonné par sa propre fille et s'efforce de l'empêcher d'aller en prison. C'est un mot qui te dit quoi faire : continuer, ne pas regarder en arrière, faire que son dernier acte en vaille la peine. Comment as-tu *pu*, Kate ? C'est vrai que tu couchais avec Luc ? C'est pour ça que tu l'as fait, parce que Ambrose allait vous séparer ?

Kate pousse un soupir. Elle ferme les yeux et porte ses longs doigts fins à son visage, les appuie contre son front. Puis elle nous regarde toutes, l'air très triste.

— Oui, dit-elle enfin. C'est vrai. Tout est vrai.

— *Quoi ?* explose Thea.

Elle se lève, renversant son verre qui s'écrase sur le sol. Le vin rouge se répand sur les planches.

— *Quoi ?* Tu vas rester là et nous dire que tu nous as attirées pour maquiller un meurtre en suicide ? Je ne te crois pas !

— Qu'est-ce que tu ne crois pas ? demande Kate.

Elle plante posément ses yeux bleus dans ceux de Thea.

— Je ne crois rien de tout ça ! Tu baisais avec Luc ? Ambrose te faisait partir ? Et tu l'as *tué* pour ça ?

— C'est vrai, dit Kate.

Elle se tourne vers la fenêtre, et je vois les muscles de sa gorge s'agiter tandis qu'elle avale sa salive convulsivement.

— Luc et moi... je sais que Papa nous considérait comme frère et sœur, mais je me souvenais à peine de lui. Quand il est revenu de France, c'était comme... c'était comme tomber amoureuse. Et ça me semblait tellement *bien*, c'est ce que Papa ne comprenait pas. Il m'aimait, il avait *besoin* de moi. Et Papa...

Elle déglutit de nouveau et ferme les yeux.

— On aurait cru que nous étions *vraiment* frère et sœur, à sa réaction. Son expression quand il m'a annoncé...

Elle regarde de l'autre côté de l'estuaire, vers le cap, derrière lequel se trouve une tente entourée du ruban de la police.

— Je ne m'étais jamais sentie sale auparavant. Mais ce jour-là, si.

— Qu'as-tu fait, Kate ?

La voix de Fatima est sourde et tremblante, comme si elle ne parvenait pas à croire tout ça.

— Je veux l'entendre de ta bouche, étape par étape.

Kate lève les yeux. Elle redresse le menton, et parle presque avec défi, comme si elle s'était décidée, enfin, à affronter l'inévitable.

— Ce vendredi-là, j'ai séché les cours et je suis rentrée à la maison. Papa était sorti, Luc était au lycée, alors j'ai versé tout son stock dans le vin rouge qu'il gardait sous l'évier. Il ne restait qu'un verre dans la bouteille, et je savais que Luc ne risquait pas de le boire ; il sortait ce soir-là, à Hampton's Lee. Et c'était toujours la première chose que faisait Papa le vendredi soir – il rentrait, se servait un verre, et le vidait d'un trait –, vous vous rappelez ?

Elle laisse échapper un rire tremblant.

— Puis je suis retournée au lycée et j'ai attendu.

— Tu nous as entraînées là-dedans.

Thea parle d'une voix rauque.

— Tu nous as fait maquiller un *meurtre*, et tu ne vas même pas nous dire *désolée* ?

— Bien sûr que je suis désolée ! s'écrie Kate et, pour la première fois, son calme bizarre s'effrite, et sous ce vernis j'aperçois la fille que je reconnais, aussi angoissée que nous autres. Tu crois que je ne suis pas désolée ? Tu crois que je n'ai pas passé dix-sept ans à me ronger pour ce que je vous ai fait faire ?

— Comment as-tu pu, Kate ?

Je suis prête à fondre en sanglots d'un instant à l'autre.

— Comment as-tu pu ? Pas pour nous – pour lui. Ambrose. Comment as-tu pu ? Ce n'est quand même pas parce qu'il voulait t'éloigner ? Je ne peux pas croire ça !

— Alors ne le crois pas.

— On a le droit de savoir. On a le droit de connaître la vérité, Kate ! gronde Fatima.

— Je ne peux rien vous dire d'autre, dit Kate, mais il y a un accent de désespoir dans sa voix.

Sa poitrine se soulève puis retombe et Shadow s'approche au petit trot, ne comprenant pas sa détresse, il lui donne de petits coups de tête affectueux.

— Je ne peux pas…, dit-elle. (Elle s'étrangle.) Je… je ne peux pas…

Puis elle se lève d'un bond et se rend à la porte-fenêtre qui donne sur l'estuaire. Elle sort avec Shadow sur les talons et claque la porte derrière elle.

Thea fait mine de la suivre, mais Fatima la retient par le bras.

— Laisse-la, dit-elle. Elle est à bout. Si tu la poursuis maintenant, elle risque de faire une bêtise.

— Quoi ? Me balancer dans l'estuaire, moi aussi ? *Merde*. Comment on a pu être aussi connes ? Pas étonnant que Luc la déteste – il *sait* depuis le début. Il savait, et il n'a rien dit !

— Il l'aimait, dis-je, pensant à son expression le soir où nous avons vu Kate au coin de l'escalier ; ce mélange de triomphe et de souffrance dans les yeux de Luc.

Elles se tournent toutes deux vers moi comme si elles avaient oublié ma présence, recroquevillée dans le coin de canapé.

— Je crois qu'il l'aime toujours, malgré tout ce qui s'est passé. Mais vivre avec ça… avec ce qu'il sait, toutes ces années.

Je m'arrête. Je me prends le visage dans les mains.

— Elle l'a tué, dis-je, tentant de me forcer à le croire, à le comprendre. Elle a tué son propre père. Elle n'a même pas essayé de nier.

Nous sommes toujours assises là, bien plus tard, lorsqu'il y a un bruit à la fenêtre, et Kate rentre. Elle a les pieds mouillés. La marée est montée, et le vent s'est levé, et je vois que ses cheveux sont constellés de gouttes de pluie. Un orage se prépare.

Son visage, cependant, a retrouvé ce calme inquiétant lorsqu'elle referme la porte-fenêtre, et pose un sac de sable contre l'encadrement.

— Vous feriez mieux de rester, dit-elle comme si de rien n'était. La passerelle est inondée et un orage se prépare.

— Je suis à peu près sûre que je peux traverser une flaque d'eau de soixante centimètres, réplique Thea d'une voix coupante, mais Fatima pose une main sur son bras.

— On va rester, dit-elle. Mais Kate, il faut qu'on…

Je ne sais pas ce qu'elle s'apprêtait à dire. Il faut qu'on en discute ? Qu'on se parle ? En tout cas, Kate l'interrompt d'une voix lasse :

— Ne vous en faites pas. J'ai pris ma décision. J'appellerai Mark Wren demain matin. Je lui raconterai tout.

— Tout ? je parviens à dire.

La bouche de Kate se tord, un petit sourire, fatigué.

— Pas tout. Je vais lui dire que j'ai agi seule. Je ne vous mêlerai pas à ça.

— Il ne te croira jamais, dit Fatima d'une voix hésitante. Comment aurais-tu pu porter Ambrose jusque là-bas ?

— Je saurai le convaincre, dit Kate, et je pense aux dessins, à la façon dont elle est parvenue à faire croire ce qu'elle voulait à l'administration du lycée, en dépit de toutes les preuves du contraire. Ce n'est pas si loin. Je pense qu'avec une bâche quelqu'un pourrait traîner… pourrait traîner un…

Mais là, sa voix se brise. Elle ne parvient pas à dire le mot. Un cadavre.

Un sanglot monte dans ma gorge.

— Kate, tu n'es pas obligée de faire ça !

— Si, je le suis.

Elle traverse la pièce et pose sa main sur ma joue en me regardant dans les yeux. Et sa bouche esquisse un sourire triste, l'espace d'un instant.

— Je veux que vous sachiez que je vous aime toutes. Je vous aime énormément, toutes les trois. Et je suis tellement, tellement désolée, plus que je ne pourrais l'exprimer, de vous avoir mêlées à cette histoire. Mais il est temps que j'y mette fin, pour notre bien à toutes. Il est temps que j'assume.

— Kate…

Thea a l'air bouleversée, elle est toute pâle. Fatima se frotte le visage, comme si elle n'en revenait pas qu'on en soit là, que notre amitié – à toutes les quatre – doive se terminer ainsi.

— Alors c'est fini ? demande-t-elle, hésitante.

Et Kate hoche la tête.

— Oui. C'est fini. Vous n'avez plus besoin d'avoir peur. Je suis désolée, répète-t-elle, et elle nous regarde à tour de rôle, Fatima, moi, et enfin, Thea. Je veux que vous sachiez que je suis vraiment désolée. Je suis tellement, tellement désolée.

Je pense aux mots d'Ambrose, à sa lettre : *Je suis vraiment désolé. Je suis vraiment, vraiment désolé de te quitter ainsi…*

Et lorsque Kate prend la lampe à pétrole et monte l'escalier dans la pénombre, avec Shadow qui fait une ombre blanche sur ses talons, les larmes se mettent à couler sur mes joues telle la pluie qui gifle les fenêtres, car je sais qu'elle a raison. Ça y est. C'est fini. Et je ne le supporte pas.

Quand je finis par monter à la chambre de Luc, avec toutes les questions qui s'agitent dans ma tête, je m'attends à une autre nuit d'insomnie. Mais je suis fatiguée ; plus que fatiguée, exténuée. Je me couche tout habillée à côté de Freya qui dort et ma tête n'a pas touché l'oreiller que je sombre dans des rêves agités.

C'est un peu plus tard – je n'ai aucune idée de l'heure – que je suis réveillée en sursaut par des voix dans la pièce du dessus. Une dispute, et quelque chose dans leur ton fait se hérisser les poils de ma nuque.

Je reste allongée un moment, m'arrachant à mes rêves inquiétants sur Kate, Ambrose et Luc, tentant de m'orienter, et de laisser mes yeux s'ajuster à la pénombre. De la lumière filtre dans les interstices entre les planches de la chambre du dessus, cachée par intermittence par l'ombre de quelqu'un qui marche de long en large. Il y a des éclats de voix, et un bruit sourd qui fait se rider l'eau dans mon verre, comme si quelqu'un avait donné un coup de poing dans le mur, contenant sa rage à grand-peine.

Je cherche l'interrupteur de la lampe de chevet, mais le déclic se fait dans le vide, et je me rappelle la coupure d'électricité. Zut. Je n'ai pas de bougie ni d'allumettes.

Je reste immobile, l'oreille aux aguets, tentant de deviner qui parle. Est-ce Kate, qui s'énerve toute seule, ou est-ce que Fatima ou Thea sont montées lui faire encore des reproches, pour une raison ou pour une autre ?

— Je ne comprends pas, ce n'est pas ce que tu as toujours voulu ?

J'entends la voix de Kate, éraillée par les sanglots.

Je me redresse et retiens ma respiration pour mieux comprendre. Est-elle au téléphone ?

— Tu voulais que je sois punie, non ?

Sa voix se brise.

Puis la réponse vient. C'est d'abord un sanglot, un gémissement sourd qui filtre dans le noir, faisant bondir mon cœur dans ma gorge.

— Ce n'était pas censé se passer comme ça.

C'est la voix de Luc, qui semble terrassé de chagrin.

Je ne réfléchis pas. Je me glisse hors du lit et me précipite à la porte de Fatima. J'essaie la poignée, mais c'est fermé à clef, et je murmure :

— Fati, réveille-toi, réveille-toi.

Elle arrive presque immédiatement, ses yeux écarquillés dans la pénombre, et tend l'oreille lorsque je désigne les planches qui craquent à l'étage. Nous retenons notre souffle, pour mieux distinguer les voix.

— Qu'est-ce que tu voulais, alors ?

Je comprends à peine Kate tant ses mots sont brouillés par les sanglots.

— Qu'est-ce que tu voulais, si ce n'était pas ça ?

Les doigts de Fatima se referment sur mon bras, et je l'entends reprendre sa respiration.

— Luc est là-haut ? chuchote-t-elle.

J'acquiesce sans mot dire.

— Je ne t'ai jamais détestée… Comment peux-tu dire ça ? Je t'aime… Je t'ai toujours aimée.

— Qu'est-ce qui se passe ? chuchote Fatima, paniquée.

Je secoue la tête, tentant de me remémorer ce qui s'est dit la veille au soir. Oh mon Dieu, oh Kate. Je t'en prie, dis-moi que tu n'étais pas…

Luc dit quelque chose, Kate lève la voix, en colère, puis il y a un fracas, et un cri de Kate – de douleur, ou d'effroi, je ne saurais dire. J'entends de nouveau la voix de Luc, trop étranglée pour que je distingue ses paroles. Il semble au bord de l'explosion.

— Il faut qu'on aide Kate, dis-je dans un murmure à Fatima.

— Allons chercher Thea et montons ensemble. L'union fait la force. On dirait qu'il est soûl.

En suivant Fatima jusqu'au palier, je tends de nouveau l'oreille. Fatima pourrait bien avoir raison. Luc est hors de lui.

Tandis que nous dévalons les marches, je l'entends dire :

— Il n'y a que toi, il n'y a jamais eu que toi.

Sa voix est pleine d'angoisse.

— Je voudrais qu'il en soit autrement, je te le jure, mais c'est vrai. J'aurais fait n'importe quoi pour être avec toi.

— Je serais venue te chercher ! sanglote Kate. J'aurais attendu, je lui aurais fait changer d'avis. Pourquoi n'as-tu pas pu lui faire confiance ? Pourquoi n'as-tu pas pu me faire confiance, à moi ?

— Je ne pouvais pas…, s'étrangle Luc.

Puis ses mots sortent, faibles, tandis que je cours jusqu'à la chambre de Thea.

— Je ne pouvais pas le laisser faire. Je ne pouvais pas le laisser me renvoyer.

Thea se redresse en sursaut, terrifiée, puis stupéfaite lorsqu'elle nous voit débarquer dans sa chambre.

— Qu'est-ce qui se passe ?

— C'est Luc. Il est là. On pense… oh merde, je ne sais pas. Je crois qu'on s'est peut-être plantées du tout au tout, Thea, dis-je.

— Quoi ?

Elle sort de son lit aussitôt et enfile son tee-shirt.

— Merde. Kate, ça va ?

— Je sais pas. Il est là-haut. On dirait qu'ils se disputent. Je crois qu'un des deux vient de casser un truc.

Mais elle est déjà en train de courir vers les escaliers.

Elle a tout juste atteint le pied des marches lorsqu'il y a un nouveau fracas, beaucoup plus fort cette fois. On dirait que quelqu'un tire un meuble, et nous nous figeons toutes les trois quelques instants, avant d'entendre un hurlement, et le son d'une porte qui s'ouvre, des bruits de course.

Soudain une odeur me pétrifie. C'est une odeur de pétrole. Et il y a un bruit étrange, inconnu, aussi. Un bruit que je ne parviens pas à identifier, mais qui m'emplit d'une terreur que je ne sais m'expliquer.

Ce n'est que lorsque Kate dévale l'escalier, le visage terrifié, que je comprends ce que j'entends. Le crépitement des flammes.

— Kate ? lance Fatima. Que se passe-t-il ?

— Sortez !

Kate court jusqu'à la porte et l'ouvre en grand. Ne nous voyant pas bouger, elle crie de nouveau :

— Vous ne m'avez pas entendue ? Sortez, tout de suite ! Une lampe s'est cassée, il y a du pétrole partout.

Putain. Freya.

Je fonce vers l'escalier, mais Kate me retient par le poignet et me tire en arrière.

— Tu ne m'as pas entendue ? Sors tout de suite, Isa ! Tu ne peux pas monter, ça goutte à travers le plancher !

— Lâche-moi !

Je grogne et me tords le poignet pour me dégager. Quelque part, Shadow s'est mis à japper, un son aigu, répétitif de peur et d'alerte.

— Freya est en haut !

Kate devient blême et me lâche.

Je suis à mi-hauteur, toussant déjà à cause de la fumée. Des gouttes brûlantes de pétrole dégoulinent du plafond, et je me couvre la tête avec les bras, même si je sens à peine la douleur tant mes yeux et ma gorge me piquent. La fumée est déjà épaisse et âcre, et ça me fait mal de respirer, mais je ne pense qu'à arriver jusqu'à Freya.

Je suis presque sur le palier lorsqu'une silhouette au-dessus de moi me bloque la route.

Luc. Ses mains sont brûlées et en sang, et il est torse nu, ayant arraché sa chemise pour éteindre les flammes sur sa peau.

Son visage change quand il me voit, et le choc et l'horreur tordent ses traits.

— Qu'est-ce que tu fais là ? crie-t-il d'une voix rauque, toussant dans la fumée.

J'entends un bruit de verre brisé là-haut, et je sens l'odeur forte, volatile, de la térébenthine. J'ai un haut-le-cœur en pensant aux rangées de flacons au grenier, à la cuve d'huile de lin. Le tout dégouttant à travers les planches dans la chambre au-dessous.

— Laisse-moi passer ! Faut que j'aille chercher Freya !

— Elle est là ?

— Elle est dans ta chambre ! Dégage !

Il y a un couloir de flammes derrière lui à présent, entre Freya et moi, et c'est en sanglotant que j'essaie de l'écarter, mais il est trop fort.

— Luc, *je t'en prie*, qu'est-ce que tu fous ?

Et il me pousse. Sans aucune douceur, un geste qui me fait dégringoler dans l'escalier, m'écorchant les genoux et les coudes.

— Sors ! crie-t-il. Va te poster sous la fenêtre !

Puis il fait volte-face, met sa chemise pleine de sang sur sa tête, et court le long du couloir jusqu'à la chambre de Freya.

Je me redresse péniblement et m'apprête à le poursuivre lorsqu'une planche du plafond s'écroule dans un fracas, bloquant le passage. Je regarde autour de moi, cherchant quelque chose, n'importe quoi pour m'envelopper les mains ou pousser le bois en flamme et dégager la voie. Mais j'entends un bruit. Freya qui pleure. Et par-dessus le rugissement du brasier :

— Isa, la fenêtre, putain !

Et je comprends. Il ne peut pas faire passer Freya par cette fournaise. Il va la laisser tomber dans l'estuaire.

Je cours, espérant avoir raison. Espérant être assez rapide.

Dehors, Thea, Fatima et Shadow se sont repliés sur la rive, mais je ne les suis pas de l'autre côté de la passerelle. J'entre dans l'estuaire, poussant un petit cri au contraste entre la chaleur que soufflent les flammes sur mon visage et l'eau glacée sur mes cuisses.

— Luc !

Je hurle, pataugeant dans l'eau jusqu'à en avoir à la taille, sous sa fenêtre.

Le courant entraîne mes vêtements.

— Luc, je suis là !

Je vois son visage, éclairé par les flammes derrière la vitre. Il se débat avec la petite fenêtre, déformée et coincée par la pluie récente. Je crois me trouver mal en le voyant donner des coups d'épaule dans le châssis.

— Casse-la ! crie Kate.

Elle avance péniblement dans l'eau, dans ma direction, mais juste au moment où elle dit ces mots, la fenêtre s'ouvre avec un grand boum, et Luc disparaît dans la fumée noire de la chambre.

Pendant une minute, je crois qu'il a changé d'avis, mais à ce moment-là, j'entends un vagissement puissant et je vois sa silhouette, Freya dans les bras – Freya qui hurle et se cabre contre lui, qui tousse, qui s'étouffe. Je crie :

— Maintenant ! Lâche-la maintenant, Luc. *Vite !*

Ses épaules passent à peine dans l'encadrement étroit, mais il passe un bras, puis la tête, et parvient comme par miracle à glisser l'autre bras. Et il se penche aussi bas qu'il le peut, tenant Freya qui se débat en équilibre précaire.

— Lâche-la !

Et il le fait.

Au moment de la chute, Freya est complètement silencieuse – en état de choc tandis qu'elle se sent partir.

Il y a un bruissement de tissu, l'éclair d'un visage rond, surpris – puis un énorme plouf lorsqu'elle rebondit sur mes bras et que nous tombons toutes deux dans l'eau.

Je la cherche à tâtons sous la surface de l'estuaire, mes doigts s'accrochent à son visage, ses cheveux, ses bras qui se serrent...

Puis Kate me redresse, Freya dans les bras. Toutes deux, nous haletons, postillonnons, et les petits cris de rage de Freya transpercent la nuit, un cri étranglé de révulsion à cause du froid et de l'eau salée qui lui pique les yeux et les poumons – mais sa fureur, sa douleur sont belles : elle est en vie, en vie, en vie – et c'est tout ce qui compte.

Je regagne la rive en titubant dans la vase, et Fatima me prend Freya des bras tandis que Thea me hisse sur la terre ferme, les vêtements dégoulinants d'eau et de boue. Je ne sais trop si je ris ou si je pleure.

— Elle va bien ? Fatima, elle va bien ?

Fatima ausculte Freya de son mieux, au milieu de ses cris de machine à vapeur.

— Elle va bien. Je crois qu'elle va bien. Thea, prends mon téléphone, appelle les pompiers, vite.

Elle me rend mon bébé au bord de l'hystérie, puis se tourne pour aider Kate à remonter sur la berge.

Mais elle n'est pas là. Elle est toujours debout dans l'eau, sous la fenêtre de Luc, les bras en l'air.

— Saute !

Luc la regarde, regarde l'eau. Un instant, j'ai l'impression qu'il s'apprête à le faire, à sauter. Mais il secoue la tête, l'air paisible, résigné.

— Je suis désolé, dit-il. Pour tout.

Et il recule d'un pas, s'écarte de la fenêtre et s'enfonce dans les ténèbres enfumées de la chambre.

— Luc ! hurle Kate.

Elle se déplace frénétiquement le long de la rive, scrutant les fenêtres l'une après l'autre, en quête de sa silhouette se découpant dans les flammes tandis qu'il affronte la fournaise du couloir. Mais rien. Il ne bouge pas.

Je l'imagine – recroquevillé sur son lit, fermant les yeux. Enfin chez lui…

— Luc !

Et avant que j'aie le temps de comprendre ce qui se passe, avant qu'aucune de nous trois n'ait le temps de la retenir, elle se dirige vers la porte et se hisse hors de l'eau.

— Oui, l'ancien Moulin des Brisants, dit Thea. Dépêchez-vous. Les pompiers et une ambulance.

— Kate ? s'écrie Fatima. Kate, qu'est-ce que tu… ?

Mais Kate a atteint la porte du moulin. Elle enveloppe ses mains dans ses manches pour se protéger de la chaleur de la poignée, et disparaît à l'intérieur, refermant derrière elle.

Fatima s'avance en courant et, pendant un instant, je crois qu'elle va la suivre. Je vais pour la retenir, mais elle s'arrête au bout de la passerelle, et nous restons plantées là, médusées, Shadow gémissant aux pieds de Thea, respirant à peine à cause de la fumée qui se répand sur tout l'estuaire.

Je vois une ombre passer à toute vitesse derrière une des hautes fenêtres – Kate dans l'escalier, courbée pour se protéger de la chaleur –, puis plus rien… jusqu'à ce que Thea montre du doigt la fenêtre de l'ancienne chambre de Luc.

— Regardez ! fait-elle, la voix étranglée par la peur, et nous voyons, devant une brusque flambée, deux silhouettes qui se découpent, sombres, sur la fournaise rougeoyante.

— Kate !

Je crie, mais c'est peine perdue. Je sais qu'elle ne m'entend pas.

— Kate, je t'en prie !

Puis il y a un son semblable à une avalanche – un fracas rugissant qui nous fait toutes couvrir nos oreilles puis nos yeux pour éviter la projection d'étincelles, de bris de verre et de morceaux de bois enflammés qui jaillissent de toutes les fenêtres du Moulin.

Une poutre du toit a cédé, et le bâtiment s'écroule sous son propre poids dans un grand bûcher. Les débris se répandent tout autour de nous sur la rive et nous nous recroquevillons pour nous protéger de l'explosion. Des braises me brûlent le dos tandis que je blottis Freya dans mes bras.

Lorsque le bruit diminue et que nous nous redressons, le Moulin n'est plus qu'une carcasse, avec des poutres en feu qui s'avancent dans le ciel telles des côtes. Il n'y a plus de toit, plus d'étage, plus d'escalier. Il n'y a que les langues de feu qui jaillissent des fenêtres cassées, et consument tout.

Le Moulin est détruit, complètement détruit.

Et Kate n'est plus.

Je me réveille en sursaut et, pendant une longue minute, je ne sais plus du tout où je suis – la pièce est faiblement éclairée, pleine du bip des machines et de murmures, et il y a une odeur de détergent, de savon et de fumée dans mes narines.

Et ça me revient.

Je suis à l'hôpital, au service pédiatrique. Freya dort dans le petit lit devant moi, ses petits doigts serrés étroitement autour des miens.

De ma main libre, je me frotte les yeux, qui me piquent à cause des larmes et de la fumée, et j'essaie de reconstituer les douze dernières heures. J'ai des images dans la tête – Thea s'élançant sur la passerelle engloutie pour retourner vers le Moulin, Fatima qui la retient. La horde de policiers et de pompiers tentant de maîtriser l'incendie ; et leur expression quand nous leur avons dit qu'il y avait encore du monde à l'intérieur.

Freya, son petit visage plein de cendres et de suie, les yeux écarquillés reflétant les flammes tremblantes, tandis qu'elle contemplait l'incendie, hypnotisée par sa beauté.

Et surtout, notre dernière vision de Kate et Luc, silhouettes découpées sur le feu.

Elle est retournée le chercher.

« Pourquoi ? » ne cessait de demander Thea, la voix cassée, tandis que nous attendions l'ambulance, les bras étroitement enveloppés autour de Shadow, sonné, tremblant.

« *Pourquoi ?* »

J'ai secoué la tête. Mais en vérité, je crois que je sais. Et enfin, je comprends la lettre d'Ambrose, je la comprends *vraiment*.

C'est étrange, mais ces derniers jours, ces dernières heures, j'ai commencé à prendre conscience que je n'avais jamais vraiment connu Ambrose. J'ai passé si longtemps enfermée dans la personnalité que j'avais à quinze ans que je le voyais avec l'approbation inconditionnelle d'une enfant. Mais je suis adulte à présent, et j'approche de l'âge qu'avait Ambrose lorsque nous l'avons rencontré, et pour la première fois, j'ai été obligée de le considérer en tant qu'adulte – d'égale à égal – et il est très différent, en apparence : imparfait, plein de défauts humains, luttant avec des démons que je n'avais même jamais remarqués, alors qu'ils s'affichaient littéralement sur le mur.

Ses addictions, son alcoolisme, ses rêves et ses peurs ; je me rends compte maintenant, avec une sorte de honte, que je n'y ai même jamais pensé. Aucune d'entre nous n'y pensait, à part peut-être Kate. Nous étions trop prises par nos propres vies pour les voir. Je n'ai jamais remarqué les sacrifices qu'il avait faits pour Kate et Luc, la carrière à laquelle il avait renoncé pour devenir professeur de dessin à Salten, pour elle. Je n'avais jamais pensé au courage qu'il lui avait fallu pour s'extraire de son addiction, et ne pas y retomber ; ça ne m'intéressait tout bonnement pas.

Même lorsque ses problèmes étaient sous notre nez – cette terrible conversation que Thea nous a racontée au café –, nous ne les voyions que sous l'angle de nos propres préoccupations. Nous voulions rester ensemble, nous voulions continuer à utiliser le Moulin comme notre refuge et notre terrain de jeu à nous – et nous n'entendions ses mots que dans la mesure où ils menaçaient notre bonheur.

La vérité, c'est que je ne connaissais pas Ambrose, pas vraiment. Nos vies se sont entrecroisées l'espace d'une année scolaire, c'est tout, et je l'ai aimé pour ce qu'il m'a donné, affection, liberté, et une échappatoire momentanée au cauchemar que ma vie familiale était devenue. À présent, je crois que je le comprends enfin, et comprends ce qu'il a fait.

J'avais raison, en un sens. C'était bien la lettre d'un homme qui avait été empoisonné par son propre enfant, et faisait la seule chose possible pour lui en épargner les conséquences. Sauf que cet enfant n'était pas Kate. C'était Luc.

Nous avions tout compris de travers. Pas seulement la lettre, mais tout le reste. Ce n'était pas Kate qu'Ambrose allait éloigner. C'était Luc. *Pourquoi ne lui as-tu pas fait confiance ?* a demandé Kate. Mais on avait trahi la confiance de Luc de trop nombreuses fois. Il pensait, j'imagine, que ce qu'il avait toujours redouté se réalisait ; Ambrose s'était repenti de la générosité dont il avait fait preuve en accueillant l'adolescent sous son toit, en l'aimant, en s'occupant de lui. Il avait si souvent mis à l'épreuve l'amour d'Ambrose en le repoussant, en essayant, désespérément, de s'assurer que lui, au moins, ne le trahirait pas, que l'amour de cet homme ne fléchirait pas.

Mary n'était pas la seule à avoir entendu la dispute entre Kate et Ambrose. Luc devait les avoir entendus également, et il avait dû comprendre ce qui nous avait échappé, à Thea et à moi – que c'était *lui* qui allait devoir partir, pas Kate. Je ne sais pas où ; dans une pension, sans doute, d'après ce qu'Ambrose avait dit à Thea. Mais Luc, trahi trop souvent, avait dû en tirer, trop vite, la conclusion qu'Ambrose allait le renvoyer à sa mère.

Et il avait fait une chose profondément, très profondément stupide – l'acte d'un garçon de quinze ans, amoureux fou, et prêt à tout pour éviter de retourner à l'enfer auquel il avait échappé.

Avait-il l'intention de tuer Ambrose ? Je n'en sais rien. Assise là, les yeux fixés sur le visage endormi, angélique de Freya, je me pose la question, et les deux scénarios me paraissent crédibles. Peut-être voulait-il bel et bien sa mort : la fureur d'un instant, amèrement regrettée une fois qu'il était trop tard. Peut-être voulait-il juste le punir, le rabaisser. Ou peut-être n'avait-il pas réfléchi du tout, agissant sous le coup de la colère et du désespoir qui le consumaient.

J'ai envie de croire que c'était une erreur. Qu'il n'avait pas l'intention de tuer, qu'il n'avait en tête que d'humilier Ambrose, faire en sorte qu'il soit forcé d'appeler les pompiers et qu'on le retrouve dans une flaque de vomi pleine d'héroïne, qu'il soit viré de son boulot, qu'il souffre comme Luc s'apprêtait à souffrir. Il était le fils d'une toxico, toute son enfance il avait eu de l'héroïne autour de lui, et il devait savoir qu'une overdose par ingestion n'était pas toujours fatale, qu'il faudrait du temps pour qu'Ambrose meure, que les effets étaient réversibles.

Mais je n'en suis pas certaine.

En un sens, ça n'a plus grande importance. Ce qui compte… ce qui compte, c'est qu'il l'a fait.

Il a fait exactement ce que Kate nous a raconté, dans son récit bizarre, détaché, détaillé, des actes qu'elle s'est attribués. Il a séché les cours, est revenu au Moulin dans la journée lorsqu'il était sûr que Kate et Ambrose seraient tous deux à Salten House. Il a versé le stock d'héroïne d'Ambrose dans une bouteille de vin et l'a laissée sur la table pour son retour, puis il a rassemblé les dessins les plus incriminants qu'il a pu trouver et les a expédiés au lycée.

Oh, Ambrose. J'essaie d'imaginer ses sentiments lorsqu'il a compris ce qu'avait fait Luc. Est-ce le goût bizarre du vin qui l'a alerté ? Ou l'étrange léthargie qui a commencé à l'envahir ?

La petite main de Freya dans la mienne, je vois la scène se dérouler comme dans un vieux film couleur sépia. Ambrose examinant la bouteille et se levant, les jambes flageolantes. Se rendant au buffet, où la boîte en alu était cachée. L'ouvrant… et constatant ce qu'avait fait Luc, et la quantité qu'il venait d'avaler.

Qu'a-t-il pensé, qu'a-t-il éprouvé tandis que sa main engourdie griffonnait ces lettres tremblées, suppliant Kate de protéger son frère des conséquences de ses actes ?

Je ne sais pas, je ne peux même pas imaginer la douleur qu'il a dû ressentir en comprenant la gravité de l'erreur commise par Luc, la vengeance terrible qu'il avait mise en œuvre sur un coup de tête. Mais il y a une chose dont je suis certaine, en regardant Freya, et en sentant ses doigts dans les miens. Pour la première fois, je comprends ce qu'a fait Ambrose. Je le comprends pleinement, et tout prend sens en fin de compte.

Sa première pensée n'a pas été de se protéger lui-même, mais de protéger son enfant. Le garçon qu'il avait élevé, aimé et tenté, en vain, de préserver.

Il a écrit ce mot pour s'assurer qu'une seule vie serait perdue : la sienne. Et il l'a adressé à Kate, pas à Luc, sachant qu'elle, qui connaissait son père mieux que personne au monde, comprendrait et saurait ce qu'il disait ; il lui demandait de protéger son frère.

Je fais ceci de façon que personne d'autre n'ait à souffrir… ne blâme personne d'autre, ma chérie. J'ai pris ma décision et je suis en paix avec elle… Et par-dessus tout, fais que tout ceci n'ait pas été en vain.

Et Kate… Kate a respecté les souhaits de son père du mieux qu'elle l'a pu. Elle a protégé Luc, elle a menti pour lui, année après année. Mais il y a une partie de la lettre qu'elle n'a pu accomplir : elle a blâmé Luc. Elle lui en a voulu amèrement pour son acte. Et elle ne lui a jamais pardonné.

Luc avait raison après tout. Elle aurait pu attendre qu'ils aient tous deux seize ans avant de déclarer la disparition d'Ambrose à la police. Mais elle ne l'a pas fait. Et il a été emmené, renvoyé à la vie à laquelle il croyait avoir échappé.

Et Luc, qui avait tué le seul vrai parent qu'il avait par amour pour sa sœur, l'a vue perdre toute chaleur, et se retourner contre lui. Lorsqu'il a été renvoyé en France, il savait que c'était l'œuvre de Kate ; Kate qui le punissait pour le meurtre qu'elle était seule à savoir qu'il avait commis.

Je me rappelle son cri, son sanglot dans la nuit. *J'aurais fait n'importe quoi pour être avec toi… Il n'y a jamais eu que toi…*

Et je crois que mon cœur pourrait bien lâcher.

Règle numéro Cinq

Savoir quand cesser de mentir

Ce n'est pas Owen qui vient nous chercher, Freya et moi, à l'hôpital – je ne l'ai toujours pas appelé – lorsque, dans la pure tradition du système de santé anglais, notre sortie est brusquement décrétée, à 9 heures, le lendemain matin, parce qu'ils ont besoin du lit.

Mon téléphone a brûlé dans la maison, comme tout le reste, et ils m'ont laissée appeler depuis le bureau des infirmières, mais même pendant que mes doigts commencent à composer le numéro, tremblants, quelque chose en moi me lâche et je ne peux me résoudre à affronter la conversation qu'il faut que nous ayons. Je me raconte que c'est pour des questions techniques – il lui faudrait des heures pour traverser Londres à l'heure de pointe et le labyrinthe d'autoroutes qui nous séparent. Mais ce n'est pas ça – ou pas seulement. La vérité, c'est que la nuit dernière, tandis que la vie de Freya défilait sous mes yeux en un éclair, quelque chose a bougé en moi. Sauf que je ne sais pas exactement comment, ni ce que ça signifie.

C'est donc Fatima que j'appelle et, debout devant le service de pédiatrie, Freya emmitouflée dans une couverture d'emprunt, je vois un taxi s'arrêter, et son visage pâle ainsi que celui de Thea, par la vitre.

Lorsque je monte, et attache Freya sur le siège-bébé que Fatima a bien pensé à demander, je vois Shadow, aplati par terre aux pieds de Thea, qui le tient par le collier.

— On nous a fait sortir affreusement tôt ce matin, dit Fatima par-dessus son épaule, depuis le siège avant.

Elle a de profonds cernes sous les yeux.

— Je nous ai réservé un Bed & Breakfast sur la route côtière. Je crois que Mark Wren va vouloir qu'on reste dans le coin, au moins le temps que la police nous pose quelques questions.

Je fais oui de la tête. Et mes doigts se referment sur la lettre dans ma poche. La lettre d'Ambrose.

— Je n'y crois toujours pas.

Thea est toute blanche, ses doigts s'agitent nerveusement dans la fourrure de Shadow.

— Qu'il a... Tu crois que c'était lui ? Le mouton ?

Je sais ce qu'elle veut dire. Luc a-t-il fait ça, en plus de tout le reste ? Je sais qu'elles ont dû passer la nuit comme moi. À réfléchir. À s'interroger. À tenter de démêler la vérité et les mensonges.

Je regarde Fatima.

— Je ne sais pas, dis-je enfin. Je ne crois pas.

Mais là, je m'arrête. Je ne veux pas dire ce que je pense devant le chauffeur de taxi. Ce n'est pas Rick ; je ne le connais pas. Mais ça doit être un gars du coin. Et la vérité, c'est que, de toutes les choses que Luc a faites ou non, je crois que nous nous sommes trompées en le soupçonnant de cet acte-là.

Je pensais qu'il avait écrit ce mot parce qu'il haïssait Kate et la soupçonnait de dissimuler les circonstances de la mort d'Ambrose. Je pensais qu'il voulait nous faire peur afin de nous pousser à avouer. Je pensais qu'il voulait faire éclater la vérité.

Mais par la suite, lorsque Kate m'a parlé du chantage et de l'argent, j'ai commencé à douter. Cela ne ressemblait pas à Luc. Pas cette manière d'épuiser de sang-froid les ressources de Kate. Je ne pouvais pas imaginer Luc s'intéressant le moins du monde à l'argent, mais tenter de prendre sa revanche, de faire payer à Kate la souffrance qu'elle lui avait infligée... ça oui, peut-être.

Maintenant, cependant, après la nuit dernière, je ne le crois plus. Cela n'a pas de sens. De nous tous, à part Kate, seul Luc connaissait la vérité, et il mentait encore plus que nous. Il faisait partie du Jeu autant que nous et il avait davantage à perdre si la vérité éclatait. De plus, au cours de cette longue nuit à l'hôpital, j'ai eu le temps de réfléchir, de me remémorer cette liste de délits que m'a envoyée Owen, et l'une des dates m'est restée gravée en tête.

Non. Je crois que quelqu'un d'autre a écrit ce mot.

Je me rappelle les doigts de Mary à la poste, des doigts forts, avec du sang sous les ongles.

Et pour le coup, là je suis certaine qu'elle en est capable.

En arrivant au B&B, je me mets aussitôt au lit avec Freya, et nous sombrons dans le sommeil tels des corps coulant dans une eau profonde. J'émerge, quelques heures plus tard, et l'espace d'un instant je me sens bizarrement déconnectée de tout.

Le B&B se trouve sur la route côtière, à quelques kilomètres à peine du lycée, et la vue de ma chambre lorsque je me redresse, lisse mes vêtements tout froissés, tachés de sel, et que j'écarte du visage de Freya ses cheveux collants de sueur, est exactement la même que celle que j'avais de la Tour 2B, il y a bien des années.

Pendant une seconde, j'ai de nouveau quinze ans et je suis de retour là-bas : le cri des mouettes, la lumière étrange, claire qui éclabousse le rebord en bois de la fenêtre, ma meilleure amie dans le lit voisin.

Je ferme les yeux et j'écoute le son du passé, m'imagine revenue dans la peau de l'adolescente que j'ai été, une fille encore entourée de ses amies, une fille dont les erreurs étaient encore à venir.

Je suis heureuse.

Puis Freya se met à brailler et l'illusion est brisée : j'ai trente-deux ans, je suis une avocate, une mère. Et le fait que j'ai repoussé toute la nuit me tombe dessus comme une plaie.

Kate et Luc sont morts.

Je prends Freya dans mes bras et, en bâillant, nous descendons retrouver Fatima et Thea sous la véranda qui donne sur la mer.

Nous sommes en juillet, mais la journée est froide et grise, et les nuages sont menaçants, leurs traînées sombres de la teinte exacte de la fourrure grise qui fait des plis sur la colonne vertébrale de Shadow. Il est roulé en boule aux pieds de Thea, son museau noir posé dans sa main, mais il dresse la tête un instant lorsque j'entre à mon tour, les yeux brillants, avant de la reposer, résigné. Je sais qui il espérait voir. Comment expliquer le caractère définitif et l'injustice de la mort de Kate à un chien ? Je comprends à peine moi-même.

— On a reçu un appel de la police, annonce Fatima.

Elle remonte ses genoux sur le fauteuil et les serre contre sa poitrine.

— Ils veulent nous voir au poste à 16 heures. Il faut qu'on décide ce qu'on va dire.

— Je sais.

Je soupire et me frotte les yeux, avant de poser Freya par terre pour qu'elle joue avec de vieux magazines laissés là. Elle arrache la couverture de l'un d'entre eux avec un petit cri de joie, et je sais que je devrais l'en empêcher, mais je suis trop crevée. Je m'en fiche, à l'heure qu'il est.

Nous restons assises en silence un long moment, et je sais sans poser la question que les autres ont passé la même nuit que moi, incapables de comprendre, incapables de *croire* ce qui s'est passé. J'ai l'impression qu'hier j'avais quatre membres, et qu'aujourd'hui, à mon réveil, je n'en ai plus que trois.

— Elle a violé les règles, dit Thea.

Elle parle à voix basse, manifestement perplexe.

— Elle nous a menti. Elle nous a menti à *nous*. Si au moins elle nous avait dit. Elle n'avait donc pas confiance en nous ?

— Le secret ne lui appartenait pas, elle n'avait pas le droit de le révéler, dis-je.

Je pense à Kate, mais aussi à Owen. À la façon dont je lui ai menti pendant toutes ces années, dont j'ai trahi nos règles tacites. Parce qu'il n'y a pas de bonne réponse, si ? Un échange, c'est tout ; une trahison contre une autre. Kate avait le choix entre trahir le secret de Luc, ou mentir à ses amies. Et elle a choisi de mentir. Elle a choisi de violer nos règles. Elle a choisi… Cette prise de conscience me serre la gorge. Elle a choisi de protéger Luc. Mais elle a choisi, en même temps, de nous protéger nous.

— Je ne peux juste pas comprendre, explose Fatima.

Elle a les poings serrés sur le chintz qui couvre le fauteuil.

— Je ne comprends pas pourquoi Ambrose a laissé faire ça ! Une overdose par ingestion, ça prend du temps, et même s'il ne s'est pas rendu compte tout de suite de ce qui se passait, il s'en est quand même aperçu à temps pour rédiger ce mot. Il aurait pu appeler les pompiers ! Pourquoi diable a-t-il passé ses derniers instants à dire à Kate de sauver Luc, plutôt que d'essayer de se sauver lui-même ?

— Peut-être qu'il n'avait pas le choix, dit Thea.

Elle remue dans son fauteuil, tire les manches de son pull en laine sur ses doigts décharnés.

— Il n'y a pas de fixe au Moulin, tu te rappelles ? Je ne sais même pas si Ambrose avait un portable. Kate en avait un, mais lui, je ne l'ai jamais vu avec.

— Ou peut-être...

Je m'interromps et regarde Freya qui joue sur le tapis.

— Quoi ?

— Peut-être que se sauver, ce n'était pas le plus important à ses yeux.

Personne ne répond rien. Fatima se mord les lèvres, et Thea contemple la mer agitée derrière la vitre. Je me demande si elle pense à son propre père, s'il aurait fait le même choix. Mais j'en doute.

Je pense à Mary Wren, à ses mots au passage à niveau. *Il aurait fait n'importe quoi pour ces gosses...*

Puis je me rappelle autre chose, et j'ai un pincement au cœur.

— Il faut que je vous dise un truc.

Thea lève les yeux.

— Dans la voiture, vous parliez du mouton, et je ne pouvais pas vous le dire à ce moment-là, mais...

Je m'efforce de rassembler mes idées, d'expliquer la conviction qui s'est propagée comme une ombre dans ma cervelle depuis ce bout de trajet vers la gare.

— On pensait que c'était Luc parce que ça collait avec ce qu'on savait, mais je crois qu'on a eu tort. Il avait autant à perdre que nous, si la vérité éclatait. Plus. Et de toute façon, je suis quasi sûre qu'il était en garde à vue à Rye cette nuit-là.

Je ne précise pas comment je le sais, et elles ne posent pas la question.

— Et il y a autre chose, un truc que Kate m'a dit quand je suis venue sans vous.

— Vas-y, accouche, fait Thea, bourrue.

— Quelqu'un la faisait chanter. Depuis des années. C'était ça, le mouton, et les dessins. C'était pour l'inciter à nous taper du fric à son tour.

— *Non !* fait Fatima, toute pâle sous son foulard sombre. Non ! Comment a-t-elle pu nous cacher ça ?

Je réponds, impuissante :

— Elle ne voulait pas qu'on s'inquiète.

Cela semble si futile à présent. De regretter qu'elle se soit tue.

— Mais ça ne ressemble pas à Luc, de faire un truc pareil ; d'ailleurs, ça a commencé il y a des années, quand il était encore en France.

— Alors qui ? fait Thea.

— Mary Wren.

Il y a un long silence. Pendant une seconde, elles restent bouche bée, puis, lentement, Fatima hoche la tête.

— Elle a toujours détesté Kate.

— Mais tu tiens ça d'où ?

Les doigts de Thea parcourent nerveusement la fourrure de Shadow, elle lui gratte les oreilles, et les poils couleur fumée du chien se prennent dans sa peau à vif, rongée.

— C'était sur le chemin de la gare.

Je presse mes doigts contre mon front pour tenter de me remémorer ses paroles exactes. J'ai mal à la tête, et les cris joyeux de Freya qui déchiquette les magazines n'arrangent rien.

— Mary m'a déposée, et elle a dit quelque chose… Je n'y ai pas prêté attention sur le moment, j'étais trop choquée par ce qu'elle avait dit sur Kate et Luc… mais elle a dit quelque chose sur Kate et le mouton, elle a dit… *elle a du sang sur les mains, et pas seulement du sang de mouton.* Mais comment pouvait-elle être au courant pour le mouton ?

— Mark ? demande Fatima, mais Thea secoue la tête.

— Kate n'a pas appelé les flics, tu te rappelles ? Par contre, le paysan a pu le faire, c'est vrai.

— C'est possible. Mais je suis à peu près sûre que Kate a acheté son silence. C'était pour ça, les deux cents livres. Et ce n'est pas seulement ce qu'a dit Mary ; c'était sa façon de le dire. C'était… *personnel.* Elle *jubilait.* Comme si elle était contente que Kate s'en prenne plein la figure, qu'elle trouvait ça bien mérité. Ce mot, il était venimeux, vous voyez ce que je veux dire ? Il puait la haine, et j'ai eu la même impression quand Mary a prononcé ces paroles.

C'est elle qui a écrit ça, j'en suis sûre. Et je pense que c'est aussi elle qui a envoyé les dessins. C'est la seule personne qui aurait pu trouver nos adresses à toutes sans mal.

— Alors on fait quoi ? demande Fatima.

Thea hausse les épaules.

— Ce qu'on fait ? Qu'est-ce qu'on peut faire ? Rien. On ne dit rien. On ne peut pas en parler à Mark, si ?

— Alors on laisse passer ? On la laisse nous menacer sans rien dire ?

— On continue à mentir, insiste Thea, sinistre. Sauf que, cette fois, on le fait bien. On décide d'une histoire et on s'y tient, et on raconte la même chose à tout le monde. À la police, à nos familles – tout le monde. Il *faut* qu'ils croient qu'Ambrose s'est suicidé, c'est ce qu'il voulait, après tout. C'est ce que voulait Kate. Mais je voudrais juste qu'on ait un truc *tangible* pour appuyer notre version.

— Eh bien…

Je mets la main dans ma poche et la sors : une enveloppe au nom de Kate, très vieille, repliée plusieurs fois, et désormais tachée de sel et d'eau aussi.

La lettre est lisible cependant – tout juste. L'encre du bic s'est empâtée, mais pas effacée, et on distingue encore les mots adressés par Ambrose à sa fille. *Avance : aime, vis, sois heureuse. Et par-dessus tout, fais que tout ceci n'ait pas été en vain.*

Sauf que maintenant, on dirait que c'est à nous qu'il parle.

Le taxi nous dépose sur la promenade à Salten et, tandis que Fatima règle la course, je sors me dégourdir les jambes. Je ne regarde pas le poste de police – un bloc de béton carré près de la digue – mais le port et la mer, plus loin.

C'est la même mer qui m'accueillait à la fenêtre de ma chambre à Salten House, la mer de mon enfance, inchangée, implacable, et cette idée est plutôt rassurante. Je pense à tout ce qu'elle a vu, et à tout ce qu'elle a accepté dans son immensité. À la façon dont elle reprend pour elle les cendres du Moulin ; Kate et Luc avec. Tout ce que nous avons fait – toutes nos erreurs, tous nos mensonges – est lentement emmené par la marée.

Thea surgit à mes côtés, consultant sa montre.

— Il est presque 4 heures, dit-elle. Tu es prête ?

Je fais oui de la tête, mais je ne bouge pas.

— Je pensais..., dis-je tandis que Fatima émerge du taxi, qui redémarre.

— À quoi ?

— À...

Le mot me vient spontanément, et je le prononce avec une certaine surprise :

— À la culpabilité.

— La culpabilité ?

Fatima fronce les sourcils.

— J'ai réalisé, la nuit dernière, que j'ai passé dix-sept ans à me dire que ce qui était arrivé à Ambrose était notre faute, en un sens.

Qu'il était mort à cause de nous, à cause de ces dessins, parce qu'on revenait tout le temps au Moulin.

— On n'avait pas demandé à être dessinées, dit Fatima, à mi-voix. On n'avait rien demandé du tout.

Mais Thea hoche la tête.

— Je vois ce que tu veux dire. Ça a beau être irrationnel, j'avais le même sentiment.

— Hier soir, je me suis rendu compte… que sa mort n'avait rien à voir avec ça. Les dessins n'ont joué aucun rôle. Nous n'avons joué aucun rôle. Ça n'a jamais été notre faute.

Thea hoche lentement la tête. Puis Fatima nous prend toutes les deux par le bras.

— Nous n'avons aucune raison d'avoir honte. Nous n'en avons jamais eu, dit-elle.

Nous nous apprêtons à nous diriger vers le poste lorsqu'une silhouette sort de l'allée étroite bordée de haies qui zigzague entre les maisons en pierre. Une silhouette imposante, emmaillotée dans plusieurs couches de vêtements, avec une natte gris acier qui volette dans la brise marine.

Mary Wren.

Elle s'arrête en nous voyant, et sourit. Ce n'est pas un sourire aimable, c'est le sourire de quelqu'un qui détient du pouvoir, et a l'intention d'en faire usage. Puis elle traverse le quai pour nous rejoindre.

À présent, elle rayonne, ses grandes dents jaunes dénudées, telle une créature prête à lutter, et mon cœur se met à battre la chamade.

Mais je la regarde dans les yeux et, pour la première fois depuis que je suis revenue à Salten, je suis dénuée de culpabilité. Je suis dénuée de peur. Et je connais la vérité.

Mary Wren hésite. Elle perd son élan, et nous la dépassons, toutes trois. Je sens le bras de Fatima ferme dans le mien, et je vois Thea sourire. Le soleil apparaît sous les nuages, illuminant la mer grise.

Derrière nous, Mary Wren lance une exclamation que nous ne saisissons pas.

Mais nous continuons à marcher, toutes ensemble.

Et nous ne nous retournons pas.

Il y a une histoire que je raconterai à Freya quand elle sera grande. C'est l'histoire d'un incendie, un accident provoqué par une installation électrique défectueuse, et une lampe renversée en pleine nuit.

C'est l'histoire d'un homme qui a risqué sa vie pour la sauver, et de ma meilleure amie, qui l'aimait, et qui est retournée le chercher, sachant que c'était sans espoir.

C'est une histoire de courage, de désintéressement, et de sacrifice, sur le suicide d'un père et le chagrin de ses enfants.

Et c'est une histoire d'espérance qui dit qu'il nous faut continuer, après que l'insupportable s'est produit. Profiter de nos vies à fond, par amour pour ceux qui ont donné la leur.

C'est l'histoire que Thea, Fatima et moi avons racontée au sergent Wren lorsque nous sommes allées au poste de police, et il nous a crues, parce qu'elle était vraie.

Et elle est aussi un mensonge.

Nous mentons depuis près de vingt ans, toutes les trois. Sauf que désormais, au moins, nous savons pourquoi. Désormais, enfin, nous connaissons la vérité.

Deux semaines se sont écoulées et Freya et moi sommes dans un train, pour Aviemore cette fois, presque aussi loin de Salten que l'on puisse aller sans traverser la mer du Nord.

Freya dans mes bras, je pense aux mensonges. Je pense à ces mensonges, les mensonges qui ont empoisonné ma vie et ma relation avec un homme bien, aimant. Je pense au prix que Kate a payé pour eux, au danger qu'ils ont fait courir à Freya, et mes doigts se crispent sur son petit corps, si bien qu'elle remue dans son sommeil.

Peut-être est-il temps de cesser de mentir. Peut-être… peut-être devrions-nous dire la vérité, toutes.

Mais je baisse alors les yeux sur ma fille. Et je sais une chose : je veux que jamais elle ne soit forcée de traverser ce que j'ai traversé. Je veux que jamais elle n'ait à accorder une histoire avec les mensonges qu'elle a faits, à chercher les failles, à tenter de se rappeler ce qu'elle a dit la dernière fois et de deviner ce que ses amies ont pu raconter.

Je veux que jamais elle ne soit forcée de regarder par-dessus son épaule pour protéger quelqu'un d'autre.

Je pense au sacrifice qu'a fait Ambrose pour Kate, pour Luc, et je sais que je ne dirai jamais la vérité à Freya. Parce que ça reviendrait à lui transmettre mon fardeau.

Je peux y arriver. *Nous* pouvons y arriver, Fatima, Thea et moi. Nous pouvons garder nos secrets. Et je sais qu'elles le feront. Elles s'en tiendront à la version que nous avons élaborée à voix basse dans nos chambres au Bed & Breakfast : emplois du temps plutôt vagues et alibis mutuels. C'est la dernière chose que nous puissions faire pour Kate, après tout.

Mon téléphone bipe au niveau de York. Freya remue un peu, mais sombre de nouveau dans le sommeil. C'est Owen.

Comment ça se passe - tu as bien eu le train ?

J'ai pensé à lui pendant tout le voyage. À son regard lorsque je l'ai salué de la main ce matin quand nous sommes parties pour King's Cross, toutes les deux.

Et avant cela, à ses mains qui tremblaient lorsqu'il est sorti de la voiture dans le parking du Bed & Breakfast à Salten, à la façon dont il a pris Freya dans ses bras comme s'ils étaient séparés depuis des semaines, comme s'il avait traversé un océan pour la sauver. Il a pressé ses lèvres sur le sommet de son crâne et, lorsqu'il a relevé la tête, il avait les larmes aux yeux.

Et avant cela encore, à la lumière qui a semblé l'éclairer de l'intérieur lorsqu'il l'a tenue pour la première fois dans ses bras, la nuit de sa naissance. Il a regardé son visage, puis le mien, avec une espèce d'émerveillement, et j'ai su alors ce que je sais à présent : qu'il ferait n'importe quoi pour elle.

Je prends une inspiration et la garde longtemps, en contemplant le visage endormi de ma fille. Puis je réponds.

Tout va bien. Papa vient nous chercher à Aviemore. Je t'aime.

C'est un mensonge. Je le sais à présent. Mais pour elle, pour Freya, je peux continuer de mentir. Et peut-être qu'un jour je pourrai faire que ce mensonge devienne une vérité.

REMERCIEMENTS

Je me dois d'adresser mes tout premiers remerciements à mes éditrices, Liz, Jade et les deux Alison (ici et aux États-Unis). Ensemble, elles ont apporté toute leur finesse, des suggestions inspirées, et posé des questions d'une pertinence exaspérante, et je peux dire que, à elles quatre, elles ont rendu chacun de mes livres au moins 50 % meilleurs que ce que j'aurais pu faire toute seule.

Bethan, September et Chloe forment un trio de choc, le meilleur appui dont puisse rêver tout écrivain, et je ne les remercierai jamais assez de ce qu'elles ont fait pour ce livre et ses prédécesseurs.

Quant au reste de l'équipe de Vintage – Faye, Rachel, Richard, Chris, Rachael, Anna, Helen, Tom, Jane, Penny, Monique, Sam, Christina, Beth et Alex, et toutes celles et tous ceux qui travaillent en coulisses –, vous êtes brillants, drôles, et c'est un vrai plaisir de collaborer avec vous, et je suis toujours émerveillée et fière d'être une autrice Vintage.

Mon agente Eve White et son équipe veillent constamment sur moi, et je suis à jamais reconnaissante pour le soutien et les encouragements de la vaste communauté d'écrivains, en ligne et dans la vie, qui me fournissent en éclats de rire, conseils et aide technique. La liste des personnes qu'il me faudrait remercier remplirait un livre à elle seule, sachez donc que je vous aime et que vous comptez beaucoup pour moi ! Cependant, je me dois d'adresser des remerciements tout particuliers à ma chère amie Ayisha Malik, qui a interrompu l'écriture de ses propres ouvrages pour me conseiller sur *The Lying Game*[1]. Inutile de préciser que s'il reste des bourdes, elles sont de mon fait, mais il y en aurait eu bien davantage sans son aide...

Je voudrais aussi remercier Marc Hopgood pour son don généreux à la vente aux enchères au profit du fond de CLIC Sargent contre le cancer chez les enfants, et pour avoir prêté son nom à un invité du dîner à Salten House. J'espère que ton personnage te plaira, Marc !

Enfin, à mes amis et à ma famille : je vous aime, et je ne pourrais – littéralement ! – pas faire tout ça sans vous, alors merci, éternellement. Baisers.

1. Titre original anglais (*NdT*).

Imprimé en France par CPI
en février 2021
N° d'impression : 161787

Composition et mise en pages
Nord Compo à Villeneuve-d'Ascq

Fleuve Éditions
12, avenue d'Italie
75627 Paris Cedex 13

R14399/01